NICH

Né en 1965 dans le Nebraska, Nicholas Sparks s'est imposé comme l'un des plus grands écrivains romantiques avec, chez Robert Laffont, *Les Pages de notre amour* (1997) ou *Une bouteille à la mer* (1999), adapté au cinéma en 1998 avec Paul Newman et Kevin Costner. Il a également publié chez le même éditeur *Comme avant* (2005), *La Raison du cœur* (2007) et *Premier regard* (2008). Chez Michel Lafon ont paru *Un choix* (2009), *La Dernière Chanson* (2010), *Le Porte-bonheur* (2011), *Un havre de paix* (2012), *Une seconde chance* (2013) et *Chemins croisés* (2014).

Dix de ses ouvrages ont été adaptés au cinéma, la dernière adaptation en date, *Une seconde chance* réalisé par Michael Hoffman, est sortie en 2014.

Nicholas Sparks vit aujourd'hui avec sa femme et ses cinq enfants en Caroline du Nord.

LE GARDIEN DE SON CŒUR

NICHOLAS SPARKS

LE GARDIEN
DE SON CŒUR

Traduit de l'anglais (États-Unis)
par Francine Siety

ROBERT LAFFONT

Titre original :
THE GUARDIAN

MIXTE
Papier issu de
sources responsables
FSC® C003309
FSC www.fsc.org

Pocket, une marque d'Univers Poche,
est un éditeur qui s'engage pour la
préservation de son environnement et
qui utilise du papier fabriqué à partir
de bois provenant de forêts gérées de
manière responsable.

© Nicholas Sparks Enterprises, Inc, 2003
Traduction française : Éditions Robert Laffont, S.A., Paris, 2006.
ISBN : 978-2-266-16950-9

*Pour Larry Kirshbaum et Maureen Egen,
des êtres merveilleux, de merveilleux amis*

Prologue

Noël 1998

Quarante jours exactement après avoir tenu pour la dernière fois la main de son mari, Julie Barenson, assise derrière sa fenêtre, parcourait du regard les rues paisibles de Swansboro. Il faisait froid ; le ciel était couvert depuis une semaine, et la pluie martelait doucement les carreaux. Les branches dénudées des arbres se tordaient dans le froid comme des doigts arthritiques.

Jim aurait souhaité qu'elle écoute de la musique ce soir-là ; en fond sonore, Bing Crosby chantait *White Christmas*. C'était pour Jim aussi qu'elle avait dressé un sapin de Noël, mais le temps qu'elle se décide, il n'était plus resté au supermarché que des arbres desséchés et dégarnis. Quelle importance ? Même après avoir décoré son sapin, elle n'avait pas trouvé la force de s'y intéresser. À vrai dire, depuis qu'une tumeur cérébrale avait emporté Jim, elle se laissait difficilement émouvoir.

Veuve à vingt-cinq ans, elle abhorrait ce mot : sa résonance, son sens, et la manière dont elle remuait les lèvres pour l'articuler. Elle l'évitait systématiquement. Quand on lui demandait de ses nouvelles, elle se contentait de hausser les épaules. Mais parfois – en de très rares occasions – elle était tentée de répondre : *Vous voulez savoir ce que je ressens depuis la mort de mon mari ? Eh bien, je vais vous le dire ! Jim n'est plus là ; sans lui, je me sens morte moi aussi.*

Était-ce ce que les gens souhaitaient entendre ? Ou bien auraient-ils préféré des platitudes ? *Ça va aller. C'est dur, mais je m'en tirerai. Merci de votre sympathie.* Elle pouvait jouer, pensait-elle, au brave petit soldat ; mais elle trouvait plus simple et plus honnête de hausser les épaules en silence.

Elle n'avait vraiment pas l'impression qu'elle s'en tirerait. La moitié du temps, elle doutait de parvenir à la fin de la journée sans craquer. Surtout les nuits comme celle-là !

Dans le halo lumineux du sapin de Noël, elle posa la main sur la fenêtre, et sentit le froid de la vitre au contact de sa peau.

Mabel l'avait invitée à dîner, mais elle avait refusé. Mike, Henry et Emma lui avaient fait la même proposition ; ils avaient essuyé le même refus. Tous comprenaient, ou plutôt prétendaient comprendre, car ils étaient manifestement persuadés qu'elle ne devait pas rester seule. Peut-être avaient-ils raison... Chez elle, tout ce qu'elle voyait, sentait ou touchait, lui rappelait Jim. Ses vêtements occupaient la moitié de la penderie, son rasoir était resté à côté du porte-savon, et son abonnement à *Sports Illustrated* était arrivé la veille, par courrier. Il y avait encore, dans le réfrigérateur, deux bouteilles de Heineken, sa bière préférée. Quand elle les avait aperçues, en début de soirée, elle s'était entendue marmonner : « En voilà deux qu'il ne boira jamais ! » Après avoir refermé la porte du réfrigérateur, elle s'y était adossée, et elle avait sangloté presque une heure.

Elle ne voyait pas grand-chose de sa fenêtre. Perdue dans ses pensées, elle finit par distinguer le bruit léger d'une branche cognant le mur. Un martèlement régulier et insistant.

Au bout d'un moment, elle réalisa qu'il ne s'agissait pas d'une branche. Quelqu'un frappait à la porte.

Elle se leva, à demi hébétée, fit une pause derrière la porte et passa les mains dans ses cheveux, histoire de se donner meilleure figure. Si ses amis venaient la saluer, elle ne voulait pas leur sembler trop pitoyable.

En ouvrant, elle eut la surprise d'apercevoir un jeune homme en combinaison jaune, chargé d'un volumineux paquet.

— Madame Barenson ?

— Oui ?

L'inconnu avança d'un pas hésitant.

— Je dois vous remettre ceci... Mon père m'a dit que c'était important.

— Votre père ?

— Il voulait absolument que vous l'ayez ce soir.

— Je le connais ?

— J' sais pas, mais il a beaucoup insisté. C'est un cadeau de la part de quelqu'un.

— De qui ?

— Mon père m'a dit que vous comprendrez dès que vous l'aurez ouvert. Surtout, ne le secouez pas ! Et tenez-le dans le bon sens...

Le jeune homme déposa le paquet dans les bras de Julie sans attendre sa permission et fit volte-face.

— Attendez ! dit-elle. Je ne comprends pas...

Le jeune homme tourna rapidement la tête.

— Joyeux Noël !

Debout sur le seuil, Julie le regarda sauter dans sa camionnette, puis elle plaça le paquet au pied du sapin. Après s'être agenouillée, elle constata en un coup d'œil l'absence de carte de visite et de tout indice concernant l'expéditeur. Elle dénoua le ruban, souleva le couvercle et resta bouche bée : une minuscule boule duveteuse, assise sur son arrière-train et d'une extrême laideur, la regardait du fond de la boîte, en gémissant. L'animal avait une grosse tête disproportionnée et des yeux vitreux.

Quelqu'un lui avait offert un chiot ; un vilain chiot.

Elle aperçut une enveloppe, collée à l'intérieur de la boîte. Sa main tendue resta en suspens quand elle reconnut l'écriture. Comment était-ce possible ?

Elle avait vu cette écriture sur les lettres d'amour que Jim lui adressait pour leur anniversaire de mariage, sur des messages griffonnés à la hâte près du téléphone, sur des papiers empilés sur le bureau. Scrutant l'enveloppe, elle relut son nom encore et encore. Puis, d'une main tremblante, elle sortit la lettre, et son regard se posa en haut, à gauche, de celle-ci.

Chère Julie,

Elle ferma les yeux : il lui semblait que son corps se ratatinait brusquement. Elle prit une profonde inspiration et se remit à lire.

Chère Julie,
Si tu lis cette lettre, c'est que je ne suis plus. Je ne sais pas depuis combien de temps je t'ai quittée, mais j'espère que tu commences à te sentir mieux. J'imagine qu'à ta place je serais bouleversé, mais souviens-toi que tu m'as toujours semblé la plus forte de nous deux.
Comme tu vois, je t'ai acheté un chien. Harold

Kuphaldt, un ami de mon père, élevait déjà des grands danois quand j'étais enfant. J'en voulais un, et ma mère refusait, car notre maison était trop petite. Évidemment, ce sont de grands chiens, mais, selon Harold, il n'y a pas plus gentil. J'espère que celui-ci (ou celle-ci) te plaira.

Je suppose que j'ai toujours deviné, au fond de moi-même, que je n'allais pas guérir. Je préférais chasser cette pensée, car je savais que personne ne pourrait t'aider à traverser cette épreuve. Tu n'as pas de famille... L'idée de te laisser seule me fend le cœur. Faute de mieux, j'ai pris des dispositions pour te procurer ce chien.

Si tu ne l'aimes pas, rien ne t'oblige à le garder. Harold s'est engagé à le reprendre sans aucun problème. (Tu trouveras son numéro de téléphone dans l'emballage.)

J'espère que tu tiens le coup. Depuis que je suis tombé malade, je ne cesse de m'inquiéter à ton sujet. Je t'aime, Julie. Je t'aime de tout mon cœur. Te rencontrer a été la plus grande chance de ma vie. Je serais navré que tu ne connaisses plus jamais le bonheur. Sois heureuse à nouveau, je t'en prie ! Découvre l'homme qui te rendra le bonheur. Ce n'est pas évident et ça te semblera peut-être impossible, mais j'aimerais que tu essayes. La vie est plus douce quand on sourit.

Surtout ne t'inquiète pas ! Où que je sois, je veillerai sur toi. Je serai ton ange gardien, ma chérie. Tu peux compter sur moi pour te protéger.

Je t'aime,
Jim.

Les yeux noyés de larmes, Julie plongea une main dans la boîte. Le chiot vint s'y blottir. Elle le souleva, en l'approchant de son visage. Il était si petit qu'elle sentait ses côtes vibrer sous ses doigts.

Qu'il était laid ! Et il aurait un jour la taille d'un petit cheval. Que faire d'un tel chien ?

Pourquoi Jim ne lui avait-il pas offert un mini schnauzer aux moustaches grises, ou un coker aux yeux ronds et tristes ? Un animal mignon et facile à vivre, qui viendrait se pelotonner de temps en temps sur ses genoux...

Le chiot, un mâle, émit un gémissement aigu, qui décrut comme le sifflement d'un train, au loin.

— Chut ! murmura-t-elle. Rassure-toi... Je ne te ferai aucun mal...

Elle continua à chuchoter, le temps d'habituer le chiot à sa voix et de s'habituer à l'idée que Jim avait fait cela en pensant à son avenir. Le petit animal geignait toujours, comme pour accompagner la stéréo ; elle lui gratta le menton.

— Tu chantes pour moi ? lui demanda-t-elle, un vague sourire aux lèvres, pour la première fois depuis longtemps.

Le chiot cessa un instant de pleurer, leva les yeux et soutint son regard. Il se remit ensuite à geindre, mais il ne semblait plus apeuré.

— Crooner, souffla-t-elle. Je t'appellerai Crooner, puisque tu chantes...

1

Quatre ans plus tard

Depuis la mort de Jim, Julie Barenson s'était peu à peu remise à vivre. Cela ne s'était pas produit du jour au lendemain. Ses deux premières années de solitude avaient été les plus pénibles, puis le temps avait miraculeusement fait son œuvre, transformant son deuil cruel en quelque chose de plus doux. Elle avait aimé Jim et, quelque part, elle l'aimerait *toujours*, mais son chagrin était moins poignant. Bien qu'elle se souvienne de ses larmes et de son désespoir absolu au lendemain de sa mort, elle n'était plus transpercée par une douleur aiguë quand elle pensait à lui. Elle pouvait maintenant sourire au souvenir de Jim et se sentir reconnaissante à l'idée qu'il avait fait partie de sa vie.

Elle lui savait gré aussi de lui avoir offert Crooner. Jim avait eu une idée géniale, et, dans un sens, c'était Crooner qui lui avait permis de tenir le coup.

Mais pour l'heure, allongée sur son lit – à Swansboro, Caroline du Nord – par une fraîche matinée de printemps, elle ne pensait pas à l'extraordinaire soutien que lui avait apporté Crooner depuis quatre ans. À bout de souffle, elle maudissait même son existence. Non, se disait-elle, pas question de mourir dans mon lit, étouffée par mon propre chien !

Clouée au matelas par Crooner, elle imaginait ses lèvres bleuissant à cause du manque d'oxygène. Comme il ronflait trop fort pour l'entendre, elle se contorsionna dans l'espoir de l'arracher à son sommeil. Suffoquant sous son poids, elle avait l'impression d'avoir été enveloppée d'une couverture et jetée au fond d'un lac, selon la coutume de la Mafia.

— Sérieusement, je ne peux plus respirer, Crooner !

Le grand danois finit par soulever sa tête massive et cligna des yeux d'un air ahuri. *Pourquoi ce tapage ?* semblait-il lui demander. *Tu ne vois pas que j'essaye de me reposer ?*

— File ! articula Julie.

Crooner bâilla, en frottant sa truffe fraîche contre sa joue.

— Oui, oui, bonjour..., souffla-t-elle. Et maintenant, décampe !

À ces mots, Crooner retrouva l'usage de ses pattes et s'obstina à l'écrabouiller par endroits en se levant. Une seconde après, il la toisait de toute sa hauteur ; un filet de salive sur les babines, il avait l'air tout droit sorti d'un film d'horreur à petit budget. Dieu qu'il était *énorme* ! Depuis le temps, elle aurait dû se faire une raison...

Elle prit une profonde inspiration et leva les yeux vers lui, les sourcils froncés.

— Qui t'a autorisé à monter sur mon lit ?

Crooner dormait habituellement dans un coin de sa chambre. Les deux dernières nuits, il s'était glissé jusqu'à elle. Ou, plus précisément, il s'était installé *sur* elle. Quel fou, ce chien !

La tête baissée, il lécha son visage ; elle le repoussa.

— Non, je ne t'ai pas pardonné... Surtout, plus jamais ça ! Tu aurais pu me tuer... Je te signale que tu es deux fois plus lourd que moi... Descends vite !

Crooner se mit à geindre comme un enfant boudeur, puis sauta à terre. Julie s'assit dans son lit, les côtes meurtries, et jeta un coup d'œil au réveil en se disant : *Déjà ?*

Elle s'allongea un moment avant de repousser ses couvertures.

— Bon, je te laisse aller faire un tour avant que je prenne ma douche. Mais ne t'avise pas d'aller renifler les poubelles des voisins ! Ils m'ont laissé un message désagréable sur le répondeur !

Crooner l'observa.

— Je sais, reprit-elle, il s'agit seulement d'ordures ; mais certaines personnes ont des réactions étranges.

Crooner sortit de la chambre, puis se dirigea vers la porte d'entrée. Elle le suivit d'un pas décidé et ferma les yeux un instant. Grossière erreur ! Elle se cogna l'orteil contre sa coiffeuse, et sentit une douleur fulgurante jusqu'au mollet.

Elle poussa d'abord un cri, puis se mit à proférer toutes sortes de jurons, en sautillant d'un pied sur l'autre dans son pyjama rose. Crooner lui décocha un regard éloquent : *Qu'est-ce qui t'arrive ? Je te rappelle que tu m'as forcé à me lever... Maintenant, secoue-toi ! J'ai à faire dehors...*

Elle grommela :

— Tu ne vois pas que j'ai mal ?

Crooner bâilla ; elle frictionna son orteil, avant de boitiller derrière lui.

— Merci de ta compréhension ! En cas d'urgence, tu es nul.

Crooner trouva le moyen de marcher sur son orteil endolori – elle était sûre qu'il l'avait fait exprès ! –

avant de sortir. Au lieu de filer vers les poubelles, il mit le cap sur les espaces boisés qui bordaient un côté de la maison. Il balançait sa tête massive, avec l'air de s'assurer que personne n'avait planté de nouveaux arbres ou de nouveaux buissons depuis la veille. Tous les chiens aiment marquer leur territoire, mais Crooner se comportait comme le roi des Chiens, à la recherche d'un endroit où il pourrait se soulager. Au moins, il lui laissait un moment de répit !

C'est toujours ça de pris, se dit Julie. Crooner était invivable, depuis quelques jours : il la suivait partout et refusait de la perdre de vue, même quelques minutes, sauf quand il sortait. Elle ne pouvait même plus débarrasser la table sans se cogner à lui une bonne douzaine de fois ! Enfin, la nuit précédente, il avait hurlé à la mort une heure durant, interrompant judicieusement ses grondements de quelques aboiements. Elle avait hésité entre acheter une niche insonorisée et un fusil à éléphants.

Crooner ne s'était jamais comporté comme un chien normal ! Sauf lorsqu'il s'agissait de marquer son territoire, il avait toujours semblé se prendre pour un humain.

Non seulement il refusait de manger dans une écuelle, mais il n'avait jamais accepté de sortir en laisse ; et quand elle regardait la télévision, il la rejoignait sur le canapé, les yeux rivés à l'écran. Dès qu'elle – ou quelqu'un d'autre – lui parlait, il fixait son interlocuteur avec l'air de suivre la conversation. Il semblait presque toujours comprendre ce qu'elle lui disait et il obéissait à n'importe quel ordre. *Peux-tu aller chercher mon sac dans ma chambre ?* (Il le ramenait au bout d'un moment.) *Veux-tu aller éteindre dans ma chambre ?* (Debout sur deux pattes, il donnait une chiquenaude sur le commutateur à l'aide de sa truffe.) *Va ranger cette boîte de soupe dans l'office, s'il te plaît !* (Il emportait la boîte dans sa gueule, pour la déposer sur l'étagère.)

Les chiens qui accomplissent des prouesses, ça existe, mais elle n'avait même pas eu besoin de dresser Crooner, enfin pas vraiment. Il lui suffisait de lui montrer quelque chose une seule fois, et le tour était joué. Les gens s'en étonnaient ; pour sa part, elle y trouvait un certain plaisir et avait fini par se prendre pour une version moderne du Dr Doolittle – l'homme qui parlait le langage des animaux.

Il lui arrivait d'adresser de véritables phrases à son chien, de discuter avec lui, parfois de lui demander son avis.

Était-ce vraiment surprenant ? Ils vivaient ensemble depuis la mort de Jim, le plus souvent en tête à tête, et Crooner était d'assez bonne compagnie.

Il avait pourtant un comportement bizarre depuis qu'elle avait recommencé à sortir, et il ne semblait guère apprécier les hommes qui s'étaient présentés à sa porte depuis quelques mois. Ce n'était pas une surprise, car Crooner avait toujours grogné la première fois qu'il était en présence d'un inconnu. Possédait-il un sixième sens, lui permettant de distinguer les individus fréquentables de ceux qu'elle ferait mieux d'éviter ? À moins qu'il ne s'agît de la version animale d'un boy-friend jaloux...

Le problème devenant sérieux, une conversation avec Crooner s'imposait. Son chien n'allait tout de même pas la condamner à la solitude ! Il mettrait peut-être un certain temps à s'habituer à la présence d'une tierce personne, mais il finirait bien par comprendre. Et même par se réjouir pour elle... Mais quel était le meilleur moyen de lui expliquer tout cela ?

Mon Dieu, quelle question ! Si elle continuait, elle finirait par perdre la tête.

Clopin-clopant, elle alla dans la salle de bains se préparer, en se débarrassant sur son passage de son pyjama. Debout devant le lavabo, elle grimaça ensuite, face à son reflet. Vingt-neuf ans, et elle se désagrégeait déjà ! Elle avait mal aux côtes quand elle respirait, son gros orteil était douloureux, et son miroir n'était guère rassurant. On aurait dit que des gnomes armés de peignes s'étaient attaqués à ses longs cheveux châtains, soigneusement lissés dans la journée. Ils étaient ébouriffés et emmêlés, ou plutôt « en bataille », selon l'expression qu'affectionnait Jim. Elle avait le bout du nez rouge, du mascara fondu sur la joue, et les pollens printaniers gonflaient ses yeux verts. Mais une douche effacerait tout ça, sauf peut-être son allergie.

Elle ouvrit l'armoire à pharmacie et prit un comprimé de Clarityne, avant de lever les yeux de nouveau, dans l'espoir d'une amélioration miraculeuse.

Hum !

Décourager les avances de Bob ne lui donnerait peut-être pas trop de mal, après tout. Depuis un an maintenant, elle coupait les cheveux de Bob – ou ce qu'il en restait. Deux mois plus tôt, il avait osé l'inviter à sortir. Il n'avait rien d'un Apollon, avec sa calvitie naissante, son visage rond, ses yeux trop rapprochés et son début d'embonpoint. Cela dit, il était célibataire et il avait une bonne situation ; elle n'avait fréquenté aucun homme depuis la mort de Jim. Elle avait espéré que Bob l'aiderait à reprendre pied dans un monde oublié.

En cela elle se trompait ! Bob n'était pas célibataire par hasard. Non seulement son physique laissait à désirer, mais il s'était montré si ennuyeux pendant leur dîner en tête à tête, que même les gens des tables voisines les regardaient d'un air apitoyé. Son sujet de conversation favori était la comptabilité. Rien d'autre ne l'intéressait : ni elle, ni le menu, ni le temps, ni le sport, ni la petite robe noire qu'elle portait. Rien que la comptabilité ! Pendant trois heures, elle l'avait écouté palabrer au sujet des distributions de bénéfice, des moins-values et des dépôts de bilan. À la fin du repas, quand il s'était penché pour lui confier « qu'il connaissait des gens importants au service des impôts », elle avait failli s'écrouler d'ennui.

Cela va sans dire, Bob avait passé une délicieuse soirée. Depuis, il l'appelait trois fois par semaine pour lui demander « s'ils pourraient prévoir une seconde consultation, ha, ha, ha ! » Certes, il était ennuyeux comme la pluie, mais persévérant...

Il y avait aussi Ross, son second soupirant. Ross, un médecin. Bel homme, mais pervers ! Une soirée avec lui avait largement suffi à Julie.

Et comment aurait-elle pu oublier ce bon vieil Adam ? Fonctionnaire du comté, il était satisfait de son travail ; « comme tout le monde », lui avait-il dit.

Elle avait découvert qu'Adam était employé au service des égouts. Il ne sentait pas mauvais, des substances douteuses ne se logeaient pas sous ses ongles, et ses cheveux n'étaient pas luisants de graisse, mais elle ne supportait pas l'idée qu'il pourrait, un jour, revenir à la maison dans cet état. *Désolé, ma chérie, un petit accident du travail !* Cette idée lui donnait réellement la chair de poule... Elle ne pouvait pas s'imaginer non plus en train de mettre ses vêtements au sale, en de telles circonstances. Leur relation était donc vouée à l'échec.

Elle commençait à se demander si des gens normaux (comme Jim) existaient encore, et pourquoi elle attirait systématiquement de drôles d'oiseaux – à la manière d'une enseigne au néon annonçant : « Jeune femme disponible. Normalité non requise » –, quand Richard était apparu.

Miracle des miracles, après leur première sortie ensemble, le samedi précédent, elle avait continué à le trouver *normal*.

Consultant pour J. D. Blanchard Engineering, une firme des environs de Cleveland qui restaurait le pont enjambant l'Intracoastal Waterway, il était venu se faire couper les cheveux au salon de coiffure, et c'est ainsi qu'ils avaient fait connaissance. Au restaurant où il l'avait emmenée, il avait ouvert les portes pour elle, il souriait au bon moment et avait passé commande au garçon à sa place ; enfin, il n'avait pas même tenté de l'embrasser sur le pas de la porte. Et surtout, il avait un charme particulier, avec ses pommettes saillantes, ses yeux vert émeraude, ses cheveux noirs et sa moustache. Une fois seule, elle avait failli s'écrier : *Alléluia : j'ai trouvé la lumière !*

Crooner avait paru moins enthousiaste. Après qu'elle eut fait ses adieux à Richard, il avait pris ses airs de grand chef et grogné jusqu'à ce qu'elle lui ouvrît la porte de la maison.

— Ça suffit, avait-elle dit. Ne sois pas si sévère avec lui !

Crooner avait obtempéré, mais il s'était réfugié dans la chambre à coucher, où il avait boudé toute la nuit.

Un chien aussi bizarre mérite d'être exhibé dans les fêtes foraines, à côté du type qui avale des ampoules électriques, avait-elle pensé. Cela dit, elle n'avait pas non plus mené une vie tout à fait banale.

Elle tourna le robinet et s'avança sous la douche, en essayant de refouler les souvenirs qui l'assaillaient. À quoi bon ressasser ses malheurs ? Sa mère avait subi l'attraction fatale de l'alcool et des mauvais garçons... Elle changeait d'amant comme de chemise, et certains de ces individus avaient fait des avances à Julie quand elle était devenue adolescente. Le dernier avait même tenté de la violer ; elle s'en était plainte à sa mère, qui avait piqué une colère d'ivrogne, en l'accusant d'avoir elle-même provoqué son compagnon. Peu de temps après, elle se retrouvait à la rue, et sa vie avait été terrifiante pendant six mois.

La plupart des gens qu'elle avait côtoyés, jusqu'à sa rencontre avec Jim, se droguaient, faisaient la manche, volaient... ou pis encore. Effrayée à l'idée de ressembler un jour à ces êtres pitoyables, croisés chaque soir dans les asiles ou les entrées d'immeubles, elle acceptait les besognes les plus humbles en courbant l'échine.

La première fois qu'elle avait aperçu Jim, dans une gargote de Daytona, elle buvait une tasse de café, payée avec ses dernières pièces de monnaie. Jim lui avait offert un petit déjeuner et lui avait promis, avant de partir, de recommencer le lendemain si elle revenait. Affamée, elle était revenue, et quand elle s'était inquiétée de ses motivations (prête à lui assener la tirade classique sur les détournements de mineurs et les peines de prison qu'ils entraînent), il l'avait assurée de la pureté de ses intentions. À la fin de la semaine, il lui faisait une proposition : si elle le rejoignait à Swansboro, Caroline du Nord, il l'aiderait à trouver un emploi à plein-temps et un logement.

Elle l'avait alors dévisagé comme si des insectes lui sortaient des oreilles.

Pourtant, un mois plus tard, ne voyant poindre aucun espoir d'amélioration, elle avait pris l'autocar jusqu'à Swansboro. Que deviendrait-elle dans cette ville du bout du monde ? Toujours sceptique, elle alla voir Jim, qui la présenta à sa tante Mabel. Elle se retrouva tout naturellement en train de balayer le plancher du salon de coiffure, payée à l'heure, et installée dans la chambre au-dessus.

L'indifférence apparente de Jim la rassura d'abord, puis elle s'en étonna, avant de se vexer... Après l'avoir croisé souvent et avoir lancé quelques allusions – assez audacieuses selon ses critères –, elle finit par craquer. Un beau jour, elle demanda à Mabel s'il la trouvait laide... Jim reçut, apparemment, le message. Ils sortirent ensemble un certain nombre de fois, flirtèrent pendant un mois, et s'éprirent réellement l'un de l'autre. Jim la demanda en mariage et la mena à l'autel, dans l'église où il avait été baptisé. Pendant les années suivantes, elle avait griffonné des visages souriants sur le bloc à côté du téléphone. La vie l'avait comblée !

Mais son bonheur fut de courte durée : quelques semaines après leur quatrième anniversaire de mariage, Jim eut une attaque, au retour de l'église, et on le transporta d'urgence à l'hôpital. Deux ans plus tard, une tumeur cérébrale l'emportait, et, à l'âge de vingt-cinq ans, elle dut repartir de zéro. Compte tenu de l'apparition imprévue de Crooner, elle se disait que plus rien ne pouvait la surprendre.

Après les épreuves qu'elle avait traversées, sa vie était maintenant axée sur son train-train quotidien. Mabel, un véritable ange du ciel, l'avait aidée à passer son diplôme de coiffeuse, de sorte qu'elle gagnait décemment sa vie. Henry et Emma, un couple d'amis de Jim, lui avaient permis de se familiariser avec la ville à son arrivée ; elle était restée proche d'eux depuis son veuvage. Enfin, il y avait Mike, le jeune frère d'Henry et l'ami d'enfance de Jim.

Sous la douche, Julie ébaucha un sourire. Mike...

Ce garçon ferait un jour le bonheur d'une femme, même s'il semblait, parfois, légèrement paumé.

Julie se sécha, se brossa les dents et les cheveux, puis se maquilla, après avoir enfilé ses vêtements. Sa voiture étant au garage, elle irait à pied au salon de coiffure, qui était à un bon kilomètre et demi, au bout de la route. Chaussée confortablement, elle tourna la clef dans la serrure et appela Crooner.

Elle aperçut alors une carte, glissée sous le couvercle de sa boîte aux lettres, juste à côté de la porte d'entrée. Curieuse, elle ouvrit l'enveloppe, puis elle lut la missive sous le porche, tandis que Crooner surgissait des bois pour la rejoindre.

Chère Julie,
J'ai passé une soirée merveilleuse, samedi. Je pense sans cesse à toi.
Richard.

Voilà pourquoi Crooner avait fait des siennes pendant la nuit !

— Tu vois, lança-t-elle en lui mettant la carte sous les yeux ; je t'avais bien dit que c'était un type sympa...

Crooner tourna la tête

— Pas de ça, mon vieux. Tu pourrais au moins admettre que tu as eu tort ! À mon avis, c'est de la pure jalousie.

Crooner vint fourrer sa truffe contre elle.

— Jaloux, n'est-ce pas ?

Julie n'eut pas même besoin de se baisser pour lui passer la main le long du dos : il était plus grand qu'elle ne l'était à douze ans.

— Au lieu d'être mesquin, tu ferais mieux de te réjouir pour moi !

Crooner tourna autour d'elle en l'interrogeant du regard:

— Maintenant, allons-y ! On va marcher, parce que Mike est en train de réparer ma Jeep.

En entendant prononcer le nom de Mike, Crooner agita la queue.

2

Les paroles des chansons de Mike Harris laissaient beaucoup à désirer et les directeurs de studios d'enregistrement n'accouraient pas pour frapper à sa porte après avoir entendu le son de sa voix. Cependant, il travaillait chaque jour sa guitare, en espérant que le succès était proche. Ces dix dernières années, il avait joué avec une douzaine d'orchestres différents : depuis les groupes bruyants et échevelés de rock'n'roll des années quatre-vingt, jusqu'aux groupes pépères de country music. Sur scène, il avait porté aussi bien des pantalons de cuir et des peaux de serpent, que des *chapareros* et un chapeau de cow-boy. Même s'il manifestait un enthousiasme indéniable et que les autres musiciens sympathisaient presque toujours avec lui, on le congédiait en général au bout de quelques semaines, sous un prétexte quelconque. Ce phénomène s'était produit assez souvent pour qu'il ne crût plus à une simple incompatibilité d'humeur ; mais il était encore loin de se remettre en question.

Mike consignait aussi, dans un carnet, ses pensées et ses impressions, en se promettant d'écrire un jour ou l'autre un roman. L'écriture était, hélas ! un processus plus ardu qu'il n'aurait cru, bien qu'il ne fût pas à court d'inspiration. Au contraire, il avait des idées à revendre ! L'année précédente, il avait tenté d'écrire un roman policier situé sur un bateau de croisière, avec une bonne douzaine de suspects, à la manière d'Agatha Christie. Comme l'intrigue lui semblait trop plate, il avait voulu la pimenter en utilisant toutes les idées qui lui passaient par la tête : une ogive nucléaire cachée à San Francisco, un flic témoin de l'assassinat de JFK, un terroriste irlandais, la Mafia, un gamin et son chien, un investisseur malhonnête, un savant voyageant dans le temps et un rescapé des persécutions de l'Empire romain. Finalement, le prologue comptait une centaine de pages avant que les principaux suspects n'entrent en scène. Inutile de préciser qu'il avait renoncé à son projet !

Il s'était aussi essayé au dessin, à la peinture, à l'art du vitrail, à la céramique, au macramé, et il avait même réalisé quelques œuvres d'inspiration libre, qui l'avaient éloigné de son travail durant une semaine. Des pièces détachées d'anciennes voitures, travaillées et soudées, formaient trois imposantes structures déséquilibrées. Son œuvre achevée, il s'était assis sur les marches du porche pour la contempler, en se disant qu'il avait enfin trouvé sa vocation. Ce sentiment avait été de courte durée, car le conseil municipal s'était réuni à la hâte pour voter « l'interdiction d'utiliser les jardins comme débarras ».

À l'instar de beaucoup de ses semblables, Mike rêvait d'être un artiste ; il ne lui manquait que le talent...

Il pouvait cependant réparer pratiquement tout.

Tel un chevalier dans son armure rutilante, il venait vous tirer d'affaire si des flaques se formaient sous votre évier ou si votre broyeur à ordures battait de l'aile. Un véritable Merlin l'enchanteur des Temps modernes lorsqu'il s'agissait d'un engin à quatre roues ou d'un moteur ! Henry et lui étaient copropriétaires du garage le plus dynamique de la ville : Henry se chargeait de la paperasserie, lui du travail concret. Voitures américaines ou étrangères, Ford Escort quatre cylindres ou Porsche 911 à turbocompresseurs, rien n'avait de secret pour lui. Quand il écoutait un moteur, il percevait des cliquetis métalliques qui échappaient à une oreille non avertie et il trouvait l'origine de la panne en moins de deux minutes. Spécialiste en matière de soupapes de pistons, de radiateurs et d'essieux, il effectuait de mémoire le réglage de pratiquement toutes les voitures passant à l'atelier et pouvait monter un moteur sans un regard à un manuel. Ses doigts étaient toujours maculés de cambouis et, quoiqu'il appréciât de bien gagner sa vie, il aurait parfois souhaité appliquer ses talents à d'autres domaines.

Mike avait échappé à la traditionnelle réputation d'homme à femmes des mécaniciens et des musiciens. Il avait eu deux liaisons sérieuses en tout et pour tout. Vu qu'il était lycéen à l'époque de la première, et que sa relation avec Sarah avait pris fin depuis trois ans, on pouvait supposer qu'il ne tenait pas aux longues relations, ou même aux engagements susceptibles de durer plus d'un été. Il lui arrivait de s'interroger sur ce point, mais, qu'il le veuille ou non, la plupart de ses sorties se terminaient par un baiser sur la joue, tandis que sa partenaire le remerciait de sa précieuse amitié.

À trente-quatre ans, Mike Harris était donc passé maître dans l'art d'étreindre fraternellement une femme qui se lamentait, sur son épaule, de la goujaterie de son précédent flirt. Pourtant, il était loin d'être vilain garçon ! Avec ses cheveux châtain clair, ses yeux bleus et son corps svelte, il avait un charme typiquement américain. Les femmes appréciaient sa compagnie ; sa malchance tenait surtout au fait qu'elles le sentaient peu désireux de s'attacher à elles.

Son frère Henry, et Emma, sa belle-sœur, savaient pourquoi ; Mabel de même, ainsi que presque toutes les relations de Mike Harris.

Manifestement, Mike était déjà amoureux...

— Julie, une minute !

Aux abords du quartier commercial vieillot de Swansboro, Julie se retourna en entendant Mike l'appeler. Crooner leva les yeux ; elle acquiesça d'un signe de tête.

— Vas-y !

Crooner piqua un galop et rejoignit Mike à mi-chemin. Ce dernier le caressa en marchant, puis le gratta derrière les oreilles. Quand sa main s'immobilisa, le grand danois hocha du chef pour lui faire comprendre qu'il n'était pas rassasié.

— Ça suffira pour aujourd'hui, mon gars, marmonna Mike. Laisse-moi parler à Julie !

Il s'approcha d'elle avec Crooner, toujours à l'affût de ses caresses.

— Salut, Mike, fit Julie en souriant. Quoi de neuf ?

— Pas grand-chose ! Je voulais te prévenir que ta Jeep est prête.

— Qu'est-ce qu'elle avait ?

— Un problème d'alternateur.

Exactement ce qu'il avait affirmé, vendredi dernier, quand elle lui avait déposé son véhicule !

— Tu as dû le remplacer ?

— Oui, le tien était mort ; mais ça n'a pas posé de problème : mon fournisseur en avait plusieurs en stock. J'ai réparé aussi la fuite d'huile ; il y avait un joint à changer, près du filtre.

— Une fuite d'huile ?

— Tu n'as pas remarqué les taches dans ton allée ?

— Non, mais je n'ai pas fait spécialement attention...

— En tout cas, j'ai réparé ça aussi. Veux-tu que je te rapporte tes clefs ?

— Je viendrai les chercher moi-même après mon travail ; je n'en ai pas besoin avant. Des rendez-vous toute la journée ! Tu sais ce que c'est le lundi...

Julie ébaucha un sourire.

— Désolée de ne pas être venue au *Clipper*.

Mike avait passé son week-end à jouer du « grunge » avec un groupe de lycéens en échec scolaire, ne pensant qu'à draguer les filles, boire de la bière et se gaver des programmes de MTV. Il avait au moins une douzaine d'années de plus que la moyenne d'entre eux, et quand il avait montré à Julie le pantalon trop ample et le tee-shirt râpé qu'il porterait à ce spectacle, elle s'était contentée de hocher la tête en marmonnant « Sympa ! » ce qui signifiait : *Tu vas te ridiculiser dans cette tenue.*

— Pas trop mal, il me semble, marmonna Mike.

— Sans plus ?

Mike haussa les épaules.

— Ce n'était pas tellement mon style.

Bien qu'elle appréciât la personnalité de Mike, Julie ne raffolait guère de l'entendre chanter ; mais Crooner semblait adorer sa voix. Dès que Mike chantait pour des amis, il l'accompagnait de ses grognements. Les gens disaient que c'était à celui des deux qui deviendrait célèbre le premier.

— Combien je te dois pour les réparations ? s'enquit Julie.

Mike se gratta le menton avec une apparente perplexité.

— Deux coupes de cheveux feront l'affaire.

— Voyons, laisse-moi payer, cette fois-ci ! Au moins les pièces détachées... Je gagne ma vie, tu sais.

L'année précédente, la Jeep de Julie, une ancienne CJ7, était tombée trois fois en panne ; Mike parvenait à la faire fonctionner correctement entre-temps.

— Tu me payes ! protesta Mike. Mes cheveux ont tendance à s'éclaircir, mais je ne peux pas me passer d'une coupe à l'occasion.

— Deux coupes de cheveux ne me semblent pas un marché équitable.

— Ça n'a pas été un gros travail, et les pièces détachées n'ont pas coûté cher. Le fournisseur me devait une faveur...

Julie haussa légèrement le menton.

— Henry sait-il que tu fais ça ?

Mike ouvrit les bras d'un air innocent.

— Bien sûr qu'il sait ! Je suis son associé. En plus, c'est lui qui me l'a suggéré.

— Alors, merci beaucoup. J'apprécie sincèrement !

— C'est un plaisir pour moi...

Mike s'interrompit. Il aurait souhaité prolonger la conversation, mais, ne sachant que dire, il jeta un coup d'œil à Crooner, qui le scrutait, la tête penchée sur le côté. *Lance-toi, Roméo*, semblait-il suggérer. *Nous savons très bien, toi et moi, où tu veux en venir.*

Mike déglutit non sans peine.

— Contente de ta soirée avec...

— Richard ?

— Oui, avec Richard, répéta Mike, faussement désinvolte.

— Il est sympathique.

— Oh !

Des gouttes de transpiration perlaient sur le front de

Mike. Comment pouvait-il avoir si chaud à cette heure matinale ?

— Où êtes-vous allés ? reprit-il.

— Au *Slocum House*.

— Un peu sophistiqué pour un premier rendez-vous...

— Il m'avait donné le choix entre *Pizza Hut* et ça.

Mike attendit des précisions, en se balançant d'un pied sur l'autre ; Julie garda le silence...

Mal parti ! conclut-il. Richard était nettement différent de Bob, le comptable romantique ; de Ross, l'obsédé sexuel ; d'Adam, l'homme des égouts de Swansboro. Avec de tels concurrents, il pouvait tenter sa chance. Mais avec Richard ? Un homme... sympathique, qui l'avait emmenée au *Slocum House*...

— Alors... Tu as passé une bonne soirée ?

— Oui, on s'est amusés.

— J'en suis ravi pour toi, conclut Mike, troublé par cette réponse de mauvais augure.

Julie posa une main sur son bras.

— Ne t'inquiète pas ! Tu seras toujours mon préféré.

Mike fourra ses poings dans ses poches.

— Parce que c'est moi qui entretiens ta voiture ?

— Ne te sous-estime pas, mon cher ! Tu m'as aidée aussi à rafistoler mon toit.

— Et j'ai réparé ta machine à laver...

Penchée vers lui, Julie l'embrassa sur la joue, avant d'exercer une pression sur son bras.

— Que veux-tu, Mike ? Tu es vraiment un chic type.

En se dirigeant vers le salon de coiffure, Julie sentit que Mike la suivait des yeux ; mais son regard n'avait rien d'impudique, contrairement à celui de beaucoup

hommes. Il était un bon copain. Non, plus que cela !
Jamais elle n'hésiterait à l'appeler en cas d'urgence,
et sa simple présence lui rendait la vie plus douce
à Swansboro, car elle avait la certitude de pouvoir
compter sur lui. De tels amis sont rares... Pourtant, elle
lui faisait mystère de certains aspects de sa vie, comme
de sa récente soirée avec Richard.

À vrai dire, elle se doutait un peu de ses sentiments
à son égard et elle craignait de le peiner. Qu'aurait-elle
pu lui répondre ? *Comparé à mes autres flirts, Richard
m'a paru formidable. Bien sûr que j'accepterais de
sortir à nouveau avec lui !* Mike – elle s'en était rendu
compte depuis quelques années – lui faisait la cour,
mais, hormis leur grande amitié, il lui inspirait des sentiments complexes. Rien de plus normal, d'ailleurs !
Ami d'enfance de Jim, témoin à son mariage, il l'avait
entourée de sa sollicitude après la mort de son mari.
Elle le considérait un peu comme un frère, et elle ne
pouvait pas modifier son point de vue comme on tourne
un commutateur.

Mais ce n'était pas tout. Jim et Mike étaient si pro-
ches, et Mike avait été mêlé si étroitement à leur vie
de couple, qu'elle ne pouvait s'imaginer en train de
sortir avec lui, sans éprouver un sentiment de trahison.
Au cas où elle accepterait, pourrait-on en déduire
qu'elle l'avait toujours souhaité en secret ? Qu'en
aurait pensé Jim ? Parviendrait-elle un jour à regarder
Mike sans se souvenir des bons moments passés autrefois avec Jim et lui ? Pis encore, qu'adviendrait-il s'ils
sortaient ensemble et s'ils n'arrivaient pas à s'entendre ? Tout changerait entre eux, et elle ne voulait
pas courir le risque de perdre un ami. Le *statu quo* lui
semblait donc préférable.

Elle soupçonnait Mike d'avoir deviné le fond de sa
pensée. C'était sans doute pour cela qu'il ne lui avait

jamais proposé de sortir, bien qu'il en ait évidemment envie.

Pourtant, elle sentait parfois – comme par exemple l'été précédent, quand ils étaient allés faire du ski nautique avec Henry et Emma – qu'il était à deux doigts de se déclarer. Mike lui paraissait alors assez étrange. Au lieu de rire de bon cœur des plaisanteries (même faites à ses dépens !) et d'être le type qui se dévoue spontanément pour aller acheter des bières à l'épicerie, il devenait soudain silencieux. S'imaginait-il qu'elle ne le trouvait pas assez décontracté ? Au lieu de s'esclaffer aux plaisanteries des autres, il lui adressait des clins d'œil, la regardait avec des yeux étranges, ou contemplait le bout de ses ongles. La dernière fois, sur le bateau, il lui avait souri avec l'air de dire : *Poupée, si on allait fumer un joint et s'amuser pour de bon ?* Henry, son frère aîné, se montrait impitoyable dans ces cas-là. Voyant l'humeur de Mike changer brusquement, il lui avait demandé s'il digérait mal les haricots qu'il avait mangés à midi.

L'ego de Mike n'avait pas résisté à cette plaisanterie douteuse. Pauvre Mike...

Le lendemain, il était redevenu lui-même ; elle le préférait mille fois ainsi. Les types qui se prennent pour des caïds et qui se battent dans les bars pour se faire valoir lui déplaisaient souverainement. Par ailleurs, Mike ne manquait pas de charme, loin de là ! Un bel homme, au cœur généreux... Elle aimait sa manière de plisser les paupières quand il souriait, et ses fossettes. Il réagissait aux mauvaises nouvelles d'un simple haussement d'épaules et il riait volontiers.

Elle adorait son rire...

Comme toujours, une petite voix vint l'arracher à sa rêverie : *Ressaisis-toi, Julie ! Mike est ton ami, ton*

35

meilleur ami... Voudrais-tu tout gâcher ? Crooner se frotta contre elle et l'arracha à ses pensées.

— En avant, gros paresseux !

Son chien accéléra son rythme, dépassa la boulangerie, et franchit la porte entrouverte du salon de coiffure. Mabel avait toujours un biscuit pour lui.

— Julie est contente de sa soirée ?

Adossé au chambranle de la porte, devant la machine à café, Henry parlait au-dessus de sa tasse en polystyrène.

— Je ne l'ai pas questionnée à ce sujet !

Le ton de Mike laissait supposer qu'il jugeait la question de son frère absurde. Il enfila son bleu de travail par-dessus son jean.

— Pourquoi pas, Mike ?

— Je n'y ai pas pensé.

— Hum, fit Henry.

Henry avait trente-huit ans. De quatre ans l'aîné de Mike, il était en quelque sorte son *alter ego*, en plus mûr.

Plus grand et plus corpulent, il abordait la quarantaine avec un tour de taille qui s'accroissait à mesure que son crâne se dégarnissait. Sans ambition artistique, contrairement à Mike, il avait étudié la comptabilité commerciale à l'université. Marié depuis douze ans à Emma, père de trois petites filles, et propriétaire d'une maison individuelle – de préférence à un appartement –, il avait acquis une certaine stabilité. Enfin, il se faisait un devoir de veiller sur son cadet, comme la plupart des frères aînés, pour lui éviter de commettre des erreurs qu'il regretterait plus tard. Son zèle fraternel l'entraînait à des taquineries, et même à des insultes, dans l'espoir de ramener Mike sur terre. On lui reprochait parfois sa dureté à son égard ; mais avait-il le choix ? Il fallait bien que quelqu'un veille sur ce garçon...

Mike avait remonté jusqu'à la taille son bleu de travail taché de cambouis.

— Je voulais simplement la prévenir que sa voiture est prête.

— Déjà ? Je croyais qu'il y avait une fuite d'huile.

— Exact.

— Tu l'as déjà réparée ?

— Ça m'a pris seulement quelques heures.

— Hum !

Henry hocha la tête, pensif. *Petit frère, tu t'es drôlement mis en quatre !* Au lieu de proférer ce genre de remarque, il s'éclaircit la voix.

— Tu as passé ton week-end à travailler sur sa voiture ?

— Pas uniquement ; j'ai joué aussi au *Clipper*. Tu avais oublié, hein !

Henry leva les mains, sur la défensive.

— Comme tu sais, je suis plutôt un fan de Garth Brooks et de Tim McGraw. Ce genre de musique ne me plaît pas trop ! Et puis, les parents d'Emma sont venus dîner.

— Vous pouviez les amener.

Henry éclata de rire et faillit renverser son café.

— Tu plaisantes ? La musique d'ambiance des ascenseurs est trop bruyante pour eux, et ils considèrent le rock comme une invention satanique. Ils tomberaient dans les pommes s'ils entraient au *Clipper* !

— Je le répéterai à Emma !

— Elle ne dira pas le contraire ; ce sont ses propres paroles ! Alors, c'était bien, samedi ?

— Pas mal.

Mike remonta brusquement la fermeture Éclair de son bleu de travail.

— Combien as-tu demandé à Julie pour la réparation, cette fois-ci ? fit Henry. Trois crayons et un sandwich ?

— Ha, ha !

— Je brûle de savoir...

— Je lui ai demandé... comme d'habitude.

— Heureusement que je me charge de la comptabilité, ici !

— Tu lui aurais certainement fait une fleur toi aussi.

— Sans doute...

— Alors, pourquoi cette question ?

— Parce que je voudrais savoir comment s'est passée sa soirée.

— Quel rapport y a-t-il entre ce que je lui demande pour réparer sa voiture et sa soirée ?

— À ton avis, petit frère ? ironisa Henry.

— Je pense que tu as bu trop de café ce matin et que tu dis des bêtises.

Henry vida sa tasse.

— Peut-être... Au fond, tu te fiches pas mal de la soirée de Julie !

— Absolument !

Henry prit la cafetière pour se verser une autre tasse de café.

— Et tu te fiches aussi de ce qu'en a pensé Mabel...

Mike leva les yeux.

— Mabel ?

D'un geste nonchalant, Henry mit de la crème et un sucre dans sa tasse.

— Oui, Mabel. Elle les a aperçus samedi soir !

— Comment le sais-tu ?

— Parce que je l'ai rencontrée, hier, après le service religieux ; et elle m'en a parlé.

— Ah oui ?

Henry tourna le dos à Mike et se dirigea vers son bureau, un sourire aux lèvres.

— Mais puisque tu t'en fiches, je ne t'en dirai pas plus !

Henry savait, par expérience, que Mike resterait figé sur place, derrière la porte, longtemps après qu'il se serait installé à sa table de travail.

3

Andrea Radley avait obtenu son diplôme de coiffeuse l'année précédente et travaillait pour Mabel depuis neuf mois, mais elle n'avait rien d'une employée modèle. Elle prenait volontiers des journées de congé « personnelles » – la plupart du temps sans prévenir – et manquait de ponctualité quand elle décidait de travailler. En outre, elle n'était pas spécialement douée pour la coupe et la coiffure ; les indications données par ses clients lui importaient peu. Ils avaient beau lui montrer une photo ou lui expliquer clairement ce qu'ils souhaitaient, elle coupait les cheveux de la même manière à tout le monde. Pourtant, cela ne lui posait pas de problème : elle avait déjà à peu près le même nombre de clients que Julie, et, comme par hasard, sa clientèle était exclusivement masculine.

Andrea avait vingt-trois ans. Blonde aux longues jambes et au teint perpétuellement hâlé, elle semblait débarquer tout droit des plages de Californie – et non de Boone, une petite bourgade montagnarde de Caroline du Nord. Son habillement était du même style : y compris les jours de grand froid, elle portait des minijupes au salon de coiffure. En été, elle agrémentait sa tenue de dos-nus minimalistes ; en hiver, de hautes bottes de cuir. Elle appelait tous ses clients « mon ange », battait des cils (de longs cils rehaussés de mascara), et mâchait du chewing-gum à longueur de journée. Julie et Mabel riaient sous cape des regards langoureux qu'adressaient ses clients à son reflet dans le miroir. Andrea leur aurait rasé le crâne par mégarde qu'ils auraient continué à venir sans hésiter !

Malgré son look, Andrea était relativement naïve. Elle croyait savoir ce que voulaient les hommes ; en cela elle ne se trompait guère, mais elle n'avait pas encore trouvé le moyen d'en retenir un seul. Jamais elle n'avait songé que son physique pouvait attirer un certain type d'individus plutôt qu'un autre. Elle avait du succès auprès des tatoués conduisant des Harley, des ivrognes qui traînaient le soir au *Clipper*, ou des voyous en liberté conditionnelle, mais elle n'était jamais sortie avec un homme ayant un emploi stable. C'est du moins ce qu'elle se disait dans ses moments de déprime. En réalité, il lui était arrivé de fréquenter des gens sérieux, mais elle cessait si rapidement de s'intéresser à eux qu'elle oubliait vite leur existence même.

Depuis trois mois, elle était sortie avec sept hommes différents : des tatoués, des propriétaires de Harley et deux voyous en infraction, mais pas un seul individu fiable ! Voilà pourquoi elle se sentait plutôt déprimée... Le samedi précédent, elle avait dû payer elle-même son dîner et sa place de cinéma, parce que son partenaire n'avait pas un sou. L'avait-il rappelée ce matin ? Bien sûr que non ! Il ne l'appellerait même pas de la journée. Ses flirts ne l'appelaient jamais, sauf quand ils avaient besoin d'argent, ou s'ils se sentaient « un peu seuls », selon leur expression favorite.

Mais Richard était passé au salon ce matin pour voir Julie.

Pis encore, Julie n'avait certainement pas eu besoin de régler l'addition pour qu'il revienne. Pourquoi Julie attirait-elle tous les types bien ? Une fille qui n'avait aucun chic ! La plupart du temps, elle était tout à fait quelconque avec son jean, son pull trop ample, et ses vilaines chaussures. Elle ne cherchait pas à se donner une silhouette sexy, elle ne se faisait pas non plus les ongles, et elle n'était jamais bronzée, sauf en été ; ce qui est à la portée de tout le monde. Alors, pourquoi Richard avait-il été subjugué ? La semaine dernière, quand il était entré pour se faire couper les cheveux, elles se reposaient entre deux rendez-vous et elles l'avaient salué en même temps, mais il s'était adressé à Julie exclusivement. De fil en aiguille, il lui avait donné rendez-vous...

— Ouille !

Ramenée à la réalité par ce gémissement, Andrea observa le reflet de son client dans le miroir. Un avocat d'une trentaine d'années, qui se frottait le crâne... Elle retira aussitôt sa main.

— Ça ne va pas, mon ange ?

— Vous m'avez écorché avec vos ciseaux !

— Moi ?

— Oui, et vous m'avez fait mal.

Andrea battit des cils.

— Désolée, mon ange ; je ne l'ai pas fait exprès... Pas trop fâché ?

— Non... pas trop...

L'homme la fixa un instant dans le miroir.

— Vous ne trouvez pas ma coupe un peu de travers ?

— Où ?

— Ici, fit l'avocat en pointant un doigt. Vous avez coupé cette patte beaucoup trop court.

Andrea cligna deux fois les yeux et pencha lentement la tête d'un côté, puis de l'autre.

— À mon avis, c'est à cause du miroir.

— Du miroir ? répéta l'avocat.

Souriante, elle posa une main sur son épaule.

— Je vous trouve très beau, mon ange.

— Vraiment ?

À l'autre bout du salon, près de la vitrine, Mabel leva les yeux de son magazine : le client d'Andrea était pratiquement effondré sur son siège. Quand elle se remit au travail, il se redressa peu à peu ; sans doute rassuré.

— Écoutez, fit-il, j'ai des billets pour aller voir Faith Hill à Raleigh, dans une quinzaine de jours. Ça vous dirait de m'accompagner ?

Malheureusement, Andrea ne pensait qu'à Richard et Julie. D'après Mabel, ils étaient allés au *Slocum House*. *Slocum House*, elle en avait entendu parler, bien qu'elle n'y ait jamais mis les pieds ! Un restaurant chic, avec des candélabres sur les tables... Le genre d'endroit où l'on dépose son manteau au vestiaire, si on le souhaite. Il y avait certainement des nappes en lin, au lieu de ces vulgaires toiles cirées à carreaux rouge et blanc. Ses partenaires ne l'avaient jamais emmenée dans un restaurant pareil. Elle aurait parié qu'ils en ignoraient même l'existence.

— Désolée, je suis prise, répondit-elle sans réfléchir.

Connaissant Richard ou plutôt devinant quel homme il était, elle supposa qu'il enverrait un bouquet de fleurs à Julie. Peut-être des roses... Des roses rouges, qu'elle imaginait parfaitement. Pourquoi Julie tombait-elle toujours sur le bon numéro ?

— Oh ! fit l'avocat.

— Vous disiez ?

— Rien. J'ai simplement dit « oh ! »

Ne sachant plus quelle contenance prendre, Andrea esquissa un sourire. De nouveau, l'avocat s'effondra progressivement sur son siège.

Dans son coin, Mabel étouffa un rire.

Mabel vit Julie franchir le seuil, une minute après Crooner. Elle allait lui dire bonjour, quand Andrea intervint.

— Richard a appelé...

Andrea avait pris un ton morose, tout en limant avec acharnement ses ongles soigneusement manucurés.

— Ah oui ? fit Julie. Qu'est-ce qu'il veut ?

— Je ne lui ai pas demandé. Après tout, je ne suis pas ta secrétaire !

Mabel hocha la tête, histoire de faire comprendre à Julie qu'elle n'avait pas à se formaliser. Cette femme de soixante-trois ans, la tante de Jim, était l'une de ses meilleures amies. Elle lui avait procuré un emploi et un logement, onze ans plus tôt, ce qu'elle n'oublierait jamais ; mais, depuis le temps, elle la connaissait assez bien pour se dire qu'elle l'aurait sincèrement appréciée même si elle ne lui avait pas été redevable.

Mabel était une excentrique, avec un E majuscule, surtout selon les critères d'une petite ville conservatrice du Sud, mais pas seulement à cause de quelques bizarreries dérisoires. Mabel était *différente* des autres femmes de Swansboro, et Julie, comme tout le monde, s'en rendait compte. Malgré trois demandes en mariage, Mabel ne s'était jamais mariée ; ce qui lui interdisait l'accès aux différentes associations et clubs de personnes de son âge. Même si on ignorait d'autres étrangetés – le fait qu'elle aille en Mobylette au salon de coiffure (sauf par temps de pluie), qu'elle porte systématiquement des robes à pois et considère ses reliques d'Elvis Presley comme autant d'œuvres d'art –, Mabel pouvait passer pour une originale en raison d'un événement survenu un quart de siècle plus tôt...

À trente-six ans, alors qu'elle avait passé toute sa vie à Swansboro, elle était partie sans crier gare. Pendant huit ans, elle avait envoyé des cartes postales du monde entier à sa famille. D'Ayers Rock en Australie, du Kilimandjaro en Afrique, des fjords de Norvège, de la rade de Hong-Kong, et même de Pologne. De retour à Swansboro – aussi soudainement qu'elle était partie –, elle avait réintégré son ancienne maison et le même salon de coiffure. Personne ne savait la raison de sa disparition, ni comment elle avait financé son voyage et l'achat du magasin, un an après être réapparue. Elle ne répondait jamais quand on la questionnait à ce sujet ! « Mystère... », murmurait-elle simplement, en clignant les yeux. Son silence entretenait la rumeur qu'elle avait un passé plutôt louche et qu'elle devait cacher quelques secrets inavouables.

Mabel se moquait éperdument du qu'en-dira-t'on, ce qui, aux yeux de Julie, faisait partie de son charme. Mabel s'habillait comme elle voulait, fréquentait qui elle voulait, et faisait ce qui lui plaisait ! Plus d'une fois, Julie s'était demandé si ses bizarreries étaient réelles, ou simulées afin d'entretenir la curiosité à son sujet. En tout cas, elle adorait chacun de ses traits de caractère, y compris une certaine indiscrétion.

— Alors, comment ça s'est passé avec Richard ? lui demandait justement son amie.

— Je t'avoue que je me suis fait du souci pour toi... Tu aurais pu te froisser un muscle du cou à force de te dévisser la tête pour entendre ce que je disais.

— Tu n'aurais pas dû t'inquiéter pour moi : avec un peu de Tylenol, j'étais comme neuve le lendemain.

Au lieu de changer de sujet, raconte-moi comment ça s'est passé !

— Assez bien, compte tenu du fait qu'on sortait ensemble pour la première fois.

— De ma place, on aurait dit que ce n'était pas votre première rencontre.

— Pourquoi dis-tu cela ?

— Je ne sais pas... Son expression, ou peut-être la manière dont il t'a dévorée des yeux, toute la soirée. Pendant une seconde, j'ai eu l'impression que son regard était relié à toi par un fil invisible.

— À ce point ?

— Mon chou, on aurait dit un marin en bordée, assistant à un spectacle sexy !

Julie éclata de rire en passant sa blouse.

— J'ai dû l'éblouir...

— Je suppose !

Surprise par l'intonation de Mabel, Julie leva les yeux.

— Quoi ? Il ne t'a pas plu ?

— Comment veux-tu que je te donne mon avis ? Je ne lui ai jamais adressé la parole ! Je n'étais pas au salon la première fois qu'il est venu, et, samedi, tu n'avais pas trop envie de me le présenter.

Mabel cligna un instant les yeux.

— D'ailleurs, j'ai l'âme romantique, Julie... Du moment qu'un homme écoute ce qu'on lui raconte, son apparence ne compte pas tellement.

— Tu ne l'as pas trouvé bel homme ?

— Tu me connais ! J'ai un faible pour les hommes qui viennent pour Andrea. Leurs bras couverts de tatouages me fascinent, lança Mabel avec un sourire.

Julie éclata de rire.

— Si Andrea t'entendait, elle serait offusquée !

— Mais non ! Ce n'est pas son genre.

À cet instant, la porte s'ouvrit et une femme entra. Le premier rendez-vous de la journée, pour Julie. Peu après, une cliente de Mabel entra à son tour.

— Alors, tu vas encore sortir avec lui ? reprit Mabel.

— Oui, s'il le souhaite.

— Ça te plairait ?

— Je crois que oui...

Les yeux de Mabel pétillèrent.

— Et ton cher Bob ? Il va avoir le cœur brisé.

— Si je le revois, je peux lui dire qu'il t'intéresse...

— Excellente idée, j'ai besoin d'aide pour ma déclaration d'impôts ! Mais je crains qu'il ne me trouve trop fantaisiste pour lui.

Après une pause, Mabel – qui avait surpris, à travers la vitrine, Julie en train de discuter avec Mike – revint à la charge :

— Comment a réagi Mike ?

Julie haussa les épaules : elle s'attendait à cette question.

— Il a bien réagi...

— C'est un gentil garçon, tu sais ?

— Oui, je sais.

Mabel n'osa pas insister davantage. À son grand regret, toutes ses tentatives avaient été infructueuses jusque-là. Pourtant, Mike et Julie étaient faits pour s'entendre. Et, même s'ils en doutaient, elle était intimement persuadée que Jim n'y aurait vu aucun inconvénient.

Après tout, elle était bien placée pour le savoir puisqu'elle était sa tante.

Tandis qu'un soleil matinal annonçait une vague de chaleur précoce, la clef à écrous de Mike s'était coincée autour d'un boulon, dans les profondeurs d'un moteur.

En cherchant à la dégager, il s'était entaillé le dos de la main. Après avoir désinfecté et pansé sa plaie, il s'était remis à la tâche, en vain.

Furieux, il s'éloigna de la voiture, qu'il fixa d'un air glacial, peut-être dans l'espoir de l'intimider.

Toute la matinée, il avait collectionné les erreurs dans une réparation de pure routine ; et, maintenant, il ne pouvait même plus récupérer cette fichue clef ! Évidemment, ce n'était pas tout à fait sa faute. Plutôt celle de Julie... Comment aurait-il pu se concentrer sur son travail, alors qu'il ne cessait de penser à sa soirée avec Richard ?

Qu'appréciait-elle en lui, et qu'avait-elle voulu dire en disant qu'elle s'était « amusée » ? Il ne pouvait tout de même pas aller interroger Mabel, quasiment en présence de Julie ! La seule solution était de s'adresser à Henry, mais cette idée l'horrifiait.

Henry, son gentil frère aîné...

C'était clair ! Henry l'avait titillé par plaisir ; il savait exactement ce qu'il faisait lorsqu'il avait laissé la conversation en suspens. Il voulait l'obliger à mendier des informations auprès de lui, en se traînant à ses pieds...

Non, pas cette fois-ci ! conclut Mike.

Il se rapprocha de la voiture, et un coup d'œil derrière son épaule lui permit d'apercevoir le tournevis. Pourrait-il décoincer sa clef en faisant levier ? Il décida de tenter sa chance, mais à l'instant où il mettait l'outil en place, il crut entendre de nouveau la voix de Julie et le tournevis lui glissa des mains.

Julie avait trouvé Richard *sympathique*, elle s'était *amusée* avec lui...

Il essaya de récupérer le tournevis, qui lui échappa en roulant comme une boule de Pachinko, avant de disparaître. Il se pencha, mais il avait beau connaître ce type de moteur dans les moindres détails, il n'avait aucune idée de l'endroit où ce fichu outil était allé se nicher.

Déconcerté, il écarquilla les yeux. Bravo ! Le boulon était coincé et le tournevis englouti dans un véritable trou noir. Voilà où il en était, après une heure de travail... Si ça continuait, il ne lui resterait plus qu'à passer une nouvelle commande à Blaine Sutter, le représentant en outils.

Finalement, il allait parler à Henry ; sinon, il ne parviendrait jamais à se calmer. Quelle poisse !

Il attrapa un chiffon pour s'essuyer les mains en traversant le garage. Furieux contre lui-même, il réfléchissait à la meilleure manière d'interroger son frère, sans lui dévoiler la raison de sa curiosité ! Il fallait laisser le sujet arriver naturellement sur le tapis, et ne pas tomber dans le piège qu'Henry lui tendait. Avec des types comme lui, on n'obtient rien sans ruse.

Une fois sûr de son plan, il passa la tête dans le bureau : assis derrière sa table de travail encombrée, Henry commandait une pièce détachée par téléphone. Face à lui, un paquet de beignets miniature était posé à côté d'une cannette de Pepsi. Il cachait toujours un tas de friandises malsaines dans son tiroir, pour compléter les repas *sains* que lui préparait Emma.

Après avoir fait signe à Mike d'entrer et de prendre un siège face à lui, Henry raccrocha.

— C'était mon fournisseur de Jacksonville... Ils n'auront pas l'interrupteur dont tu as besoin pour la Volvo avant la semaine prochaine. Peux-tu me faire penser à appeler Evelyn ?

— Bien sûr !

— Alors, qu'est-ce qui te tracasse, petit frère ?

Henry connaissait d'avance sa réponse ; mais au lieu d'en venir directement à ce que lui avait raconté Mabel, il prit un malin plaisir à voir Mike brûler de curiosité.

— Eh bien, Henry, je me disais que...

— Oui ?

— Je me disais que je devrais peut-être retourner à l'église avec toi et ta famille.

Un doigt sur le menton, Henry sembla perplexe. C'était une entrée en matière originale ; inefficace, mais certainement *originale*.

— Ah oui ? fit-il en riant sous cape.

— Oui, je n'y suis pas allé depuis un certain temps... Ça me ferait du bien.

— Pourquoi pas ? Tu préfères qu'on s'y retrouve ou qu'on vienne te chercher ?

Mike s'agita sur son siège.

— Avant de prendre ma décision, j'aimerais savoir ce que tu penses du nouveau pasteur. Comment sont ses sermons ? Les gens en discutent après le service religieux ?

— Parfois.

— Ils en discutent à la sortie ?

— Tu jugeras par toi-même, samedi. Nous y allons à 9 heures.

— 9 heures, d'accord... Par exemple, de quoi parlaient les gens, dimanche dernier ?

— Voyons un peu... (Henry fit mine de se concentrer.) Au fond, je ne me souviens plus très bien. Je parlais à Mabel...

Bingo ! se dit Mike en souriant intérieurement. Mon plan a marché ; je suis rusé comme un renard.

— À Mabel ?

Henry mordit dans un beignet, puis se cala dans son fauteuil. Tout en mâchant, il ajouta :

— D'habitude, Mabel va au précédent office ; elle

50

devait être en retard... Nous avons causé un bon moment, et elle m'a raconté des choses intéressantes !

Henry s'interrompit un instant et se mit à compter ostensiblement les petits trous dans le plafond. Puis il fit basculer son siège en avant et hocha la tête.

— Mais tu ne veux pas en entendre parler... Il était question de la soirée de Julie, et tu m'as déjà dit que ça ne t'intéresse pas. On passe te chercher, dimanche ?

Comprenant que son plan venait de tomber à l'eau, Mike chercha à faire bonne figure.

— Oui, peut-être...

Henry lui jeta un regard provocant.

— Aurais-tu changé d'avis ?

Mike pâlit brusquement.

— Hum...

Henry éclata de rire. Il s'était bien amusé, mais le moment était venu de reprendre son sérieux.

— Réponds à ma question, Mike ! dit-il, penché en avant. Pourquoi fais-tu semblant de ne pas vouloir sortir avec Julie ?

— Nous sommes simplement amis !

— C'est à cause de Jim ? demanda Henry, imperturbable.

Lassé par le mutisme de Mike, Henry reposa son beignet.

— Il nous a quittés depuis longtemps, maintenant. Ce n'est pas comme si tu essayais de lui voler sa femme !

— Alors, pourquoi as-tu insinué que je ne devais pas m'intéresser à elle ? Souviens-toi de l'été dernier, sur ton bateau...

— C'était trop tôt ! Comprends-tu, Mike ? Elle n'était pas prête à sortir avec un autre homme il y a un an, ou même il y a six mois... Maintenant, elle est prête.

51

Désarçonné, Mike se demanda d'où son frère tenait de telles certitudes.

— Pas si simple, marmonna-t-il enfin.

— Je m'en doute ! Ce n'était pas simple non plus la première fois que j'ai proposé à Emma de sortir avec moi. Des tas de garçons tournaient autour d'elle, mais je me suis dit qu'au pire je risquais qu'elle refuse.

— Allons, Henry ! Emma m'a avoué qu'elle avait jeté son dévolu sur toi avant même que tu l'invites à sortir. Vous étiez faits l'un pour l'autre...

— Je n'en savais rien, à l'époque. J'ai simplement compris que je devais me lancer !

Mike croisa le regard de son frère.

— En tout cas, elle n'avait pas été mariée à ton meilleur ami !

— C'est exact, mais nous n'étions pas non plus de bons copains, comme Julie et toi.

— Voilà justement ce qui me complique la vie. Je crains que les choses changent entre nous...

— Elles sont déjà en train de changer, petit frère.

— Pas tant que ça...

— Bien sûr qu'elles changent ! Sinon, tu n'aurais pas eu besoin de m'interroger sur sa soirée avec Richard ; Julie t'en aurait parlé spontanément. Elle t'avait parlé de Bob, n'est-ce pas ?

Faute de trouver une riposte à cet argument, Mike se hâta de sortir du bureau. Il savait que son frère avait raison.

4

La tête de Crooner sortit de la couverture dès que Richard entra dans le salon de coiffure. Il émit ensuite des grondements étouffés, comme s'il craignait les remontrances de Julie.

— Alors, mon cœur, on vient pour une autre coupe ? lança aimablement Andrea.

Richard portait un jean ; sa chemise de coton, à peine déboutonnée, laissait entrevoir la toison bouclée qui couvrait son torse. Et il avait de ces yeux...

— Je termine dans quelques minutes, reprit Andrea.

— Non, merci, fit Richard en secouant la tête. Julie est ici ?

Le sourire d'Andrea s'évanouit. Boudeuse, elle jeta son chewing-gum et indiqua d'un signe de tête le fond du salon.

— Elle est là-bas...

Mabel, qui avait entendu le carillon de la porte, sortit de l'arrière-boutique.

— Bonjour... Richard. Comment allez-vous ?

Richard avait vu cette femme, l'autre soir, au restaurant. Bien que son expression lui semblât plutôt avenante, il eut l'impression qu'elle le jaugeait. Les petites bourgades étaient les mêmes partout.

— Bien, merci, fit-il. Et vous, madame ?

— Ça va... Julie arrive dans une minute. Elle installe une cliente sous le séchoir ; je vais la prévenir que vous êtes ici.

— Merci !

Sans se tourner vers Andrea, Richard sentit qu'elle gardait les yeux fixés sur lui.

Une « bombe », auraient dit beaucoup d'hommes, mais elle n'était pas son genre. Trop artificielle ! Il aimait les femmes plus « nature », comme Julie.

— Richard ? s'exclama celle-ci, en arrivant.

Elle lui sourit, frappée une fois de plus par son physique avantageux.

Crooner se leva et voulut la suivre. Elle lui fit signe de ne plus bouger ; il obtempéra et cessa de grogner.

— On dirait qu'il s'habitue à moi, observa Richard.

— Lui ? (Julie jeta un coup d'œil à Crooner.) Nous avons eu une petite conversation...

— Une conversation ?

— Il a un tempérament jaloux.

— Jaloux ?

— Il faut vivre avec lui pour le comprendre !

Richard haussa un sourcil et s'abstint de tout commentaire.

— Tu es venu me rendre visite ? s'enquit Julie.

— Je voulais savoir ce que tu devenais.

— Rien de particulier, bien que je sois assez occupée pour l'instant. J'ai eu une matinée très chargée... Tu n'es pas au travail, toi ?

— Si, mais un consultant a des moments de loisirs. J'en ai profité pour faire un tour en ville.

— Juste pour me voir ?

— J'en mourais d'envie !

Julie décocha un sourire à Richard.

— J'ai passé une bonne soirée, samedi.

— Moi aussi !

Richard constata, du coin de l'œil, que Mabel et Andrea étaient trop affairées pour l'entendre.

— Si tu faisais une petite pause, Julie, nous irions bavarder dehors un moment... Je suis venu plus tôt, tu n'étais pas encore là.

— Je ne demande pas mieux, mais j'ai une cliente en attente.

— Juste un instant !

Julie hésita, l'œil sur la pendule.

— Je ne te retiendrai pas longtemps, promit Richard.

— Ça ira, conclut Julie après un rapide calcul. Pas plus de quelques minutes ! Autrement, je passerai ma journée à essayer de récupérer ma couleur, et tu te feras tirer les oreilles. Laisse-moi aller voir une seconde où en est ma cliente.

— Bien sûr !

La tête couverte d'un bonnet en plastique perforé, la cliente de Julie était sous des projecteurs. Des mèches de cheveux, sortant des trous, étaient enrobées d'une mousse violette. Julie vérifia la couleur et baissa la température du séchoir pour gagner quelques minutes supplémentaires, avant de rejoindre Richard.

— Bon, dit-elle, je suis prête !

Richard la suivit dehors, la porte se referma, et le carillon retentit à nouveau.

— Alors, de quoi voulais-tu me parler ?

— De rien de particulier, fit Richard en haussant les épaules. Je voulais t'avoir à moi seul pendant une minute...

— Tu plaisantes ?

— Pas du tout.

— Pourquoi ?

Richard prit un air candide.

— Au fond, je n'en sais rien.

55

— J'ai trouvé ta carte. Il ne fallait pas...

— Peut-être, mais j'y tenais !

— Tu es passé au salon ce matin pour savoir si je l'avais trouvée ?

— Non, je voulais simplement entendre ta voix. Quand on garde un excellent souvenir...

— Déjà un souvenir ?

— Tu m'as subjugué !

Ce n'était pas désagréable de commencer sa journée par des compliments, se dit Julie. Elle leva les yeux vers Richard, qui se mit à tirailler son bracelet-montre.

— En fait, je voulais te voir, mais je suis venu pour une autre raison aussi...

— Ah, je devine ! Maintenant que tu as passé la brosse à reluire, tu vas me dire la cruelle vérité.

Richard éclata de rire.

— La vérité est que je voudrais te demander de sortir avec moi samedi prochain.

Le cœur serré, Julie se souvint qu'elle devait dîner chez Henry et Emma, avec Mike.

— J'en serais ravie, marmonna-t-elle, mais un couple d'amis m'a invitée à dîner. Pourquoi pas vendredi ou un autre jour de la semaine ?

Richard secoua la tête.

— Dommage, mais je pars à Cleveland ce soir, et je ne rentrerai pas avant samedi ! Et puis, je viens d'apprendre que je serai peut-être absent le prochain week-end. Ce n'est pas encore absolument sûr, mais fort probable...Tu ne peux pas t'arranger pour te libérer samedi ?

— Non, je ne peux pas, martela Julie avec conviction. Je ne peux pas laisser tomber mes amis à la dernière minute...

Une expression indéfinissable plana sur le visage de Richard et disparut aussi vite qu'elle était apparue.

— Eh bien, tant pis !

— Désolée, conclut Julie, en espérant le convaincre de sa sincérité.

Richard laissa son regard planer un moment dans le vague, avant de le poser de nouveau sur Julie.

— Ne t'inquiète pas, ce n'est pas si grave. Si tu veux, je t'appellerai à mon retour, dans quelques semaines ; on essayera de fixer un rendez-vous.

Dans quelques semaines...

— Écoute, suggéra Julie, je pourrais peut-être t'emmener dîner chez mes amis. Ils n'y verront aucun inconvénient !

— Non, ce sont *tes* amis, et je ne suis pas particulièrement à l'aise en société. Une certaine timidité, je suppose ; d'ailleurs, je ne veux surtout pas bouleverser tes projets.

Richard hocha la tête en direction du salon de coiffure et sourit.

— Tu m'as fait promettre de ne pas te retarder dans ton travail. J'ai l'habitude de tenir parole, et puis je dois me remettre au boulot moi aussi. À propos, Julie... (Il lui décocha encore un sourire.) Tu es irrésistible !

Il avait déjà fait volte-face quand Julie s'entendit murmurer :

— Attends une seconde !

— Oui ?

Emma et Henry comprendraient, après tout, se dit-elle.

— Si tu n'es pas en ville la semaine prochaine, j'essaierai de modifier mes plans. Je vais parler à Emma, et je suppose que ça ne posera pas de problème.

— Je regrette de te compliquer la vie !

— Emma n'en fera pas un drame. On se retrouve très souvent...

— Sûre ?

— Absolument, déclara Julie

Richard la dévisagea comme s'il la voyait pour la première fois.

— Dans ce cas...

Avant que Julie n'ait réalisé ce qui se passait, il se pencha pour l'embrasser. Un baiser léger et rapide, mais tout de même un baiser.

— Merci, murmura-t-il.

Il tourna les talons et s'engagea sur le trottoir, sans attendre sa réaction ; elle n'eut plus qu'à le regarder s'éloigner.

— Il vient de l'embrasser ? demanda Mike, éberlué.

Il était debout devant la vaste baie du garage, quand il avait vu Richard remonter la rue. Il l'avait vu entrer seul dans le salon de coiffure, ressortir en compagnie de Julie ; et Henry était passé à l'instant précis où Richard se penchait pour embrasser Julie.

— Ça m'en a tout l'air, fit Henry.

— Ils se connaissent à peine !

— Maintenant, ils se connaissent.

— Merci de tes bonnes paroles, Henry.

— Aurais-tu préféré un mensonge ?

— Pour une fois, je crois que j'aurais préféré.

— Eh bien, fit Henry, pensif, ce type me paraît louche.

En entendant cette remarque de son frère, Mike se prit la tête entre les mains.

Julie retourna auprès de sa cliente.

— Je croyais que vous m'aviez oubliée, marmonna celle-ci, en abaissant son magazine.

— Pardonnez-moi de vous avoir fait attendre, mais je surveillais l'heure. (Julie vérifia la couleur de quelques mèches.) Il vous reste encore plusieurs minutes, sauf si vous aimez ce reflet sombre.

— Non, je préfère plus clair...

— Vous avez raison !

Sa cliente aurait exactement la teinte qu'elle souhaitait ; mais elle avait du mal à se concentrer en l'écoutant. Elle pensait à Richard et à ce qui venait de se passer derrière la porte.

Il l'avait embrassée. Bien sûr, il n'y avait pas de quoi en faire un monde, mais elle avait du mal à reprendre ses esprits. Cela s'était produit d'une manière si brusque, si inattendue...

Décontenancée, elle alla chercher, dans l'évier, le shampooing dont elle avait besoin.

Mabel s'approcha :

— Je me demande si j'ai bien vu ! Il t'a embrassée ?

— Oui, tu as bien vu.

— Tu n'as pas l'air enchantée !

— Je ne suis pas sûre qu'« enchantée » soit le mot juste.

— Pourquoi ?

— Je ne sais pas... Ça m'a paru...

— Incongru ? suggéra Mabel.

Julie prit le temps de réfléchir. Richard avait agi avec une certaine brusquerie, mais elle ne pouvait pas lui reprocher de lui avoir manqué de respect. Elle le trouvait sans aucun doute beau garçon, elle avait accepté de sortir avec lui. Il n'y avait donc pas de quoi être surprise. S'il l'avait embrassée après leur sortie du samedi suivant, elle ne se serait posé aucune question. À la limite, elle se serait presque sentie vexée qu'il s'en abstienne !

Mais alors, pourquoi estimait-elle qu'il avait été *trop loin*, en l'embrassant sans son autorisation ?

— Oui, incongru... marmonna-t-elle. Il a aussi déposé une carte chez moi. Je l'ai trouvée ce matin, sur le porche.

Mabel haussa les sourcils.

— Ça te choque parce que je le connais à peine ? lui demanda Julie.

— Pas nécessairement.

— Mais peut-être ?

— Oh ! je n'en sais rien ! Certains hommes font leur choix, et plus rien ne les arrête une fois qu'ils ont trouvé l'oiseau rare. J'en ai connu dans ce style ; ils ne manquent pas de charme. En outre, tu es une femme séduisante...

Julie ébaucha un sourire.

— À moins, reprit Mabel en haussant les épaules d'un air entendu, qu'il soit coureur de jupons...

— Merci beaucoup !

— En tout cas, pas de précipitation ! Comme je dis souvent, les femmes ne se lasseront jamais qu'on leur fasse la cour.

Richard n'en finissait pas de rire, et son rire résonnait bruyamment à l'intérieur de sa voiture.

Il a un tempérament jaloux, avait dit Julie à propos de son chien, comme si elle le prenait pour un être humain. Charmant, non ?

Leur soirée avait été un véritable enchantement. Il avait apprécié sa compagnie, et surtout admiré sa « résilience ». Elle avait enduré de terribles épreuves, mais elle n'éprouvait ni colère ni amertume, contrairement à beaucoup de gens qui en ont bavé toute leur vie.

Quelle femme délicieuse ! Cette excitation presque enfantine quand elle souriait... Et cette inquiétude quand elle avait songé à décommander ses amis... Il aurait pu la contempler des heures durant, sans se lasser.

J'ai passé une bonne soirée, samedi, lui avait-elle déclaré.

Il en était quasiment certain, mais il avait fallu qu'il la voie pour avoir confirmation. Il savait que l'esprit peut vous jouer des tours au lendemain d'une soirée en galante compagnie. On se pose des questions, on s'inquiète... A-t-on bien fait de dire ceci, de faire cela ? La veille, en se couchant, il s'était remémoré les moindres réactions de Julie et il avait cherché à discerner, dans ses paroles, d'éventuelles allusions à des bévues qu'il aurait commises. Incapable de trouver le sommeil, il avait griffonné un petit mot qu'il lui avait déposé pour qu'elle le trouve au matin.

Mais il n'aurait pas dû s'inquiéter : ils avaient passé une agréable soirée ensemble – une excellente soirée... Quelle absurdité d'avoir imaginé un instant le contraire !

Son téléphone portable sonna, il vérifia l'identité de son correspondant.

Blansen, le chef de chantier. Il avait sûrement de mauvaises nouvelles à lui annoncer – des retards dans les travaux, des dépassements de frais. Comme toujours ! Une véritable Cassandre, ce type-là... Il prétendait veiller sur ses hommes ; en réalité, il voulait surtout leur éviter de travailler dur.

Au lieu de répondre, il se remit à songer à Julie. Leur rencontre était un cadeau du ciel. Ce matin-là, il s'était arrêté au salon de coiffure par le plus grand des hasards... Il ne comptait pas se faire couper les cheveux avant plusieurs semaines, mais il avait poussé la porte, guidé par une force inconnue. Le destin !

Son téléphone portable sonna de nouveau.

Oui, leur soirée s'était bien passée, mais quelque chose clochait. Aujourd'hui, avant de la quitter...

Il avait peut-être eu tort de l'embrasser. Une sorte de réflexe, lorsqu'elle avait décidé d'annuler ce dîner afin de le revoir. Un élan incontrôlable, qui les avait surpris tous les deux. Avait-il été trop rapide, trop entreprenant ?

Oui, probablement.

Regrettant son erreur, il décida de prendre son temps. Il serait plus décontracté la prochaine fois qu'il verrait Julie ; il la laisserait venir à lui naturellement, sans exercer la moindre pression.

Troisième sonnerie de son téléphone portable ; il continua de l'ignorer et il se rejoua, une fois de plus, la scène dans son esprit.

Julie était vraiment *adorable*...

5

Samedi soir, à la fin du dîner, Richard, assis face à Julie, regardait dans le vague, un sourire aux lèvres.

— Pourquoi souris-tu ? fit Julie.

Il revint brusquement à la réalité et prit un air fautif.

— Excuse-moi, je rêvais...

— Tu t'ennuies tant que ça avec moi ?

— Pas le moins du monde ! Je suis si content que nous ayons pu sortir ensemble...

Après avoir tamponné les commissures de ses lèvres avec sa serviette, il plongea son regard dans le sien.

— T'ai-je déjà dit que tu es plus ravissante que jamais ?

— Une bonne douzaine de fois.

— Ça te suffit ?

— Non... Je ne déteste pas qu'on me mette sur un piédestal !

Richard pouffa de rire.

— Je ferai de mon mieux pour que tu y restes !

Ils dînaient au *Pagini's*, un restaurant chic de Morehead City. Une subtile odeur d'épices et de beurre fondu flottait dans l'air ; c'était le genre d'établissement où le personnel, en noir et blanc, prépare souvent les plats sous les yeux des clients. Une bouteille de chardonnay trônait dans un seau à glace ; le garçon avait empli deux coupes, qui diffusaient une douce lueur dorée.

En début de soirée, Richard avait sonné chez Julie, vêtu d'une veste de lin, parfumé d'une légère eau de toilette, et un bouquet de roses à la main.

— Raconte-moi ta semaine, reprit-il. As-tu vécu des expériences passionnantes en mon absence ?

— Tu veux dire au travail ?

— Pas uniquement. Je veux tout savoir !

— Ça serait plutôt à moi de te poser cette question.

— Pourquoi ?

— Parce que ma vie n'a rien de passionnant. Aurais-tu oublié, par hasard, que je travaille dans un salon de coiffure d'une petite bourgade du Sud ?

Julie parlait avec une bonne humeur tonique, pour éviter toute forme de sentimentalité.

— Après tout, je ne sais presque rien sur toi...

— Mais si, Julie !

— Tu ne m'as même pas dit quelle était exactement ta profession.

— Je croyais t'avoir appris que je suis consultant.

— Oui, mais tu ne m'as donné aucun détail.

— Parce que mon travail m'ennuie !

Julie prit un air sceptique, et Richard resta un moment pensif.

— Bon, grommela-t-il. Mon métier consiste... Pense au type qui bosse dans les coulisses, pour qu'un pont tienne debout.

— Ça me paraît intéressant...

— En somme, je suis plongé dans les chiffres à longueur de journée... Une vie pas marrante...

Julie, toujours sceptique, l'observa un instant.

— Il était question de chiffres, pendant cette réunion ?

— Quelle réunion ?

— Celle de Cleveland.

— En fait, non... Ma société a un nouveau projet en Floride, et il y a beaucoup de recherches à mener – calcul des coûts, évaluation du trafic routier et des charges probables... Des trucs dans ce genre... Les entrepreneurs ont leur personnel attitré ; mais ils s'adressent à des consultants comme moi pour être sûrs de ne pas avoir d'ennuis avec les pouvoirs publics. Tu n'imagines pas tout ce qu'il y a comme travail préparatoire avant de lancer un projet. Je gaspille à moi seul des forêts entières, simplement pour fournir la paperasserie qu'exige l'administration. Et, pour l'instant, je manque un peu de personnel.

Julie observa son compagnon à la lumière diffuse du restaurant. Son visage anguleux, à la fois rude et juvénile, lui rappelait celui des mannequins qui posent pour des publicités de cigarettes. Elle chercha – vainement – à l'imaginer petit garçon.

— Que fais-tu de ton temps libre ? Tu as des hobbies ?

— Pas vraiment... Je travaille et j'essaye de rester en bonne forme physique ; tout cela ne me laisse pas beaucoup de temps libre. Autrefois, je me suis intéressé à la photo. J'ai suivi quelques cours à la fac, et j'ai même songé brièvement à en faire mon métier. J'avais acheté un peu de matériel, mais ce n'est pas la meilleure manière de gagner sa vie. À moins d'ouvrir un studio... En fait, ça ne me disait rien de passer mes week-ends à photographier des mariages, des *bar mitzvahs*, ou des gosses que leurs parents ont traînés de force.

— Donc, tu as décidé de devenir ingénieur ?

Richard acquiesça d'un signe de tête et la conversation resta un moment en suspens.

— Tu es originaire de Cleveland ? demanda Julie, son verre de vin en main.

— Non, je suis à Cleveland depuis environ... un an ; mais je suis né à Denver et j'y ai presque toujours vécu.

— Que faisaient tes parents ?

— Mon père travaillait dans une usine de produits chimiques. Ma mère était juste une maman ; au début, en tout cas. Une femme au foyer qui prépare le dîner, entretient la maison, etc. Après la mort de mon père, elle a été obligée de faire des ménages. Elle ne gagnait pas grand-chose, mais ça nous permettait de subsister. Je me demande souvent comment elle a pu s'en tirer...

— Une femme remarquable, apparemment !

— Oui, elle l'était.

— Plus maintenant ?

Richard baissa les yeux et fit tournoyer son vin dans son verre.

— Depuis qu'elle a eu une attaque, il y a quelques années, elle est mal en point... À peine consciente du monde qui l'entoure... Elle ne se souvient plus de moi, ni de quoi que ce soit, d'ailleurs. Je l'ai installée dans un établissement spécialisé, à Salt Lake City.

Julie tressaillit ; voyant son expression, Richard secoua la tête.

— Ne t'inquiète pas, observa-t-il. Tu ne pouvais pas savoir... J'évite en général d'aborder ce sujet, car la conversation risque de tourner court ; surtout quand les gens apprennent que je n'ai plus mon père. Ils se demandent toujours comment on peut vivre sans famille... Mais je suppose que je n'ai rien à t'apprendre dans ce domaine !

Effectivement, Julie n'était pas novice en la matière...

— C'est à cause de ta maman que tu as quitté Denver ? reprit-elle.

— En partie... (Richard fixa un instant la table, avant de lever les yeux.) Je pense que le moment est venu de t'annoncer que j'ai été marié autrefois. Ma femme s'appelait Jessica. C'est aussi à cause d'elle que je suis parti.

Un peu surprise, Julie préféra garder le silence. Richard hésita un moment avant de poursuivre son récit d'une voix monocorde.

— Mon mariage a tourné à l'échec. Je pourrais passer la nuit entière à t'en parler et à m'interroger sur mon problème avec Jessica, mais, honnêtement, je n'ai toujours pas la réponse. En tout cas, notre histoire s'est mal terminée !

— Tu as été marié combien de temps ?

— Quatre ans. (Richard sonda le regard de Julie à travers la table.) Tu tiens vraiment à ce que je te raconte tout ?

— Rien ne t'oblige à me faire des confidences.

— Merci, lança Richard avec un rire forcé. Si tu savais comme je te suis reconnaissant !

Julie lui sourit.

— Et Cleveland, alors ? Tu aimes cette ville ?

— Dans l'ensemble, mais je n'y suis pas très souvent. On m'envoie habituellement sur le terrain, comme ici. Quand ce projet sera bouclé, je n'ai pas la moindre idée de l'endroit où j'irai.

— Ça doit être dur, parfois.

— Oui, surtout quand je suis confiné dans un hôtel. Ce dernier projet me plaît parce que je reste à Swansboro un certain temps... J'ai pu louer un logement, et puis j'ai eu la chance de te rencontrer.

En écoutant Richard, Julie était frappée par leurs points communs : enfants uniques, ils avaient été élevés par leur mère et ils avaient décidé de tout recommencer à zéro, loin de leur ville natale. Bien que leur vie de couple se soit terminée différemment, le ton de Richard suggérait qu'il avait dû lutter contre un sentiment de frustration et d'abandon. Depuis qu'elle vivait à Swansboro, Julie avait rencontré peu de gens capables de comprendre son désarroi – surtout au moment des vacances, quand Mike et Henry allaient rendre visite à leurs parents, et Mabel à sa sœur, installée à Charleston.

Richard savait ce qu'elle éprouvait, et elle sentait naître des affinités avec lui – comme celles que ressent un voyageur, dans un pays étranger, quand il découvre que ses voisins de table sont originaires du même État que lui.

Le ciel s'assombrit et des étoiles apparurent dans le ciel, mais Julie et Richard dînèrent sans hâte. Ils commandèrent un café à la fin du repas, et partagèrent une tarte au citron, en grignotant chacun un bord jusqu'à ce qu'il ne reste plus qu'une fine lamelle entre eux.

Il faisait encore chaud quand ils se levèrent de table. Supposant que Richard allait lui offrir son bras ou lui prendre la main, Julie s'étonna qu'il s'en abstînt. Craignait-il de l'avoir froissée par son baiser impromptu, au début de la semaine ? À moins qu'il ne se sente embarrassé par les confidences qu'il lui avait faites sur son passé ? Elle n'avait plus qu'à assimiler tout cela... Richard avait été marié autrefois, et elle s'étonnait qu'il ait gardé son secret quand elle lui avait parlé de Jim à l'occasion de leur premier rendez-vous.

Pourtant, ce n'était pas un problème majeur. Les gens ont souvent du mal à évoquer leur passé. En tout cas, maintenant qu'ils se connaissaient mieux, elle réalisait qu'elle appréciait cette soirée au moins autant que la première. Une soirée agréable – certainement pas fabuleuse, mais agréable. Au carrefour, elle jeta un coup d'œil à Richard : elle l'aimait bien, et même si elle n'était pas prête à se lier à lui pour la vie, elle n'en demandait pas plus pour l'instant.

— Tu aimes danser ? fit-elle.

— Pourquoi ? Ça te tente ?

— Oui, si tu acceptes.

— Je ne sais pas... La danse n'est pas mon fort.

— Viens, je connais un endroit sympa !

— Ça ne te dit rien de rester par ici ? On pourrait aller prendre un verre.

— On est assis depuis des heures ! J'ai besoin de m'amuser un peu.

Richard fit mine d'être vexé.

— Tu ne t'es pas amusée jusqu'à maintenant ? Moi, je ne me suis pas ennuyé une seconde.

— Tu comprends parfaitement ce que je veux dire ! D'ailleurs je ne danse pas si bien que ça, et je te promets d'être patiente si tu me marches sur les pieds. J'essaierai de ne pas broncher...

— Tu souffriras en silence ?

— C'est le destin de bien des femmes.

— Bon, grommela Richard, tu as intérêt à tenir ta promesse !

Julie rit de bon cœur en lui indiquant sa voiture d'un signe de tête.

— Allons-y !

Le son de son rire, qu'il entendait pour la première fois de la soirée, réchauffa le cœur de Richard. Julie était une femme réservée : il avait suffi d'un baiser pour l'effaroucher ! Heureusement, elle s'était détendue dès qu'il lui avait laissé l'initiative. Elle l'avait sondé ensuite, essayant d'assimiler les confidences faites à l'homme assis face à elle, mais il ne doutait pas de la sympathie qu'il avait lue sur son visage quand elle avait découvert leurs multiples points communs.

6

Le *Sailing Clipper* était un bar typique des petites bourgades côtières, où l'on respirait une odeur de moisi, de cigarettes et d'alcool ranci. Les ouvriers qui le fréquentaient, massés autour du bar, commandaient des Budweiser en grand nombre. Le long du mur du fond, un podium surplombait une piste de danse ; celle-ci ne désemplissait pas lorsque des orchestres venaient jouer. Quelques douzaines de tables, gravées des initiales de la plupart des clients qui avaient franchi le seuil, étaient disposées au hasard et entourées de chaises dépareillées.

L'Ocracoke Inlet, sur scène, jouait régulièrement au *Clipper*. Le patron, un unijambiste surnommé Joe le Boiteux, appréciait ce groupe : son répertoire égayait les clients, les incitait à rester, et donc à consommer abondamment. Leur musique n'avait rien d'original ni d'audacieux. Rien de différent de ce que l'on pouvait trouver dans un juke-box. C'était d'ailleurs, selon Mike, la raison de leur incontestable succès. Les gens venaient en foule écouter l'Ocracoke Inlet, ce qui n'était pas le cas pour les groupes avec lesquels Mike jouait... Et que d'ailleurs, Joe n'engageait jamais. Qu'ils soient ou non de seconde catégorie, cette pensée le déprimait quelque peu.

À vrai dire, toute la soirée avait été déprimante, et toute la semaine aussi ! Il broyait du noir depuis que Julie était venue reprendre ses clefs et lui annoncer, incidemment, qu'elle sortait le samedi suivant avec Richard, au lieu de venir dîner avec Emma, Henry et lui. Il pestait si violemment que plusieurs clients en avaient touché un mot à son frère. Pis encore, il n'avait pas osé adresser la parole à Julie durant la semaine, de peur qu'elle l'oblige à lui avouer ce qui le chagrinait. Il ne se sentait pas encore prêt à lui dire la vérité et il se demandait, en la voyant passer chaque jour devant l'atelier, comment faire face à une telle situation.

Henry et Emma étaient super. Il adorait leur compagnie, mais, en toute franchise, il se sentait la troisième roue du char ce soir-là. Emma et Henry rentreraient dormir ensemble, alors qu'il se retrouverait... avec la petite souris qui traversait parfois sa cuisine à la vitesse de l'éclair. Ils dansaient en couple pendant que, seul à table, il n'avait plus qu'à lire les étiquettes des bouteilles de bière. Et quand Emma l'invitait à danser, ce qu'elle faisait systématiquement, il se dirigeait vers la piste, la tête basse, en priant le Ciel que personne ne le voie.

Danser avec sa sœur, ou plutôt sa belle-sœur... Il se sentait aussi gêné que si sa mère lui avait proposé de l'accompagner au bal, sous prétexte qu'il n'avait pas de cavalière.

Cette soirée n'aurait pas dû se passer comme ça ! Julie était censée venir et elle aurait été... sa cavalière. Ils auraient dansé ensemble ; elle lui aurait souri en sirotant une boisson, ils auraient plaisanté et flirté. Mais il y avait Richard !

Il haïssait ce type.

Il le haïssait sans le connaître et il n'avait aucune envie de faire sa connaissance. À la simple mention de son nom, il fronçait un sourcil, ce qu'il avait fait pendant toute la soirée.

— Tu devrais peut-être boire un peu moins de cette bière bon marché, observa Henry.

Mike leva les yeux. Henry lui sourit d'un air narquois en prenant la bouteille de bière d'Emma. Elle était partie aux toilettes, et, vu la file interminable qui devait stationner en ce lieu, elle était loin d'être revenue ; mais il avait déjà commandé une autre bouteille.

— Je bois la même chose que toi, grommela Mike.

— C'est juste, mais tu devrais te rendre compte que certains individus tiennent mieux que d'autres.

— Oui, oui, cause toujours...

— Ma parole, tu es d'une humeur de chien !

— Tu as passé la soirée à me taquiner, Henry.

— Étant donné la manière dont tu te comportes depuis quelque temps, tu l'as bien mérité ! Nous avons bien dîné, je t'ai fait profiter de mon esprit pétillant, et Emma s'est arrangée pour que tu ne restes pas cloué à ta place comme un pauvre gars plaqué par sa copine.

— Tu te crois drôle ?

— Ce n'est pas mon intention. Je me contente de te dire la vérité... Si tu te poses des questions et si tu as besoin d'une réponse, viens me trouver ! Adresse-toi à moi, au lieu de nous gâcher notre soirée.

— Écoute, je fais de mon mieux.

Henry haussa un sourcil.

— Ah bon ! Tes soupirs à fendre l'âme sont sans doute le fruit de mon imagination.

Mike arracha d'un coup sec l'étiquette de sa bouteille et en fit une boulette.

— Si tu te crois marrant, Henry, tu n'as qu'à aller faire ton numéro à Las Vegas ! Je t'assure que je t'aiderai volontiers à plier bagage...

Henry se cala dans son siège.

— Allons, je voulais simplement m'amuser un peu !

— Oui, à mes dépens.

— Quand je suis seul avec toi, je n'ai pas meilleure cible !

Mike foudroya son frère du regard, avant de tourner la tête.

— Allons, allons ! marmonna Henry. Je suis désolé, mais écoute bien ce que je vais te dire. Ce n'est pas parce qu'elle sort ce soir avec Richard que tout est perdu pour toi... Au lieu de te morfondre, relève le défi. C'est peut-être le moment ou jamais de l'inviter à sortir.

— J'en avais l'intention.

— Sans blague ?

— Après notre conversation, lundi dernier, j'ai décidé de suivre tes conseils. C'était ce soir que je comptais me lancer...

— Eh bien, déclara Henry, après avoir observé un moment son frère, je suis fier de toi !

— Tu plaisantes encore ?

— Pas du tout !

— Parce que tu ne me crois pas ?

— Je te crois...

— Pourquoi ?

— Parce que tu n'as plus le choix.

— Ah oui ?

— Les dieux sont avec toi, petit frère.

— Qu'est-ce que tu racontes encore ?

Henry désigna du menton la porte d'entrée.

— Devine qui vient d'entrer !

Richard était debout sur le pas de la porte ; à ses côtés, Julie tendait le cou pour apercevoir une table libre.

Il s'égosilla à cause du bruit.

— Je ne savais pas qu'il y aurait tant de monde. Tu tiens vraiment à rester ?

— Mais oui, ça sera sympa... Tu vas voir !

Richard accepta sans conviction. Il était tombé dans un repaire de paumés, venus noyer leurs chagrins dans l'alcool et chercher un remède à leur solitude. Un lieu fait pour la drague, qui ne convenait pas plus à Julie qu'à lui-même.

Sur le podium, l'orchestre s'était remis à jouer, et les gens se croisaient sur la piste, soit pour aller danser, soit pour regagner leur siège. Il se pencha si près de Julie qu'elle sentit son souffle sur sa joue.

— Allons boire un verre au bar, avant de nous asseoir.

— Ouvre-moi la voie, je te suis ! Le bar est au fond.

En se faufilant au milieu de la foule, Richard prit la main de Julie, qu'elle lui abandonna sans hésiter. Au bar, il la garda dans la sienne lorsqu'il fit signe au barman.

— Alors, c'est lui ? dit Emma.

Emma, une blonde de trente-huit ans, aux yeux verts, et dotée d'un heureux caractère, possédait une beauté peu classique. Petite, elle avait un visage rond, et elle s'imposait continuellement des régimes, sans grand succès. Pourquoi se donnait-elle tant de peine ? se demandaient Henry et Mike. Les gens l'appréciaient non pour des raisons futiles, mais à cause de sa personnalité et de ses actes. Elle se proposait souvent comme bénévole à l'école de ses enfants, et, chaque après-midi dès 15 h 30, elle maintenait sa porte ouverte à l'aide d'une brique, pour que les gosses du voisinage pussent accourir. Ce qu'ils faisaient volontiers ! Sa maison était une véritable ruche bourdonnante dans laquelle les enfants allaient et venaient, attirés par les pizzas qu'elle confectionnait presque chaque jour.

Si les enfants l'aimaient, Henry l'adorait, et il se félicitait de l'avoir pour compagne : Emma faisait le bonheur d'Henry, et vice versa. Selon leurs dires, ils étaient trop occupés à rire ensemble pour avoir le temps de se quereller. D'un naturel taquin, ils se donnaient mutuellement la réplique ; surtout après avoir vidé quelques verres. Ils devenaient alors aussi féroces que deux requins se nourrissant de leurs petits. Lui-même se sentait à ce moment-là pareil à un bébé requin, nageant devant les mâchoires entrouvertes de sa mère. La lueur qui brillait dans leur regard l'incita à vouloir piquer une tête dans l'eau pour se mettre à l'abri.

Henry hocha la tête.

— Oui, c'est lui.

Emma gardait les yeux rivés sur Richard.

— Vraiment bel homme, non ?

— Il me semble que Mabel a employé le mot *sexy*.

Emma leva un doigt comme si Henry était un avocat venant de marquer un point.

— Oui... sexy. Très sexy ! Il a un charme particulier.

— Je partage ton avis, déclara Henry.

Richard et Julie attendaient leur consommation au bar, leurs visages de profil.

— Un beau couple, insista Henry.

— Ils ne passent pas inaperçus...

— On pourrait voir leur photo au milieu de couples célèbres, dans l'un de ces magazines sur papier glacé.

— Deux vedettes d'un même film !

Mike finit par intervenir.

— Vous allez vous taire ? Il est parfait, merveilleux, génial !

Henry et Emma firent face à Mike, les yeux brillants de malice.

— On n'a jamais dit ça ! protesta Henry. On se contentait de l'observer.

Emma tendit le bras à travers la table pour tapoter l'épaule de Mike.

— Par ailleurs, tu aurais tort de te décourager. Les apparences ne comptent pas tant que ça.

Mike leur jeta un regard noir, et Henry se pencha vers sa femme.

— Tu sais bien que mon petit frère est en train de passer un sale quart d'heure. À en juger par son expression, je crois que nous ne sommes pas d'un grand secours...

— Ah oui ? fit Emma, d'un air innocent.

Mike se sentait à bout.

— J'apprécierais que vous me fichiez un peu la paix ! Vous n'avez pas arrêté une seconde de me taquiner, ce soir.

— Parce que tu es particulièrement vulnérable quand tu boudes, répliqua Emma en éclatant de rire.

— On a déjà abordé ce point, Henry et moi.

— Et ton attitude est vraiment déplaisante, insista Emma. En tant que femme, je sais ce que je dis ! Tu es fichu si tu continues comme ça. Autant renoncer tout de suite à elle...

Mike tressaillit devant une telle franchise.

— Je devrais avoir l'air indifférent ?

— Mais non, Mike. Tu devrais avoir l'air de quelqu'un qui lui souhaite tout le bien possible.

— Comment faire ?

— Conduis-toi en ami !

— Je suis son ami.

— Non, si tu étais son ami, tu paraîtrais content.

— Content de la voir avec lui ?

— Oui, répondit Emma, comme si c'était l'évidence même. Nous avons la preuve qu'elle se met à chercher l'homme qu'il lui faut... Tout le monde sait de qui il s'agit... et je doute fort que ce soit le type que tu vois là-bas.

Elle lui tapota à nouveau l'épaule, en souriant.

— Crois-tu qu'on se donnerait tant de mal si on ne pensait pas que ça finira par marcher entre vous deux ?

Malgré les taquineries d'Emma, Mike comprit à cet instant pourquoi Henry aimait tant sa femme. Et pourquoi lui aussi l'aimait.

Comme une sœur, naturellement.

On servit finalement leurs consommations à Julie et Richard – un Coca pour elle, un bourbon pour lui. Après avoir payé et rangé son portefeuille, il scruta du coin de l'œil l'homme assis à l'extrémité du bar.

Cet homme agitait sa boisson distraitement, mais Richard savait qu'il s'intéressait à Julie : il n'avait pas cessé de la reluquer, mine de rien, pendant qu'ils attendaient d'être servis. Hors de lui, il le foudroya du regard jusqu'à ce qu'il se détourne.

— Qui observes-tu ? s'enquit Julie.

— Personne. Je rêvassais simplement...

— Tu viens danser ?

— Pas encore. (Richard esquissa un sourire.) Laisse-moi le temps de finir mon verre !

En minijupe noire moulante, dos-nu, et chaussures à talons aiguilles, Andrea étira son chewing-gum, puis l'enroula autour de son doigt d'un air maussade, tandis que Cobra engloutissait sa sixième tequila, accompagnée d'une giclée de citron vert. Après avoir essuyé, du revers de la main, la pulpe restée sur sa bouche, il grimaça un sourire à sa partenaire. La lumière de l'enseigne au néon, derrière lui, fit scintiller son incisive en or.

Ce jeudi matin, Cobra s'était garé devant le salon de coiffure, sur sa Harley. Bien qu'Andrea ne s'en doutât pas, on parlait d'elle dans les bars à motards, jusqu'au fin fond de la Louisiane. Il était reparti avec son numéro de téléphone en poche et elle avait passé la journée à jubiler. Dans son émoi, elle n'avait pas remarqué les regards apitoyés que lui lançait Mabel, ni réalisé que Cobra était un *loser*, comme tous les hommes avec qui elle sortait.

Il l'avait appelée en début de soirée, après avoir bu quelques bières avec des copains, et lui avait proposé de le rejoindre au *Clipper*. Pas une invitation au sens propre – il n'avait pas été question d'aller la chercher chez elle, ni de l'emmener dîner – mais elle avait raccroché, folle de joie, en se disant qu'elle ne pouvait pas souhaiter mieux. Avant de rejoindre Cobra au *Clipper*, elle avait réfléchi pendant une heure à son habillement, car les premières impressions sont capitales.

Cobra l'avait tout de suite enlacée, et, les deux mains plaquées sur ses fesses, il l'avait embrassée dans le cou.

Elle n'y voyait pas d'inconvénient : Cobra était assez beau gosse, comparé à d'autres types qu'elle avait fréquentés. Bien qu'il portât un tee-shirt noir avec une tête de mort sanglante imprimée sur le devant, et des *chapareros* sur un jean croûteux, il n'était, contrairement aux autres, ni gros ni velu. La sirène tatouée sur son bras n'était pas des plus vilaines. Quant à sa dent en or, elle n'en raffolait pas, mais bon, il ne fallait pas trop en demander.

Après la mauvaise soirée qu'elle avait passée, elle regrettait finalement de lui avoir donné son numéro de téléphone. Au moment où elle commençait à se prendre au jeu, des copains de Cobra lui avaient révélé qu'il se faisait appeler ainsi entre amis, et que son vrai nom était Ed DeBoner.

Cruelle déception ! Comment aurait-elle osé avouer à qui que ce soit qu'elle sortait avec lui ? À la différence de Cobra, ce nom n'était pas digne d'un homme montant une Harley et vivant à la limite de la légalité. Ed n'était même pas un véritable prénom masculin, à la rigueur un nom de cheval ! Quant à DeBoner, son nom de famille...

En l'entendant, elle avait failli avaler de travers.

— Tu veux rentrer chez toi, poupée ? marmonna Cobra, ou plutôt Ed.

Elle remit le chewing-gum dans sa bouche.

— Non !

— Alors, on va boire autre chose ?

— Tu n'as plus d'argent !

— Paie à ma place, je te rembourserai une autre fois, poupée.

Andrea avait bien aimé que Cobra l'appelle « poupée », en début de soirée ; ce n'était plus le cas, maintenant qu'elle avait affaire à un certain Ed DeBoner...

Soudain, elle fit claquer son chewing-gum.

Insensible à son mépris, Ed passa une main sous la table et la plaqua sur sa cuisse. Elle se leva en repoussant la table ; finalement, elle allait boire quelque chose.

En s'approchant du bar, elle reconnut Richard.

Le visage de Julie s'éclaira quand elle aperçut Mike, Henry et Emma, assis près de la piste de danse. Elle prit aussitôt Richard par la main, et ils se frayèrent un chemin jusqu'à leur table.

— Bonjour, tout le monde. Je ne m'attendais pas à vous voir ici, fit-elle. Comment allez-vous ?

— Bien, répliqua Henry. On a eu envie de passer au *Clipper*, après le dîner.

Richard se tenait derrière Julie, qui le tira par la main.

— Henry, Emma, et Mike, je voudrais vous présenter quelqu'un... Richard, voici Henry, Emma, et Mike, mon meilleur ami.

Henry tendit la main.

— Salut, fit Richard, en hésitant à la saisir.

Puis ce fut le tour d'Emma et Mike. Au supplice, ce dernier souriait aimablement, les joues légèrement rougies par la chaleur du bar. Julie ne lui avait jamais semblé si belle...

— Asseyez-vous ! suggéra Henry. Nous avons deux sièges en trop.

Richard parut gêné.

— Nous ne voulons pas vous déranger...

— Pas de problème ! protesta Emma. Nous sommes entre amis.

— Dans ce cas..., fit Julie.

Un sourire aux lèvres, elle contourna la table pour prendre un siège ; Richard la suivit.

— Allons, Richard, parlez-nous de vous ! lança Emma, dès que tout le monde fut confortablement installé.

Tout d'abord, la conversation fut pour le moins tendue, car Richard se contentait de donner une réponse minimale aux questions qu'on lui posait. Julie complétait incidemment ses informations ; parfois, elle lui donnait des coups de coude taquins, comme pour l'inciter à s'exprimer davantage.

Mike écoutait en s'efforçant de paraître intéressé.

Il l'était, d'ailleurs, mais d'une manière égocentrique, car il avait ainsi l'occasion d'évaluer son adversaire. Le temps passant, il se prenait de plus en plus pour un saumon nageant à contrecourant. Il comprenait même l'intérêt de Julie pour son compagnon ! Richard était intelligent, beau garçon – à condition d'apprécier les hommes robustes, au physique d'athlète – et, contrairement à lui, il avait un diplôme universitaire. Il riait peu, plaisantait rarement et ne semblait guère apprécier les plaisanteries d'Emma ou d'Henry ; peut-être plus par timidité que par arrogance. Enfin, ses sentiments à l'égard de Julie ne laissaient aucun doute : il l'écoutait parler en la buvant des yeux, et il se comportait comme un jeune époux au lendemain de sa nuit de noces.

Sans cesser de sourire et de hocher la tête, Mike était dévoré par la haine.

Ensuite, tandis qu'Emma et Julie s'entretenaient des derniers potins qui circulaient en ville, Richard vida son verre. Après avoir proposé à Julie une autre boisson, il la pria de l'excuser pendant qu'il allait au bar, et Henry lui demanda s'il pourrait rapporter deux autres bières.

— Je vais vous aider, annonça Mike, en se levant à son tour.

Le barman leur fit signe d'attendre un instant. Richard sortit son portefeuille, et Mike, debout à côté de lui, ne broncha pas.

— C'est une grande dame, dit-il enfin.

Richard le scruta brièvement.

— Oui, fit-il, avant de lui tourner le dos.

Ils n'échangèrent plus un mot.

Quand ils eurent regagné leur table, Richard invita Julie à danser. Ils se dirigèrent vers la piste après avoir dit au revoir.

— Ça n'a pas été trop pénible ? fit Emma.

Mike haussa les épaules en silence, et Henry intervint.

— Un type plutôt sympa. Discret, poli...

— Il ne m'a pas plu, fit Mike, sa bière à la main.

— En voilà une surprise ! ricana Henry.

— Il ne m'inspire pas confiance...

Henry adressa un sourire narquois à son frère.

— Comme tu n'as pas sauté sur l'occasion, il va falloir rester encore un peu.

— Quelle occasion ?

— C'est ce soir que tu devais l'inviter à sortir.

— Tais-toi, Henry !

Peu après, Mike tambourinait nerveusement sur la table. Henry et Emma étaient allés saluer un couple d'amis ; resté seul, il cherchait à cerner ce qui lui déplaisait dans la personnalité de Richard Franklin.

Son antipathie à son égard était assez naturelle, mais il y avait autre chose... Quoi qu'en pensent Henry ou Julie, ce Richard n'avait rien de *sympa*. Au bar, quand il avait deviné ses sentiments pour Julie, il lui avait lancé un regard qui signifiait : Tire-toi, tu es un *loser* !

Une attitude qui n'était pas exactement la marque de fabrique d'un type *sympa*... Mais Julie n'avait rien remarqué ; ni Henry ni Emma. Son imagination lui jouait-elle des tours ?

Rien à voir avec son imagination ! conclut-il, après s'être remémoré une dernière fois la réaction de Richard. En toute lucidité, il avait de bonnes raisons de ne pas aimer ce type.

Affalé sur son siège, il prit une profonde inspiration et parcourut la salle des yeux. Son regard se posa sur

Richard et Julie, qu'il observa un moment avant de tourner la tête à contrecœur.

Quand l'orchestre fit une pause, Richard et Julie quittèrent la piste de danse pour s'installer à une petite table, de l'autre côté du bar. Mike garda les yeux rivés sur eux ; c'était plus fort que lui ! Il avait beau se dire qu'il voulait percer à jour la personnalité de Richard, il ne croyait plus à ce prétexte. Son obsession lui rappelait ces gens que fascine le spectacle d'un terrible accident ; pis encore, il avait l'impression de voir une voiture précipitée dans le vide, du haut d'une vertigineuse falaise.

Plus la soirée avançait, plus il sentait Julie lui échapper. Alors qu'il était seul à sa table, Richard et elle se regardaient dans le blanc des yeux et roucoulaient comme deux tourtereaux.

C'était intolérable !

Il cessa de les observer quelques secondes, mais que faisaient-ils *maintenant* ?

Lentement, subtilement, le regard de Mike se dirigea de nouveau vers le couple. Julie lui tournait le dos. Heureusement, car si elle le surprenait, elle lui adresserait un signe ou un sourire, à moins qu'elle l'ignore ! Dans le premier cas, il se sentirait stupide ; dans le second, il aurait le cœur brisé.

Julie, les yeux baissés, fouillait dans son sac ; mais il croisa le regard glacial de Richard. Je t'ai vu, je sais que tu m'épies ! semblait-il lui dire. Mike resta figé sur place : un gamin, surpris par sa mère en train de lui chiper un billet de vingt dollars.

Quand une voix l'appela, il trouva enfin la force de tourner la tête ; Drew, le chanteur vedette du groupe, était assis à la table derrière lui.

— Tu as une minute, Mike ? fit Drew. J'ai à te parler.

Une heure plus tard, Cobra étant fin soûl, Andrea se rendit aux toilettes. Dans la file d'attente, elle promena son regard autour de la salle, comme elle n'avait cessé de le faire depuis qu'elle avait aperçu Richard. Julie et lui s'éloignaient de la piste de danse, et il soufflait un mot à l'oreille de sa cavalière, avant de prendre le chemin des toilettes.

Sachant qu'il allait passer près d'elle, Andrea lissa rapidement ses cheveux, puis ajusta sa jupe et son dos-nu.

Elle l'aborda gaiement.

— Salut, Richard. Comment allez-vous ?

— Ça va, merci. (Il mit un certain temps à la reconnaître.) Andrea... n'est-ce pas ?

Elle se doutait qu'il ne l'avait pas oubliée.

— C'est la première fois que je vous vois ici !

— En effet, je n'étais jamais venu.

— Génial, non ?

— Pas vraiment !

— Au fond, je suis d'accord avec vous, mais on n'a pas tellement le choix à Swansboro. La province...

— À qui le dites-vous !

— Le vendredi soir, c'est tout de même plus animé.

— Ah bon ?

— Oui, d'ailleurs je viens en général le vendredi... presque tous les vendredis.

Richard soutint le regard d'Andrea, avant de hocher la tête en direction de Julie.

— Je serais ravi de discuter un moment avec vous, mais c'est impossible.

— À cause de Julie ?

— Oui, elle est mon invitée.

— Dans ce cas...

— Eh bien, j'ai eu grand plaisir à vous rencontrer, Andrea.

— Moi aussi !

Richard poussa la porte des toilettes, qui se referma derrière lui. Tandis qu'Andrea gardait les yeux rivés sur celle-ci, Cobra s'approcha en titubant et marmonna quelques mots assez crus sur les fonctions corporelles.

Dès qu'il eut rejoint Richard de l'autre côté de la porte, elle jugea le moment venu de partir : voir Cobra une fois de plus gâcherait le plaisir qu'elle avait éprouvé en rencontrant Richard.

Peu après minuit, Julie et Richard étaient debout sous le porche, par une nuit argentée. Les grenouilles et les grillons faisaient entendre un véritable concert, une légère brise agitait les feuilles, et Crooner semblait plus accueillant que d'habitude. À l'affût, derrière les rideaux, il n'avait pas bronché...

— Merci pour tout, murmura Julie.

— Je t'en prie ! J'ai passé une délicieuse soirée.

— Même au *Clipper* ?

— Si tu t'es amusée, je suis content d'y être allé.

— Ce n'est pas ton style, pourtant.

— Franchement, j'aurais préféré un endroit plus intime, pour que nous soyons entre nous.

— Nous étions « entre nous » !

— Pas tout le temps.

— Tu veux parler du moment que nous avons passé avec mes amis ? (Julie semblait perplexe.) Crois-tu que j'ai voulu les rejoindre parce que je m'ennuyais avec toi ?

— Je me suis posé cette question... Quand une femme n'apprécie pas son partenaire, elle peut trouver ce genre de prétexte... Comme si elle criait : « Au secours, je m'ennuie ! »

Julie sourit.

— Je ne m'ennuyais absolument pas ! C'était les amis avec qui je devais dîner ce soir ; quand je les ai aperçus, j'ai tenu à les saluer.

Richard tourna son regard vers la lumière du porche, puis le reposa sur Julie.

— Ils n'ont pas dû me trouver très... sociable. Je regrette, mais je ne suis guère bavard.

— Pas de problème, Richard ! Tu leur as plu.

— Mike n'a pas eu l'air de m'apprécier...

— Mike ?

— Oui, il nous observait.

Bien qu'elle n'ait rien remarqué, Julie s'y attendait un peu.

— Je le connais depuis des années. Il veille simplement sur moi...

— O.K., fit Richard, en ébauchant un sourire.

Ils gardèrent le silence un moment, puis il s'approcha.

Cette fois-ci, un baiser n'aurait pas surpris Julie. Elle souhaitait presque qu'il l'embrasse– ou plutôt elle aurait voulu le souhaiter –, mais quand il se détourna brusquement, elle se sentit soulagée malgré tout.

7

— Le voilà, fit Henry. Pile à l'heure !

Un mardi matin, quelques jours après la soirée au *Clipper*, Henry buvait un Dr Pepper en regardant Richard se diriger vers le salon de coiffure ; il apportait un cadeau – dans une petite boîte –, mais ce n'était pas la raison de la curiosité d'Henry.

Comme il avait dit à Richard où était son lieu de travail, il s'attendait au moins à le voir tourner les yeux vers le garage. La veille, il lui avait adressé un salut lorsqu'il était passé, mais soit Richard n'avait rien remarqué, soit il l'avait volontairement ignoré. Aujourd'hui aussi, il avait poursuivi son chemin, sans un regard pour lui.

Mike émergea du capot d'une voiture et s'essuya les mains à l'aide d'un chiffon glissé dans sa ceinture.

— Ça doit être cool, le métier de consultant. Tu crois qu'il lui arrive d'aller travailler ?

— Calme-toi, répliqua Henry. Tu as assez boudé la semaine dernière ! Et puis, il vaut mieux qu'il aille la voir au salon de coiffure que chez elle, non ?

Visiblement, Mike n'y avait pas pensé. Il prit soudain un air hébété.

— J'ai l'impression qu'il lui apporte un cadeau...

— Moi aussi.

— Pour quelle raison ?

— Il cherche sans doute à l'impressionner.

Mike s'essuya les mains.

— Dans ce cas, je devrais peut-être aller lui offrir un cadeau, à mon tour.

— Voilà ce que je voulais entendre ! s'exclama Henry en plaquant une claque retentissante sur le dos de son frère. Tu arrêtes de geindre et tu passes à l'action... Chez les Harris, on a toujours été capable de rebondir.

— Merci, Henry.

— Mais avant de foncer, permets-moi de te donner un conseil.

— Volontiers.

— Oublie cette histoire de cadeau.

— Tu viens de me dire que...

— C'est son truc à lui ; ça ne marchera pas pour toi.

— Mais...

— Fais moi confiance ! Un cadeau te donnerait l'air d'un homme désespéré.

— Je suis désespéré !

— Peut-être, mais elle ne doit pas le savoir. Elle te trouverait pitoyable.

— Richard...

Penchée sur l'écrin ouvert dans sa main, Julie aperçut un ravissant médaillon en forme de cœur, au bout d'une chaîne en or.

— Que c'est beau !

Ils se tenaient devant la porte du salon de coiffure, sans se douter que Mike et Henry les observaient à leur insu de l'autre côté de la rue, et que Mabel – en compagnie de Crooner – était à l'affût derrière la fenêtre.

— Pourquoi ? En quel honneur ? s'étonna Julie.

— Simplement pour le plaisir ! Je l'ai vu et il m'a

plu. Non, je dirais plutôt que j'ai pensé à toi en le voyant...

Julie contempla le médaillon : cet objet coûteux laissait supposer une attente de la part de Richard.

Comme s'il avait deviné sa pensée, il tenta de la rassurer.

— Je tiens absolument à te l'offrir. Si tu veux, considère-le comme un cadeau d'anniversaire.

— Je suis née en août.

— Accepte-le, je t'en prie, avec une légère avance !

— Richard, c'est très gentil, mais...

— Un simple médaillon n'est pas une bague de fiançailles !

Encore hésitante, Julie finit par céder.

— Merci, murmura-t-elle, en l'embrassant sur la joue.

— Essaie-le !

Elle ouvrit le fermoir et glissa la chaîne autour de son cou.

— Qu'en penses-tu ?

Richard observa le médaillon avec un étrange sourire ; il semblait avoir l'esprit ailleurs.

— Il te va à la perfection. Exactement tel que dans mon souvenir !

— Ton souvenir ?

— Oui, quand je l'ai vu dans le magasin... mais il est encore plus beau sur toi.

— Tout de même, tu n'aurais pas dû !

— Je sais ce que j'ai à faire.

— Tu me gâtes, murmura Julie, une main sur la hanche. Je n'ai pas l'habitude qu'on m'offre des cadeaux sans raison.

— Il faut un commencement à tout ! Tu n'as jamais eu une envie folle d'offrir quelque chose à quelqu'un ?

— Bien sûr, mais rien de si coûteux ! Ne t'imagine surtout pas que je m'attends à ce genre de cadeaux...

— Je suis ravi de te surprendre... Sans une petite surprise de temps en temps, la vie serait monotone. (Richard s'interrompit un instant.) À propos, es-tu libre vendredi soir ?

— Je croyais que tu avais un voyage d'affaires ?

— Oui, mais cette réunion a été annulée. Ou plutôt, je n'aurai pas à y participer ; je suis donc libre tout le week-end.

— As-tu prévu quelque chose de particulier ?

— Oui, de très particulier... Je préférerais garder le secret.

Julie ne répondit pas immédiatement. La sentant réticente, Richard lui prit la main.

— Fais-moi confiance, tu seras enchantée ! Mais il faudra te préparer d'assez bonne heure. Je viendrai te chercher chez toi dans l'après-midi, vers 4 heures.

— Pourquoi si tôt ?

— Parce que la route est longue... Tu pourras te libérer ?

— Je vais modifier un peu mon emploi du temps, mais c'est faisable. Tenue de sport ou habillée ? ajouta Julie en souriant.

Une manière insidieuse de savoir si elle devait se munir ou non d'un sac de voyage. Si Richard lui répondait « les deux », elle pourrait en déduire qu'il l'emmenait en week-end ; ce qui était prématuré, à son avis.

— Eh bien, je porterai un veston et une cravate, annonça-t-il.

Une soirée en bonne et due forme, en conclut Julie.

— Dans ce cas, j'irai faire quelques achats...

— Tu seras belle, quelle que soit la manière dont tu t'habilles.

Sur ces mots, Richard embrassa Julie sur la joue et partit. Elle promena ses doigts sur le médaillon, qui s'ouvrit avec un cliquetis. Comme elle l'avait supposé, il pouvait contenir deux petites photos, mais elle fut surprise à la vue de ses initiales, déjà gravées sur les deux faces.

— Ça ne s'annonce pas très bien, petit frère, reconnut Henry. Malgré ce qu'a dit Emma l'autre soir, je ne suis pas optimiste.
— Merci pour le scoop !
— J'ai un conseil à te donner.
— Encore ?
Plongé dans ses pensées, Henry hocha la tête.
— Avant de te lancer, tu as intérêt à faire un plan.
— Quel genre de plan ?
— Je ne sais pas, mais, si j'étais toi, je me débrouillerais pour qu'il soit bon.

— Ravissant ! s'exclama Mabel. On dirait que Richard est vraiment sous ton charme... Ce bijou a dû lui coûter une petite fortune.
Elle tendit la main vers le médaillon.
— Tu permets ?
— Je t'en prie ! fit Julie, en se penchant.
Mabel examina le bijou de près.
— Il ne vient certainement pas d'une bijouterie d'ici. Il me semble ciselé à la main.
— Crois-tu ?
— J'en suis sûre. En tout cas, tu sais maintenant que Richard Franklin a bon goût.
Mabel lâcha le médaillon, qui alla heurter légèrement la poitrine de Julie.
— Je n'ai plus qu'à ajouter deux petites photos à l'intérieur, murmura celle-ci.

— Ma chérie, ne t'inquiète pas si tu as du mal à trouver ! répliqua Mabel, les yeux pétillants de malice. Je me ferai une joie de t'offrir ma photo.

— Merci ! (Julie éclata de rire.) Tu es la première personne à qui j'ai pensé.

— Et si tu y mettais une photo de Crooner ?

En entendant son nom, Crooner leva les yeux. Julie, qu'il n'avait pas quittée depuis qu'elle était de retour au salon de coiffure, lui passa la main le long de l'échine.

— Avec ce phénomène, il faudrait que je m'éloigne d'une centaine de mètres pour que la photo tienne dans le médaillon.

— Exact ! approuva Mabel. Je me demande pourquoi il est si collant, ces derniers temps...

— Aucune idée ! Effectivement, je bute sur lui à chaque pas. Il me rend dingue...

— Chez toi, comment réagit-il en présence de Richard ?

— Comme ici... Il garde les yeux rivés sur lui ; mais il ne grogne plus comme à sa première visite.

Crooner émit un grognement étouffé, surprenant de la part d'un animal de cette taille. *Arrête de te plaindre*, semblait-il dire. *Nous savons bien, toi et moi, que tu m'aimes malgré mes défauts !*

Un plan, songea Mike, il me faut un plan !

Il se frotta le menton, sans se rendre compte qu'il laissait une traînée de cambouis sur sa mâchoire. Pour une fois, Henry avait vu juste : un plan s'imposait.

Admettre la nécessité d'un plan était, hélas, beaucoup plus simple qu'en imaginer un ! Par nature, Mike n'avait rien d'un planificateur ; il se fiait au hasard, tel un bouchon ballotté par les flots. Habituellement, il n'était pas trop mécontent de son sort ; et il se considérait plutôt comme un homme heureux et épanoui, bien que sa carrière musicale ne fût pas spécialement brillante.

L'enjeu devenait plus élevé... La couleur était annoncée ; il devait sortir ses cartes maintenant ou jamais, car la fortune sourit aux gens qui se lèvent tôt. Toutes sortes de dictons lui venaient à l'esprit, mais il n'avait toujours pas de *plan*.

Par où commencer ?

Il était depuis une éternité un bon copain sur qui Julie pouvait compter. Celui qui réparait sa voiture, qui jouait au Frisbee avec Crooner, et qui l'avait réconfortée pendant deux ans, quand elle pleurait la mort de Jim. Tout cela pour rien, car elle venait de passer deux soirées avec Richard ! Depuis une semaine, il avait changé de tactique : il évitait de la croiser, il ne lui téléphonait pas chez elle, et il n'était même pas passé lui dire bonjour au salon. Résultat ? Elle ne l'avait pas appelé non plus, elle n'était pas venue le voir, et, d'après ce qu'il avait cru comprendre en l'observant dans la rue, une *troisième* soirée avec Richard se profilait à l'horizon.

Alors, que faire ? Il ne pouvait pas traverser la rue et l'inviter à sortir. Elle sortait probablement avec Richard le samedi suivant. Que lui répondre quand elle lui annoncerait qu'elle n'était pas libre ? *Si tu n'es pas libre samedi, pourquoi pas vendredi, ou la semaine prochaine ? À moins que nous prenions un petit déjeuner ensemble ?* Elle finirait par le trouver pitoyable, ce qu'il fallait éviter à tout prix, selon Henry.

Un plan...

Mike secoua la tête : avec ou sans plan, la solitude était la pire des choses.

Il se trouvait dans un sacré pétrin par la faute de Richard, et, surtout, il avait pris l'habitude, ces dernières années, de parler à Julie au moins une fois par jour.

Il aurait le cœur brisé si elle tombait dans les bras de cet individu ; mais il finirait bien par se faire une raison, tôt ou tard ! En revanche, la souffrance qu'il endurait depuis une semaine était au-dessus de ses forces. Ce n'était ni une simple frustration, ni de l'angoisse, ni de la jalousie, ni de la dépression. Avant tout, Julie lui manquait.

Ses conversations avec elle lui manquaient ; mais aussi ses sourires, la musique de son rire, la manière dont ses yeux verts devenaient bleu turquoise au crépuscule, et ses petits halètements quand elle finissait de raconter une histoire drôle. Même les coups de poing qu'elle lui assenait parfois dans le bras...

Après tout, il irait peut-être la voir un peu plus tard, comme autrefois et comme si rien n'avait changé entre eux. Il irait même jusqu'à lui parler – à la manière de Mabel, Henry, ou Emma – de la bonne soirée qu'elle avait passée au *Clipper*.

Brusquement, il changea d'avis. Pas question de s'abaisser à cela ! Pourtant, il était décidé à lui *parler*.

Ce n'était pas vraiment un plan, mais il ne pouvait pas faire mieux pour l'instant.

8

— Julie, attends-moi ! s'écria Mike.

Julie, qui marchait vers sa voiture, le vit approcher à grands pas. Crooner fonça dans sa direction et arriva le premier. Levant une patte, puis l'autre, il s'apprêtait à lui infliger quelques coups de langue amicaux et baveux. Mike les évita – il avait beau aimer Crooner, la bave de chien le dégoûtait quelque peu –, mais il le caressa.

Suivant l'exemple de Julie, il lui parlait comme à un être humain.

— Je t'ai manqué, mon grand ! Oui, tu m'as manqué toi aussi. On va faire quelque chose ensemble...

Crooner dressa les oreilles d'un air attentif et Mike hocha la tête.

— Non, pas de Frisbee aujourd'hui. Une autre fois !

Crooner ne sembla pas se formaliser. Tandis que Mike rejoignait Julie, il bondissait à côté de lui et le bousculait en prétendant jouer. Il faillit même l'envoyer valser dans une boîte aux lettres.

— Tu devrais promener ton chien plus souvent, lança Mike. Une vraie boule de nerfs !

— Il est excité parce que tu es là. Que deviens-tu ? Je ne t'ai pas vu depuis longtemps.

— Ça va, mais je suis très occupé.

Mike ne put s'empêcher de remarquer que les yeux de Julie étaient d'un vert exceptionnel ce jour-là. Vert jade.

— Moi aussi, Mike ! Ta soirée avec Henry et Emma s'est bien passée ?

— Très bien. J'ai regretté que tu ne sois pas avec nous...

Il haussa les épaules comme s'il accordait peu d'importance à ce détail ; mais Julie supposait, d'après ce que lui avait dit Richard, qu'il n'en était rien. Il la surprit en changeant immédiatement de sujet.

— J'ai tout de même une bonne nouvelle à t'annoncer ! Le groupe qui jouait l'autre soir... Ocracoke Inlet... Quand j'étais sur le point de partir, Drew m'a demandé de remplacer leur guitariste habituel : ce type va à un mariage la prochaine fois qu'ils jouent au *Clipper*.

— Génial ! Quand joues-tu ?

— Dans deux semaines. C'est l'affaire d'une seule soirée, mais ça sera marrant.

— De jouer devant une salle pleine ?

— Oui. D'ailleurs, je connais la plupart de leurs airs et ils ne sont pas si mauvais que ça.

— Ce n'est pas ce que tu me disais avant !

— Ils ne m'avaient jamais proposé de jouer avec eux, avant.

— Hum... jaloux ?

Julie regretta aussitôt d'avoir prononcé ce mot, mais Mike ne sembla pas s'offusquer.

— Pas jaloux, vexé... Et, qui sait ce que ça pourrait donner ? Au final, je pourrais décrocher un travail régulier.

— En tout cas, je suis contente que ça ait marché !

— Et toi, que deviens-tu ? reprit Mike, après un silence. Je sais que tu sors avec Richard, mais nous n'avons pas parlé ensemble depuis longtemps. Quoi de neuf ?

— Pas grand-chose, sauf que Crooner me rend dingue.

— Que fait-il ?

Julie décrivit le comportement inhabituel de son chien, et Mike s'esclaffa.

— Il faudrait peut-être lui donner du Prozac !

— S'il continue, je vais acheter une niche et le mettre dehors.

— Julie, tu devrais me le confier de temps en temps. Nous irons faire un tour à la plage... et je te le rendrai si épuisé qu'il n'aura plus la force d'aboyer ou de se coller à toi toute la journée.

— Si je te prenais au mot ?

— N'hésite pas ! J'aime cette brave bête. N'est-ce pas, Crooner ?

Il assena une tape affectueuse au danois, qui aboya allégrement.

— Et Andrea ? Quelles sont les nouvelles ? reprit Mike.

Les aventures d'Andrea revenaient souvent dans leurs conversations.

— Elle m'a parlé du type avec qui elle est sortie samedi.

Mike fronça le nez.

— Celui avec qui elle était au *Clipper* ?

— Tu l'as vu ?

— Un type moche comme tout, avec une dent en or... J'ai eu l'impression qu'elle était mal tombée, mais j'ai pu me tromper.

— Dommage que je n'aie rien vu ! Mabel m'a dit exactement la même chose que toi.

Julie raconta à Mike la déconvenue d'Andrea. Il eut du mal à comprendre pourquoi le faux nom d'Ed DeBoner l'avait affectée par-dessus tout.

— Cette fille est bizarre, observa-t-il. On dirait qu'elle ne remarque pas ce qui saute aux yeux des autres. Je la plains presque...

— Au moins, tu n'es pas obligé de travailler avec elle ! Cela dit, elle met un peu d'ambiance au salon de coiffure.

— Je m'en doute. Oh ! j'oubliais de te dire que tu dois appeler Emma, d'après ce que m'a dit Henry...

— Pas de problème. Tu sais pourquoi ?

— Je parie qu'elle a une nouvelle recette à te donner ou un truc dans ce genre.

— Sûrement pas ! Nous discutons de choses sérieuses.

— En d'autres termes, vous faites des cancans.

— Rien à voir avec des cancans ! Nous nous tenons au courant...

— Eh bien, si tu apprends des nouvelles intéressantes, donne-moi un coup de fil : je ne sors pas ce soir. Par la même occasion, nous pourrons peut-être trouver une solution pour que je te décharge de Crooner temporairement. Pourquoi pas ce week-end ?

— Entendu ! fit Julie en souriant.

Après cette conversation, Mike se sentit plus détendu. Ils n'avaient pas échangé de propos spécialement intéressants ou intimes, mais il avait remarqué que Julie avait toujours plaisir à lui parler. Ils avaient plaisanté et ri ensemble. Cela ne comptait pas pour rien !

Par ailleurs, il avait trouvé le ton juste, en évitant d'aborder des sujets dangereux. Julie aurait sans doute envie de l'appeler après avoir papoté avec Emma ! Et si par hasard celle-ci ne lui avait rien raconté de passionnant ce jour-là, sa proposition au sujet de Crooner lui garantissait pratiquement un appel à l'aide.

Il s'interdisait de penser à Richard. Chaque fois que son image – celle de Julie en sa compagnie, ou de ce ridicule médaillon – lui venait à l'esprit, il parvenait à la chasser. Richard avait peut-être la cote, mais il ne se laisserait pas décourager pour autant.

Jusque-là, sa stratégie avait été assez efficace...

La bonne humeur de Mike persista le temps qu'il finisse son travail, qu'il rentre chez lui et qu'il dîne. Il était encore de bonne humeur lorsqu'il s'allongea sur son lit pour regarder les actualités à la télé.

C'est alors qu'il réalisa que le téléphone n'avait pas sonné.

Pour Mike, le reste de la semaine fut un véritable cauchemar.

Non seulement Julie ne l'appela pas, mais elle ne vint même pas lui dire bonjour au garage.

Auparavant, il n'avait jamais hésité à lui passer un coup de fil, mais le courage lui manquait. Elle l'ignorait certainement parce qu'elle était avec Richard. Il ne supporterait pas qu'elle refuse de lui parler sous prétexte qu'elle était « en compagnie », ou « sur le point de sortir », ou encore « trop occupée pour l'instant ». Et si par hasard elle était absente, il passerait une nuit blanche à se demander où elle était.

Julie n'appela pas une seule fois cette semaine-là et Richard n'apparut pas non plus ; mais le vendredi, au milieu de l'après-midi, Mike vit Julie quitter le salon de coiffure. Il comprit aussitôt pourquoi elle écourtait sa journée de travail

Richard...

Il essaya de rester indifférent. Après tout, sa soirée était déjà planifiée : il avait une bière au frigo, un magasin de vidéo au coin de la rue, et une pizzeria *Domino's* à moins d'une demi-heure de chez lui. Une soirée tranquille – sans plus. Vautré sur son canapé, il décompresserait un peu, puis il écouterait sans doute un peu de musique, avant de brancher la vidéo. Rien ne l'empêcherait de veiller toute la nuit s'il le souhaitait.

Il imagina un moment ce qui l'attendait, puis il haussa les épaules. Il menait une vie minable. De quoi devenir complètement dingue...

La cerise sur le gâteau : il apprit malgré lui ce qu'avaient fait Richard et Julie. Il l'apprit par bribes, non de Julie elle-même, mais en écoutant parler les gens autour de lui – au supermarché, à la brasserie, et même au garage. De vagues relations de Julie, des gens qu'elle croisait dix minutes le dimanche après-midi, semblaient beaucoup mieux informés que lui à son sujet. Le lundi matin, il lui fallut près de vingt minutes pour trouver le courage de sortir de son lit.

Apparemment, Richard était allé chercher Julie à bord d'une limousine chargée de bouteilles de champagne, et l'avait emmenée dîner à Raleigh. Ensuite, assis aux meilleures places d'orchestre du centre culturel, ils avaient assisté à une représentation du *Fantôme de l'Opéra*.

Et pour comble, histoire d'impressionner encore plus Julie – s'il en était besoin –, ils avaient passé le samedi ensemble, près de Wilmington.

Promenade en ballon, suivie d'un pique-nique sur la plage...

Comment diable pourrait-il se mesurer à un type qui organisait de telles festivités ?

9

Un week-end hors du commun, se dit Julie. Richard aurait pu donner quelques tuyaux à Bob sur l'art et la manière d'impressionner les femmes. Il aurait même été capable d'organiser des séminaires sur cette question !

Face à son miroir, ce dimanche matin, elle avait encore du mal à y croire. C'était la première fois de sa vie qu'elle passait un week-end pareil... Quand Richard lui avait annoncé, dans la limousine, qu'ils allaient au théâtre, elle ne s'était pas réjouie outre mesure. En fait de comédies musicales, elle n'avait vu que des adaptations filmées une génération auparavant, comme *The Music Man* et *Oklahoma*. Elle redoutait qu'une pièce jouée à Raleigh, comparée à un programme new-yorkais, soit l'équivalent d'une bonne performance par des élèves d'un lycée.

Grossière erreur !

Toute la soirée l'avait enchantée : les couples élégants qui sirotaient un verre de vin avant le spectacle, la foule observant le silence au moment où les lumières s'éteignent, la décharge électrique des premières notes jouées par l'orchestre, l'intrigue passionnante de la pièce, les airs magnifiquement chantés par des virtuoses... Et ces couleurs ! Les décors et les costumes aux teintes vives, le rayonnement des projecteurs, les ombres inquiétantes... L'ensemble se combinait en un univers à la fois vivant et bizarrement surréaliste.

Elle s'était crue transportée dans un conte de fées. La petite coiffeuse d'une ville américaine avait atterri miraculeusement dans un univers parallèle. Un univers peuplé d'individus prestigieux, habitant des résidences de luxe et surveillant les cours de la Bourse dans le journal du matin, pendant que la nurse se prépare à conduire les enfants à l'école.

En sortant du spectacle, elle ne se serait pas sentie plus bizarre si elle avait aperçu deux lunes dans le ciel.

Comment aurait-elle pu se plaindre ? Au retour, dans la limousine, elle avait respiré l'odeur musquée du cuir, tandis que les bulles du champagne lui chatouillaient les narines. C'était donc ainsi que vivait une moitié du monde. Un mode de vie auquel on doit s'habituer facilement.

D'autres surprises l'attendaient le lendemain : au spectacle nocturne succédèrent une sortie en ballon, une promenade dans les rues au milieu d'une véritable fête foraine, et un pique-nique sur la plage – contrastant avec leur dîner au restaurant. Un programme aussi varié que s'ils avaient été deux jeunes mariés, voulant profiter au maximum des dernières heures de leur lune de miel.

La sortie en ballon lui avait plu, malgré sa frayeur quand le vent avait soufflé en rafale. Elle avait été ravie de se promener, la main dans la main, avec Richard, et de poser pour lui quand il la mitraillait avec son appareil photo. Le pique-nique l'avait enchantée plus encore : elle se souvenait de ses nombreux pique-niques avec Jim, et c'était un plaisir pour elle de se retrouver dans son élément. Hélas ! cette sensation fut de courte durée... Dans le panier du repas, Richard avait glissé une bouteille de merlot et un plateau de fruits et fromages. La dernière bouchée avalée, il lui avait proposé de lui masser les pieds. Une idée saugrenue qui la fit rire ; mais quand il l'eut doucement déchaussée, elle céda à sa demande, en se disant que Cléopâtre devait éprouver le même genre de bien-être quand elle se prélassait à l'ombre des palmiers.

Bizarrement, elle eut alors une pensée pour sa mère.

Bien qu'elle ait décidé depuis fort longtemps de ne jamais la prendre comme modèle, elle croyait entendre sa réponse quand elle l'avait interrogée sur sa rupture récente avec son petit ami. « Ce n'était pas le Pérou », lui avait-elle déclaré. Une véritable énigme pour une fillette de huit ans !

Longtemps après, elle avait fini par comprendre ce qu'avait voulu dire sa mère ; et, tout en observant Richard, un de ses pieds dans sa main, elle se souvenait de cette expression.

Était-ce le Pérou avec Richard ?

En principe, oui. Elle ne pourrait pas trouver mieux, du moins à Swansboro ! Il lui avait joué le grand jeu pour la séduire, mais après quatre soirées « romantiques » à ses côtés, elle pouvait affirmer, à son grand regret, que non, *ce n'était pas le Pérou.*

Elle savait déjà que ce qui unissait les autres couples – une réaction chimique, un phénomène magique, ou un peu des deux ? – ne figurait pas au tableau. Aucune de ces petites démangeaisons à la nuque, qui l'avaient surprise la première fois que Jim lui avait pris la main ! Pas la moindre envie de songer, les yeux fermés, à leur avenir ! Et rien ne laissait prévoir qu'elle serait plongée le lendemain dans une douce rêverie amoureuse. Cet homme organisait des sorties spectaculaires, mais elle avait beau faire, elle le considérait simplement comme un type sympathique... le genre de type qui serait parfait pour une autre.

Ce problème était-il dû, en partie, à une trop grande précipitation ? Le temps passant, sa relation avec Richard deviendrait-elle plus paisible et plus gratifiante ? Autrefois, son amour pour Jim n'était pas apparu du jour au lendemain. Il lui suffirait peut-être de sortir encore un certain temps avec lui pour se reprocher, rétrospectivement, son jugement hâtif.

Tout en se brossant les cheveux, face au miroir, elle réfléchit encore. Oui, c'était bien ça ! conclut-elle en posant sa brosse. Ils avaient besoin d'apprendre à mieux se connaître. En outre, elle se sentait un peu fautive, car elle l'avait tenu à distance.

Bien qu'elle ait bavardé pendant des heures avec lui, leur conversation était restée superficielle. Elle lui avait raconté quelques banalités la concernant, il avait fait de même. Elle n'en demandait pas plus ! Chaque fois qu'il avait parlé du passé, elle s'était arrangée pour esquiver. Elle n'avait évoqué ni sa relation difficile avec sa mère, ni son désarroi quand celle-ci recevait des hommes à toute heure, ni ses regrets quand elle avait dû interrompre ses études. Elle n'avait fait aucune allusion à ses angoisses – surtout nocturnes – quand elle vivait dans la rue ; aucune allusion à sa peur de ne jamais reprendre le dessus, après la mort de Jim.

Ces souvenirs lui laissaient un goût amer. Elle avait été tentée de les partager avec Richard, mais elle s'en était finalement abstenue. D'ailleurs, lui aussi avait évité de trop en dire sur son passé.

Et, justement, n'était-ce pas essentiel de pouvoir communiquer en toute confiance ? Jim et elle avaient eu cette chance, mais – comme dans l'énigme de la poule et de l'œuf – elle n'aurait su dire si leur histoire avait commencé avec ces petites démangeaisons à la nuque ou avec tout le reste.

La sonnerie du téléphone interrompit sa rêverie. Crooner la suivit dans le living quand elle décrocha.

— Allô, fit Emma. Tu vas tout me raconter, sans omettre le moindre détail !

— Il lui a massé les pieds ? s'écria Mike, interloqué.

— C'est ce qu'elle a raconté hier à Emma.

— Mais tout de même, lui masser les pieds...

— J'avoue que ça ne manque pas de style !

— Ce n'est pas ce que je voulais dire.

Les mains dans les poches, Mike s'interrompit, songeur.

Henry se pencha vers lui.

— Désolé, j'ai d'autres mauvaises nouvelles à t'annoncer : Benny a appelé pour dire qu'il viendrait aujourd'hui.

Mike sursauta : bon sang, Benny !

— Et Blansen réclame son camion, reprit Henry. Ça fait partie du contrat que j'ai passé avec l'entreprise du pont. C'est important...

— Oui, je termine tout de suite.

Andrea ne pouvait pas, ou plutôt ne voulait pas y croire. Cette histoire la rendait malade, d'autant plus que Julie se donnait des airs si désinvoltes... Une limousine ? Du champagne ? Une pièce de théâtre : *Descente de fantômes à l'Opéra...* ou quelque chose comme ça ? Une promenade en ballon ? Un pique-nique sur la plage ?

Elle aurait préféré ne rien apprendre, même par hasard ; mais c'était impossible, vu l'espace exigu du salon de coiffure.

Son week-end n'avait rien de commun avec celui de Julie. Le dernier d'une longue série de week-ends ratés ! Vendredi, elle avait passé la soirée au *Clipper*, où elle avait dû repousser les avances de Cobra pour la deuxième fois. Bien qu'elle n'ait pas prévu de le rencontrer là-bas, il l'avait tout de suite repérée et il avait tourné autour d'elle comme une mouche. Le lendemain, il lui avait fallu des heures pour réparer ses stupides bouts d'ongles qui s'étaient décollés la veille. Un week-end idyllique, non ? De quoi rendre toutes les autres femmes malades de jalousie !

Mais personne ne s'était intéressé à son week-end. Mabel n'en avait que pour Julie. *Et ensuite ? Je parie que tu n'en revenais pas ? C'est génial... !* Julie, Julie, Julie. Et Julie se contentait de hausser les épaules, comme si tout cela allait de soi.

Dans un coin, Andrea se lissait les ongles avec acharnement, en se disant qu'elle n'avait vraiment pas de chance.

Richard poussa la porte du salon de coiffure et la maintint ouverte tandis qu'une cliente sortait.

— Salut, Richard ! fit Julie. Tu arrives au bon moment : je viens de terminer.

Bien que toujours perplexe, elle n'était pas mécontente qu'il lui rende visite : ce serait l'occasion d'y voir plus clair en elle-même.

— Que tu es belle ! souffla-t-il, en se penchant pour l'embrasser.

Un rapide baiser qu'elle eut tout juste le temps d'analyser. Rien à voir avec un feu d'artifice, mais pas si mal... Un baiser, sans plus... Attention, se dit-elle, si ça continue je finirai cinglée, comme ma mère.

— Tu as quelques minutes pour prendre un café avec moi ? lui demanda Richard.

Mabel était à la banque, Andrea parcourait le *National Enquirer* dans un coin du salon ; elle appelait cela « lire le journal », mais Julie savait qu'elle était tout ouïe.

— J'ai un moment, fit-elle. Mon prochain rendez-vous est dans une demi-heure.

À cet instant, le regard de Richard se fixa sur le doux triangle de chair, sous son menton.

— Où est le médaillon, Julie ?

Elle posa instinctivement une main sur sa poitrine.

— Oh ! je ne le porte pas aujourd'hui ! Il s'accroche à mes vêtements quand je travaille et j'ai deux permanentes cet après-midi.

— Tu pourrais le rentrer à l'intérieur...

— J'ai essayé, mais il ressort toujours.

Elle s'avança vers la porte.

— Allons-y, je ne suis pas sortie une seule fois ce matin !

— Veux-tu que je t'offre une chaîne plus courte ?

— Sûrement pas ! Ce bijou est parfait.

— Mais tu ne le portes plus !

Pendant le long silence qui suivit, Julie remarqua le sourire figé de Richard.

— Ça te contrarie tant que ça ?

— Je croyais qu'il te plaisait !

— Il me plaît beaucoup, mais je ne veux pas le porter quand je travaille.

Richard prit un air bizarre, puis il sourit naturellement, comme si son accès de mauvaise humeur était terminé.

— Je t'achèterai une autre chaîne plus courte, Julie. Comme ça, tu pourras porter ce médaillon quand tu veux.

— Ce n'est pas la peine !

— J'y tiens, reprit-il en soutenant son regard.

Elle le dévisagea avec une impression indéfinissable.

Andrea, écœurée, posa l'*Enquirer* dès qu'ils eurent quitté le salon. À son avis, Julie était la dernière des imbéciles. Après le week-end idyllique qu'elle venait de passer, à quoi pensait cette fille ?

Elle devait se douter que Richard lui rendrait visite, car il était venu chaque jour. Pourtant, elle ne s'était pas gênée pour le blesser par son manque d'égards. Ce n'était pas si fréquent qu'un type pareil vous comble de cadeaux, comme un politicien venu fêter Noël dans un orphelinat ! Mais Julie était-elle capable d'apprécier ce qu'il faisait pour elle ? S'était-elle interrogée au moins une seconde sur la manière de lui faire plaisir ? Avait-elle songé un instant qu'elle devait porter ce fichu bijou, pour lui donner la preuve qu'elle appréciait son geste généreux ?

Le problème était que Julie n'avait pas conscience de sa chance. Elle devait s'imaginer que tous les hommes qui sortent avec une femme dépensent des fortunes pour lui offrir des cadeaux et la promener en limousine. Malheureusement, ce n'était pas le cas – du moins à Swansboro. Il n'y avait pas un seul individu digne d'intérêt dans cette bourgade... La location d'une limousine avait dû coûter plus cher à Richard que ce que gagnaient la plupart de ses flirts en une année entière.

Andrea secoua la tête : Julie ne méritait pas de sortir avec un type comme lui. Un type exceptionnel, et beau garçon, par-dessus le marché. En fait, elle n'avait jamais rencontré un homme aussi sexy !

Quand Richard partit, l'impression de Julie se précisa. Elle avait été manipulée...

Oui, manipulée !

Il aurait voulu qu'elle lui promette de porter de nouveau ce médaillon en travaillant – comme si elle devait se sentir coupable de ne pas l'avoir fait. Comme si elle était censée le porter tout le temps...

Cette impression la troublait, et elle avait du mal à la concilier avec l'homme qui lui avait offert cet extraordinaire week-end. Pourquoi avait-il été perturbé par un simple détail auquel il n'aurait pas dû attacher la moindre importance ?

À moins qu'il considère ce fait comme une manifestation inconsciente de ses sentiments à son égard.

Julie sentit son sang se glacer, en se souvenant de sa perplexité du dimanche précédent. Elle avait porté le médaillon pendant tout le week-end, mais sous prétexte qu'il la gênait un peu (si peu...) dans son travail, elle avait décidé ce matin de le laisser à la maison. Donc, l'interprétation de Richard n'était pas absurde.

Julie secoua la tête. Mais non ! Le médaillon lui compliquait réellement la vie : elle avait failli briser deux fois la chaîne au cours de la semaine, et il s'était coincé à plusieurs reprises dans les cheveux de ses clientes. Elle ne le portait plus, de peur de l'abîmer !

D'ailleurs le problème n'était pas de savoir pourquoi elle le portait ou non, il s'agissait de Richard et de sa réaction ! Ses paroles, son regard, l'impression qu'il lui avait donnée... Tout cela la contrariait.

Jim ne s'était jamais comporté de la sorte. Quand il se fâchait – ce qui était plutôt rare –, il ne cherchait pas à la manipuler ni à dissimuler sa colère par un sourire. Et Jim ne lui avait jamais donné cette sensation indéfinissable, mais fort déplaisante.

Du moment que tu te plies à ma volonté, tu n'auras pas de problèmes, lui avait laissé entendre Richard.

Mais de quoi s'agissait-il au juste ?

10

Debout dans le garage, Mike hochait la tête, en faisant son possible pour ne pas tordre le cou de son client.

Et celui d'Henry par la même occasion, car son frère lui avait refilé lâchement ce client difficile.

À peine Benny Dickens était-il entré, qu'Henry s'était éclipsé en prétextant un coup de téléphone urgent.

— Ça ne t'ennuie pas de t'occuper de lui ? avait-il chuchoté.

Benny, un garçon de vingt et un ans, était le fils du propriétaire de la mine de phosphore, aux environs de Swansboro. Plus de trois cents personnes y travaillaient, et papa Dickens était le plus gros employeur de la ville. Benny avait interrompu ses études en classe de seconde, mais son père lui avait offert une somptueuse résidence au bord de la rivière. Il n'avait jamais songé à travailler, et deux femmes de la ville avaient mis au monde chacune un petit Benny.

En tout cas, la famille Dickens était de loin le plus gros client du garage – le genre de client qu'une petite entreprise ne peut pas se permettre de négliger. Papa adorait son fils et le traitait comme un prince... Papa était idiot, avait conclu Mike depuis longtemps.

— Plus fort ! s'écria Benny d'une voix stridente. (Le sang commençait à lui monter à la tête.) Je vous l'ai déjà dit...

Il parlait du moteur de sa Corvette Callaway, achetée depuis peu. Il l'avait déposée au garage pour que Mike fasse tourner le moteur « plus fort » : sans doute de manière à harmoniser son vrombissement avec les flammes peintes sur le capot et avec le système spécial de stéréo qu'il avait installé. Benny partait en effet à Fort Lauderdale, avec l'intention de draguer un maximum de filles pendant les vacances de Pâques.

— C'est illégal, objecta Mike.

— Non !

— Je vous assure que vous aurez des ennuis avec la police.

Benny cligna les yeux, incrédule.

— Vous ne savez pas ce que vous dites, espèce de crétin ! Je connais mes droits.

— Espèce de crétin..., répéta Mike.

Serrer ses deux pouces sur sa pomme d'Adam. Presser et secouer un bon coup...

Benny mit ses poings sur ses hanches ; comme d'habitude, il portait sa Rolex.

— Mon père fait entretenir ses camions ici, non ?

— Certainement.

— Et je suis un bon client moi aussi ?

— Oui.

— Je vous ai confié ma Porsche et ma Jaguar ?

— Oui.

— Je vous paye dans les plus brefs délais ?

— Oui.

Benny leva les bras d'un air exaspéré et haussa le ton.

— Alors, faites ronfler mon moteur plus fort ! Je suis venu vous le demander très clairement il y a quelques jours. Les nanas aiment ça, quand je drague en voiture, et c'est pas pour le soleil que je descends dans le Sud.

— Je comprends : pour les nanas, pas pour le soleil.

— Alors, qu'est-ce que vous attendez ?

— D'accord, je m'en occupe.

— Je reviens demain ?

— Demain !

— Et fort ! Vous m'entendez ? J'ai dit *fort*.

— Oui, fort.

Henry, debout derrière son frère, méditait. Il était venu le rejoindre dès que Benny avait filé à bord de sa Jaguar. Indifférent à sa présence, Mike bricolait le moteur en fulminant.

— Tu aurais peut-être dû y aller plus fort, suggéra Henry. Je parle du moteur...

— Tais-toi, Henry. Ce n'est pas le moment !

— Je voulais simplement me rendre utile.

— Comme le type qui appuie sur le bouton de la chaise électrique. Pourquoi m'as-tu obligé à recevoir ce type ?

— Il m'exaspère !

— Tu t'imagines que j'arrive à le supporter ?

— Peut-être pas, mais tu es beaucoup plus patient que moi. Tu te débrouilles parfaitement avec lui, et la société de son père est notre meilleur client.

— J'ai failli l'étrangler.

— Tu t'es retenu ; et je te signale que nous pourrons sans doute lui compter un supplément.

— Ce n'est tout de même pas une raison.

— Allons, Mike ! Tu t'es conduit en vrai professionnel. J'étais admiratif...

— Il m'a traité de crétin !

— Venant de lui, c'est un compliment.

Henry posa la main sur l'épaule de son frère.

— S'il recommence, tu devrais peut-être essayer autre chose pour le calmer.

— Lui scotcher la bouche ?

— Je pensais à quelque chose de plus subtil.

— Par exemple ?

— Je ne sais pas, fit Henry en se frottant la mâchoire. As-tu songé à lui masser les pieds ?

Mike resta sans voix. Parfois, il haïssait réellement son frère.

Jake Blansen vint alors chercher son camion. Après avoir réglé sa facture, il se dirigea vers Mike.

— Les clefs sont sur le tableau de bord, fit celui-ci, et j'ai resserré les freins. Tout est prêt !

Jake Blansen, un ouvrier au ventre ballonné par la bière et à la solide carrure, hocha la tête, un cure-dents coincé entre ses dents. Il portait un logo de courses de stock-car sur sa casquette de base-ball, et d'énormes auréoles de sueur tachaient sa chemise aux aisselles. Son jean et ses bottes disparaissaient sous une poussière de ciment.

— Je leur dirai, pour les freins, marmonna Jake. Honnêtement, c'est pas mon rôle ! Le service de maintenance devrait se charger des véhicules, mais tu sais comment ça se passe... Nos chefs font tout de travers !

Mike désigna son frère d'un hochement de tête.

— Je te comprends ! Ce type-là aussi est parfois pénible. Mais il prend du Viagra, paraît-il... Alors, je ne peux pas trop lui en vouloir. Ça doit pas être commode de se dire qu'on n'est que la moitié un homme !

Ravi par cette plaisanterie, Jake rit de bon cœur.

— Combien êtes-vous sur le chantier, ces temps-ci ? reprit Mike, avec le sentiment de s'être vengé – au moins partiellement – de son frère.

— Peut-être une centaine... Pourquoi ? Tu cherches un emploi ?

— Non, je suis mécanicien ! Simplement, j'ai rencontré un ingénieur consultant pour le pont.

— Lequel ?

— Richard Franklin. Tu le connais ?

Jake soutint le regard de Mike et retira son cure-dents de sa bouche.

— Ouais...

— Un type sympa ?

— Qu'est-ce que t'en penses ?

— À t'entendre, je parie que la réponse est « non ».

— Il est quoi, pour toi ? fit Jake, sur ses gardes. Un ami ?

— Non, je l'ai rencontré une seule fois.

— Ça devrait te suffire. Ne cherche pas à le connaître davantage !

— Pourquoi ?

Jake hocha du chef, et Mike eut beau l'interroger, il n'obtint rien de plus. La conversation tourna à nouveau autour du camion, et Jake sortit de l'atelier, quelques minutes après, laissant Mike perplexe. Que lui cachait son client ? Et pourquoi cela lui semblait-il plus important que tout ce qu'il lui avait dit ?

L'arrivée de Crooner l'arracha soudain à ses pensées.

— Salut, mon grand, lança Mike.

Crooner se dressa d'un bond, les deux pattes avant sur sa poitrine, comme s'ils étaient en train de danser au bal. Du fond de la gorge, le chien grondait d'excitation.

— Que fais-tu ici, mon grand ?

Crooner se remit sur ses quatre pattes et se dirigea vers le placard de Mike.

— Rien à manger pour toi, mais il y a quelque chose dans le bureau d'Henry ! Nous allons le dévaliser.

Crooner connaissait le chemin. D'un tiroir, Mike sortit les friandises préférées de son frère – de minuscules beignets saupoudrés de sucre et des biscuits aux copeaux de chocolat. Calé sur son siège, il les lança un à un, et Crooner les attrapa au vol, puis les avala comme une grenouille gobant des mouches. Ce n'était sans doute pas très bon pour lui, mais il se mit à agiter la queue d'un air satisfait.

Quant à Henry, il en ferait une tête quand il trouverait son tiroir vide ! se dit Mike. Pour une fois, il lui avait rendu la monnaie de sa pièce. D'une pierre, deux coups...

Son dernier client parti, Julie parcourut le salon des yeux, avant de questionner Mabel.

— Tu as vu Crooner ?

— Je l'ai fait sortir... Il attendait derrière la porte.

— Depuis longtemps ?

— Environ une heure.

— Une heure, et il n'est toujours pas revenu !

— J'ai l'impression qu'il est allé voir Mike.

Pelotonné sur une vieille couverture, Crooner digérait en ronflant son festin de sucreries, tandis que Mike était penché sur la boîte de vitesses de la Pontiac Sunbird.

— Encore là, Mike ? lança Julie.

Mike se releva au son de sa voix, et Crooner, groggy, dressa les oreilles.

— Oui, au fond de l'atelier !

— Tu as vu Crooner ?

— Il est ici.

Mike s'essuya les mains sur un chiffon, tandis que Crooner se dirigeait vers sa maîtresse.

— Enfin, te voilà ! (Julie gratta le dos de Crooner, qui décrivait des cercles autour d'elle.) Je commençais à me faire du souci...

Mike sourit, ravi que Crooner soit resté auprès de lui.

— Quoi de neuf ? fit Julie.

— Rien de spécial. Et toi ?

— Un jour comme un autre !

— Pour moi aussi... Aujourd'hui, par exemple, j'ai eu la visite de Benny, et j'ai failli tuer Henry.

— Qu'est-ce que tu racontes ?

— Finalement, je me suis retenu... à la pensée de ce que me diraient mes parents en me voyant derrière les barreaux. Mais, un peu plus, ça y était !

— Henry t'a fait des misères ?

— Comme toujours !

— Pauvre malheureux ! Je vais verser un vrai torrent de larmes, ce soir, en pleurant sur ton sort.

— J'ai toujours su que je pouvais me fier à toi.

Julie éclata de rire : il était parfois si mignon, avec sa fossette...

— Qu'est-ce qu'il t'a fait ? Il a encore troué ton bleu de travail ?

— Non, la dernière fois qu'il m'a joué ce tour, j'ai enduit une clef à écrous de colle à prise rapide, et je lui ai demandé de la tenir pendant que j'allais vérifier quelque chose. Il n'a pas pu décoller cette clé avant le lendemain matin. Il a même dormi avec !

— Je m'en souviens. Après, il s'est tenu à carreau pendant des semaines.

— Oui, fit Mike, un brin nostalgique au souvenir de cette période bénie où son frère l'avait laissé tranquille. Je devrais faire ce genre de chose plus souvent, mais je n'ai pas l'esprit à ça.

— Tu auras beau faire, il ne renoncera jamais à te taquiner. Mais souviens-toi qu'il est poussé par la jalousie.

— Tu crois ?

— Il perd ses cheveux et il a la maladie de Dunlop.

— La maladie de Dunlop ?

— Oui, il a un véritable pneu autour de la taille.

— Pas drôle, de vieillir !

— Tu vas répondre à ma question, oui ou non ? J'aimerais savoir ce que tu as à lui reprocher aujourd'hui.

Ne voulant, à aucun prix, faire allusion à la remarque d'Henry, Mike s'approcha du distributeur de boissons et chercha quelques pièces de monnaie dans sa poche.

— Toujours les mêmes blagues, grommela-t-il.

— Elle devait être bien bonne, si tu ne veux pas m'en parler !

— Je ne te dirai rien !

Mike se redressa et prit une voix grave.

— On dirait que les mauvais tours qu'il me joue te réjouissent... J'avoue que ça me blesse !

Il tendit à Julie un Coca light – inutile de la questionner, il connaissait d'avance son choix – et prit un Dr Pepper pour lui.

— C'est si douloureux ? plaisanta Julie.

— Un vrai coup de poignard dans le cœur...

— Tu voudrais que je verse un double torrent de larmes ce soir, au lieu d'un simple ?

— Pourquoi pas un triple ? Dans ce cas, je t'accorde mon pardon.

En voyant Mike sourire, Julie réalisa à quel point leurs conversations lui avaient manqué ces derniers temps.

— Bon, à part Henry, raconte-moi ce qui t'est arrivé aujourd'hui !

Mike prit le temps de réfléchir. *Un certain Jake Blansen est passé au garage, et il m'a tenu des propos énigmatiques au sujet de Richard. Veux-tu savoir ?* Non, ce n'était pas le moment d'en parler.

— Vraiment rien d'intéressant, dit-il enfin. Mais quoi de neuf pour toi ?

Julie se tourna vers Crooner

— Pas grand-chose, mais je commençais à m'inquiéter au sujet de cet animal. Un accident est si vite arrivé...

— Aucune voiture n'oserait le frôler ! Elle se ferait écrabouiller comme une mouche.

— Je m'inquiétais tout de même...

— Tu es une femme ! Moi qui suis un homme, j'ai appris à ne jamais céder à la panique.

Julie sourit.

— Je m'en souviendrai... À la prochaine tornade, je t'appelle d'urgence pour clouer des planches autour de ma maison.

— Comme d'habitude, Julie ! Tu as même acheté un marteau, spécialement pour moi.

— Je ne suis qu'une faible femme...

Mike pouffa de rire, et un silence plana. Maintenant que dire, sinon l'essentiel ?

— Comment ça va, avec Richard ? lança-t-il d'un ton presque désinvolte.

— Bien, marmonna Julie. J'ai passé un bon week-end, mais...

Sa phrase resta en suspens.

— Mais quoi ?

— Ça n'a pas d'importance.

— Sûre ?

Julie décocha à Mike un sourire forcé.

— C'est sans intérêt !

Mike renonça à insister, de peur de la contrarier.

— Écoute, dit-il enfin, tu sais où me trouver si tu as envie de me parler.

— Oui, je sais.

— Je te parle sérieusement, Julie ! Je suis toujours dans les parages.

Elle posa une main compatissante sur son épaule.

— Je me dis parfois que tu devrais sortir plus souvent. Parcourir le vaste monde, voyager...

— Et rater, plusieurs soirées de suite, mon feuilleton préféré ?

— Exactement. Tout plutôt que la télévision ! Et si tu n'as pas le goût des voyages, trouve autre chose. Apprends à jouer d'un instrument de musique, par exemple...

Mike pinça les lèvres.

— Ma chère, c'est un coup bas !

Une lueur brilla dans les yeux de Julie.

— Est-ce qu'il vaut celui d'Henry ?

— Non, Henry a fait encore mieux.

— Pas de chance !

— Tu n'es qu'une débutante...

Un sourire aux lèvres, Julie observa Mike un instant.

— Après tout, ce n'est pas si compliqué de s'entendre avec toi.

— Parce qu'on peut me taquiner facilement ?

— Non, parce que tu as bon caractère...

Mike gratta les traces de cambouis sur ses ongles.

— C'est drôle que tu utilises cette expression. Andrea m'a dit exactement la même chose, l'autre jour.

— Andrea ? répéta Julie, en se demandant si elle avait bien entendu.

— Oui, elle m'a dit ça quand nous sommes sortis

ensemble, ce week-end. À propos, je dois aller la chercher dans quelques minutes.

Mike jeta un coup d'œil à sa montre, puis à son placard, sous le regard éberlué de Julie.

— Andrea... vraiment ?

— Oui, elle est super. Nous avons passé une bonne soirée... Maintenant, je dois partir !

— Mais enfin... Andrea et toi ?

Mike garda un moment son sérieux, puis lança un clin d'œil à Julie.

— Je t'ai bien eue, non ?

— Non.

— Pas du tout ?

— Absolument pas !

— Tu ferais mieux d'avouer.

— Bon, d'accord. J'avoue...

— Alors, nous sommes à égalité, conclut Mike avec un sourire satisfait.

11

Julie laissa la porte se refermer derrière elle, tout en savourant sa conversation avec Mike.

— Tu n'es pas censée sortir avec Richard, ce soir ? fit Mabel.

— Non. Pourquoi ?

— Il est passé au salon. Tu ne l'as pas vu ?

— J'étais au garage, avec Mike.

— Tu ne l'as pas croisé dans la rue, en revenant ?

— Non.

— Bizarre ! Il est parti il y a quelques minutes et je pensais qu'il allait à ta recherche.

— Apparemment, non.

Julie tourna les yeux vers la porte.

— Il t'a dit ce qu'il voulait ?

— Pas vraiment, mais il te cherchait... Si tu te dépêches, tu peux encore le rattraper.

Mabel brancha le répondeur et mit de l'ordre sur son bureau. Voyant que Julie n'avait pas bougé, elle reprit avec le plus grand naturel :

— Je ne sais pas comment tu te sens, mais je suis claquée ! Aujourd'hui, tout le monde se plaignait. Rien n'allait : ni les cheveux, ni les gosses, ni les maris, ni le nouveau pasteur, sans oublier les chiens qui aboient, et ces chauffards venus du nord... Parfois, on a envie de dire au gens qu'ils feraient bien de mûrir un peu.

Julie pensait toujours à Richard.

— Ça doit être la pleine lune ! Mes clients aussi m'ont paru nerveux aujourd'hui !

— Et Mike ?

— Non, pas lui. Il est toujours égal à lui-même.

Mabel ouvrit le tiroir du bas de son bureau et sortit une petite flasque d'alcool.

— C'est le moment de se changer les idées, annonça-t-elle. Tu me tiens compagnie ?

— D'accord... Je vais fermer la porte.

Après avoir sorti deux gobelets en plastique du même tiroir, Mabel s'installa confortablement. Le temps que Julie la rejoigne, elle avait envoyé promener ses chaussures, posé ses pieds sur la table et vidé un premier gobelet. Les yeux clos et la tête rejetée en arrière, elle semblait se prélasser dans un transat, sous le soleil des tropiques.

— Que devient Mike ? fit-elle sans ouvrir les yeux. Il n'est pas passé au salon depuis longtemps...

— Toujours le même train-train. Son travail, ses querelles avec Henry...

Julie s'interrompit et son visage s'éclaira.

— Sais-tu qu'il va jouer au *Clipper* dans quelques semaines ?

— Ah... bravo !

Le manque d'enthousiasme de Mabel était presque palpable.

— Un peu d'indulgence, s'il te plaît ! Pour une fois, il va jouer avec un assez bon groupe.

— Ça ne suffit pas.

— Il ne joue pas *si* mal.

Mabel se releva en souriant.

— Ma petite, je sais qu'il est ton ami, mais je le considère presque comme un fils... Je l'ai vu gambader dans ses couches, et quand je dis qu'il joue mal, tu peux me faire confiance. Je sais bien que c'est le rêve de sa vie, mais, comme dit la Sainte Bible : « Craignez ces mauvais chanteurs qui vous esquinteront les tympans ! »

— Ce n'est pas dans la Bible !

— Ça devrait... Et ça y serait probablement si Mike avait vécu à l'époque.

— S'il est heureux de jouer, je suis heureuse pour lui qu'il en ait l'occasion.

— Tu es une gentille fille ! s'exclama Mabel, toujours souriante. Je t'adore...

Elle leva son gobelet pour trinquer.

— Je t'adore moi aussi.

— Dis-moi comment ça se passe avec Richard, Julie. Il est passé te voir aujourd'hui, et tu ne m'as pas raconté grand-chose.

— Il me semble que ça va.

Mabel pointa le menton en avant.

— Comme dans : « Il me semble qu'il n'y a pas d'iceberg à l'horizon, capitaine !... »

— Je te répète que ça va.

Mabel sonda un moment le visage de Julie.

— Mais tu n'as pas cherché à le rattraper, quand je te l'ai suggéré, il y a quelques minutes !

— Parce que je l'ai déjà vu aujourd'hui.

— Voilà une bonne raison ! ironisa Mabel.

Julie avala une gorgée d'alcool qui lui brûla le palais. Elle ne pouvait pas parler de Richard à Mike ; mais elle pouvait se confier à Mabel.

Son amie l'aiderait à y voir clair dans son cœur...

— Tu te souviens du médaillon qu'il m'a offert ?

— Oui, un médaillon gravé de tes initiales.

— Eh bien, figure-toi que je ne le portais pas aujourd'hui.

— Et alors ?

— Je croyais moi aussi que c'était sans importance, mais j'ai vexé Richard.

— Pour si peu ? Bon, les hommes ont leurs petites manies, et ce n'est pas très grave... À mon avis, tu devrais réfléchir à cet incident en fonction du reste. Vous être sortis trois fois ensemble ?

— Quatre, si je compte le dernier week-end pour deux fois.

— Et tu as trouvé sa compagnie agréable, n'est-ce pas ?

— Oui, jusqu'à maintenant.

— Il était sans doute dans un mauvais jour... Tu m'as dit qu'il a des horaires bizarres. Il a dû travailler dimanche, jusqu'à une heure impossible.

Julie tapota son gobelet.

— Peut-être...

— Ne t'inquiète pas trop ! Du moment qu'il a fini par se ressaisir, ce n'est pas si grave.

— Alors, je laisse passer ?

— Pas exactement. Il ne faut pas non plus ignorer sa réaction.

Julie leva les yeux et croisa le regard de Mabel.

— Tu peux te fier à une femme qui a roulé sa bosse et qui a connu beaucoup d'hommes dans sa vie, reprit posément celle-ci. Tout le monde – même toi ! – se montre à son avantage, au début d'une relation. Mais il arrive que les petites manies ne soient pas si petites que ça... Les femmes ont la chance de pouvoir compter sur leur intuition.

— Tu viens de me dire que je n'ai pas à m'inquiéter !

— Oui, mais fie-toi aussi à ton intuition.

— Donc, tu penses qu'il y a un problème ?

— Ma petite, je ne suis pas prophète ! Il n'y a pas de réponse évidente à une telle question. Je te conseille de ne pas minimiser cet incident qui t'a tellement troublée, mais il ne doit pas non plus gâcher votre relation. C'est en sortant avec un homme qu'on découvre sa personnalité. On finit par savoir si on est faits l'un pour l'autre... Une simple question de bon sens !

Julie garda le silence un moment.

— Tu as sûrement raison, dit-elle enfin.

La sonnerie du téléphone retentit et le répondeur s'enclencha.

— Vous êtes sortis quatre fois ? fit Mabel après l'avoir écouté.

Julie acquiesça.

— Bientôt la cinquième ? insista Mabel.

— Il ne m'a rien proposé pour l'instant, mais je pense que ça ne saurait tarder.

— Drôle de réponse... Tu ne me dis pas comment tu réagirais s'il te proposait une nouvelle sortie.

Julie détourna son regard.

— Effectivement, je n'en sais rien...

À son retour, Julie trouva Richard qui l'attendait devant chez elle. Adossé à sa voiture, bras et jambes croisés, il la regarda s'engager dans l'allée.

Une fois garée, elle défit sa ceinture de sécurité, avant de s'adresser à Crooner.

— Tu vas rester tranquille ici, d'accord ?

Crooner dressa les oreilles.

— Sois sage, reprit-elle, en sortant de la Jeep.

Entre-temps, Richard l'avait rejointe dans l'allée.

— Bonjour, Julie !

— Bonjour, Richard. Tu voulais me voir ?

— Comme j'avais quelques minutes devant moi, j'ai décidé de venir. (Il se balançait d'un pied sur l'autre d'un air gêné.) Je suis passé au salon ; tu n'y étais plus.

— J'étais allée chercher Crooner au garage, de l'autre côté de la rue.

— C'est ce que m'a affirmé Mabel, mais je n'ai pas pu t'attendre : je devais déposer un projet, avant la fermeture des bureaux. J'y retourne d'ailleurs dans un moment et je tenais à te dire que je suis désolé à propos de ce matin. Il me semble que je me suis un peu emporté...

Richard prit l'air penaud d'un enfant que l'on vient de surprendre, la main dans la boîte à biscuits.

— Eh bien, fit Julie, puisque tu m'en reparles...

— Je sais... (Richard interrompit Julie d'un geste.) Je n'ai aucune excuse et je suis vraiment navré !

Julie dégagea une mèche de cheveux tombant sur son visage.

— Tu étais vraiment fâché que je ne porte pas le médaillon ?

— Il ne s'agissait pas de cela.

— Alors, quel était ton problème ?

Richard laissa errer son regard au loin.

— J'ai passé un si bon week-end avec toi, murmura-t-il d'une voix presque inaudible. Quand j'ai vu que tu ne portais pas le médaillon, j'ai pensé que tu n'avais pas ressenti la même chose que moi... Que je t'avais déçue, en somme. Comprends-tu ce que j'essaye de t'expliquer ?

— Oui, Richard.

— Je savais que tu comprendrais. Et maintenant, il faut que je retourne travailler.

— Très bien, fit simplement Julie, avec un sourire hésitant.

Une minute après, Richard, soudain nerveux, s'était éclipsé... sans chercher à l'embrasser.

12

Sous un clair de lune nacré, Richard se dirigea vers la porte d'entrée de la demeure victorienne qui lui tenait lieu temporairement de « foyer ». Située à l'extérieur de la ville, au milieu de terres arables, elle s'élevait à une centaine de mètres de la grande route.

Ses murs pâles se détachaient sur un écrin de pins sombres, qui la dominaient de leur hauteur. Bien qu'elle semblât un peu à l'abandon, ses moulures et ses lambris lui donnaient un charme désuet, évoquant des invitations bordées de dentelle au bal du gouverneur. Cette propriété aurait mérité d'être mieux entretenue ; le jardin disparaissait sous les mauvaises herbes, mais ce n'était pas un souci pour Richard. Il admirait la puissance aveugle de la nature, les ombres sinueuses de la nuit, les formes et les couleurs changeantes des arbres en plein jour.

À l'intérieur, il était adepte de l'ordre. Le chaos s'arrêtait à la porte... Les quelques meubles qu'il avait loués – tout juste de quoi rendre son intérieur présentable – ne le satisfaisaient pas spécialement : dans une petite bourgade comme Swansboro, les choix étaient limités. Parmi des articles bon marché et des vendeurs en veste de polyester, il avait opté pour ce qui le choquait le moins – des canapés recouverts de velours côtelé marron, des tables basses plaquées de chêne et des lampes en plastique, ornées de faux cuivre.

Ce soir-là, quand il alluma, le décor le laissa indifférent. Il ne pensait qu'à Julie. À Julie, au médaillon, et au regard qu'elle lui avait décoché un moment plus tôt.

Une fois de plus, il avait été excessif et elle venait de le rappeler à l'ordre. Il avait maintenant un défi à relever ; ce n'était pas pour lui déplaire, car il détestait la facilité par-dessus tout.

Mais pourquoi Julie vivait-elle dans cette petite ville minable ?

Elle avait sa place dans une ville animée, aux enseignes éblouissantes. Quel sort l'attendait à Swansboro ? Elle était trop vive, trop raffinée pour un endroit pareil ; elle ne pourrait pas s'y ressourcer. Si elle n'avait pas l'occasion de dépenser son énergie, elle allait s'étioler de jour en jour.

Finalement, elle perdrait toute respectabilité, comme sa mère à lui. Victime, toujours victime...

Les yeux fermés, il s'abandonna à ses souvenirs. L'événement s'était produit en 1974, mais il restait gravé dans sa mémoire.

L'œil gauche tuméfié et la joue écarlate, sa mère dépose à la hâte une valise dans le coffre de la voiture. Cette valise contient des vêtements pour eux deux. Dans son sac à main, elle emporte trente-sept dollars, en petite monnaie ; une année entière d'économies, car Vernon, son mari, tient les cordons de la bourse et lui donne seulement de quoi faire ses courses. Elle n'a pas de carnet de chèques et ignore à quelle banque il encaisse les siens. Les quelques pièces qu'elle possède ont été récupérées entre les coussins du canapé : de la menue monnaie roule parfois des poches de Vernon quand il sommeille devant la télévision. Elle l'a cachée dans une boîte de lessive, sur la plus haute étagère de l'office, et son cœur bat à se rompre quand il s'en approche.

Ce jour-là, elle a décidé de partir pour de bon. Son mari ne pourra plus la convaincre de revenir. Quoi qu'il dise, quoi qu'il fasse, elle ne croira pas à ses promesses ! Si elle reste, il la tuera un jour ou l'autre ; et ensuite il tuera leur fils. Elle se répète tout cela comme un mantra, en espérant que les mots lui donneront la force d'agir.

Richard se souvenait parfaitement des moindres détails. À son retour de l'école, sa mère lui avait demandé d'aller chercher, en vitesse, une miche de pain et du beurre de cacahouètes à la maison, pour partir en pique-nique. Elle l'avait prié aussi d'emporter une veste au cas où la température baisserait. Le gamin de six ans qu'il était à l'époque obéissait à sa mère, même quand il avait l'impression qu'elle lui mentait.

De son lit, il avait entendu des cris et des larmes, la nuit précédente. Le claquement d'une gifle avait retenti, puis le corps de sa mère avait heurté la mince cloison qui séparait les deux chambres. Elle gémissait en demandant pardon à son mari de ne pas avoir lavé le linge : c'était pour emmener le petit chez le médecin. Vernon l'insultait et hurlait, comme toujours lorsqu'il avait bu : « Ce gosse ne me ressemble pas ; j' te dis qu'il est pas d' moi ! »

Allongé sur son lit, il avait souhaité de tout son cœur qu'il dise vrai. Il ne voulait pas être le fils de ce monstre ! Il détestait ses cheveux gras – quand il revenait de l'usine de produits chimiques – et son odeur d'ivrogne, la nuit. À Noël, il avait eu en tout et pour tout une batte de base-ball – sans gant, ni balle – alors que les gamins du voisinage recevaient des bicyclettes et des patins à roulettes. Son père tabassait son épouse si la maison n'était pas impeccable ou si elle avait égaré quelque chose. Il gardait toujours les rideaux tirés et personne n'avait le droit de leur rendre visite. Autant de raisons de le haïr...

— Dépêche-toi ! fait sa mère, en agitant le bras. Je voudrais trouver une bonne table de pique-nique au parc.

Il fonce dans la maison.

Son père revient déjeuner dans une heure, comme tous les jours. Bien qu'il aille travailler à pied, la clef de la voiture fait partie d'un trousseau, attaché par une chaînette à sa ceinture. Ce matin-là, sa mère a dérobé la clef, pendant qu'il lisait le journal en mangeant ses œufs au bacon.

Ils auraient dû filer aussitôt après le départ de son père à l'usine. À six ans, il en avait déjà conscience ; mais sa mère est restée des heures, assise devant la table, à fumer cigarette sur cigarette, les mains tremblantes. Pas un mot, pas un geste, jusqu'à cet instant où elle lui ordonne de se dépêcher ! Maintenant le temps presse, et elle s'angoisse à l'idée de rater son coup, une fois de plus.

Il sort précipitamment, avec le pain, le beurre de cacahouètes, et sa veste. En courant vers la voiture, il remarque que l'œil gauche de sa mère est ensanglanté. Il claque la porte de la Pontiac ; elle essaye de mettre le contact d'une main tremblante. La première fois, elle n'y parvient pas. Après avoir pris une profonde inspiration, elle démarre enfin, et ébauche un sourire. Un sourire terrifiant, à cause de sa lèvre tuméfiée, de son visage et de son œil ensanglantés.... Elle fait marche arrière et sort la voiture du garage, mais elle s'arrête sur la route et observe le tableau de bord.

Un cri d'horreur retentit alors : le cadran indique que le réservoir d'essence est pratiquement vide.

Ils sont donc restés, comme d'habitude...

Cette nuit-là, il a entendu ses parents dans la chambre à coucher. Plus de cris de colère, mais des rires et des baisers ; ensuite la respiration haletante de sa mère, qui chuchotait le prénom de son père. Le lendemain matin, quand il a pris son petit déjeuner, ses parents étaient enlacés dans la cuisine. Son père a adressé un clin d'œil à sa mère et ses mains ont glissé le long de sa jupe ; elle a rougi.

Richard rouvrit les yeux.

Non, Julie ne devait pas rester à Swansboro ! Il l'emmènerait avec lui pour qu'elle mène une vie digne d'elle. Il avait eu une réaction stupide au sujet du médaillon, mais on ne l'y prendrait plus !

La sonnerie du téléphone finit par l'arracher à ses pensées. Ayant constaté que l'appel provenait de Daytona, il inspira profondément avant de parler à son correspondant.

13

Dans la pénombre de sa chambre, Julie, en proie à une terrible migraine, lança un oreiller à la tête de Crooner.

— Tu vas te taire ?

Impassible, le grand danois resta près de la porte, haletant et grondant : il souhaitait manifestement que Julie se lève et l'emmène « explorer », comme le font volontiers les chiens. Depuis une heure, il tournait en rond dans la maison – de la chambre à la salle de séjour, et vice versa – et il l'avait frôlée un certain nombre de fois de sa truffe humide.

Après avoir tressailli à plusieurs reprises, elle se cacha la tête sous un oreiller, sans parvenir à bloquer le son ; mais sa migraine redoubla à la suite de la compression.

— Il n'y a rien dehors, grommela-t-elle. On est en pleine nuit et j'ai mal au crâne. Je ne sortirai pas de mon lit !

Crooner continua à gronder. Ni un gémissement sinistre, ni un jappement, ni son aboiement des jours où l'on venait relever le compteur électrique ou déposer le courrier. Un grondement beaucoup trop pénible pour qu'elle puisse l'ignorer.

Elle lui lança son dernier oreiller à la tête. Il réagit en traversant silencieusement la chambre, puis en lui flanquant sa truffe dans l'oreille.

D'un bond, elle s'assit dans son lit.

— Eh bien, tu as gagné !

La queue frétillante, Crooner semblait ravi. Elle avait enfin cédé... Il fila hors de la pièce, certain qu'elle le suivrait.

— Je vais te prouver qu'il n'y a rien dehors, espèce de cinglé !

Julie se frictionna les tempes en maugréant et sortit de son lit, puis elle se dirigea d'un pas mal assuré vers le living. Posté devant les fenêtres, Crooner écartait les rideaux à l'aide de son museau et regardait de tous côtés.

Elle fit de même et ne vit rien.

— Rien de rien ! Je te l'avais bien dit.

Crooner n'avait pas retrouvé son calme. Il se dirigea vers la porte et attendit.

— Ne compte pas sur moi pour t'ouvrir la porte quand tu voudras rentrer ! lança Julie. Sors si ça te plaît, moi je me recouche... J'ai trop mal au crâne ; tu comprends ?

Crooner resta implacable.

— Très bien, dit-elle. Fais comme que tu voudras !

Elle ouvrit la porte. Au lieu de foncer vers les bois, Crooner s'avança sous le porche et aboya deux fois, avant de baisser la tête pour flairer.

Les bras croisés, Julie fit un tour d'horizon. Personne ! Des grillons et des grenouilles... À part cela, tout semblait paisible. Pas une feuille ne bougeait ; les rues étaient vides.

Satisfait, Crooner tourna la tête et rentra.

— C'était bien la peine de me tirer du lit ! grommela Julie.

Il leva les yeux vers elle. *Rien à craindre ; maintenant, tu peux dormir tranquille*, semblait-il lui dire.

Elle regagna sa chambre, après lui avoir décoché
une grimace ; il ne la suivit pas. Comme elle tournait
la tête, elle le vit posté de nouveau devant la fenêtre,
les rideaux ouverts.

— Tant pis pour toi, Crooner !

Elle alla chercher un cachet de Tylenol dans la salle
de bains, sinon elle ne retrouverait jamais le sommeil.
Quand il recommença à aboyer, une heure plus tard,
elle ne l'entendit pas : elle avait fermé la porte de sa
chambre et mis le ventilateur de la salle de bains en
marche.

Le lendemain matin, debout dans l'allée, sous un
soleil radieux et un ciel presque trop bleu, Julie – dont
la migraine n'était pas totalement passée – portait des
lunettes de soleil. Crooner était à ses côtés, tandis
qu'elle lisait le petit mot glissé sous l'essuie-glace de
sa Jeep.

Julie,
On m'appelle en urgence dans une autre ville ; nous
ne pourrons donc pas nous voir pendant quelques
jours. Je te téléphonerai dès mon retour. En attendant,
je pense à toi.
Richard.

Le papier en main, Julie regarda Crooner d'un œil
noir.

— Tu as fait tout ce tapage hier soir à cause de
Richard ?

Crooner prit un air suffisant. *Tu vois, je t'avais bien
dit qu'il y avait quelqu'un !*

136

Encore somnolente à cause du Tylenol, Julie avait un goût acide dans la bouche ; elle s'impatienta.

— Ce n'était pas une raison pour m'empêcher de dormir pendant des heures. Après tout, tu le connais, non ?

Crooner renifla et sauta dans la Jeep.

— En plus, il ne s'est même pas approché de la porte !

Julie ferma l'arrière de la Jeep et se glissa derrière le volant. Dans son rétroviseur, elle vit Crooner pivoter ostensiblement sur lui-même.

— Tu es fâché ? Eh bien, moi aussi ! lui déclara-t-elle.

Pendant tout le trajet jusqu'au salon de coiffure, il lui tourna le dos, sans laisser comme d'habitude sa langue et ses oreilles claquer au vent. Il fonça hors de la Jeep dès qu'elle se fut garée ; et elle eut beau l'appeler, il traversa la rue en direction du garage.

Les chiens ont parfois un comportement aussi infantile que celui des hommes...

Mabel décommandait par téléphone les rendez-vous d'Andrea. Celle-ci avait pris un de ses jours de congé « personnels ». Pour une fois, elle avait prévenu ! À son retour, elle raconterait un énorme bobard. À l'occasion de sa dernière absence, elle s'était vantée d'avoir rencontré Bruce Springsteen sur le parking de Food Lion et de l'avoir suivi toute la journée, avant de réaliser... que ce n'était pas lui. Elle ne s'était pas demandé un seul instant ce que venait faire Bruce Springsteen sur le parking de Food Lion !

Au tintement de la porte derrière elle, Mabel se retourna et tendit la main vers le paquet de biscuits destiné à Crooner ; mais Julie était seule.

— Et Crooner ?

Julie posa son sac sur son étagère personnelle.

— Je parie qu'il est allé voir Mike.

— Encore ?

— On s'est disputés, Crooner et moi.

Julie avait la même intonation qu'à l'époque où il lui arrivait de se quereller avec Jim. Elle ne réalisait pas que certaines personnes risquaient de se payer sa tête, songea Mabel.

— Une vraie dispute ?

— Oui, et maintenant il boude... pour me punir d'avoir osé me fâcher. Mais il l'avait bien mérité !

— Eh bien, raconte-moi ce qui s'est passé.

— C'est à cause de Richard...

— Richard t'a laissé un mot pour te présenter des excuses ? demanda Mabel, après avoir écouté le récit de Julie.

— Il s'est excusé de vive voix hier, quand je suis rentrée chez moi. Il m'écrivait simplement pour me prévenir qu'il s'absente quelques jours.

Mabel aurait souhaité avoir quelques précisions sur les excuses de Richard, mais puisque Julie ne semblait pas d'humeur à en dire plus, elle se contenta de ranger le paquet de biscuits dans le placard.

— C'est étonnamment vide, sans lui ! observat-elle, le regard tourné vers la couverture de Crooner, dans un coin.

— Oui, mais il ne tardera pas à revenir. Tu le connais !

À leur grande surprise, Crooner n'était toujours pas revenu, huit heures plus tard.

— J'ai essayé de te le ramener plusieurs fois, fit Mike, aussi perplexe que Julie ; j'avais beau l'appeler, il ne me suivait pas. Quand j'ai cherché à le corrompre avec un peu de steak haché, il a refusé de sortir du garage. Il ne me restait plus qu'à le traîner de force, mais je pense qu'il ne se serait pas laissé faire...

Assis à côté de Mike, Crooner observait Julie du coin de l'œil.

— Toujours furieux contre moi, Crooner ?

— Pourquoi serait-il furieux ? s'étonna Mike.

— On s'est disputés.

— Oh !

— Crooner, tu vas me suivre ?

Crooner se lécha les babines sans bouger.

— Crooner, au pied ! ordonna Julie.

C'était la première fois qu'elle lui intimait un ordre pareil ; mais que faire ? Sentant son trouble, Mike fit claquer ses doigts.

— Vas-y, Crooner, sinon tu risques d'avoir des ennuis !

Crooner se leva à contrecœur et s'approcha de Julie.

— Maintenant c'est à Mike que tu obéis, marmonna celle-ci, les poings sur les hanches.

Mike prit un air candide.

— Ne te fâche pas, Julie. Je suis innocent...

— Je ne me fâche pas, mais je me demande ce qui lui arrive ces derniers temps.

Crooner s'assit à côté de Julie et leva les yeux vers elle.

— Qu'est-ce qu'il a fabriqué ici toute la journée ?

— Il a fait la sieste, il m'a chipé mon sandwich à la dinde pendant que je prenais un verre, et il est allé dehors faire ses besoins. Comme s'il avait décidé de passer sa journée au garage...

— Tu l'as trouvé bizarre ?

— Absolument pas ! À part sa présence, tout m'a paru normal.

— Il avait l'air en colère ?

Mike se gratta la tête avant de répondre, car Julie l'avait questionné avec le plus grand sérieux.

— Pour ma part, je n'ai rien remarqué... Mais tu pourrais interroger Henry ; ils ont peut-être discuté ensemble quand je n'étais pas là.

— Tu te fiches de moi ?

— Je n'oserais pas, Julie !

— Tant mieux, parce que je n'ai aucune envie de plaisanter. Mon chien a failli me trahir...

— Il a passé un moment avec moi... Tu appelles ça une trahison ?

— C'est toi qu'il préfère.

— Je lui manquais peut-être. Tu sais, je suis assez irrésistible.

Pour la première fois depuis son arrivée, Julie sourit.

— Peux-tu répéter ce que tu viens de dire ?

Mike secoua la tête en se disant qu'elle était vraiment belle.

Une heure plus tard, penchée sur son évier, Julie maintenait résolument les torchons qu'elle avait enroulés à la hâte autour du robinet cassé. Elle cherchait à bloquer le flux qui avait jailli vers le plafond, comme un geyser domestique. Après avoir ajouté un torchon supplémentaire, elle serra plus fort, ce qui réduisit quelque peu le jet. Cependant, une partie de l'eau dévia vers elle.

— Tu m'apportes le téléphone ? lança-t-elle, le menton en l'air pour ne pas être aspergée en plein visage.

Crooner se dirigea d'un pas traînant vers le living et revint avec le portable dans sa gueule ; elle appuya aussitôt sur la première touche des numéros mémorisés.

Vautré sur son canapé, Mike grignotait des Doritos, les doigts saupoudrés d'une poudre orange, et une cannette de bière coincée entre ses genoux. Il complétait ainsi son dîner, composé d'un Big Mac acheté (et mangé) en route.

Sa guitare était posée à côté de lui. Les yeux fermés et la tête en arrière, il imaginait la fameuse Katie Couric commentant l'événement pour le public d'une chaîne de télévision nationale.

Nous assistons au concert le plus attendu de l'année. Avec un seul et unique album, Michael Harris a révolutionné le monde musical. Les ventes de son premier album dépassent déjà celles des Beatles et d'Elvis Presley pendant toute leur carrière, et on attend, à ce concert télévisé, le public le plus énorme de toute l'histoire. Diffusé simultanément dans le monde entier, le concert de ce soir sera entendu par des milliards d'êtres humains. Il s'agit, mes chers auditeurs, d'un événement historique !

Mike glissa un Dorito dans sa bouche. Allez, encore un peu ! se dit-il.

Vous entendez, derrière moi, la foule en train de hurler son nom. Une multitude de gens s'est sentie concernée. Certaines personnes sont venues me dire que la musique de Michael Harris avait bouleversé leur vie... Et maintenant, le voici !

Mike imagina la suite.

La voix de Katie se perdait dans les applaudissements assourdissants de la foule. Il montait sur scène, sa guitare à la main, et laissait planer son regard à travers la salle. Une foule démente... Un son d'une puissance inimaginable... Des fleurs pleuvaient sur lui, tandis qu'il se dirigeait vers le micro. Les femmes et les enfants étaient subjugués, et les hommes, jaloux sans se l'avouer, auraient donné cher pour être à sa place. Katie était sur le point de défaillir...

Il tapotait le micro pour indiquer qu'il allait bientôt chanter ; brusquement, la salle faisait silence. Le public attendait, mais il ne jouait pas tout de suite. Plusieurs secondes s'écoulaient, et la foule enfiévrée vibrait d'impatience. Il la tenait en haleine jusqu'à ce que sa frustration devienne presque palpable. Tout le monde était électrisé, y compris Katie, et les milliards de téléspectateurs.

Une main sur son sachet de Doritos, il sentait l'adoration générale déferler sur lui. Oui, encore ! Mais le téléphone retentit soudain, comme un réveil le matin. Arraché à sa rêverie, il sursauta, déclenchant une éruption volcanique de Doritos et renversant sa bière sur ses genoux.

Instinctivement, il passa la main sur ses cuisses, qui se couvrirent de traces orangées.

— Merde !

Après avoir posé la cannette vide et le sachet, il frotta en vain les taches, qui s'accentuèrent. Le téléphone continuait à sonner ; il décrocha enfin.

— Salut, Mike, fit Julie, apparemment stressée. Tu es occupé ?

Dans l'espoir de limiter les dégâts, il se déplaça un peu, mais la bière atteignit le fond de son pantalon.

— Non, ça va...

— J'ai l'impression que tu as un problème !

— Rien de grave... Il s'agit d'un petit incident concernant mon dîner.

Mike prit le sachet de biscuits et se mit à rassembler les Doritos tombés sur sa guitare.

— Désolée, Mike.

— Ça va s'arranger. Dis-moi ce qui t'arrive !

— J'ai besoin de toi.

Dans son exaltation, Mike oublia un instant le pétrin dans lequel il s'était fourré.

— Vraiment, Julie ?

— Oui, mon robinet d'évier s'est cassé.

Mike retomba brusquement sur terre.

— Comment as-tu fait ?

— Aucune idée !

— Tu l'as trop tourné ?

— Non, j'ai seulement voulu m'en servir.

— Il était un peu dévissé ?

— Je ne sais pas – mais peux-tu venir ou non ?

Mike prit sa décision sur-le-champ.

— D'abord, je change de pantalon !

— Je ne comprends pas...

— Aucune importance... J'arrive dans quelques minutes, après avoir acheté un nouveau robinet à la quincaillerie.

— Dépêche-toi, s'il te plaît ! Je suis agrippée au robinet avec mes torchons et j'ai besoin d'aller aux toilettes. Si je serre mes jambes d'avantage, mes genoux vont éclater...

— J'arrive tout de suite !

Dans sa hâte de partir, mêlée à son impatience de voir Julie, Mike retomba qu'une seule fois en enfilant son pantalon ; ce qui lui parut assez raisonnable, vu les circonstances.

14

— Julie ? appela Mike, en entrant dans la maison.
Elle tendit le cou et lâcha légèrement prise.

— Je suis ici ! C'est bizarre, on dirait que la fuite
a cessé.

— Parce que je viens de couper l'eau. Maintenant,
ça va aller.

Mike passa la tête dans la cuisine et tomba en arrêt
devant la poitrine de Julie. Trempée comme elle l'était,
son contour apparaissait aussi nettement que si elle
avait participé à un concours de tee-shirts mouillés.

— Merci d'être venu tout de suite !

Julie secoua ses mains humides et déroula les torchons serrés autour du robinet.

Mike l'entendait à peine. Surtout, ne regarde pas ses
seins, se disait-il. Interdiction absolue ! Un gentleman
s'en abstiendrait ; un ami s'en abstiendrait. Accroupi,
il ouvrit sa boîte à outils, que Crooner vint renifler, en
quête de friandises.

— Rien de plus naturel, marmonna-t-il.

Julie se mit à essorer les torchons un à un.

— J'espère que je ne t'ai pas trop dérangé.

— Pas du tout !

Julie éloigna délicatement son tee-shirt de son buste.

— Ça va, Mike ?

Il se mit à chercher sa clef à écrous de plomberie : un instrument long et fin, permettant d'atteindre les boulons dans les endroits difficiles.

— Oui, ça va. Pourquoi cette question ?

— Tu as l'air perturbé.

— Non, Julie.

— Tu as le regard fuyant.

— J'évite de te regarder...

— C'est exactement ce que je disais !

— Ah ! voici ma clef ! fit soudain Mike, heureux de changer de sujet. J'espérais qu'elle était là...

Julie l'observait d'un air embarrassé.

— Si j'allais me changer ?

— Bonne idée, grommela Mike.

Mike se mit aussitôt à la tâche, en espérant chasser l'image de Julie de son esprit.

À l'aide de serviettes trouvées dans le placard à linge, il épongea le sol humide, puis il vida les étagères sous l'évier et disposa autour de lui diverses bouteilles de détergent ménager. Quand Julie revint, il remplaçait déjà le robinet. Seuls son torse et le bas de son corps émergeaient ; il avait des cernes humides aux genoux, malgré les serviettes, et Crooner, allongé près de lui, passait sa tête sous l'évier.

— Arrête de haleter, mon vieux !

Crooner persista et Mike se boucha le nez.

— Sérieusement, Crooner, tu as mauvaise haleine !

La queue du chien se mit à frétiller de haut en bas.

— Laisse-moi un peu de place, s'il te plaît ! Tu me bloques le passage...

Mike tenta, sans grand résultat, de repousser Crooner, sous le regard attentif de Julie. Elle avait enfilé un jean et un léger sweat-shirt, mais ses cheveux, tirés en arrière, étaient encore humides.

— Comment ça va, là-dessous ? demanda-t-elle.

Au son de sa voix, Mike leva la tête et se cogna contre l'évier. L'haleine de Crooner réchauffait ses joues et irritait ses yeux.

— J'ai presque fini !

— Déjà ?

— Ce n'est pas sorcier. Il suffit de dévisser quelques écrous, et le robinet vient tout seul. Je ne savais pas quel genre de robinet tu voulais, alors j'en ai pris un qui ressemble au précédent !

— Très bien.

— Je peux l'échanger facilement si tu préfères un autre modèle.

— Non, du moment qu'il fonctionne !

Mike donna un dernier tour de clef, et Julie fut surprise, malgré elle, par la vigueur de ses biceps. Une seconde après, elle entendit un bruit mat sous l'évier.

— Je l'ai eu ! fit Mike.

Il se redressa et constata, avec un certain soulagement, qu'elle ne portait plus son tee-shirt plaqué sur sa poitrine. Dans ces conditions, il se sentait plus à l'aise...

Après avoir retiré l'ancien robinet, il le tendit à Julie.

— Tu l'as vraiment esquinté. (Il lui désigna un trou béant.) Aurais-tu utilisé un marteau ?

— Non, de la dynamite.

— La prochaine fois, baisse un peu la dose.

Julie esquissa un sourire.

— Tu peux me dire ce qui s'est passé ?

— Un problème d'usure, à mon avis. Ce robinet doit dater de la construction de la maison. Une des rares pièces que je n'avais pas encore changées ici ! J'aurais dû jeter un coup d'œil quand j'ai réparé ton broyeur d'ordures.

— Donc, c'est de ta faute ?

— Si ça peut te faire plaisir, Julie ! Laisse-moi encore une minute, et j'aurai terminé...

Après avoir installé le nouveau robinet, Mike disparut de nouveau sous l'évier pour le visser. Suivi par Crooner, il alla remettre l'eau en marche à l'extérieur, puis il s'assura qu'il n'y avait plus de fuite.

— Maintenant, tout va bien.

— Quelle adresse ! s'écria Julie. Avant que tu arrives, je me demandais à quel plombier m'adresser si tu ne pouvais pas te charger de cette réparation.

Mike prit un air offusqué.

— Je m'étonne que tu te poses encore de pareilles questions !

Julie s'agenouilla à côté de lui pour l'aider à ranger. Il la frôla plusieurs fois de son bras ; elle s'en étonna. Pour finir, elle décida de faire sécher les torchons, encore trempés, dans la buanderie.

En revenant, elle marcha droit sur le réfrigérateur.

— Après toute cette histoire, je boirais bien une bière ! Et toi, Mike ?

— Volontiers.

Elle prit deux bouteilles de Coors light, en tendit une à Mike, décapsula la sienne et trinqua avec lui.

— Merci d'être venu ! Je sais que je me répète, mais tant pis.

— Les amis sont faits pour ça, Julie.

— Allons nous asseoir sous le porche ! Il fait trop beau pour rester ici.

À deux pas de la porte, Julie s'arrêta dans son élan.

— Tu avais déjà dîné quand je t'ai appelé ?

— Pourquoi ?

— Parce que je meurs de faim... Veux-tu partager une pizza avec moi ?

— Excellente idée !

Tandis que Julie se dirigeait vers le téléphone pour passer la commande, Mike se demanda s'il repartirait, le cœur plus brisé que jamais.

— Jambon-ananas ? lança-t-elle.

— Comme tu voudras...

Ils s'assirent sous le porche, dans des rocking-chairs, pour profiter de la fraîcheur du soir. Des moustiques tourbillonnaient derrière l'écran protecteur, tandis qu'ils écoutaient le chant des cigales. Le soleil avait disparu à l'horizon, mais le feu de ses derniers rayons brillait encore derrière les arbres.

La maison de Julie s'élevait au milieu d'un terrain de quelques ares, bordé à l'arrière et sur les côtés par des lots boisés où il faisait bon se promener. C'était surtout pour cette raison que Jim et elle l'avaient achetée. Ils rêvaient l'un et l'autre d'une demeure plus ancienne, entourée d'une élégante colonnade. Ils avaient présenté une offre le jour même de leur visite, malgré les importants travaux de restauration nécessaires.

Crooner sommeillait près des marches du porche et entrouvrait un œil par moments, pour s'assurer de ne rien manquer. Sous les derniers feux du soleil, les traits de Julie se nimbaient d'un éclat subtil.

— Je repense à notre première rencontre, murmura Mike en souriant. T'en souviens-tu ? Mabel nous avait tous invités chez elle, pour faire les présentations.

— Si je m'en souviens ! C'était l'un des moments les plus terrifiants de mon existence.

— Pourtant, nous ne sommes pas bien méchants...

— À l'époque, vous étiez des étrangers pour moi, et je n'avais aucune idée de ce qui m'attendait.

— Même de la part de Jim ?

— Surtout de sa part ! Je n'avais jamais rencontré un homme comme lui et j'ai eu du mal à réaliser qu'il existe des êtres foncièrement bons... Il me semble que je ne lui ai pas adressé la parole de toute la soirée.

— C'est exact. Jim m'en avait fait la remarque le lendemain.

— Ah oui ?

— Pas pour te critiquer ! D'ailleurs, il nous avait prévenus que tu ne parlais pas beaucoup. Que tu étais assez timide... Aussi discrète qu'une petite souris...

— Drôle de comparaison !

— Je crois qu'il voulait surtout nous mettre dans de bonnes dispositions à ton égard. Mais ce n'était pas nécessaire, du moment que Mabel et lui t'appréciaient !

Julie resta un long moment plongée dans ses pensées.

— Quelquefois, dit-elle enfin, je m'étonne d'être ici...

— Pourquoi ?

— La vie est étrange... J'ignorais tout de Swansboro jusqu'au jour où Jim m'a parlé de sa ville natale... Douze ans plus tard, j'y suis toujours.

Mike scruta Julie au-dessus de sa bouteille.

— Aurais-tu envie de partir ?

Julie glissa une jambe sous elle.

— Non, pas du tout ! Pendant quelque temps, après la mort de Jim, j'ai songé à refaire ma vie ailleurs, mais je n'ai jamais pu me décider. Et puis, pour aller où ? Je n'ai même pas envie de me rapprocher de ma mère.

— Tu lui as parlé récemment ?

— Pas depuis des mois ! Elle m'a appelée à Noël, en m'annonçant sa visite, mais je suis sans nouvelles depuis. Elle espérait peut-être que je lui envoie de l'argent pour le voyage... ce que je n'ai pas fait, car je ne tiens pas à raviver d'anciennes blessures.

— Ça doit être dur à vivre.

— Ça l'a été, mais je n'y pense plus beaucoup. Quand j'ai commencé à sortir avec Jim, j'aurais voulu reprendre contact avec elle, au moins pour la rassurer sur mon sort. J'avais sans doute besoin de son approbation... C'est curieux... Ma mère m'avait déçue, mais elle comptait encore pour moi.

— Et maintenant ?

— Presque plus... Elle n'est pas venue à mon mariage, ni à l'enterrement de Jim. Je me suis fait une raison ! Quand elle m'appelle, je suis polie ; mais je me sens de plus en plus indifférente. C'est comme si je parlais à une étrangère...

Tout en écoutant Julie, Mike plongeait son regard au loin, dans les bois en train de s'assombrir. De petites chauves-souris apparaissaient et disparaissaient en un éclair.

— Henry adore me taquiner et mes parents en font autant, mais j'apprécie de les savoir là et de pouvoir compter sur eux. Je ne sais pas si j'arriverais à me débrouiller tout seul aussi bien que toi.

— Bien sûr que tu te débrouillerais ! protesta Julie. D'ailleurs je ne suis pas si seule... Il y a Crooner, et je suis entourée d'amis. Ça me suffit pour l'instant.

Mike se demanda quelle place elle attribuait à Richard dans son univers, mais il craignait de rompre le charme en la questionnant. Il ne voulait pas gâcher non plus l'étrange sentiment d'insouciance que lui donnait sa bière.

— Tu me permets de te poser une question ? fit Julie.

— Bien sûr !

— Que s'est-il passé avec Sarah ? Je croyais que vous filiez le parfait amour, tous les deux, et puis vous avez cessé brusquement de vous voir.

Mike se trémoussa sur son siège.

— Oh ! tu sais...

— Tu ne m'as jamais dit pourquoi vous avez rompu.

Après un long silence, Mike hocha la tête.

— Je préfère ne pas en parler.

— Qu'a-t-elle fait ? Elle t'a trompé ?

Mike resta muet et Julie comprit qu'elle avait vu juste.

— Désolée, Mike !

— Je le suis aussi. Enfin, je l'ai été... Elle me trompait avec un de ses collègues de travail. En passant, un matin, j'ai vu sa voiture garée devant chez elle.

— Comment as-tu réagi ?

— J'ai commencé par me mettre en colère ! Mais, en toute franchise, Sarah n'était pas totalement fautive. Je n'étais pas un amoureux très empressé... Elle a dû sentir que je commençais à la négliger.

Mike soupira en promenant une main sur son visage.

— Je savais peut-être au fond de moi-même que ça n'allait pas durer ; que c'était fatal...

Ils gardèrent le silence un long moment. Voyant que la bouteille de Mike était presque vide, Julie se leva.

— Une autre bière ?

— Probablement !

Il recula un peu son rocking-chair pour la laisser passer.

Avant que la porte se referme, il eut le temps de remarquer que son jean lui allait à ravir, puis il secoua la tête : non, ce n'était pas le moment de se faire du cinéma ! S'ils avaient partagé un homard et bu du vin, peut-être ; mais il s'agissait d'une pizza et d'une bière. Une soirée banale... comme à l'époque où il n'était pas assez fou pour tomber amoureux d'elle.

Quand cela avait-il eu lieu ? Un certain temps après la mort de Jim, mais il n'en savait pas plus. Il ne gardait pas le souvenir d'un éblouissement, mais plutôt d'une aube de plus en plus claire, à mesure que le soleil se lève.

Julie revint s'asseoir et lui tendit la bouteille.

— Jim parlait comme toi...

— Comme moi ?

— Il disait aussi « probablement » quand je lui proposais une bière. C'est de toi qu'il tenait cette habitude ?

— Probablement !

Julie rit de bon cœur.

— Tu penses encore à lui, Mike ?

— Tout le temps.

— Moi aussi.

— C'était un type bien, vraiment bien... Tu ne pouvais pas tomber mieux, et il me disait souvent qu'il avait eu beaucoup de chance de te rencontrer.

Julie savoura un moment les paroles de Mike.

— Toi aussi, tu es un type bien, dit-elle enfin.

— Comme des millions d'autres ! Je ne suis pas comparable à Jim.

— Crois-tu ? Vous venez de la même ville, vous aviez les mêmes copains et les mêmes goûts. Il me semble qu'on aurait pu le prendre pour ton frère, beaucoup plus qu'Henry. Mais Jim n'aurait jamais pu réparer ce robinet ! Jim ne réparait jamais rien.

— Henry non plus ne l'aurait pas réparé. Il aurait su le faire, mais il déteste se salir les mains.

— Ça m'étonne de la part du propriétaire d'un garage.

— À qui le dis-tu ! Pourtant, je ne suis pas mécontent de mon sort ; d'autant plus que je déteste la paperasse.

— Tu ne te voyais pas en gestionnaire de crédit ?

— Comme Jim ? Jamais de la vie ! Si j'avais fait

ce métier, on m'aurait viré au bout d'une semaine. Je suppose que j'aurais dit amen à tous les clients entrant dans mon bureau : ce n'est pas mon genre de refuser mon aide quand on a besoin de moi.

Julie effleura le bras de Mike.

— Sans blague ?

Il esquissa un sourire, en souhaitant de tout son cœur que cet instant dure une éternité.

On leur livra la pizza quelques minutes après. Un adolescent boutonneux, portant des lunettes à monture épaisse, examina le ticket de caisse un temps infini avant de leur annoncer le total en bégayant.

Mike allait sortir son portefeuille quand Julie le repoussa du coude.

— Pas question ! C'est moi qui t'invite.

— Mais j'en mangerai plus que toi.

— Tu peux tout manger si tu veux, c'est moi qui paie !

Sans lui laisser le temps de protester, Julie tendit l'argent au livreur, en lui disant de garder la monnaie ; puis elle alla déposer la boîte dans la cuisine.

— Des assiettes en carton, ça te va ?

— Je mange toujours dans des assiettes en carton !

Julie jeta un clin d'œil à Mike.

— C'est justement ce qui me navre.

Pendant plus d'une heure, ils bavardèrent ensemble tranquillement, comme au bon vieux temps. Il fut question de Jim et de leurs souvenirs communs ; puis de ce qui se passait en ville et des gens qu'ils connaissaient. Par moments, Crooner geignait de peur qu'on l'oublie, et Mike lui lançait un morceau de pizza sans interrompre la conversation.

Tandis que la soirée s'écoulait, Julie s'étonna de soutenir le regard de Mike un peu plus longuement que d'ordinaire. Pourtant, il n'avait rien fait – ou dit – de particulier depuis son arrivée. Et il ne s'agissait même pas d'un dîner en tête à tête sous le porche, à la suite d'une invitation en bonne et due forme !

Elle n'avait aucune raison de se sentir différente ce soir-là, mais c'était plus fort qu'elle. Bizarrement, elle n'éprouvait pas non plus la moindre envie que cette sensation disparaisse. Dans son jean et ses baskets, les jambes sur la balustrade, les cheveux ébouriffés, Mike avait un charme juvénile. Un charme dont elle avait déjà conscience, même avant de sortir avec Jim.

En compagnie de Mike, rien ne se passait comme avec les hommes qu'elle avait fréquentés récemment, y compris Richard. Ni artifices, ni phrases à double sens, ni stratagèmes dans le but de l'éblouir. Bien qu'elle se soit toujours sentie en confiance avec lui, elle avait pratiquement oublié, dans le tourbillon des dernières semaines, à quel point elle l'appréciait.

Du temps de son mariage avec Jim, elle avait savouré chaque jour cette paix de l'esprit. En plus de leurs étreintes brûlantes, il y avait eu ces matinées au lit, passées à lire les journaux et à boire du café ; ces bulbes qu'ils avaient plantés ensemble dans le froid hivernal ; ces heures de flânerie dans les magasins, pour choisir le mobilier de leur chambre et comparer les mérites des différents bois. De tels moments l'avaient ravie et lui avaient permis de se réconcilier avec la vie.

Plongée dans ses souvenirs, elle regardait Mike manger sa pizza. Les commissures des lèvres légèrement relevées, il se débattait contre de longs filaments de fromage qui couraient entre sa bouche et la pâte. Après certaines bouchées, il se redressait en agitant les doigts, pour éviter de faire couler la sauce tomate. Ensuite, il s'essuyait le visage à l'aide de sa serviette ; elle l'entendait rire et marmonner quelque chose comme : « Un peu plus et toute ma chemise était salie ! »

Le fait qu'il ne se prenne pas trop au sérieux et qu'il n'en demande pas plus lui rappelait ces vieux couples que l'on voit parfois, assis la main dans la main, sur les bancs des parcs.

Quand ils allèrent ensemble déposer dans la cuisine les restes de leur dîner, il trouva le rouleau de Cellophane dans le tiroir du four sans même la questionner, puis il rangea le reste de pizza dans le réfrigérateur et ouvrit la poubelle... qui était pleine. L'espace d'un instant, elle eut l'impression que cette scène se déroulait quelque part dans le futur, après une longue succession de soirées passées ensemble.

— Je pense que c'est tout, déclara Mike, parcourant la cuisine des yeux.

Au son de sa voix, Julie se sentit rougir.

— Oui, j'ai l'impression, murmura-t-elle. Merci de m'avoir aidée !

Ils restèrent silencieux un long moment, et elle entendit soudain le leitmotiv qui la hantait depuis quelques années. *Une relation avec Mike ? Non. En aucun cas !*

Par chance, Mike l'arracha à ses pensées.

— Je ferais bien de partir... Demain, je travaille de bonne heure.

— Et moi, je ne tarderai pas à me coucher. Crooner m'a empêchée de dormir pendant des heures, la nuit dernière.

— Comment ?

— Il n'arrêtait pas de geindre, d'aboyer, de tourner en rond... Il a fait tout son possible pour m'embêter !

— Qu'est-ce qui lui a pris ?

— Richard est passé hier soir. Tu connais les réactions de Crooner en présence d'un nouveau venu...

Il était question de Richard pour la première fois depuis le début de la soirée ; Mike sentit sa gorge se serrer.

— Richard a passé la soirée chez toi ?

— Absolument pas ! Il a juste déposé un mot sur mon pare-brise pour me prévenir qu'il s'absentait.

— Oh !

— Trois fois rien, insista Julie, qui éprouvait le besoin de clarifier les choses.

— Il est venu à quelle heure ?

Julie se tourna vers la pendule murale, comme pour se souvenir de la position des aiguilles.

— Vers 2 heures du matin. En tout cas, Crooner a commencé à faire son cirque vers 2 heures, et ça a duré un certain temps. Pourquoi cette question ?

Mike réfléchissait, les lèvres pincées.

— Je m'étonne qu'il n'ait pas déposé son mot ce matin, avant de partir.

— Il n'avait peut-être pas le temps...

À quoi bon insister ? Mike prit sa boîte à outils et le robinet défectueux : il ne devait surtout pas gâcher cette soirée par une maladresse

— Écoute..., dit-il, en reculant d'un pas.

Julie se passa la main dans les cheveux. Elle venait de remarquer, pour la première fois, le grain de beauté qu'il avait sur la joue – un grain de beauté qui aurait pu être placé là par quelque spécialiste du maquillage.

— Il se fait tard..., murmura-t-elle.

Mike, perplexe, se balançait d'un pied sur l'autre, le robinet à la main.

— Merci de m'avoir appelé ! Tu ne me croiras peut-être pas, mais je suis ravi que tu aies eu recours à moi. Et merci pour cette excellente soirée...

Julie soutint un moment le regard de Mike. Quand il se détourna, elle soupira de soulagement. (Elle avait retenu son souffle sans même s'en rendre compte !) Puis elle le suivit des yeux tandis qu'il se dirigeait vers la porte : il portait un jean moulant qui la fit rougir jusqu'aux oreilles.

Il tourna enfin la poignée de la porte, et elle eut l'impression d'avoir observé un inconnu au cours d'une soirée, dans une salle bondée. Normalement, elle aurait ri de cette étrange réaction.

En l'occurrence, elle n'avait pas la moindre envie de rire...

Il lui adressa un signe, dans un halo lumineux, avant de refermer sa portière. Après lui avoir rendu son salut, debout sur le seuil, elle regarda les feux arrière s'éloigner, en cherchant à analyser ses sentiments.

Mike. Pourquoi Mike ? Elle n'aurait pas dû avoir une seule pensée pour lui ! Les bras croisés, elle pouffa de rire. Bien sûr, Mike était sympathique, digne de confiance, et beau gosse aussi... Mais toute cette histoire était absurde.

Elle fit volte-face pour rentrer chez elle. Oui, absurde...

15

Le lendemain matin, Henry posa sa tasse en polystyrène sur son bureau, après avoir écouté son frère.

— Et alors ?

Mike se gratta l'arrière du crâne.

— C'est tout.

— Tu es parti ?

— Exactement.

Henry joignit ses deux index de manière à former un triangle, sur lequel il appuya son menton. En temps normal, il aurait taquiné Mike – sous prétexte qu'il n'avait pas sauté sur l'occasion pour proposer à Julie de sortir avec lui –, mais l'heure n'était pas à la plaisanterie.

— Je ne suis pas sûr d'avoir bien compris, marmonna-t-il. Tu entends Jake Blansen tenir des propos énigmatiques au sujet de Richard... Des propos qu'il ne faut pas prendre au pied de la lettre, évidemment, mais assez alarmants... d'autant plus qu'il n'a pas voulu préciser sa pensée. Ensuite, tu apprends que Richard va rôder près de chez Julie au milieu de la nuit et traîne je ne sais combien de temps autour de sa maison. Cela étant, tu ne lui dis même pas que cette histoire t'intrigue et qu'elle devrait peut-être se tenir sur ses gardes !

— C'est elle-même qui m'a annoncé que Richard était passé. Je n'aurais pas eu la même réaction si elle l'avait ignoré.

— Ce n'est pas le problème, et tu le sais parfaitement.

— Il n'y a aucune raison de s'inquiéter, Henry.

— Tu devrais tout de même faire quelque chose !

— Quoi ?

Henry se cala dans son siège.

— Explique-lui ce qui t'intrigue.

Mike croisa le regard de son frère.

— Ce n'est pas simple. Elle pourrait s'imaginer que je la mets en garde parce que j'ai des sentiments ambigus à son égard.

Henry prit un ton presque paternel.

— Voyons, Mike, tu es son ami et tu le resteras toujours, quoi qu'il arrive entre vous. Je trouve bizarre, moi aussi, qu'un type vienne rôder près de chez elle au milieu de la nuit ! Quelles que soient les raisons de Richard, ça me paraît louche. Il pouvait déposer un mot ce matin avant son départ, lui téléphoner, lui laisser un message à son travail... Qui aurait envie de sauter dans sa voiture et de traverser toute la ville pour aller porter une lettre à 2 heures du matin ? Et que penses-tu du fait que Crooner a empêché Julie de dormir pendant plusieurs heures ? Faut-il en déduire que Richard a traîné dans les parages pendant tout ce temps-là ? Et si par hasard Blansen avait tenté de te mettre la puce à l'oreille ? As-tu un peu réfléchi ?

— Bien sûr que j'ai réfléchi. Ça ne me plaît pas, à moi non plus.

— Alors, tu aurais dû lui parler !

Mike ferma les yeux en repensant à la délicieuse soirée qu'il avait passée.

— Tu n'étais pas là, Henry. Et puis, elle n'avait pas

l'air du tout étonnée. N'en fais pas un drame : il est simplement venu lui déposer un mot.

— Comment sais-tu qu'il n'a fait que ça ?

Mike faillit répondre, mais l'expression qu'il lut sur le visage de son frère lui cloua le bec.

— Écoute, conclut celui-ci, je préfère en général te laisser agir à ta manière, même quand tu te plantes ; mais il y a des limites à tout. Ce n'est pas le moment de faire des mystères avec Julie ; comprends-tu ?

Au bout d'un moment, Mike laissa retomber son menton sur sa poitrine.

— Oui, dit-il, je comprends.

— Il me semble que vous avez passé une bonne soirée, Mike et toi, observa Mabel.

— Excellente, répliqua Julie. Tu le connais, on ne s'ennuie jamais avec lui !

Mabel fit pivoter son siège tout en parlant : aucun client n'était prévu dans les minutes suivantes. Elles avaient donc tout le salon pour elles.

— Et ton robinet fonctionne ?

— Il l'a remplacé !

— Comme s'il n'y avait rien de plus simple au monde ?

— Exactement.

— Un sacré mec, non ? s'écria Mabel en riant.

Julie hésita. Du coin de l'œil, elle avait aperçu Crooner, posté devant la porte et regardant dehors comme s'il voulait sortir.

La question de Mabel méritait réflexion. Pourquoi sa soirée avec Mike était-elle restée gravée dans son esprit ? Il ne s'était rien passé d'exceptionnel, mais leur dîner au clair de lune – tandis que les moucherons venaient s'écraser sur les vitres – avait été sa dernière pensée avant qu'elle s'endorme, et la première quand elle avait ouvert les yeux ce matin-là.

— Oui, un sacré mec ! s'entendit-elle murmurer, tout en s'approchant de la porte pour faire sortir Crooner.

— Mike, s'écria Henry, une visite pour toi !

Mike passa la tête hors du dépôt de pièces détachées.

— Qui est-ce ?

— Devine !

Crooner trotta vers Mike sans laisser le temps à Henry de répondre à son frère.

En fin d'après-midi, Julie fit son apparition au garage. Les poings sur les hanches, elle jeta un regard noir à Crooner.

— Ma parole, c'est un coup monté pour m'obliger à venir ici !

En l'entendant, Mike aurait volontiers remercié Crooner par télépathie.

— Et s'il cherchait à te communiquer quelque chose, Julie ?

— Par exemple ?

— Il trouve peut-être que tu ne lui accordes pas assez d'attention ces derniers temps.

— Quelle blague ! Il n'y a pas plus gâté que lui.

Assis sur son arrière-train, Crooner se grattait avec une patte, en feignant une indifférence souveraine.

— Excuse-moi, mais ce truc me rend fou, grommela Mike en dégrafant son bleu de travail. J'ai renversé un peu d'huile de graissage sur moi et j'en ai respiré toute la journée les émanations...

— Serais-tu un peu dans les vapes ?

— Non, je n'ai même pas cette chance, mais ça me donne des maux de tête.

Après avoir fait glisser son bleu de travail, il dégagea une jambe, puis l'autre, avant de le rouler en boule pour le jeter dans un coin.

En jean et tee-shirt rouge, il paraissait plus jeune que son âge, pensa Julie qui l'observait.

— Alors, quels sont tes projets pour ce soir ? lui demanda-t-elle.

— Comme toujours, j'ai l'intention de sauver l'humanité... de nourrir les affamés et d'apporter la paix à toutes les nations.

— Avec de la volonté, on peut faire des miracles en une seule nuit !

Mike approuva d'un sourire espiègle. Julie se passa la main dans les cheveux ; il la sentait nerveuse, comme la veille quand elle l'attendait dans sa cuisine.

— Et toi, as-tu des projets enthousiasmants ?

— Non. Un peu de ménage et des factures à régler... Contrairement à toi, je dois m'occuper de broutilles, avant de me consacrer à des tâches plus nobles.

Adossé au chambranle de la porte, Henry parcourait une liasse de papiers, histoire de signaler sa présence, tout en faisant mine de ne pas remarquer Julie. Un moyen comme un autre de rappeler son frère à l'ordre.

Mike fourra ses mains dans ses poches et prit une profonde inspiration.

— As-tu quelques minutes, Julie ? Je voudrais te parler...

— Oui. Rien de grave, j'espère !

— Si nous allions d'abord prendre une bière quelque part ?

— Excellente idée ! s'écria Julie, à la fois intriguée par le ton sérieux de Mike et enchantée par sa proposition.

Un peu plus haut dans la même rue, en se dirigeant vers le centre-ville, *Tizzy's* était encastré entre une animalerie et une teinturerie. Comme le *Sailing Clipper*, ce lieu n'était ni particulièrement propre ni particulièrement confortable. Une télévision beuglait dans un coin. Les vitres encrassées et le nuage de fumée, flottant au-dessus des tables, ne posaient aucun problème à ses habitués – dont une demi-douzaine vivait pratiquement sur place. D'après Tizzy Welborn, le propriétaire, son bar était populaire parce qu'il avait du caractère.

Et surtout, pensait Mike, on y buvait pour pas cher. En outre, Tizzy n'avait pas trop de principes. Les clients pouvaient se faire servir au bar sans chaussures ni chemise, et apporter ce qu'ils voulaient avec eux. Au fil des ans, toutes sortes de choses – depuis les sabres de samouraï jusqu'aux poupées gonflables – avaient franchi le seuil de cet établissement. Et, quoi qu'en dise Julie, Crooner appartenait à une catégorie difficile à introduire dans un lieu public.

Mike et Julie s'installèrent sur des tabourets à l'extrémité du bar, tandis que Crooner pivotait sur lui-même avant de s'allonger. Tizzy leur servit deux bières, pas vraiment glacées – mais pas chaudes non plus, ce qu'apprécia Mike, car il ne fallait pas trop en demander au patron.

Julie promena son regard autour de la salle.

— Quel bouge ! J'ai peur d'attraper je ne sais quelle maladie contagieuse si je reste ici plus d'une heure.

— Oui, mais ce bar a du caractère...

— En tout cas, tu ne te ruineras pas ! Dis-moi pourquoi tu as jugé indispensable de me traîner ici.

Mike entoura sa bouteille de ses deux mains.

— J'ai quelque chose à te dire de la part d'Henry...

(Mike s'interrompit un instant.) Il pense que j'aurais dû te parler hier...

— À quel sujet ?

— Au sujet de Richard.

— Henry pense que tu aurais dû me parler de Richard ?

Mike se redressa sur son tabouret.

— C'est à propos du mot qu'il t'a déposé l'autre soir.

— Eh bien ?

— Henry a trouvé bizarre... qu'il vienne te l'apporter au milieu de la nuit.

Julie prit un air sceptique.

— Henry est soucieux ?

— Oui.

— Mais pas toi ?

— Pas moi.

Julie avala une gorgée de bière.

— Je m'étonne de la réaction d'Henry. Richard ne m'a tout de même pas épiée à travers les carreaux... Dans ce cas, Crooner aurait bondi sur lui ! Comme Richard faisait allusion à une urgence, il est peut-être parti tout de suite après...

— Attends la suite, Julie. L'autre jour, un des ouvriers du pont est passé au garage et il nous a tenu des propos assez étranges.

— Par exemple ?

En se frottant les ongles sur les rainures du bar, Mike rapporta à Julie les propos de Jake Blansen, puis il lui fit part – dans le détail – des commentaires d'Henry.

Après l'avoir écouté, Julie posa sa main sur son épaule, un sourire pensif aux lèvres.

— Comme c'est gentil de la part d'Henry de s'inquiéter sur mon sort !

— Tu n'es pas furieuse ? murmura Mike, ne sachant sur quel pied danser.

— Bien sûr que non ! Je suis reconnaissante à mes amis de veiller sur moi, mais...

— Mais quoi ?

Julie tapota, en riant, l'épaule de Mike.

— Avoue que tu étais inquiet toi aussi !

— Oui, je l'avoue.

— Alors, pourquoi ne pas l'avoir dit tout de suite ? Tu as mis cette histoire sur le compte d'Henry !

— J'avais peur que tu sois furieuse.

— Moi, furieuse ?

— Comme tu sors avec ce type, tu aurais pu t'imaginer que...

Julie vint au secours de Mike.

— J'aurais pu m'imaginer que tu m'avais dit ça pour m'empêcher de sortir avec lui ?

— Effectivement.

— As-tu si peu de foi en notre amitié ? Oublies-tu ces douze dernières années ?

Julie dévisagea Mike, qui gardait le silence.

— Tu me connais mieux que n'importe qui, tu es mon meilleur ami... Comment pourrais-tu chercher à me nuire ? Tu serais incapable de faire une chose pareille ! Je ne pourrais pas me sentir à l'aise en ta compagnie si je ne te considérais pas comme un type bien. *Vraiment bien...*

Mike tourna la tête : en somme, elle le considérait comme un eunuque.

— Les types bien sont toujours les derniers servis, comme on dit.

D'un doigt, Julie orienta la tête de Mike vers elle et plongea son regard dans ses yeux.

— Certaines personnes disent cela ; pas moi.

— Mais il y a Richard...

— Richard ?

— Tu as passé beaucoup de temps avec lui, dernièrement.

— Ma parole, fit Julie, taquine, en se redressant sur son tabouret, si je ne te connaissais pas, je pourrais te croire jaloux !

Mike avala une gorgée de bière, sans réagir outre mesure.

— Nous sommes sortis un certain nombre de fois ensemble, reprit Julie. Il n'y a pas de quoi en faire une histoire ! Ce n'est pas comme si j'allais l'épouser...

— Tu n'en as pas l'intention ?

— Tu plaisantes, Mike ?

L'expression de Mike en disait plus long qu'une réponse.

— Apparemment, tu ne plaisantes pas, conclut Julie. Tu me croyais amoureuse de lui ?

— Peut-être...

— Eh bien, tu te trompes ! Je ne sais même pas si j'accepterai de sortir encore avec lui, et ce n'est pas à cause de ce que tu m'as dit. On a passé un agréable week-end ensemble, mais ça ne collait pas ; comprends-tu ? Lundi, il m'a semblé nerveux et j'ai décidé de ne pas aller plus loin.

— C'est vrai ?

— La pure vérité !

— Hourra ! fit Mike.

Avant de changer de chaîne, Tizzy s'arrêta sur son passage pour leur proposer une autre boisson. Ils refusèrent tous les deux d'un mouvement de tête.

— Et maintenant ? fit Mike. Tu vas recommencer à sortir avec ce brave Bob ?

— J'espère bien que non.

La gorge de Mike se serra : dans ce bar sordide, Julie semblait auréolée de lumière.

— Tu vas peut-être rencontrer quelqu'un d'autre.

Le menton en appui sur sa main, Julie soutint son regard.

— Je suis sûr que tu n'auras pas à attendre longtemps, reprit Mike. Des dizaines de types ne demandent qu'à te faire la cour.

— Il me suffit d'un seul !

— Ne t'inquiète pas ; l'homme de tes rêves ne doit pas être bien loin.

— Je ne m'inquiète pas. Maintenant que je suis sortie un certain nombre de fois, je commence à y voir plus clair. Je voudrais rencontrer un type *bien*...

— Tu le mérites certainement !

Mike était parfois dur à la comprenette, se dit Julie. Elle eut recours à une autre tactique.

— Et toi, vas-tu trouver la femme idéale ?

— Qui sait ?

— Tu la trouveras si tu la cherches... C'est parfois plus simple qu'on ne croit.

Mike transpirait à grosses gouttes dans sa chemise.

— J'espère que tu as raison, Julie !

Un silence plana entre eux.

— Eh bien..., fit-elle, dans l'espoir qu'il en dise plus.

Toujours muet, Mike laissa errer son regard autour de lui. Julie comprit que si elle attendait qu'il se déclare, elle serait une petite vieille marchant avec un déambulateur.

— Eh bien, reprit-elle, que fais-tu demain soir ?

— Je ne sais pas encore.

— On pourrait sortir ensemble.

— Sortir ?

— Oui, j'ai entendu parler d'un endroit très sympa sur l'île. Un restaurant en bord de mer ; il paraît qu'on y mange bien.

— Je propose à Henry et Emma de nous accompagner ?

Julie posa un doigt sur le menton de Mike.

— Si on y allait en tête à tête ?

Mike sentit son cœur tambouriner sous ses côtes.

— Toi et moi ?

— Oui, pourquoi pas ? À moins que ça t'ennuie.

— Non, au contraire !

Regrettant aussitôt son empressement, Mike décocha à Julie une œillade à la James Bond ; puis il ajouta, en retenant son souffle :

— J'espère pouvoir me libérer...

Julie étouffa un rire.

— J'en serais ravie !

— Alors, tu lui as proposé de sortir ? demanda Henry.

Comme un cow-boy dans un ancien western, Mike était penché en avant, un pied contre le mur. Il scrutait ses ongles d'un air absent.

— Oui, il était temps...

— Très bien ! Mais tu es sûr de ce que tu me dis ?

Mike leva les yeux au ciel.

— Sûr !

— Comment as-tu fait ? L'occasion s'est présentée ?

— Je me suis arrangé pour qu'elle se présente ! J'ai orienté la conversation dans ce sens, en prenant mon temps, et ça a marché.

— Hum, fit Henry.

Il avait la vague intuition que son frère lui mentait, mais il n'aurait su dire pourquoi.

— Elle t'a parlé de Richard ? reprit-il.

Mike passa ses ongles sur sa chemise et les examina.

— Je crois que c'est de l'histoire ancienne.

— Elle te l'a dit ?

— Oui.

Henry resta un moment perplexe. Il ne pouvait ni taquiner son frère, ni lui donner des conseils, ni tenter quoi que ce soit avant d'avoir compris pourquoi toute cette histoire lui semblait louche.

— Dans ce cas, je suis fier de toi, dit-il enfin. Il était temps que vous vous lanciez tous les deux.

— Merci, Henry.

— Pas de quoi, mon vieux ! Écoute, j'ai encore du travail au bureau. Il faut que je m'y remette tout de suite si je veux rentrer à la maison à une heure convenable.

Nageant dans le bonheur, Mike posa son pied à terre et reprit le chemin de l'atelier. Après l'avoir regardé s'éloigner, Henry alla s'enfermer dans son bureau, d'où il appela Emma au téléphone.

— Si tu savais ce que je viens d'entendre !

— Quoi ?

Henry mit sa femme au courant.

— Enfin ! murmura-t-elle.

— Oui, mais j'aimerais bien connaître la version de Julie.

— Je croyais que Mike t'avait tout raconté.

— Il me semble qu'il me cache quelque chose.

— Qu'est-ce que tu mijotes ? s'étonna Emma, après un silence. Tu ne vas pas faire échouer son plan ?

— Jamais de la vie ! Je me demande comment ça s'est *réellement* passé.

— Pour pouvoir le taquiner ?

— Moi, le taquiner ?

— Henry...

— Chérie, tu me connais. Je ne lui veux que du bien, mais je voudrais savoir où en est Julie. Mike

169

prend cette affaire très au sérieux... Il ne faut pas qu'elle le fasse souffrir...

— On n'a pas déjeuné ensemble depuis un certain temps, Julie et moi.

Henry hocha la tête : il pouvait vraiment compter sur Emma !

Un sac de provisions et le courrier à la main, Julie fit tourner sa clef dans la serrure et marcha en titubant jusqu'à la cuisine. Son réfrigérateur étant pratiquement vide, elle s'était arrêtée au supermarché pour acheter des aliments sains, mais elle avait opté finalement pour un plat de lasagnes – à réchauffer au micro-ondes.

Crooner ne l'avait pas suivie dans la maison. Il avait bondi hors de la Jeep à l'arrêt, et foncé vers les bois qui s'étendaient jusqu'à l'Intracoastal Waterway. Il ne tarderait pas à revenir.

Après avoir mis ses lasagnes au four, Julie alla enfiler un short et un tee-shirt dans sa chambre ; puis elle parcourut son courrier – des factures, diverses publicités, des catalogues de vente par correspondance –, mais elle avait la tête ailleurs.

Elle allait sortir avec Mike. *Mike*... Incrédule, elle murmura son nom.

Son regard se posa alors sur le répondeur dont la lumière rouge clignotait. Elle écouta ses messages. « Veux-tu que nous déjeunions ensemble vendredi ? Préviens-moi si tu ne peux pas. Autrement on se retrouve chez le traiteur ; d'accord ? » proposait Emma.

Une seconde après, le bip retentit et elle reconnut la voix de Richard. Il semblait aussi vanné que s'il avait passé sa journée à donner des coups de marteau. « Julie, je t'appelle à tout hasard. Je serai absent presque toute la soirée, mais je suis chez moi demain. Si tu savais comme tu me manques ! »

Julie l'entendit raccrocher, après un long soupir. Sur le rebord de la fenêtre, un bouvreuil sautilla deux fois avant de prendre son envol.

Mon Dieu, se dit-elle, j'ai comme l'impression que je vais avoir des problèmes avec lui...

16

Le lendemain soir, Mike, qui portait des Dockers et une chemise de lin blanc, arriva chez Julie un peu avant 7 heures. Après avoir garé sa camionnette et glissé ses clefs dans sa poche, il prit la boîte de chocolats et remonta l'allée en réfléchissant à ce qu'il allait lui dire. Julie ne s'attendait pas à de grands discours, mais il souhaitait l'impressionner, l'éblouir même, par son entrée en matière. Finalement, « Excellente idée d'aller à la plage un si beau soir ! » lui sembla la phrase adéquate : à la fois simple et désinvolte. Elle lui permettrait de mettre toutes les chances de son côté !

Julie sortit à l'instant où il atteignait la porte. Elle l'accueillit d'un mot aimable, mais sa voix, associée à la sensation incroyable que le moment tant attendu arrivait enfin, troubla Mike, qui oublia sa phrase et pratiquement tout le reste.

Il y avait beaucoup de jolies femmes de par le monde. Certaines attiraient le regard des hommes, même en galante compagnie ; il y en avait aussi qui pouvaient se tirer d'affaire grâce à un battement de cils, quand un flic les arrêtait pour excès de vitesse...

Et puis il y avait Julie !

Malgré son charme, elle n'était pas d'une beauté parfaite : elle avait un nez un peu trop retroussé, beaucoup de taches de rousseur, et des cheveux souvent ébouriffés... Mais en la regardant descendre les marches, dans sa robe bain de soleil légèrement gonflée par la brise, Mike se dit qu'il n'avait jamais vu une femme aussi éblouissante

— Mike ? fit-elle.

C'était maintenant ou jamais... Surtout rester calme et laisser ses paroles venir naturellement !

— Mike ! répéta Julie, surprise par son silence. Ça va, Mike ? Tu as l'air tout pâle...

Il ouvrit la bouche, puis la referma. Qu'était devenue *sa* phrase ? Au bord de la panique, il prit une grande inspiration en lui tendant la boîte de chocolats.

— Je t'apporte des chocolats...

— Je vois... Merci, Mike. Tu ne me dis pas bonjour ?

La phrase... Vite, la phrase ! Julie attendait, et il sentait que la phrase reprenait forme, petit à petit, dans son esprit.

— Que tu es belle, ce soir, à la plage, Julie !

Déconcertée, elle lui sourit.

— Merci, mais nous ne sommes pas encore à la plage.

Il fourra les mains dans ses poches en rougissant.

— Je te demande pardon...

— De quoi ?

— De ne pas savoir quoi dire !

— Qu'est-ce que tu racontes ?

Lisant l'impatience de Julie et sa confusion sur son visage, Mike se ressaisit brusquement.

— Je veux dire que je suis content d'être ici.

— Moi aussi ! s'écria Julie, touchée par sa sincérité.

Mike parvint enfin à lui sourire.

— Tu es prête ? fit-il au bout d'un moment.

— Quand tu voudras !

173

Comme il se dirigeait vers sa camionnette, il entendit Crooner aboyer à l'intérieur de la maison.

— Crooner ne vient pas ?

— Je ne savais pas si tu souhaiterais l'emmener.

Mike s'arrêta un instant : la présence de Crooner pourrait être bénéfique, car il calmerait le jeu en faisant office de chaperon.

— Emmène-le si tu veux ; il sera ravi de courir sur la plage.

Quand Julie se tourna vers la maison, Crooner aboya, la tête collée à la vitre. Il avait l'habitude de la suivre presque partout, mais elle n'avait jamais songé à l'emmener quand elle sortait avec Richard ou un autre de ses chevaliers servants.

— Tu es sûr que ça ne t'ennuie pas ?

— Absolument pas !

— Attends-moi une seconde ; je lui ouvre la porte.

Quelques minutes plus tard, ils traversaient le pont menant à Bogue Banks. Allongé sur le plateau de la camionnette, la gueule au vent, Crooner aboya de nouveau – comme le plus heureux des chiens.

Crooner se pelotonna dans la chaleur du sable, devant le restaurant, tandis que Julie et Mike s'installaient à une petite table au premier étage du patio. De longs nuages s'étiraient dans le ciel de plus en plus sombre. Une brise océanique, toujours plus forte sur l'île, faisait claquer les parasols à un rythme régulier. Julie tira ses cheveux derrière ses oreilles pour qu'ils ne balayent pas son visage.

La plage était presque déserte. La foule des touristes n'affluait pas avant la fin du mois de mai, et les vagues roulaient doucement sur les monticules de sable, au bord de l'eau. Mais le restaurant étant un endroit simple et agréable, situé sur la plage même, la plupart des tables étaient occupées. Julie commanda un verre de vin au garçon et Mike une bière.

Pendant le court trajet jusqu'à l'île, ils avaient bavardé à bâtons rompus – de Mabel, d'Andrea, d'Henry et d'Emma, comme d'habitude. Au cours de la conversation, Mike avait eu l'impression de se ressaisir. Il s'en voulait d'avoir gâché une journée entière de réflexion en oubliant son préambule, mais ça ne s'était pas trop mal passé malgré tout. Était-ce à cause de son charme naturel, ou simplement parce que Julie, habituée à sa maladresse, n'avait rien remarqué ? En tout cas, elle ne l'avait pas taquiné.

Il eut du mal à se concentrer pendant leurs premières minutes au restaurant. Depuis quelques années, il avait pensé chaque jour à cet instant : si la chance lui souriait, il allait peut-être embrasser Julie tout à l'heure... Quand elle leva son verre pour avaler une gorgée, avec une petite moue enfantine, il se dit qu'il n'avait jamais rien vu d'aussi sensuel.

La conversation suivit son cours et il la fit rire plusieurs fois, mais quand vint le dîner, il était si stressé qu'il se souvenait à peine de ce qu'il lui avait dit.

Du calme ! pensa-t-il.

Mike semblait mal à l'aise.

Sans être surprise, Julie avait hâte qu'il se détende. Elle ne se sentait pas totalement à l'aise elle non plus, mais il ne lui facilitait guère les choses. Quand elle levait son verre, il écarquillait les yeux comme s'il n'avait jamais vu personne boire du vin. La première fois, elle avait cru qu'il voulait la prévenir qu'elle risquait d'avaler un moucheron tombé dans son verre !

Cette soirée n'avait rien de commun avec celle qu'ils avaient passée quand il était venu réparer son robinet ; mais, en lui proposant de sortir avec lui, elle ne s'attendait pas à éprouver un tel embarras. En fait, Mike représentait à la fois un élément essentiel de son avenir et un jalon important de son passé – et de celui de Jim.

Elle avait pensé plus d'une fois à Jim au cours du dîner, en faisant des comparaisons malgré elle. Finalement, Mike s'en tirait à son honneur, bien qu'il ait compliqué la situation à plaisir. Jamais il ne serait l'égal de Jim, mais, en sa compagnie, elle éprouvait des sensations qui lui rappelaient les meilleurs moments de sa vie de couple. Et, comme avec Jim, elle avait la certitude que non seulement il l'aimait, mais qu'il l'aimerait jusqu'à la fin de ses jours. Un instant, l'idée qu'elle trahissait son défunt mari lui vint à l'esprit ; cette sensation s'éclipsa aussitôt, faisant place à l'impression rassurante que Jim ne se formaliserait pas de sa conduite.

Quand ils finirent de dîner, la lune s'était levée ; une lueur nacrée planait au-dessus de l'eau.

— Si on allait se promener ? suggéra Mike.

— Excellente idée ! fit Julie en posant son verre sur la table.

Elle se leva, ajusta sa robe et remonta une bretelle glissée sur son épaule. En s'approchant de la balustrade, Mike la frôla ; elle respira, mêlée aux embruns, une bouffée de son eau de toilette, qui lui rappela combien tout avait changé entre eux. Il se pencha pour apercevoir Crooner, et son visage plongea dans l'ombre, avant de réapparaître, à la lumière du clair de lune. Un visage qui lui était presque inconnu... Mais en voyant ses doigts tachés de graisse, posés sur le fer forgé, elle réalisa de nouveau combien il était différent de l'homme qui l'avait conduite à l'autel.

Non, elle n'était pas amoureuse de Mike. En tout cas, pas encore, conclut-elle, en ébauchant un sourire.

— Tu m'as semblé bien calme, à la fin du dîner, fit Mike.

Ils marchaient au bord de l'eau, pieds nus, et il avait roulé son pantalon à mi-mollet. Crooner bondissait devant eux, le nez dans le sable, à la recherche de crabes.

— Je réfléchissais, murmura Julie.

— Tu pensais à Jim.

— Comment le sais-tu ?

— Je connais cette expression dans tes yeux. Tu serais effroyable au poker... (Il se frappa la tête d'une main.) Rien ne m'échappe, vois-tu ?

— Peux-tu me dire ce que je pensais exactement ?

— Tu pensais... que tu as bien fait de l'épouser.

— Pas exactement !

— Alors, que pensais-tu ?

— Ça n'a aucun intérêt pour toi.

— Tu n'oses pas me le dire ?

— Si !

— Alors, je t'écoute.

— Je pensais à ses doigts.

— Pourquoi ses doigts ?

— Tu avais du cambouis sur les tiens. Je me disais que quand j'étais mariée à Jim, je ne l'ai pas vu une seule fois avec des doigts pareils.

Mike, gêné, cacha ses mains derrière son dos.

— Je ne voulais pas te vexer ! s'exclama Julie. Tu es mécanicien, c'est normal que tu aies les mains sales.

— Je n'ai pas les mains sales ; je passe mon temps à les laver. Elles sont seulement... tachées.

— Tu n'as pas compris ce que je voulais dire ! En plus, je crois que j'aime ça.

— Ah oui ?

— Il me semble que je n'ai pas le choix : ça fait partie du lot.

Mike se rengorgea tandis qu'ils marchaient en silence.

— Accepterais-tu de sortir demain soir avec moi ? demanda-t-il au bout d'un moment. Nous pourrions aller à Beaufort...

— Bonne idée !

— Dans ce cas, il vaudrait mieux laisser Crooner à la maison.

— Parfait ! Il peut se débrouiller comme un grand.

— Y a-t-il un endroit où tu aimerais aller ?

— Cette fois-ci, tu choisis. J'ai déjà pris ce risque !

— Et tu as fait un très bon choix.

Il saisit la main de Julie.

— C'était une excellente idée d'aller à la plage un si beau soir !

Julie lui sourit, ses doigts noués aux siens.

— C'est vrai...

Ils quittèrent la plage quelques minutes après, car Julie commençait à avoir froid. Mike lui lâcha la main à contrecœur en arrivant à sa camionnette. Il l'aurait volontiers reprise ensuite, mais elle avait posé ses deux paumes sur ses genoux, la tête tournée vers la vitre latérale.

Pendant le trajet, ils ne furent guère bavards. En la raccompagnant à sa porte, Mike n'avait pas la moindre idée de ce qu'elle pensait, mais il savait ce qu'il espérait... Il espérait de tout son cœur qu'elle s'attarderait un instant sous le porche, avant de lui dire au revoir, pour lui laisser le temps d'approcher ses lèvres.

— J'ai passé une délicieuse soirée, dit-il.

— Moi aussi ! À quelle heure veux-tu qu'on se retrouve demain ?

— 7 heures ?

— Ça me va.

Mike hocha la tête. Troublé comme un adolescent, il sentait venir le moment tant attendu.

— Alors..., fit-il d'un ton désinvolte.

Julie avait-elle deviné ses pensées ? Souriante, elle serra longuement sa main dans la sienne.

— Bonsoir, Mike. À demain !

Il lui fallut une seconde pour surmonter sa déception.

— À demain ? marmonna-t-il, en se balançant d'un pied sur l'autre.

Elle fouillait dans son sac, à la recherche de ses clefs.

— Tu as oublié notre rendez-vous ?

Après avoir trouvé son trousseau de clefs, Julie ouvrit la porte et fit entrer Crooner qui les avait rejoints.

— Merci encore pour cette bonne soirée !

Elle esquissa un signe d'adieu, avant de suivre Crooner dans la maison. Quand la porte se referma, Mike, les yeux écarquillés, réalisa qu'elle n'allait pas ressortir. Quelques secondes après, il regagnait sa camionnette en donnant force coups de pied dans le gravier.

Certaine de ne pas trouver le sommeil, Julie s'assit sur le canapé et se mit à feuilleter un catalogue, tout en se remémorant sa soirée. Sans savoir vraiment pourquoi, elle se félicitait de ne pas avoir embrassé Mike avant de le quitter.

Peut-être avait-elle besoin d'une pause pour s'habituer aux sentiments qu'il lui inspirait depuis peu. À moins qu'elle n'ait cherché tout bonnement à le titiller ! Dans ces moments-là, il était craquant ; elle comprenait qu'Henry prenne un malin plaisir à le taquiner.

Elle alluma la télévision avec la télécommande. Il était à peine 10 heures et elle opta pour un mélo, sur

CBS, au sujet du shérif d'une petite ville qui ne peut pas s'empêcher de risquer sa vie pour sauver son prochain.

Vingt minutes plus tard, alors que le shérif allait sauver un jeune homme coincé dans une voiture en feu, elle entendit frapper à la porte.

Crooner bondit aussitôt à travers le living et glissa la tête entre les rideaux. Mike avait dû revenir sur ses pas.

C'est alors que Crooner se mit à gronder.

17

— Richard ?

— Salut, Julie !

Richard lui tendit un bouquet de roses.

— Je les ai achetées à l'aéroport, avant de rentrer chez moi. Je regrette qu'elles ne soient pas de la première fraîcheur, mais le choix était limité.

Julie était debout sur le seuil, Crooner à ses côtés. Il avait cessé de gronder dès qu'elle avait ouvert la porte, et Richard lui tendait sa paume. Il la renifla avant de lever les yeux, histoire de vérifier que le visage correspondait à l'odeur qui lui était familière, puis il tourna la tête. *C'est bien lui*, semblait-il dire. *Ça ne m'enchante pas, mais tant pis !*

Julie hésita avant de prendre le bouquet : elle aurait préféré que Richard s'abstienne de lui offrir des fleurs.

— Merci, fit-elle.

— Désolé d'arriver si tard, mais je voulais passer avant de rentrer chez moi...

— Ce n'est rien !

— Je t'ai appelée un peu plus tôt. Il m'a semblé que tu n'étais pas là...

— Tu m'as laissé un message ?

— Non, je n'ai pas eu le temps. On annonçait l'embarquement immédiat et mon siège n'était pas confirmé. Tu sais comment ça se passe... Mais je t'ai laissé un message hier.

— Oui, je l'ai eu.

Richard joignit les deux mains.

— Tu étais chez toi... un peu plus tôt ?

Julie haussa imperceptiblement les épaules, malgré elle.

— J'étais sortie avec un ami.

— Un ami ?

— Tu te souviens de Mike ? Nous avons dîné rapidement ensemble.

— Le type du bar, l'autre soir ? Il travaille au garage, n'est-ce pas ?

— Oui, c'est ça.

— Vous avez passé une bonne soirée ?

— Je ne l'avais pas vu depuis longtemps ; ça m'a fait plaisir de bavarder avec lui.

— Très bien !

Le regard de Richard glissa vers le côté du porche, puis sur ses pieds, avant de revenir à Julie.

— Je peux entrer ? J'espérais parler un moment avec toi.

— Je ne sais pas... Il se fait tard et j'étais sur le point d'aller au lit.

— Oh ! je comprends ! On pourrait se voir demain, dans ce cas. Si nous dînions ensemble ?

L'ombre obscurcissait ses traits, mais il sourit comme s'il anticipait une réponse positive.

Julie ferma les yeux un instant, effrayée à l'idée de ce qu'elle allait faire. Alors que Bob avait senti la rupture approcher, Richard n'en avait pas la moindre idée !

— Désolée, dit-elle. Je suis déjà prise...

— Tu vois Mike ?

Elle acquiesça d'un signe de tête.

Richard se gratta la joue machinalement, en soutenant son regard.

— Alors, pour nous... c'est fini ?

L'expression de Julie n'était que trop éloquente.

— J'ai fait quelque chose de mal ?

— Absolument pas !

— Tu as passé une mauvaise soirée avec moi ?

— Mais non !

— Alors... de quoi s'agit-il ?

— Ça n'a rien à voir avec toi... Il s'agit de Mike et moi... J'ai l'impression que... C'est difficile à expliquer...

Comme Julie cherchait à trouver ses mots, Richard serra les mâchoires en silence.

— Tu as dû bien t'amuser pendant les quelques jours où j'étais absent ! déclara-t-il enfin.

— Écoute, je suis navrée...

— Navrée de quoi ? De te moquer de moi dès que j'ai le dos tourné ? De me manipuler pour rendre Mike jaloux ?

— Qu'est-ce que tu racontes ?

— Tu as parfaitement compris ce que je veux dire.

— Je ne t'ai pas manipulé...

De plus en plus furieux, Richard interrompit Julie.

— Ah oui ? Dans ce cas, pourquoi romps-tu avec moi alors que nous commençons à peine à nous connaître ? Et pourquoi Mike devient-il brusquement si intéressant ? Je m'absente quelques jours, tu m'apprends à mon retour que c'est fini entre nous... et que Mike a pris ma place. (Ses lèvres pâlissaient, tandis qu'il la transperçait du regard.) Je parie que tu as tout planifié !

— Imbécile ! s'entendit murmurer Julie, éberluée par la violence de Richard.

Il mit un certain temps à détourner son regard ; sa colère avait fait place à du dépit.

— Ce n'est pas juste..., geignit-il. Accepterais-tu de parler avec moi quelques secondes ?

Julie crut voir des larmes briller dans ses yeux. Ce type était absolument instable au point de vue émotionnel : en un rien de temps, il passait de la colère au désespoir...

— Pardon, Richard, murmura-t-elle ; je regrette ce que je t'ai dit. Je ne voulais pas te blesser, mais... (Elle s'assura qu'il l'écoutait.) Il est tard et nous sommes trop fatigués pour discuter. Je vais aller me coucher...

Richard n'ayant pas bronché, elle voulut fermer la porte ; il tendit la main pour l'en empêcher.

— Julie, une minute ! Je suis désolé... Il faut vraiment que je te parle !

La réaction de Crooner fut immédiate. Sans laisser le temps à Julie de réaliser ce qui se passait, il avait bondi sur la main de l'intrus, comme sur un Frisbee en plein vol. Sa mâchoire atteignit son but, et Richard hurla de douleur avant de trébucher sur le seuil.

— Crooner ! s'écria Julie.

Richard s'effondra, à genoux, le bras tendu ; Crooner secouait la tête en grondant.

— Qu'il me lâche ! glapit Richard.

Julie saisit Crooner par le collier et tira énergiquement.

— Lâche-le tout de suite ! ordonna-t-elle.

Malgré sa fureur, il obtempéra. Richard plaça instinctivement sa main sur sa poitrine, en la recouvrant de l'autre. À côté de Julie, le chien montrait les dents, le poil hérissé.

— *Non*, Crooner ! cria-t-elle, stupéfaite par sa férocité. Ça va, Richard ?

Il grimaça de douleur en remuant les doigts.

— Rien de cassé, il me semble.

Julie posa une main apaisante sur Crooner, qui semblait tétanisé.

— Je n'ai même pas eu le temps de réaliser ce qui m'arrivait, reprit calmement Richard. Rappelle-moi de ne plus jamais retenir ta porte quand ton chien est dans les parages !

Il tournait l'incident en dérision, mais Julie évita de répondre. Crooner avait cherché instinctivement à la protéger ; elle n'allait pas le punir pour cela.

Richard se releva, en pliant et dépliant les doigts. L'empreinte des dents de Crooner était visible, mais elles n'avaient pas transpercé sa peau.

— Je regrette ! fit Richard en reculant d'un pas. Je n'aurais pas dû t'empêcher de rentrer chez toi...

Fort juste, se dit Julie.

— Je n'aurais pas dû non plus me mettre en colère juste avant, reprit Richard, contrit. Je venais te voir, après une semaine très pénible. Ce n'est pas une excuse, mais...

Elle préféra l'interrompre, bien qu'il semblât sincèrement désolé.

— Richard...

Sentant qu'elle ne voulait pas revenir sur le sujet, Richard darda un étrange regard sur le côté. À la lumière du porche qui jouait sur son visage, Julie vit qu'elle ne s'était pas trompée quand elle avait cru voir des larmes dans ses yeux : il pleurait...

— Ma mère est morte cette semaine, murmura-t-il d'une voix brisée. Je reviens de son enterrement.

— C'est pour ça que je t'ai laissé un mot sur ta Jeep, précisa Richard. Le médecin m'avait conseillé d'accourir si je souhaitais la revoir. J'ai donc pris le premier vol depuis Raleigh, mardi matin... Avec les nouvelles mesures de sécurité, je suis parti de chez moi au milieu de la nuit pour arriver à l'heure !

Quelques minutes s'étaient écoulées depuis la morsure de Crooner. Assis sur le canapé, les yeux baissés, Richard refoulait difficilement ses larmes. Quand Julie avait prononcé les paroles d'usage – « Je suis désolée pour toi » et : « Tu aurais dû me le dire tout de suite » –, il s'était effondré. Devant sa détresse, elle avait cédé à un élan de sympathie et l'avait laissé entrer, après avoir enfermé Crooner dans sa chambre.

Face à lui dans un fauteuil, elle l'écoutait maintenant parler. Bravo, Julie, se disait-elle, tu as l'art de trouver le bon moment pour briser les cœurs !

— Je sais que ça ne change rien à ce que tu m'as annoncé sous le porche, ajouta Richard, mais je ne voulais pas te quitter après une dispute. J'ai trop apprécié les moments que nous avons passés ensemble...

Les doigts pressés sur ses paupières, il s'éclaircit la voix.

— C'était si brutal... Je ne m'attendais pas à de telles paroles ! (Il soupira.) Je n'étais vraiment pas en état d'entendre quoi que ce soit.... Si tu savais ce que j'ai vécu là-bas ! Tout... Le visage de ma mère, à la fin... Les remarques des infirmières... Les odeurs...

Il se cacha le visage entre les mains, la respiration haletante.

— J'avais surtout besoin de parler à quelqu'un. Quelqu'un qui accepte de m'écouter.

Comprenant qu'elle n'avait pas le choix, Julie ébaucha un sourire.

— Parle, si tu veux, dit-elle. Nous restons amis, n'est-ce pas ?

Pendant plusieurs heures, Richard rebondit d'un sujet à l'autre : ses souvenirs de sa mère, ses pensées en entrant dans sa chambre d'hôpital, son état d'âme quand il avait compris, le lendemain matin, qu'il lui tenait la main pour la dernière fois. Julie lui avait offert une bière ; finalement il en avait avalé trois au cours de la soirée, sans paraître s'en rendre compte. Il s'interrompait par instants pour jeter un regard hébété autour de la pièce, puis ses paroles s'emballaient comme s'il avait bu un double espresso. Elle l'écoutait attentivement, en se contentant de lui poser quelques questions aux moments opportuns. Plusieurs fois, elle l'avait vu se pincer l'arête du nez, quand il craignait de fondre en larmes.

Les aiguilles de la pendule, sur la cheminée, indiquèrent minuit, puis 1 heure, et bientôt 2 heures. La bière et les émotions ayant produit leur effet, Richard commençait à se répéter et son élocution devenait pâteuse. Quand Julie alla se chercher un verre d'eau dans la cuisine, elle le retrouva, quelques secondes après, les yeux fermés. Tassé dans un coin du canapé, il avait la tête rejetée en arrière sur un coussin, et la bouche entrouverte. Son souffle était régulier.

Son verre d'eau à la main, elle resta clouée sur place. Que faire, maintenant ?

Il avait bu trop d'alcool pour se mettre au volant ! Le garder chez elle la contrariait, mais si elle le réveillait, il risquait de continuer à lui parler ; et, malgré son désir de l'écouter charitablement, elle se sentait vannée.

— Richard, souffla-t-elle. Tu es réveillé ?

Pas de réponse. Elle fit une nouvelle tentative, avec le même résultat. Fallait-il crier ? Le secouer ? Tout compte fait, elle décida de le laisser tranquille.

Elle éteignit et regagna sa chambre, dont elle ferma la porte à clef. Crooner trônait sur son lit. Il haussa simplement la tête en la voyant enfiler son pyjama.

— Juste une nuit, lui expliqua-t-elle, comme pour se convaincre elle-même qu'elle avait trouvé la meilleure solution. Je n'ai pas changé d'avis, mais je n'en peux plus, tu sais !

Julie se réveilla à l'aube et jeta, en grommelant, un coup d'œil à son réveil. Fourbue, comme au lendemain d'une cuite, elle sortit de son lit avec peine et entrouvrit la porte.

Apparemment, Richard dormait toujours. Elle fila sous la douche, puis s'habilla avant de partir au travail : pas question qu'il la voie en pyjama ! Quand elle revint dans le living, escortée par Crooner, il se frottait les joues, assis sur le canapé. Son portefeuille, surmonté de ses clefs, était posé sur la table basse, devant lui.

— Bonjour ! dit-il d'un air embarrassé. Je suis désolé de m'être endormi brusquement.

— Tu as passé une journée difficile !

— C'est vrai.

Il prit son portefeuille en se levant, et un sourire flotta sur son visage.

— Merci de m'avoir hébergé cette nuit. J'apprécie ton sens de l'hospitalité.

— Ce n'est rien... Tu te sens mieux ?

— Je n'ai pas le choix, Julie. La vie continue !

Il lissa de ses deux mains sa chemise froissée.

— Encore pardon d'avoir si mal réagi, hier soir ! Je ne sais pas ce qui m'est passé par la tête.

Julie, dont les cheveux étaient à peine secs, sentit une goutte d'eau dégouliner sous sa blouse.

— Ne t'inquiète pas ! Je sais que tout cela a dû te paraître soudain...

Richard hocha la tête.

— J'ai fini par comprendre. Tu ne me dois aucune explication, et Mike a l'air d'un type sympa.

— Il l'est réellement, approuva Julie, après un instant d'hésitation. Merci !

— Je ne souhaite que ton bonheur, tu sais. Une personne comme toi mérite d'être heureuse... plus que jamais depuis que tu as écouté mes lamentations, hier soir. Tu n'imagines pas comme je te suis reconnaissant. J'espère que tu ne m'en veux pas, au moins ?

— Pas du tout !

— Nous restons amis ?

— Bien sûr !

— Je te remercie, Julie.

Il prit ses clefs avant de se diriger vers la porte. En l'ouvrant, il tourna la tête vers elle.

— Mike a beaucoup de chance ; n'oublie pas cela ! (Il ébaucha un sourire mélancolique.) Adieu, Julie.

Elle poussa un soupir de soulagement quand elle le vit monter en voiture. Finalement, elle ne s'en était pas si mal tirée. En tout cas, pour l'instant...

18

Dans sa maison de location victorienne, Richard monta l'escalier jusqu'à la pièce d'angle. Il y avait peint les murs en noir et les avait recouverts d'une bâche goudronnée, fixée par du ruban adhésif ; une ampoule rouge dansait au-dessus d'une table de fortune, le long du mur du fond. Son matériel de photo était rangé dans un coin : quatre appareils différents, une douzaine d'objectifs, des boîtes contenant des pellicules. Il alluma la lampe et orienta l'abat-jour de manière à mieux diffuser la lumière.

Près des bacs à fond plat qu'il utilisait pour développer ses pellicules était posé un tas de photos prises pendant son week-end avec Julie. Il les observa longuement, une à une. Julie paraissait épanouie, comme si elle avait deviné qu'un grand bonheur l'attendait. Il la trouvait charmante, et son expression ne laissait présager en rien ce qu'il s'était passé la veille au soir.

Mais il ne lui en tiendrait sûrement pas rigueur ! Une femme capable de passer sans effort de la colère à l'attendrissement était une perle ; il pouvait se féliciter de l'avoir rencontrée.

Il savait maintenant pas mal de choses au sujet de Julie Barenson. Sa mère, une ivrogne portée sur la vodka, habitait une caravane délabrée, aux environs de

Daytona. Son père vivait en concubinage dans le Minnesota et touchait une maigre pension d'invalidité, à la suite d'un accident sur un chantier de construction. Il avait quitté le domicile conjugal alors que Julie avait trois ans. Six hommes avaient ensuite vécu successivement avec sa mère, sur des périodes allant de six mois à deux ans. Une demi-douzaine de déménagements s'étaient succédé, d'un taudis à l'autre.

Un établissement scolaire différent tous les ans, jusqu'à ses études secondaires. Un premier flirt à quatorze ans ; il jouait au basket et au football, et leur photo était parue en couverture de l'almanach scolaire. Elle avait eu des rôles secondaires dans deux spectacles de son collège. Après avoir abandonné prématurément ses études, elle avait disparu dans la nature pendant quelques mois, puis elle avait abouti à Swansboro.

Comment Jim avait-il pu la convaincre de vivre dans une ville pareille ?

En tout cas, elle avait mené une vie conjugale paisible, avec un mari gentil, mais terne.

Richard avait obtenu également des informations sur Mike. Après leur rencontre au *Clipper*, il lui avait suffi d'offrir quelques boissons à un habitant du coin pour le faire parler.

Mike était amoureux de Julie, ce que Richard savait déjà ; mais il avait eu vent pour la première fois de l'échec de sa précédente liaison. Intrigué par l'infidélité de Sarah, il avait envisagé diverses hypothèses.

Il avait appris aussi que Mike avait été témoin au mariage de Julie, et leur relation lui était apparue sous un jour nouveau : Mike représentait un lien avec son passé, un lien avec Jim. Il comprenait que Julie s'accroche à ses souvenirs et rejette tout ce qui risquait de l'en éloigner. Mais ce désir était né de la peur – peur de devenir comme sa mère, de perdre ses acquis et d'affronter l'inconnu. Il ne s'étonnait guère que Crooner ait dormi dans sa chambre et il aurait parié qu'elle avait fermé sa porte à clef.

Elle était sur ses gardes ; sans doute parce qu'elle avait dû se méfier, enfant, des hommes que sa mère ramenait à la maison. Mais pourquoi continuait-elle à vivre ainsi ? Le moment était venu d'aller de l'avant, pour elle comme pour lui.

L'enfance de Julie ne devait pas être si différente de la sienne. L'alcool, les raclées, la cuisine infestée de cafards, l'odeur de moisi et de pourriture... L'eau saumâtre du robinet, qui lui donnait des maux d'estomac. Seules les photos des livres d'Ansel Adams lui permettaient de s'évader : elles lui soufflaient à l'oreille qu'il existait, ailleurs, des lieux où il faisait bon vivre. Quand il avait découvert ces ouvrages à la bibliothèque scolaire, il avait passé de longues heures à les feuilleter et à se perdre dans la beauté surnaturelle des paysages. Sa mère avait remarqué sa passion ; bien que Noël soit généralement un événement lugubre, elle avait persuadé son mari de lui offrir un petit appareil photo et deux rouleaux de pellicule quand il avait dix ans. Il avait versé des larmes de joie ce jour-là...

À l'époque, il passait des heures à photographier des objets de la maison ou des oiseaux dans la cour ; en général au crépuscule et à l'aube, car la lumière lui plaisait. Il avait pris l'habitude de s'approcher sans bruit, pour obtenir des gros plans apparemment irréalisables. Quand il avait terminé ses rouleaux de pellicules, il courait demander à son père de les faire développer, et il contemplait les tirages dans sa chambre, en essayant d'évaluer leurs qualités et leurs défauts.

Au début, son père s'était pris au jeu ; il avait même jeté un coup d'œil amusé sur ses premières pellicules.

Puis les sarcasmes étaient venus : « Encore un oiseau, rien que des oiseaux ! » Il se plaignait des dépenses entraînées par le nouveau passe-temps de son fils, l'accusant « de foutre l'argent par la fenêtre ». Au lieu de l'inciter à se charger de quelques petites corvées ménagères dans le voisinage, histoire de payer les frais de développement, il avait décidé de lui donner une leçon.

Comme son père avait bu ce soir-là, Richard et sa mère se tenaient à l'écart, en essayant de se faire tout petits. Assis dans la cuisine, ils l'entendaient tempêter en suivant un match de foot à la télé. Les Patriots, son équipe favorite, avaient perdu. Ses pas bruyants avaient alors résonné dans le couloir et il était entré dans la cuisine. Brandissant un marteau dans une main, il avait posé l'appareil photo sur la table, et, non sans avoir attiré au préalable l'attention de son fils, il avait pulvérisé l'appareil d'un seul coup.

« Je me tue au travail toute la semaine pour gagner ma vie, avait-il rugi, et tu fous notre argent par la fenêtre ! Comme ça, il n'y aura plus de problèmes. »

Quelques mois plus tard, Vernon, son père, était mort. Il gardait un souvenir très net de cet événement-là aussi. La lumière du matin sur la table de cuisine, l'œil hagard de sa mère, l'eau s'écoulant goutte à goutte du robinet tandis que les heures passaient, puis le va-et-vient des policiers et leurs chuchotements. Le coroner était venu examiner le corps et l'emmener.

Une fois seule avec lui, sa mère s'était mise à sangloter en le secouant par les épaules : « Qu'est-ce qu'on va devenir tout seuls ? Comment ce malheur a bien pu arriver ? »

Voilà ce qui s'était passé. Son père était allé au bar *O'Brien's*, un établissement sordide, près de chez eux à Boston. Selon les clients présents, il avait perdu une partie de billard et passé la soirée à boire. Depuis qu'il avait été licencié de l'usine, deux mois avant, il noyait presque chaque nuit son chagrin dans l'alcool, en compagnie d'autres alcooliques.

En outre, Vernon avait pris l'habitude de battre sa femme et son fils quotidiennement, et il s'était montré plus brutal que jamais la veille au soir.

Après avoir quitté le bar, peu après 10 heures, il s'était arrêté au supermarché du coin pour acheter un paquet de cigarettes, et il avait traversé, au volant de sa voiture, le quartier populaire qu'il habitait. Un voisin, promenant son chien, l'avait vu pénétrer dans son garage exigu – et encombré de cartons, le long des murs – dont la porte était restée ouverte.

À ce stade, on pouvait se poser des questions. Vu le niveau élevé de monoxyde de carbone, il était clair qu'il avait fermé la porte du garage. Mais pourquoi n'avait-il pas éteint d'abord son moteur ? se demandait le coroner. Et pourquoi était-il retourné dans sa voiture, une fois la porte fermée ? Il s'agissait apparemment d'un suicide, bien que ses copains du bar *O'Brien's* aient affirmé qu'il n'avait pas une personnalité suicidaire. Selon eux c'était un battant, prêt à lutter jusqu'au bout.

Les policiers revinrent trois jours plus tard et posèrent des questions qui appelaient des réponses précises. La mère émettait des gémissements incohérents ; son petit garçon de dix ans ouvrait de grands yeux hébétés. Leurs bleus au visage commençaient à verdir et leur donnaient un air inquiétant. Les policiers étaient donc repartis bredouilles.

On classa finalement l'affaire. Un accident ; et la mort de Vernon fut attribuée à l'alcool.

Une douzaine de personnes assistèrent à son enterrement. Richard était debout à côté de sa mère : vêtue de noir, elle pleurait dans un mouchoir blanc. Trois personnes prononcèrent l'éloge d'un homme honnête et travailleur, bon père et bon mari, mais malchanceux.

Lui-même joua parfaitement son rôle : les yeux baissés, il promenait par instants un doigt sur sa joue, comme pour essuyer une larme. Après avoir glissé un bras autour de la taille de sa mère, il hocha la tête d'un air sinistre, en remerciant les personnes venues présenter leurs condoléances.

Toutefois le lendemain, loin de la foule, il retourna auprès de la tombe de son père pour cracher sur la terre fraîchement retournée.

Dans la chambre noire, Richard punaisa l'une des photos au mur, en se disant que le passé projette fort loin son ombre. Julie s'était laissé induire en erreur, mais elle n'avait pas eu le choix. Il la comprenait et il lui accordait son pardon.

Il contempla son visage. Bien sûr qu'il lui pardonnait !

19

Déjà prête avant le départ de Richard, Julie eut le temps de s'arrêter en route pour acheter le journal. Elle s'assit à une petite table devant une croissanterie, et but son café en lisant les nouvelles tandis que Crooner s'allongeait à ses pieds.

Elle posa ensuite son journal afin d'assister à l'éveil paisible du centre-ville. Une à une les enseignes lumineuses des magasins s'éclairaient, des portes s'ouvraient pour laisser entrer la brise du petit matin. Le ciel était nuageux ; un soupçon de rosée recouvrait les pare-brise des voitures qui avaient passé la nuit dehors.

Après s'être levée, elle offrit son journal à un couple d'une table voisine ; puis elle jeta sa tasse vide et remonta la rue en direction du salon de coiffure. Le garage était ouvert depuis une heure. Puisqu'il lui restait quelques minutes avant de se mettre au travail, elle décida de passer voir Mike : il ne devait pas être encore trop affairé, et elle voulait s'assurer que ses impressions de leur dernière soirée n'étaient pas le fruit de son imagination.

Elle ne lui dirait pas que Richard avait dormi chez elle. En effet, comment pouvait-elle lui présenter cet incident sans éveiller ses soupçons, alors qu'il avait été échaudé par la trahison de Sarah ? Elle risquait d'insinuer un doute stupide dans son esprit, au sujet d'une histoire sans importance dont elle s'était fort bien tirée.

Elle traversa la rue, précédée par Crooner. Lorsqu'elle arriva près des voitures attendant leur tour, Mike se dirigeait déjà vers elle, le visage rayonnant comme s'il venait de gagner le gros lot.

— Salut, Julie. Quelle bonne surprise !

Bien qu'il ait une trace de cambouis sur la joue et le front luisant de transpiration, elle se dit qu'il était vraiment craquant et qu'elle ne s'était pas monté la tête.

— Oui, mon grand, je suis content de te voir toi aussi, reprit Mike en tapotant le flanc de Crooner.

Julie remarqua le pansement de Mike.

— Tu t'es esquinté les doigts ?

Il baissa les yeux.

— Rien de grave ! Je crois que je les ai frottés un peu trop fort hier soir, en rentrant à la maison.

— À la suite de ce que je t'ai dit sur la plage ? s'inquiéta Julie.

— Non. Enfin, peut-être...

— Je te taquinais.

— Je sais, mais j'ai pensé qu'un nouveau savon serait plus efficace.

— Qu'as-tu essayé ?

— De l'Ajax, du Cif, de la Javel... Tout ce que j'ai pu trouver !

Les mains sur les hanches, Julie scruta le visage de Mike.

— Tu sais, Mike, je me demande parfois si tu finiras un jour par devenir vraiment adulte.

— À mon avis, ce n'est pas pour demain !

Julie rit de bon cœur. Oui, elle avait un faible pour ce type, et c'était bien naturel.

— En tout cas, je tenais à te dire que j'ai passé une soirée formidable avec toi.

— Moi aussi, et j'espère qu'on va recommencer ce soir !

— Sûrement, Mike.

Leurs regards se croisèrent, avant que Julie jette un coup d'œil à sa montre.

— Je dois partir : ma matinée est chargée et je déjeune avec Emma. Je ne voudrais pas la faire attendre.

— Salue ta copine de ma part !

— Et toi, passe une bonne journée. (Julie adressa un clin d'œil à Mike.) Attention à tes doigts ! Tu n'as pas intérêt à saigner sur tous ces moteurs que tu vas réparer.

— Ha, ha ! fit Mike.

Il n'éprouvait aucune amertume : les taquineries de Julie étaient une manière comme une autre de flirter avec lui. Il s'agissait d'un vrai flirt, et non d'une plaisanterie entre deux vieux copains.

Bon Dieu, ce n'était pas pour lui déplaire !

Ils se dirent au revoir, et Julie traversa la rue d'un pas alerte.

— Ma parole, on dirait que ça marche drôlement bien, entre vous ! ricana Henry, un beignet entamé à la main.

Mike accrocha son pouce à son bleu de travail et renifla.

— Ouais, pas mal !

Henry hocha la tête en agitant son beignet.

— Arrête de jouer les James Dean, petit frère ! C'est pas ton truc et ça ne cache même pas ton air ahuri.

— Mon air ahuri ?

— Ahuri, ou plutôt transi d'amour... Comme tu voudras !

— Je n'y peux rien, si elle m'aime.

— Tu es irrésistible, n'est-ce pas ?

— Je pensais que tu serais heureux pour moi.

— Je suis heureux et fier !

— Pourquoi ?

— Parce que j'ai l'impression que, pour une fois, tu as su t'y prendre correctement.

— Alors, quoi de neuf avec Richard ? demanda Emma. L'autre soir, au bar, vous aviez pourtant l'air de très bien vous entendre.

— Tu sais ce que c'est... Un type agréable, mais je n'éprouve rien pour lui.

— Tu le trouves simplement beau gosse ?

— Oui, sans doute...

Emma étouffa un rire.

Julie et elle mangeaient une salade chez le traiteur, dans une ancienne demeure du quartier historique. La lumière du soleil inondait leur table et se réverbérait dans leurs verres de thé, qui brillaient comme de l'ambre.

— C'est ce que j'ai dit à Henry en rentrant à la maison. Et j'ai regretté qu'il ne soit plus... comme ça !

— Qu'a-t-il répondu ?

Emma bomba le torse et baissa la voix pour imiter Henry.

— Il m'a dit : « Je ne sais pas ce que tu racontes, mais si je n'étais pas sûr de ton amour, je considérerais tes paroles comme une insulte. »

— J'ai l'impression de l'entendre ! s'exclama Julie.

— Mon chou, quand tu auras été mariée aussi longtemps que moi, tu t'apercevras que rien n'est plus simple. Il ne me manque qu'un beignet à agiter dans ma main...

Julie pouffa de rire en buvant son thé, et éclaboussa légèrement la table, par mégarde.

— Il te rend toujours heureuse, malgré vos nombreuses années de vie conjugale ?

— La plupart du temps, il est adorable ; mais j'ai quelquefois envie de lui donner un bon coup de poêle à frire sur la tête. Je suppose que c'est normal...

Julie se pencha vers Emma, l'œil espiègle.

— Je ne t'ai jamais dit qu'un jour j'ai lancé une poêle à frire à la tête de Jim ?

— Vraiment ? Quand est-ce arrivé ?

— Je ne m'en souviens pas... J'ai même oublié la raison de notre querelle, pourtant je me revois en train de lui lancer cette poêle à la tête. Je l'ai manqué, mais ensuite j'ai eu droit à toute son attention !

Emma remua les sourcils de haut en bas.

— La vie conjugale sera toujours un mystère, n'est-ce pas ?

— Comme tu dis !

Emma avala une gorgée de thé et se remit à picorer sa salade.

— J'en ai entendu de belles à propos de Mike !

Julie s'attendait à une telle allusion, car, dans une petite bourgade, les gens s'intéressent bien plus aux faits et gestes de leurs concitoyens qu'à la politique, au sport, ou aux gros titres des journaux.

— Raconte-moi ce que tu as entendu !

— Il paraît qu'il t'a invitée à dîner.

— C'est presque exact, sauf que c'est moi qui lui ai proposé de sortir.

— Il n'a pas osé ?

— Qu'en penses-tu ?

— Je parie qu'il était figé sur place, comme un étang en hiver.

— Plus ou moins ! approuva Julie en riant.

— Finalement, ça s'est bien passé ?

— Oui, fit Julie.

Elle raconta sa soirée à son amie, qui l'observa un moment.

— Mais au sujet de... As-tu pensé à...

— À Jim ? fit Julie, devinant la pensée d'Emma.

Celle-ci hocha la tête, et Julie prit le temps de réfléchir.

— Je n'ai pas pensé à lui tant que ça... Et, à la fin, ce n'était plus un problème... Nous nous entendons si bien, Mike et moi ! Il m'amuse et il me donne confiance en moi. Je ne m'étais pas sentie aussi détendue depuis longtemps...

— Tu as l'air étonnée, Julie.

— Honnêtement, j'avais une certaine appréhension.

Le visage d'Emma s'adoucit.

— En effet, ce n'était pas rien, Jim et toi. Nous plaisantions souvent de votre manière de vous regarder dans le blanc des yeux quand nous sortions ensemble.

— Oui, ce n'était pas rien ! murmura Julie, soudain mélancolique.

— Et Mike, comment se sentait-il ?

— Bien, je suppose. Peut-être un peu nerveux, mais je ne pense pas que c'était à cause de Jim.

— Tu as donc passé une bonne soirée ?

— Excellente !

— Et... il te plaît ?

— Bien sûr qu'il me plaît.

— Tu veux dire qu'il te plaît... vraiment ? insista Emma.

Voilà où elle voulait en venir, comprit Julie. Elle ne se donna pas la peine de lui répondre, mais son expression était plus éloquente que de longs discours.

— Je suis enchantée, murmura Emma en serrant sa main entre les siennes. D'ailleurs je m'y attendais...

— Ah oui ?

— Tout le monde s'y attendait, à part Mike et toi. C'était simplement une question de temps !

— Tu ne m'as jamais rien dit.

— À quoi bon ? Je me doutais que, le moment venu, tu saurais voir en Mike tout ce que j'y vois.

— Par exemple ?

— Je vois que Mike ne te laissera jamais tomber. Il a un cœur d'or et il t'aime. C'est essentiel ! Je te parle en connaissance de cause... Ma mère me répétait toujours : « Ma fille, épouse un homme qui t'aime plus que tu ne l'aimes ! »

— Sans blague ?

— Je t'assure que c'est vrai ; et ça roule tout seul avec Henry parce que j'ai suivi ses conseils. Bien sûr je l'aime, mais si par hasard je le quittais ou s'il m'arrivait un malheur – Dieu m'en garde ! – je ne sais pas ce qu'il deviendrait sans moi.

— Et tu crois que Mike est comme lui ?

— Je te parie tout ce que tu voudras !

Julie pensait toujours à son déjeuner avec Emma quand elle quitta le salon de coiffure, à la fin de sa journée de travail. En fait, elle pensait beaucoup à Jim et, sans trop savoir pourquoi, à la remarque de la mère d'Emma – surtout au fait que, d'après sa copine, Henry serait absolument incapable de se passer d'elle en cas de malheur.

Durant l'après-midi, il lui sembla que Jim ne lui avait pas manqué à ce point depuis longtemps. Était-ce à cause de sa soirée avec Mike ? Elle allait de l'avant, mais Jim aurait-il fait de même si leur situation avait été inversée ? Il n'aurait sans doute pas été inconsolable, mais au cas où il l'aurait été, fallait-il en déduire qu'il l'avait aimée plus qu'elle ? Et qu'arriverait-il si elle tombait réellement amoureuse de Mike ? Qu'adviendrait-il de ses sentiments pour Jim, des souvenirs qu'elle gardait de lui ? Ces questions défilaient inlassablement dans son esprit, avec des réponses qu'elle refusait d'affronter. Ses souvenirs allaient-ils s'effacer peu à peu comme d'anciennes photos ?

Elle s'étonnait aussi de se sentir plus nerveuse que la veille, à l'idée de passer la soirée avec Mike. Elle n'avait jamais été aussi perturbée, avant de sortir avec ses précédents soupirants. Pourquoi ?

Une hypothèse lui vint à l'esprit : était-ce parce qu'elle savait que c'était *différent* avec Mike ?

Elle monta dans sa Jeep. Crooner sauta à l'arrière ; elle démarra. Au lieu de rentrer tout de suite à la maison, elle roula un moment le long de la grand-rue, puis tourna à gauche en direction des faubourgs. Quelques minutes plus tard, après avoir tourné une dernière fois, elle arriva au cimetière de Brookview.

La tombe de Jim était non loin de là, de l'autre côté de la butte et légèrement en retrait, à l'ombre d'un noyer blanc d'Amérique. Comme elle s'approchait, Crooner s'arrêta net : il refusait toujours de la suivre plus loin. Ce comportement l'intriguait, mais elle avait appris à respecter son désir de solitude.

Penchée au-dessus de la pierre tombale, elle prit une profonde inspiration en s'attendant à fondre en larmes ; bizarrement, ses yeux restèrent secs. Au lieu de se sentir accablée par sa tristesse selon son habitude, elle évoqua le souvenir de Jim et des moments heureux qu'ils avaient vécus ensemble. Malgré sa vague mélancolie, elle avait l'impression d'entendre au loin l'écho joyeux d'un carillon.

Dans une étrange torpeur, elle aperçut l'angelot gravé au-dessus de son nom ; l'angelot qui lui rappelait toujours la lettre reçue en même temps que Crooner.

Je serais navré que tu ne connaisses plus jamais le bonheur... Sois heureuse à nouveau, je t'en prie ! La vie est plus douce quand on sourit.

Julie eut soudain l'intuition qu'elle comprenait ce qu'avait voulu dire Jim. Comme la veille au soir, elle eut la certitude que Mike la rendrait heureuse.

Mais elle n'oublierait *jamais* Jim, et Mike n'oublierait pas son ami ! Une raison de plus pour que ce soit différent avec lui...

Elle resta devant la tombe jusqu'à ce que les moustiques se mettent à décrire des cercles autour d'elle. L'un d'eux atterrit sur son bras ; elle le chassa d'un grand geste. Elle avait bien fait d'aller au cimetière, mais il était temps de partir : Mike venait la chercher dans moins d'une heure et elle voulait être prête.

Un souffle de vent agita le feuillage au-dessus d'elle. Ce bruit lui rappela un léger crépitement de galets secoués dans une jarre ; il cessa au bout d'un moment, comme si quelqu'un avait baissé le son. Mais le silence ne revint pas : une voiture passa sur la route, puis s'éloigna. La voix d'un enfant lui parvint d'une lointaine maison. Il y eut ensuite un infime crissement sur l'écorce d'un arbre, tout près d'elle. Un bouvreuil prit son envol et elle tourna la tête : les oreilles dressées, Crooner semblait à l'affût. Il resta figé sur place un moment, mais elle ne vit rien.

Elle se dirigea vers sa voiture, sur le qui-vive. En croisant les bras, elle réalisa alors qu'elle avait la chair de poule.

20

Mike arriva pile à l'heure ; Julie sortit de chez elle et referma sa porte avant que Crooner ne tente de s'enfuir.

Elle remarqua alors le veston et le pantalon de Mike.

— Oh ! fit-elle, comme si elle se parlait à elle-même. Deux soirs de suite, et tu es super chic... J'aurai besoin d'un certain temps pour m'habituer...

Comme la veille, elle portait une robe bain de soleil assez moulante. De petits anneaux d'or dansaient à ses oreilles, et Mike respira de légers effluves de parfum.

— Trop chic ? demanda-t-il, inquiet.

— Pas du tout ! (Julie effleura son revers.) J'aime ce veston... Il est neuf ?

— Non, mais je le porte rarement.

— Dommage ! Il te va bien.

Mike fit rouler ses épaules et se dirigea vers son véhicule, sans attendre qu'elle en dise plus.

— Prête ?

— Quand tu voudras !

Julie posa brusquement une main sur son bras.

— Et tes pansements ?

— Je les ai enlevés : mes doigts vont mieux.

— Déjà ?

— Je suppose que j'ai une bonne nature...

Debout sur le porche, Julie leva la main comme un professeur ordonnant à un élève de cracher son chewing-gum. Mike lui montra docilement ses doigts.

— Ils m'ont l'air encore rouges !

Elle s'interrompit, songeuse.

— Tu as dû frotter fort. Jusqu'au sang...

— Ça ne saigne plus.

— Si j'avais su, je ne t'aurais rien dit l'autre jour ; mais j'ai un bon moyen de te soulager.

— Quoi ?

Les yeux fixés sur Mike, Julie prit sa main et la porta à ses lèvres pour embrasser ses phalanges.

— Alors, comment te sens-tu ? demanda-t-elle en souriant.

Mike s'éclaircit la voix. Il avait l'impression d'avoir touché un fil électrique, d'être dans l'œil d'un cyclone, ou de dévaler d'une montagne sur des skis.

— Beaucoup mieux, articula-t-il non sans peine.

Ils dînèrent au *Landing*, un restaurant en front de mer, à Beaufort. Comme la veille, ils choisirent une table du patio, de manière à observer les bateaux entrant et sortant du port. Sur la promenade en planches, des couples et des familles passaient avec des cornets de glace et des sacs emplis de guides touristiques.

Julie posa sa serviette sur ses genoux.

— Bon choix, Mike ! Cet endroit me plaît...

Il se sentit soulagé.

— Il m'arrive de déjeuner ici, mais il y a bien longtemps que je n'y suis pas venu dîner. Ça me fait tout drôle...

— Tu pourrais venir avec Henry !

— Ça ne me dit rien.

— Tu n'aimes pas sortir avec lui ?

— Nous passons la journée ensemble. Tu aurais envie de sortir avec Mabel ?

— J'aime bien sortir avec elle.

— Parce que Mabel ne t'a jamais insultée !

Julie éclata de rire ; Mike la trouva détendue et rayonnante.

— Comment s'est passé ton déjeuner avec Emma ? lui demanda-t-il.

— C'était sympa. Je peux discuter facilement avec elle.

— Comme avec moi ?

— Non, pas exactement. J'aborde avec elle des sujets que nous ne pouvons pas aborder ensemble.

— Tu veux dire que vous parlez de moi ?

Julie lui adressa un coup d'œil espiègle.

— Évidemment ; mais ça ne te regarde pas.

— J'espère que vous avez dit du bien à mon sujet.

— Rien que du bien !

Mike sourit en prenant le menu.

— Si nous commandions tout de suite une bouteille de vin ? Peut-être un chardonnay... Un kendall-jackson pourrait aller ; il n'est pas trop corsé et son arôme de chêne est agréable.

— Tu m'impressionnes, Mike. J'ignorais que tu étais un connaisseur en matière de vin.

— Comme tu vois, je possède de nombreux talents !

Ils dînèrent tranquillement, en prenant le temps de rire et de parler – et en prêtant à peine attention au garçon qui s'affairait autour de leurs assiettes. Quand ils furent prêts à partir, le ciel était parsemé d'étoiles.

La promenade, recouverte de planches, grouillait encore de monde ; surtout des jeunes gens, de vingt à trente ans, qui s'accoudaient au parapet surplombant la mer ou allaient de bar en bar. À quelques pas de là, des guitaristes accordaient leur instrument dans des restaurants à patio. Il y avait maintenant plus de bateaux que de places le long du quai, et, comme tous les vendredis soir, les derniers arrivants s'accrochaient au précédent : quelques douzaines d'embarcations de tailles et de formes différentes s'agglutinaient, telle une ville flottante. Des bières et des cigarettes s'échangeaient spontanément, les bateaux se balançaient sur l'eau, et des gens qui n'auraient sans doute plus jamais l'occasion de se revoir sympathisaient entre eux, à la faveur d'une rencontre.

En sortant du restaurant, Mike offrit sa main à Julie, qui la prit. Comme ils déambulaient sur les planches, avec un cliquetis rappelant les sabots d'un cheval, il sentit une douce chaleur se diffuser depuis son bras jusqu'au fond de son cœur.

Ils passèrent encore une heure à bavarder et à regarder autour d'eux, la main dans la main. Mike promenait par moments son pouce sur la paume de Julie. Après avoir acheté des caramels, ils marchèrent pieds nus sur les pelouses du parc, puis trouvèrent un endroit agréable où s'asseoir. La lune s'était levée quand ils retournèrent sur la promenade encore animée. Des vagues languissantes se brisaient contre la digue et le halo nacré de la lune glissait sur l'eau. Ils s'installèrent à une table de guingois, sous les pales grinçantes d'un ventilateur fixé au plafond. Le chanteur – manifestement, il connaissait Mike ! – lui adressa un signe de tête, et celui-ci commanda une autre bière, tandis que Julie sirotait un Coca light.

Tout en écoutant la musique, elle sentait le regard de son compagnon planer sur elle. Tant de changements s'étaient produits en deux jours ! Elle allait de surprise en surprise...

Comment peut-on découvrir de nouvelles choses en observant une personne que l'on connaît depuis des années ? Dans la pénombre, elle distinguait des lignes argentées sur les tempes de Mike, et une minuscule cicatrice sous un sourcil. Deux jours avant, elle lui aurait donné moins de trente ans ; elle avait maintenant repéré de légères rides autour de sa bouche quand il souriait, et des pattes d'oie autour de ses yeux.

Le musicien entama une nouvelle chanson et Mike se pencha vers elle.

— Nous venions souvent ici, Jim et moi, avant qu'il te connaisse...

— Je sais que vous veniez pour faire des rencontres.

— Mais tu ne te doutes peut-être pas que c'est ici qu'il m'a parlé de toi pour la première fois.

— Ah oui ?

— Le week-end qui a suivi son retour de Dayton, il m'a parlé de cette fille qu'il avait rencontrée...

— Tu te souviens de ce qu'il t'a dit ?

— Il t'avait offert plusieurs fois un petit déjeuner et il te trouvait jolie.

— J'étais horrible.

— À ses yeux tu ne l'étais pas ! Il t'avait promis, paraît-il, de te procurer un logement et un emploi si tu venais à Swansboro.

— Tu t'es dit qu'il était cinglé ?

— Exactement ! D'autant plus qu'il n'arrêtait pas de me parler de toi.

— Qu'as-tu pensé quand je l'ai pris au mot ?

— Que tu étais cinglée toi aussi... Ensuite, je t'ai trouvée courageuse.

— Ça m'étonne !

— C'est pourtant vrai. Il faut du courage pour changer de vie !

— Je n'avais pas le choix.

— On a toujours le choix ; mais certaines personnes se laissent toujours tenter par la mauvaise solution.

— Nous discutons comme de vrais philosophes, ce soir !

— C'est dans mes habitudes, quand j'ai un peu bu.

La musique s'interrompit et le chanteur vint chuchoter quelque chose à l'oreille de Mike, après avoir posé sa guitare.

— Qu'y a-t-il ? s'étonna Julie.

— Désolé de vous déranger ! Je fais une pause et je voulais savoir si Mike accepterait de me relayer un moment.

— Ce serait avec le plus grand plaisir, fit ce dernier, mais je suis accompagné.

— Aucun problème pour moi. Vas-y ! insista Julie.

— Sûre ?

— Absolument ! Et je vois bien que tu en as envie.

Mike laissa sa bouteille sur la table ; une minute plus tard, la bretelle de la guitare à l'épaule, il l'accordait en pinçant quelques cordes. Il jeta un clin d'œil à Julie, avant de jouer ses premiers accords.

Dès qu'ils eurent reconnu l'air, les gens se mirent à fredonner et à battre des mains, puis à faire osciller en mesure leur verre de bière. Mike avait choisi un air populaire dans les soirées bien arrosées : *American Pie*. Le son était assez faux, mais le public n'y trouvait rien à redire et chantait en chœur, elle y compris.

Après avoir joué un moment, Mike reposa la guitare au milieu d'applaudissements enthousiastes et regagna sa table, les yeux baissés modestement, alors qu'on lui donnait de grandes claques dans le dos.

Julie l'observait, à la fois ravie et admirative : il avait su apporter un charme supplémentaire à une soirée déjà fort agréable. Quand ils partirent, le barman leur annonça que quelqu'un avait réglé l'addition à leur place.

— Un de vos fans, je parie, lança-t-il à l'adresse de Mike.

Julie dut s'avouer qu'elle avait passé une merveilleuse soirée. Quand Mike se tourna vers elle, après l'avoir raccompagnée à sa porte, elle lut sur son visage qu'il songeait à l'embrasser. Vu ce qui s'était passé la veille, elle leva les yeux pour lui donner le feu vert, mais il ne sembla pas comprendre son signal.

— Cette soirée a été un bonheur pour moi..., fit-il, sans oser s'avancer davantage.

Julie l'interrompit.

— Veux-tu entrer un moment ? On pourrait regarder un vieux film ensemble.

— Il n'est pas trop tard ?

— Non, mais si tu préfères partir tout de suite...

— Au contraire, je ne demande pas mieux !

Elle le fit entrer, et Crooner, qui attendait à la porte, les salua tous les deux avant de sortir. La truffe à l'air, il aboya une fois, baissa la tête pour renifler – au cas où il y aurait des bestioles à sa disposition –, puis disparut parmi les arbres.

Mike posa son veston sur la chaise longue pendant que Julie allait chercher deux verres d'eau dans la cuisine. Quand elle revint, le voyant toujours debout, elle l'entraîna vers le canapé ; ils s'assirent côte à côte, sans se toucher. Julie prit la télécommande et zappa de chaîne en chaîne. Faute de mieux, ils durent se contenter d'un ancien épisode de *I Love Lucy*, qui les fit rire de bon cœur ; puis du *Dick Van Dyke Show*.

À la fin du programme, ils entendirent Crooner aboyer derrière la porte pour signaler son retour. Julie bâilla au même instant.

— Je vais te laisser ; tu as l'air fatiguée, fit Mike en se levant du canapé.

— Je te raccompagne...

Quand Mike ouvrit la porte, Crooner en profita pour se faufiler vers le living, comme s'il estimait lui aussi qu'il était l'heure de dormir.

Julie regardait Mike, sur le seuil, en train d'enfiler sa parka. Un geste de trop ne risquait-il pas de compromettre leur précieuse amitié ? Et ce risque en valait-il la chandelle ?

Elle s'en savait rien.

D'ailleurs, embrasser Mike, n'était-ce pas comparable à embrasser son propre frère, au cas où elle en aurait eu un ? Elle n'en savait rien non plus...

Comme un joueur, face à une machine à sous, se dit qu'au prochain coup la chance va peut-être lui sourire, elle fit l'effort presque surhumain de s'approcher. Elle prit alors sa main en l'attirant de manière à frôler son corps ; sa tête se leva, puis s'inclina légèrement. N'osant à peine y croire, Mike se pencha, les yeux fermés – et leurs visages se rejoignirent.

Sous le porche, des moucherons voltigeaient autour de la lampe et s'y heurtaient. Une chouette hulula au loin.

Mike n'entendait rien, mais il avait une certitude : au contact des lèvres de Julie, il avait senti en lui une véritable décharge électrique, qui durerait éternellement.

C'était bon, se dit Julie, et elle n'avait pas eu le moins du monde l'impression d'embrasser son propre frère.

Songeuse, elle écouta Mike démarrer, et elle s'apprêtait à éteindre la lampe quand elle aperçut Crooner. La tête et les oreilles dressées, il la dévisageait avec l'air de dire : *Je n'en crois pas mes yeux !*

— On s'est embrassés, et alors ? marmonna-t-elle.

Elle rassembla les verres posés sur la table, sous le regard toujours désapprobateur du grand danois. Bizarrement, elle se sentait comme une adolescente surprise en flagrant délit par son père ou sa mère.

— Ce n'est pas la première fois que tu me vois embrasser quelqu'un, reprit-elle.

Crooner la dévisageait ; elle le fixa à son tour.

— Il n'y a pas de quoi en faire une histoire, mon vieux !

Après avoir rangé les verres dans le lave-vaisselle, elle alluma l'ampoule au-dessus du robinet. Une ombre la fit sursauter, avant qu'elle reconnaisse celle de Crooner.

Il était entré dans la cuisine et, assis à côté du comptoir, il la regardait sévèrement.

— Cesse de me dévisager ! lui ordonna-t-elle. Je t'interdis aussi de me suivre... comme un toutou. Tu m'as fait peur.

Crooner finit par détourner son regard.

Soulagée, elle passa un linge sous le robinet et se mit à essuyer le comptoir, puis elle lança ce linge dans l'évier : les tâches ménagères pourraient attendre jusqu'au lendemain. Elle se dirigea vers sa chambre et rougit légèrement, car les scènes de la soirée défilaient déjà dans son esprit.

Elle n'oublierait pas de si tôt le baiser de Mike.

Perdue dans ses pensées, elle remarqua à peine quand, dans sa rue habituellement silencieuse, une voiture ralentit devant chez elle, balayant la nuit de ses phares.

— Tu es réveillé ? fit Julie, le lendemain matin, dans le combiné.

Mike se débattit avec son drap et s'assit au son de sa voix.

— Maintenant, je le suis !

— Alors, pas de temps à perdre... Debout, soldat !

— Qu'est-ce que tu racontes ?

Mike se frotta les yeux en se disant que Julie devait être debout depuis des heures.

— As-tu des projets pour ce week-end, Mike ?

— Aucun... Pourquoi ?

— Eh bien, habille-toi en vitesse ! On annonce du beau temps... On pourrait aller à la plage et faire courir Crooner. Qu'en dis-tu ?

Ils passèrent la journée, pieds nus sur le sable blanc, à lancer un Frisbee à Crooner et à contempler les vagues écumantes, assis sur des serviettes de bain. Ils grignotèrent une pizza à midi et attendirent que le ciel s'empourpre, au crépuscule, pour dîner ensemble. Ils allèrent ensuite au cinéma ; Mike laissa Julie choisir le film – un mélodrame, qu'elle regarda, les larmes aux yeux, en se blottissant contre lui. Il ne s'en plaignit pas et parvint même à refréner les critiques acerbes qui lui venaient à l'esprit.

Ils rentrèrent fort tard chez Julie et s'embrassèrent à nouveau sous le porche. Leur baiser dura un peu plus longtemps que la première fois. Pour Julie, il n'en fut que meilleur ; pour Mike, la perfection avait déjà été atteinte...

Le lendemain, dimanche, il tondit la pelouse, tailla les haies, et aida Julie à planter des impatiens dans le bac à fleurs. Il se chargea ensuite de tous les petits bricolages qui s'imposent dans une maison un peu vétuste.

Sous le regard de Julie, il remplaça les clous de certaines lattes du plancher, graissa des serrures et fixa la nouvelle lampe qu'elle avait achetée depuis des mois pour la salle de bains. Tout en le regardant travailler, elle remarqua une fois de plus que son jean lui allait bien et qu'il était tout à fait sûr de lui quand il s'acquittait de ce genre de tâches. Enfin, elle l'embrassa, entre deux coups de marteau, et l'expression qu'elle lut sur son visage lui révéla précisément ce qu'il éprouvait à son égard. Elle n'avait donc plus rien à craindre d'une situation qui lui avait inspiré les pires inquiétudes.

Après son départ, elle rentra chez elle et ferma les yeux, adossée à la porte. Dieu du ciel ! se dit-elle, aussi bouleversée que Mike, deux nuits plus tôt.

21

Après son travail, le mardi suivant – une journée harassante, car, en l'absence d'Andrea, elle avait dû s'occuper de plusieurs de ses clientes – Julie poussait lentement son Caddie dans l'allée du supermarché.

Elle faisait ses courses pour le dîner : Mike s'était engagé à préparer le repas. Sa liste d'achats lui inspirait des doutes et elle se méfiait quelque peu d'un festin à base de pommes chips et de cornichons doux, mais il semblait si enthousiaste qu'elle tenait à lui laisser sa chance.

Au moment de terminer ses achats, elle réalisa qu'elle avait oublié quelque chose. Elle parcourait le rayon des épices en se demandant si elle devait acheter des oignons émincés ou aromatisés, quand son Caddie se heurta à quelqu'un.

— Désolée, je ne vous avais pas vu ! s'écria-t-elle.

— Ce n'est rien.

L'homme se retourna et Julie ouvrit de grands yeux.

— Richard ?

Il prit une voix suave.

— Oh ! Bonjour, Julie... Comment vas-tu ?

— Et toi ? demanda Julie, qui ne l'avait pas rencontré depuis qu'il s'était endormi chez elle.

— Ça peut aller, mais c'est dur... Je dois m'occuper de tas de choses. Tu sais ce que c'est.

— Oui, je sais... Et ta main ?

— Elle va mieux. J'ai encore un bleu, mais rien d'alarmant

Richard baissa les yeux, comme si le simple fait de refermer sa main évoquait de pénibles souvenirs.

— Écoute, Julie, je voudrais te présenter encore une fois mes excuses pour ce qu'il s'est passé la semaine dernière. Rien ne m'autorisait à me mettre en colère !

— Je t'en prie !

— Je tiens aussi à te remercier de m'avoir écouté. Peu de gens auraient eu une telle patience.

— Je n'ai pas fait grand-chose.

— Mais si ! Je me demande ce que je serais devenu sans toi, dans un état pareil.

Julie haussa les épaules.

— Eh bien... (Cherchant que dire, Richard ajusta son panier à son bras.) Julie, j'espère que tu ne le prendras pas mal, mais je te trouve éblouissante.

Il avait parlé d'un ton amical, apparemment dénué de sous-entendus.

— Merci, murmura Julie.

Une femme se dirigeait vers eux, dans l'allée, avec un Caddie empli à ras bord. Ils se déplacèrent sur le côté pour la laisser passer.

— À propos, ajouta Richard, je me sens terriblement redevable vis-à-vis de toi.

— Tu ne me dois rien !

— J'aimerais te prouver ma reconnaissance... par exemple en t'invitant à dîner quelque part.

Julie garda le silence.

— Une simple invitation à dîner, précisa Richard. Rien de plus, c'est promis !

— Je regrette, mais c'est impossible, fit Julie en le fixant.

— Libre à toi... (Richard grimaça un sourire.) En tout cas, tu ne m'en veux pas pour l'autre soir ?

— Pas du tout !

Richard s'éloigna d'un pas.

— J'ai encore quelques achats à faire... À bientôt, Julie.

— À bientôt, Richard.

— Quel est le nom exact de ceci ? s'enquit Julie.

Mike était penché au-dessus de sa cuisinière ; la viande hachée grésillait dans la poêle à frire.

— Burgers à la créole ! Je t'ai demandé deux boîtes de soupe pour leur donner une saveur authentique.

À part Mike, qui pouvait considérer une soupe Campbell aux poulet et gombos comme de la cuisine créole *authentique* ? songea Julie.

Quand la viande fut prête, il versa la soupe dans la casserole ; puis ajouta un peu de ketchup et de moutarde, avant de touiller.

Julie réprima une mimique de dégoût.

— De la vraie cuisine de célibataire !

— Tu te moques de moi, Julie, mais, dans quelques minutes, tu auras l'impression d'être invitée à un festin digne des dieux.

— Sûrement.

— On ne t'a jamais dit que tu as tendance à être sarcastique ?

— Quelqu'un me l'a dit une ou deux fois ; je pense que c'était toi.

— Une preuve de plus que je suis un type brillamment intelligent.

— Je n'en ai jamais douté ! Ce n'est pas de ton

intelligence que je doute, mais de tes talents culinaires, conclut Julie.

Quinze minutes après, ils étaient à table.

— Un Sloppy Joe ? fit Julie, en contemplant son assiette.

— Non, c'est du bœuf à la créole ! protesta Mike. Les Sloppy Joes sont parfumés à la tomate.

— Alors que tu préfères la saveur de la Louisiane ?

— Exactement. Et le cornichon est indispensable à la réussite de ce plat !

Julie parcourut des yeux le petit studio de Mike. Bien que l'ensemble soit d'assez bon goût, certains détails trahissaient la présence d'un célibataire : les chaussures de sport dans un coin de la pièce, une pile de vêtements froissés sur le lit, la télévision (avec un écran gigantesque) sur laquelle traînait une collection de bouteilles de bière d'importation, et la cible pour fléchettes fixée à la porte.

— J'adore l'ambiance que tu as créée ce soir, souffla Julie. Il suffirait d'une bougie pour que je me croie à Paris...

— Eh bien, je pense que j'en ai une !

Mike alla ouvrir un tiroir, et une petite flamme vacilla bientôt sur la table.

— Ça te plaît ? fit-il en se rasseyant.

— On se croirait dans un réfectoire de lycée !

— À Paris ?

— Hum ! Je dirais plutôt à... Omaha.

— Tu n'as toujours pas goûté, observa Mike. Tu te méfies ?

— Non, je me concentre avant de me régaler...

— Prépare-toi aussi à présenter tes excuses au chef !

Julie croqua une bouchée du hamburger.

— Pas mauvais....

— Pas mauvais ?

— Je dirais même que c'est bon, déclara Julie, les yeux rivés sur sa part avec une certaine perplexité.

— Tu vois ! exulta Mike. C'est la soupe aux poulet et gombos qui change tout.

Julit prit un cornichon en clignant les yeux.

— Je tâcherai de m'en souvenir !

Le mercredi suivant, Julie prépara le dîner à son tour – une sole farcie à la chair de crabe et des légumes sautés, le tout accompagné d'une bouteille de sauvignon blanc. « Ça ne vaut pas mes burgers à la créole, fit Mike, taquin, mais je m'en contenterai. » Le jeudi, ils déjeunèrent sur Emerald Isle, puis ils se promenèrent sur le sable fin. Crooner heurta la jambe de Julie avec un bâton qu'il avait trouvé et le laissa tomber devant eux.

Ne parvenant pas à attirer leur attention, il récupéra le bâton, bloqua le passage avec son corps, leva les yeux vers Mike. *Allons, tu connais le truc !* semblait-il lui dire.

— Il voudrait que tu le lances, remarqua Julie. Je ne vise pas assez loin à son goût.

— C'est normal : tu es une fille...

Julie décocha un coup de coude à Mike.

— Attention à toi, mec ! Il y a des féministes dans les parages qui ne toléreraient pas une pareille insulte.

— Les féministes se vexent dès qu'un homme les surpasse.

Mike prit le bâton et recula légèrement, sans attendre que Julie lui décoche un second coup de coude. Après avoir enlevé ses chaussettes et ses chaussures, il roula ses jambes de pantalon, puis marcha dans l'eau jusqu'à ce que les vagues atteignent ses genoux.

— Prêt ? demanda-t-il, en brandissant le bâton, sous le regard fasciné de Crooner.

Le bras tendu, il envoya le projectile le plus loin possible. Crooner fonça dans les vagues.

Julie prit un siège sur le sable et s'assit, les genoux sous le menton. Il faisait frais, le ciel était moucheté de blanc, et le soleil apparaissait par moments entre les nuages. Des hirondelles de mer volaient en piqué au bord de l'eau, à la recherche de nourriture ; leurs têtes rebondissant à un rythme régulier, comme des aiguilles à repriser.

Crooner rapporta le bâton, s'ébroua, et Mike, trempé, lança de nouveau le projectile, avant de se tourner vers Julie. Sa chemise était plaquée sur son torse ; de son poste d'observation, elle put admirer la musculature de ses bras et sa chute de reins. Joli..., se dit-elle. Très joli...

— Si on sortait demain soir ? lui cria-t-il.

Elle acquiesça d'un signe de tête et resserra ses jambes contre elle, tandis que le jeu se poursuivait. Au loin, un pêcheur de crevettes traînait de longs filets derrière lui. Le phare de Cape Lookout dardait ses rayons. Son visage exposé à la brise, elle se demanda pourquoi elle s'était fait tant de souci.

— Une partie de golf ? demanda Julie, le lendemain soir, comme Mike se garait devant le green.

Ils portaient tous les deux un jean et elle avait compris pourquoi il lui avait conseillé de ne pas se mettre sur son trente et un ce soir-là.

— Jouons d'abord au golf, mais il y a des tas de choses à faire ici. Des jeux vidéo, etc.

— J'en frissonne à l'avance...

— Parce que tu sais que tu ne pourras pas me battre !

— Je peux te battre, Mike. Je suis une vraie tigresse, quand je joue.

— Prouve-le !

Une lueur de défi brilla dans les yeux de Julie.

— Tu vas voir...

Ils allèrent chercher leurs clubs de golf dans la cabine.

— Bleu et rose, observa Mike. Pour monsieur et madame...

— Quelle couleur choisis-tu ? ironisa Julie, faussement ingénue.

— Si tu continues, je ne te ferai pas de cadeau sur le parcours.

— Moi non plus !

Quelques minutes après, ils s'approchaient du premier trou.

— Donnons la priorité à l'âge sur la beauté, suggéra Julie.

Mike posa sa balle d'un air offusqué. Celle-ci devait traverser un moulin à vent, avant d'atteindre le niveau inférieur où était le trou.

Mike se concentra un moment.

— Observe bien ma technique, Julie !

— Dépêche-toi de jouer !

Mike tapa droit dans la balle, qui traversa le moulin à vent, avant de s'arrêter à moins d'une trentaine de centimètres du trou.

— Facile, comme tu vois !

— Pousse-toi et je vais te montrer ce que je sais faire.

Julie posa sa balle et frappa droit dedans ; la balle rebondit hors des ailes du moulin et revint vers elle.

— Pas de chance, fit Mike en secouant la tête.

— J'ai besoin d'un peu d'échauffement.

Julie prit son temps et réussit son coup : la balle roula jusqu'au trou et disparut.

— Bien joué..., admit Mike ; mais tu as de la chance.

Julie lui donna un petit coup avec son club de golf.

— La chance n'y est pour rien !

Dans la pénombre de sa chambre victorienne, Richard était assis sur son lit, appuyé au dosseret. Il avait tiré les rideaux, et seule une petite bougie, placée sur la table de nuit, éclairait la pièce. Tout en roulant une boule de cire entre ses doigts, il pensait à Julie.

Il l'avait trouvée assez aimable au supermarché, mais elle n'avait guère apprécié de le rencontrer. C'était flagrant, bien qu'elle ait cherché à dissimuler sa contrariété ! En un sens, il la connaissait mieux qu'elle ne se connaissait elle-même. Il savait, par exemple, qu'elle passait la soirée avec Mike et qu'il lui procurait le réconfort auquel elle aspirait.

Mais elle se trompait : il lui apporterait beaucoup plus que Mike. La nouveauté angoissait Julie et l'empêchait de réaliser que sa place était ailleurs. Si elle restait à Swansboro, Mike l'entraînerait vers le bas ! Ses amis finiraient par lui nuire ! Une issue fatale quand on se laisse guider aveuglément par sa peur...

Il savait tout cela par expérience. Il avait méprisé son père, comme Julie méprisait les hommes qu'elle avait croisés sur son chemin. Il haïssait la faiblesse de sa mère, comme Julie haïssait la faiblesse de la sienne ; mais elle espérait se réconcilier avec son passé en essayant de le revivre. Sa peur lui donnait l'illusion d'un réconfort – une simple illusion... Rien ne l'obligeait à suivre l'exemple de sa mère et à finir de la même manière. Elle était libre de vivre à sa guise, comme lui.

— Tu as de la chance ! s'exclama Mike une fois de plus.

Ils avaient joué serré jusque-là, mais à mi-parcours, la balle de Julie rebondit sur le mur et tomba droit dans le trou.

D'un pas assuré, elle alla la récupérer.

— Comment expliques-tu que je réussisse toujours par hasard et toi grâce à ton adresse ?

Mike suivait des yeux le chemin emprunté par la balle de golf.

— Parce que c'est la vérité. Un coup pareil n'était pas planifiable !

— On dirait que ça te contrarie.

— Pas du tout !

Imitant son geste, elle frotta ses ongles contre sa poitrine en reniflant.

— Tu supportes de te faire battre par une fille ?

— Tu ne vas pas me battre, Julie.

— Rappelle-moi le score !

Mike fourra la carte et le crayon dans sa poche revolver.

— Aucun intérêt ! C'est le résultat final qui compte.

Mike se dirigea d'un air digne vers le trou suivant ; Julie pouffait de rire derrière lui.

Richard respirait profondément, en se concentrant sur la photo de Julie. Bien qu'elle n'y voie pas encore clair, elle était, comme lui, un être d'exception.

Cette conscience secrète de sa valeur l'avait soutenu lorsqu'il allait d'une famille d'accueil à l'autre. À part quelques vêtements, il n'emportait que son appareil photo, volé chez l'un de ses anciens voisins, et la boîte contenant les photos qu'il avait prises.

La première famille l'avait assez bien reçu, mais il

ne s'était pas attaché à elle. Il allait et venait à sa guise, ne demandant qu'un lieu pour dormir et de la nourriture quand il avait faim. Il partageait sa chambre avec deux autres gamins – qui lui avaient volé son appareil photo, deux mois après son arrivée, et l'avaient revendu dans un dépôt-vente afin de s'acheter des cigarettes.

Il les avait surpris en train de jouer sur un terrain vague, près de la maison. Par terre, traînait une batte de base-ball dont il s'était emparé. Ces deux garnements, plus grands et plus forts que lui, avaient d'abord ricané, mais ils s'étaient retrouvés, le visage en sang, dans une ambulance fonçant vers l'hôpital. L'assistante sociale aurait voulu le placer dans un centre de détention juvénile. Elle était venue le voir, ce jour-là, avec les policiers avertis par sa famille d'accueil. On l'avait menotté et conduit au commissariat : assis sur un tabouret inconfortable, dans une petite pièce entourée de miroirs, il avait alors fait face à l'inspecteur Dugan.

Dugan, un grand gaillard au visage grêlé et au nez bulbeux, lui avait déclaré d'une voix nasillarde que les deux gamins étaient grièvement blessés et qu'il allait être incarcéré pendant quelques jours. Pourtant, il n'avait pas peur ; comme le jour où les policiers étaient venus les interroger, sa mère et lui, après la mort de son père.

Sachant ce qu'il allait se passer, il avait fondu en larmes, les yeux baissés. « Je ne leur voulais pas de mal, avait-il affirmé posément. Ils m'ont volé mon appareil photo et je leur ai dit que je me plaindrais à l'assistante sociale... Comme ils allaient me tuer, j'ai eu peur. Un des garçons m'a attaqué avec un couteau ! »

Sur ces mots, il avait ouvert son blouson, et Dugan avait vu du sang.

On l'avait transporté à l'hôpital. Il avait, effectivement, une estafilade au bas-ventre ; sa blessure n'était pas plus profonde, selon ses dires, parce qu'il avait pu échapper de justesse à ses agresseurs. Dugan avait retrouvé le couteau sur le toit d'un entrepôt, à l'endroit exact où Richard avait vu l'un des garçons le lancer.

Sur ces entrefaites, les deux garçons – et non pas Richard – avaient été placés dans un centre de détention juvénile, malgré leurs protestations véhémentes. L'homme du dépôt-vente avait dit qu'il leur avait acheté l'appareil photo, et personne n'avait cru à leur innocence. Après tout, ils avaient déjà un casier judiciaire.

Des années après, Richard avait croisé l'un de ses soi-disant agresseurs dans une rue du quartier. Ce garçon, devenu adulte, était resté figé sur place à sa vue. Quant à lui, il avait poursuivi son chemin, un sourire aux lèvres, en repensant à l'estafilade qu'il s'était faite si facilement.

Richard ouvrit les yeux. Il savait par expérience qu'il y a toujours moyen de s'en tirer. À ses côtés, Julie pourrait accomplir de grandes choses ; mais elle devait d'abord comprendre qu'elle avait besoin de lui. Et surtout accepter son aide.

N'était-ce pas trop lui en demander ?

— Quel est le score maintenant ? fit Julie.

Ils arrivaient au dernier trou, et Mike arborait un visage grave : il avait un point de retard. Sa balle venait de sortir du parcours et s'était arrêtée derrière un rocher en saillie, rendant le coup suivant impraticable.

Il s'épongea le front sous le regard espiègle de Julie.

— Je crois que tu mènes, mais méfie-toi du dernier trou !

— Très bien...

— Parce que ça serait dommage de tout gâcher à la fin, Julie.

— Très bien...

— Souviens-toi, en tout cas, que tu n'as pas droit à l'erreur.

— Vous avez raison, *coach* ! Et merci pour votre petit laïus d'encouragement.

Julie posa sa balle. Son regard oscilla un moment entre la balle et le trou ; puis elle frappa son coup. La balle roula tranquillement et alla s'arrêter à quelques centimètres du bord. Il ne lui manquait qu'un appareil photo pour immortaliser l'air déconfit de Mike !

— L'heure est grave, déclara-t-elle. Tu n'as plus qu'un coup à jouer pour faire match nul... Mais vu l'endroit où se trouve ta balle, je pense que c'est impossible.

— Tu as raison, reconnut Mike à contrecœur. C'est terminé.

— Ha, ha !

Mike hocha la tête.

— J'avoue que je ne me suis pas donné beaucoup de mal, ce soir. Je voulais te laisser gagner.

Après un instant d'hésitation, Julie fonça sur lui en brandissant son club de golf, tandis qu'il tentait de lui échapper. Elle le rattrapa et le fit pivoter vers elle.

— Tu as perdu, Mike. Admets-le !

— Non, répliqua-t-il, en plongeant son regard dans le sien. Tu te trompes... J'ai sans doute perdu cette partie, mais j'ai gagné beaucoup plus.

Sur ces mots, il se pencha pour l'embrasser.

Richard sortit de son lit et marcha vers la fenêtre : la nuit était tombée, plongeant dans l'ombre le terrain autour de sa maison.

Un jour ou l'autre, il raconterait tout à Julie. Il lui

parlerait de son père, de sa mère, des deux gamins de la famille d'accueil ; et elle comprendrait pourquoi il n'avait pas eu le choix. Il lui parlerait de Mme Higgins, la conseillère d'éducation qui s'était intéressée à lui, au collège, quand elle avait appris qu'il était orphelin.

Il se revoyait en train de parler à cette personne, assise sur le canapé de son bureau. Une femme qui avait perdu toute sa fraîcheur, mais qui avait dû être belle en d'autres temps... Ses cheveux poivre et sel étaient grisâtres, et quand elle souriait, son visage se craquelait de rides. Il avait besoin d'une alliée qui plaide sa cause et le présente non pas comme un fauteur de troubles, mais comme une victime ; Mme Higgins était parfaite dans ce rôle ! Chacun de ses gestes reflétait son désir de se montrer bonne et tolérante. Quand elle l'écoutait raconter ses malheurs, penchée vers lui, en hochant la tête d'un air apitoyé, il avait surpris plus d'une fois des larmes dans ses yeux.

Elle en vint à le considérer comme son fils adoptif et il se mit sans aucune peine dans la peau du personnage. Il lui envoyait une carte postale le jour de son anniversaire ; elle lui offrit un appareil photo (un 35 millimètres, avec un objectif de qualité supérieure) qui figurait encore dans son matériel actuel.

Il avait toujours été bon en maths et en sciences, mais cette femme avait parlé à ses professeurs d'anglais et d'histoire, qui se montrèrent plus souples avec lui. La moyenne de ses notes s'était soudain envolée. Elle avait alors signalé au principal son QI exceptionnel et elle l'avait inscrit à un programme spécial, destiné aux élèves surdoués. Enfin, elle lui avait fait faire à ses frais un *book* avec ses photos. Après avoir écrit une lettre de recommandation à l'université du Massachusetts – dont elle était ancienne élève –, elle avait rencontré les membres du comité d'admission pour leur montrer son dossier et les supplier de donner sa chance à un jeune homme méritant et talentueux. Ses efforts portèrent leurs fruits et elle s'en félicita, bien que Richard n'ait pas daigné lui annoncer la bonne nouvelle.

Une fois inscrit à l'université, il n'avait plus jamais revu Mme Higgins : puisqu'il était arrivé à ses fins, il n'avait plus besoin d'elle.

De même, Julie pouvait se passer de Mike. Son amitié lui avait été profitable, mais le moment était venu de prendre congé, car il l'empêchait de progresser et de se préparer l'avenir qu'elle méritait. Leur avenir...

22

Les journées de Julie avaient pris un nouveau rythme et Mike y jouait un rôle de plus en plus marquant. Il sortait du garage, le matin, pour la saluer dans la rue ; il déjeunait avec elle dans des lieux tranquilles, et leurs soirées s'écoulaient paisiblement au fil de longues conversations.

Leur relation progressait tranquillement comme s'ils craignaient, l'un et l'autre, qu'une simple pichenette la réduise à néant. Mike n'avait pas passé une nuit chez Julie, pas plus que Julie chez Mike – et bien que l'occasion se soit présentée une ou deux fois, ils n'étaient pas encore prêts à la saisir.

Tout en promenant Crooner, après sa journée de travail, Julie se disait que c'était une question de temps. On était jeudi : deux semaines depuis leur première soirée ensemble, et surtout une semaine et demie depuis leur *troisième* soirée – le moment critique, au dire des magazines féminins, pour découcher. Ils avaient franchi ce cap sans aucun fait nouveau, ce qui ne la surprenait guère. Depuis la mort de Jim, elle avait des moments de « sensualité », selon son expression ; mais elle n'avait pas fait l'amour avec un homme depuis si longtemps que le célibat lui semblait presque un état naturel. Elle croyait même avoir oublié ce qu'était le désir sexuel... Pourtant, ses hormones s'étaient brusquement réveillées, et, depuis quelque temps, il lui arrivait de fantasmer au sujet de Mike.

Elle n'avait nullement l'intention de sauter sur lui à l'improviste, au risque de le paniquer. D'ailleurs, elle n'en menait pas large elle non plus. Si leur premier baiser avait été une étape éprouvante, qu'en serait-il de la suivante ? Elle s'imaginait debout devant lui, dans la chambre à coucher : *Tous ces bourrelets... Je crois que nous avons trop mangé ces temps-ci... Mon cœur, pourrais-tu baisser l'éclairage ?*

Peut-être un fiasco navrant, avec coups de coude dans les côtes et bleus sur le crâne. Le sexe ne représentait pas l'élément essentiel de leur relation, mais ce n'était pas non plus un détail négligeable. Au moment de passer à l'acte, le stress, associé au caractère exceptionnel de l'événement, risquait de les priver de leur plaisir. Dois-je faire ce geste ? Puis-je chuchoter ces mots-là ? Comme dans un jeu télévisé avec des questions impossibles, et des participants censés être nus.

Elle s'en voulait de s'angoisser excessivement ; mais que faire quand un seul homme – votre mari – a compté dans votre existence ? Son état était sans doute la rançon de la vie rangée qu'elle avait menée. Elle décida de penser à autre chose : elle avait les mains moites, alors qu'une promenade avec Crooner aurait dû être une occasion de se détendre.

Il gambadait au loin, dans les bois s'étendant jusqu'à l'Intracoastal Waterway. Elle aperçut le chemin sur lequel les promoteurs avaient placé depuis un mois des bandes orange plastifiées, avant d'y faire passer une route. D'ici à quelques années, elle aurait un voisinage valorisant sur le plan financier, mais elle devrait renoncer à la tranquillité de ces espaces verts, parfaits pour Crooner. Elle appréhendait d'avoir à le suivre pas à pas, munie d'un ramasse-crottes, afin ne pas souiller les pelouses fraîchement semées. Écœurée à cette idée, elle imagina l'expression de son chien, quand il aurait compris ce qui se passait. Il lèverait sans doute la tête vers elle, avec l'air de dire : *J'ai fait mes besoins derrière cet arbre... Tu serais bien gentille d'aller nettoyer pour moi, s'il te plaît.*

Non, jamais elle ne s'y habituerait !

Au bout d'une quinzaine de minutes, elle s'assit sur une souche au bord de l'eau, pour regarder passer les bateaux. Crooner avait disparu, mais elle le savait proche : il était revenu plusieurs fois sur ses pas pour s'assurer qu'elle le suivait.

Il veillait sur elle à sa manière ; comme Mike.

Mike...

Mike et elle ne faisaient vraiment qu'un ! Brusquement, ses pensées retournèrent à leur point de départ et elle sentit qu'elle avait de nouveau les mains moites.

Quand elle arriva chez elle, une heure plus tard, le téléphone sonnait. Dans sa hâte, elle laissa la porte-écran claquer derrière elle. Emma, sans doute... Emma l'appelait beaucoup depuis quelque temps, pour avoir le plaisir de l'entendre parler de Mike. À vrai dire, elle ne se faisait pas prier pour satisfaire sa curiosité – dans une certaine mesure.

— Allô ? dit-elle, le combiné à l'oreille.

Elle n'obtint aucune réponse, bien que la ligne ne semblât pas coupée.

— Allô ?

Toujours rien. Elle raccrocha et fit entrer Crooner, à qui elle avait malencontreusement fermé la porte au nez. Au moment où elle atteignait celle-ci, la sonnerie du téléphone retentit de nouveau.

Silence au bout du fil... Mais avant de reposer le combiné, elle crut entendre un léger déclic, indiquant que la personne qui l'appelait venait de raccrocher.

— Ça va, avec Julie ? demanda Henry.

— Bien, fit Mike, la tête enfouie sous un capot.

Pendant la semaine, il n'avait pas raconté grand-chose à son frère, faute de temps. À l'approche de l'été, la climatisation des voitures se détraquait à peine mise en route, et les automobilistes accouraient au garage avec des marques sombres au col de leur chemise. En outre, il se faisait une joie de priver Henry des informations dont il était friand. L'occasion ou jamais de lui tenir la dragée haute...

Henry le scruta un moment.

— Vu le temps que tu passes avec elle, j'espère que ça va encore mieux que ça !

— Tu sais ce que c'est..., marmonna Mike, absorbé par son travail.

Il prit une clef à écrous pour dévisser les boulons qui retenaient le compresseur.

— Non, pas vraiment.

— Je te répète que ça va bien ! Si tu me passais un chiffon ? J'ai les mains poisseuses.

Henry tendit un chiffon à son frère.

— Il paraît que tu l'as invitée à dîner chez toi...

— Oui.

— Eh bien ?

— Eh bien, ça lui a plu.

— C'est-à-dire ?

— Que cherches-tu à savoir, Henry ?

— Parle-moi de ses sentiments pour toi !

— Je pense qu'elle m'apprécie.

Henry joignit les mains : il avait marqué un point.

— Tu penses vraiment qu'elle t'apprécie ?

Sentant son frère à l'affût, Mike le fit patienter encore quelques secondes.

— Oui, dit-il enfin, tout sourire sous le capot de la voiture.

Henry décida de recourir à une autre tactique.

— Je me demandais si vous aimeriez venir, tous les deux, faire un tour en bateau ce week-end, avec Emma et moi.

— Ce week-end ?

— Oui. On pourrait pêcher un peu et boire quelques bières. Ça t'irait ?

— Peut-être...

Henry haussa les sourcils : son frère se prenait au sérieux depuis qu'il avait une petite amie.

— Je ne te trouve pas très enthousiaste, grommela-t-il.

— Calme-toi, Henry ! Je voulais dire que je dois demander à Julie si elle est libre.

Henry resta encore un moment debout à côté de son frère – qui ne daigna plus sortir sa tête de la voiture –, puis il regagna son bureau, frustré. Il renonçait à insister, puisque Mike avait décidé de jouer les grands silencieux !

Il aurait aimé lui jouer un tour pour prendre sa revanche ; mais à quoi bon ? Quand on est faible, on n'est pas nécessairement mesquin...

— Tu es éblouissante depuis quelques jours, déclara Mabel.

— Le soleil, sans doute, répliqua Julie.

Elles s'accordaient une pause entre deux clients, tandis qu'Andrea, à son poste, faisait une coupe... en parlant politique. Elle avait un faible pour l'actuel gouverneur, parce qu'il avait de plus beaux cheveux que son rival. Lequel rival n'avait pas l'heur de plaire à son client, qui n'était pas venu, de toute façon, pour papoter.

— Ça n'a rien à voir avec le soleil, comme tu sais ! protesta Mabel.

Julie se mit à balayer autour de son fauteuil.

— Je sais, Mabel ; mais tu n'es pas l'être le plus subtil que j'aie rencontré !

— Pourquoi serais-je subtile ? Je ne vois pas l'intérêt des cachotteries...

— Libre à toi, mais il arrive aux mortels que nous sommes de se tracasser au sujet de l'impression qu'ils produisent.

— Mon chou, tu ne devrais pas faire tant de chichis ! La vie est trop courte, et puis tu me connais.

— C'est vrai qu'il n'y en a pas deux comme toi.

— Alors, crache le morceau !

Une heure plus tard, le dernier client d'Andrea était parti, en lui laissant un pourboire assez substantiel pour acheter le nouveau « soutien-gorge miracle » qu'elle avait repéré. Depuis une quinzaine de jours, elle avait conclu que sa poitrine – pas vraiment plantureuse – l'empêchait d'attirer le genre de type dont elle rêvait.

En outre, cet achat lui mettrait du baume à l'âme : elle en avait besoin, après une semaine passée à entendre Mabel et Julie chuchoter comme si elles voulaient dévaliser la banque du coin. Elle avait parfaitement compris qu'il s'agissait de la relation de Julie avec Mike, bien qu'elles ne lui aient dit que le strict minimum. Julie avait embrassé Mike. La belle affaire ! Pour sa part, elle embrassait des garçons depuis la classe de sixième, alors que Julie se prenait pour une héroïne romantique, dans le style de *Pretty Woman*.

Enfin, ce béguin pour Mike était absurde. Mike ou Richard ? Le choix allait de soi, même pour la dernière des imbéciles. Mike était un gentil garçon, qui n'arrivait pas à la cheville de Richard. Richard avait tout pour lui. Un homme si viril... Mais Julie n'y connaissait rien.

Elle ferait mieux de me parler, se dit Andrea ; je lui donnerais quelques bons trucs pour stabiliser sa situation avec Richard.

La sonnerie de la porte retentit soudain, et Andrea tourna la tête en se disant : quand on parle du loup...

Un silence plana un moment dans le salon de coiffure. Mabel s'était éclipsée une minute et la cliente de Julie allait partir. Richard lui tint la porte. Il portait des lunettes de soleil, et quand il se retourna, Julie eut un pincement au cœur en apercevant son reflet dans ses verres.

— Richard..., fit-elle d'une voix hésitante, tandis que Crooner s'asseyait sur sa couverture.

— Bonjour, Julie. Comment vas-tu ?

Elle n'avait aucune raison de se montrer grossière, mais elle ne tenait pas à échanger des amabilités avec lui. Dans une petite ville comme Swansboro, elle s'attendait à croiser son chemin de temps en temps ; il n'était pas question pour autant de le voir régulièrement et elle ne voulait surtout pas l'y inciter. Leur rencontre au supermarché lui laissait un trop mauvais souvenir !

— Que se passe-t-il ? lança-t-elle, sur le qui-vive.

Richard fit glisser ses lunettes de soleil et prit un ton affable.

— J'espérais que tu aurais le temps de me couper les cheveux. Ils ont repoussé !

— Désolée, marmonna-t-elle. Ma prochaine cliente arrive dans quelques minutes ; ensuite je dois faire une couleur qui exige un certain temps.

— J'aurais dû prendre rendez-vous à l'avance ?

— Quelquefois je peux intercaler quelqu'un, mais c'est impossible aujourd'hui.

— Je vois... (Richard détourna son regard.) Puisque je suis ici, on pourrait fixer un rendez-vous pour... lundi ?

Julie feuilleta son carnet de rendez-vous.

— Les habitués viennent le lundi. Je suis prise toute la journée !

— Mardi ?

Elle ne se donna pas la peine de consulter son carnet de rendez-vous.

— Je travaille le matin seulement ; l'après-midi, j'ai des affaires personnelles à régler.

Richard ferma lentement les yeux et les rouvrit avec l'air de dire : bon, je vois ce que c'est !

Sentant la tension monter entre Richard et Julie, Andrea choisit cet instant pour intervenir.

— Je peux m'en charger, mon cœur. J'ai justement un petit moment !

Richard recula d'un pas, en soutenant toujours le regard de Julie.

— Oui, bonne idée.

Andrea tira sur sa minijupe, jeta un coup d'œil au miroir et montra le chemin à Richard.

— Allons au fond pour le shampooing, mon cœur !

— Merci, Andrea.

Dans l'émoi d'avoir entendu Richard prononcer son prénom, elle se détourna pour lui adresser son sourire le plus enjôleur.

— Que faisait-il ici ?

À peine Richard eut-il quitté le salon que Mike – qui avait tendance à regarder dans cette direction à tout propos, en pensant à Julie – s'était empressé d'aller la rejoindre.

— Il venait pour une coupe de cheveux.

— Pourquoi ?

— Parce que nous sommes un salon de coiffure !

Une lueur d'impatience brilla dans le regard de Mike.

— Il n'y a pas de quoi en faire un monde, ajouta Julie. Je lui ai à peine parlé, et Andrea lui a coupé les cheveux à ma place.

— Mais il aurait préféré que ça soit toi, bien que tu aies rompu avec lui ?

— C'est indéniable. Il a dû comprendre, une fois pour toutes, que je ne veux plus le revoir ; même au travail. Je n'ai pas été trop désagréable, mais je crois avoir fait passer le message.

— Très bien ! Il sait que tu... sors avec moi ? s'enquit Mike après un silence.

Julie éluda sa question et lui prit la main.

— Sais-tu que tu es adorable quand tu es jaloux ?

— Je ne suis pas jaloux.

— Bien sûr que si ! Mais ne t'inquiète pas, je te trouve *toujours* adorable, jaloux ou pas. À ce soir ?

— À ce soir, répondit Mike, plus détendu.

Quelques minutes plus tard, Andrea, écarlate, ne s'était pas encore remise de ses émotions.

Quand elle rentra dans la boutique, Julie, qui ne l'avait jamais vue dans un tel état, se réjouit qu'elle ne soit pas tombée, pour une fois, sur un bon à rien ! Mais elle avait l'intuition que son engouement serait de courte durée et qu'elle ne tarderait pas à s'ennuyer avec Richard.

Le salon ferma peu après 5 heures. Andrea avait terminé depuis une demi-heure ; Mabel faisait le ménage dans le fond du salon, tandis que Julie s'occupait de la réception. Elle aperçut alors une paire de lunettes de soleil oubliées sur le comptoir, à côté d'une plante en pot. Les lunettes de Richard...

Sur le point de lui téléphoner pour le prévenir, elle jugea préférable de laisser Mabel ou Andrea se charger de cette tâche.

Julie alla faire quelques achats au supermarché, pour le dîner. Elle ouvrait sa porte lorsque le téléphone se mit à sonner.

— Allô ? fit-elle, après avoir posé son sac de provisions sur la table.

— Bonjour, Julie, lança Richard, aussi désinvolte que s'ils se parlaient chaque jour au téléphone. Je me demandais si tu étais déjà rentrée... Dommage que nous n'ayons pas eu le temps de bavarder aujourd'hui.

Elle leva les yeux au ciel : il n'avait donc pas compris ?

— Bonjour, dit-elle froidement.

— Comment vas-tu ?

— Bien, merci.

— Mon appel te surprend ?

— Oui, plutôt.

— Tu n'aurais pas trouvé une paire de lunettes de soleil, par hasard ? Je crois avoir oublié les miennes au salon de coiffure.

— Elles sont restées à la caisse. Tu peux venir les chercher lundi !

— Le salon n'est pas ouvert le samedi ?

— Non, Mabel estime qu'on ne doit pas travailler pendant le week-end.

— Oh ! Je dois m'absenter, et j'apprécierais beaucoup de les récupérer avant mon départ. Ce sera l'affaire de quelques minutes. Je partirai dès que tu me les auras rendues !

239

Julie, qui n'en croyait pas ses oreilles, garda le silence. Il avait donc fait exprès d'oublier ses lunettes !

— Julie ? Tu es là ?

Elle émit un profond soupir, sans se soucier qu'il puisse l'entendre au bout du fil.

— Ça suffit, maintenant ! gronda-t-elle. Tu as intérêt à me ficher la paix, parce que ma patience est à bout !

— Qu'est-ce que tu racontes ? Je t'ai simplement demandé de me rendre mes lunettes.

— Richard, je te parle sérieusement ! Je sors avec quelqu'un d'autre et tout est fini entre nous. Tu viendras chercher tes lunettes lundi.

— Julie... Une minute...

Julie raccrocha sans plus attendre.

23

Une heure après, Mike arrivait chez Julie.

— Salut, je suis ici ! lança-t-il en passant la tête dans l'embrasure de la porte.

Julie se séchait les cheveux dans la salle de bains, mais Crooner courut à la rencontre du visiteur dès qu'il reconnut sa voix.

— Es-tu décente ? reprit Mike en entendant le déclic du séchoir.

— Oui, tu peux entrer !

Mike traversa la chambre à coucher et jeta un coup d'œil dans la salle de bains.

— Tu sors de ta douche ?

— Je me sentais crasseuse. (Julie enroula le cordon électrique autour du séchoir, qu'elle rangea dans un tiroir.) Quand il y a beaucoup de monde comme aujourd'hui, j'ai l'impression d'étouffer sous les cheveux de mes clients, en fin de journée. J'aurai terminé dans quelques secondes...

— Tu veux bien que je reste ?

— Naturellement !

Accoudé au meuble de toilette, Mike regarda Julie s'ombrer les yeux à grands coups de pinceau. À l'aide du mascara, elle se brossa ensuite les cils – la rangée supérieure, puis l'autre – d'un geste sûr, en se penchant vers son miroir.

Une étrange sensualité émanait d'elle ; un je-ne-sais-quoi lui parlant de son désir de plaire. Elle se transformait sous ses yeux, grâce au maquillage ; et puisqu'ils ne sortaient pas ce soir-là, cette mise en scène lui était destinée en exclusivité. Une idée indéniablement érotique...

Il aimait Julie. Depuis qu'ils sortaient ensemble, il n'en doutait plus, car le sentiment qu'il éprouvait s'était concrétisé ces dernières semaines. Il savait qu'il ne pourrait plus se passer d'elle, et cela n'avait certainement rien à voir avec un fantasme sans lendemain.

Elle mit des boucles d'oreilles, à la fois intriguée par sa curiosité et rassérénée par son regard admiratif, puis elle se vaporisa un nuage de parfum sur le cou et les poignets.

— Ça te plaît ?

— Tu es superbe, fit Mike. Comme toujours...

Julie le frôla en sortant de la salle de bains ; il la suivit, fasciné par le doux balancement de ses hanches et la courbe harmonieuse de sa croupe. Bien qu'elle ait sa démarche habituelle, il se dit que, dans son jean délavé et les pieds nus, elle était l'incarnation de la grâce.

— Je pensais préparer des steaks ce soir, fit-elle. D'accord ?

— Absolument, mais je n'ai pas encore très faim. J'ai déjeuné tard au garage. Une bière me ferait plaisir...

Comme Julie, sur la pointe des pieds, sortait les verres du placard, sa blouse se souleva et découvrit son ventre. Mike détourna la tête en essayant de se remémorer son dernier match de base-ball.

Elle lui tendit son verre, qu'il emplit de vin, avant d'avaler une grande gorgée de sa cannette de bière suivie de quelques autres.

— Si on allait s'asseoir dehors un moment ? suggéra-t-il.

— Excellente idée !

Sous le porche, Julie, qui portait une blouse sans manches, ouvrit la porte-écran pour faire sortir Crooner. Mike remarqua la fine musculature de son avant-bras et le galbe de ses seins, en ne pouvant s'empêcher de l'imaginer *nue*.

Les yeux fermés, il implora le ciel qu'elle ne soit pas en train de se payer sa tête. Puis il but encore une gorgée de bière, vidant presque sa cannette.

Une longue nuit s'annonçait.

Finalement, cela ne se passa pas si mal. Selon leur habitude, ils se lancèrent dans une conversation enjouée, tandis qu'une brise vespérale se levait. Une heure après, Mike alluma le gril et fit dorer les steaks ; Julie rentra préparer une salade.

Mike la faisait penser à un homme revenant d'un long exil sur une île déserte. Il l'avait dévorée des yeux pendant toute la soirée, et bien qu'il se veuille discret, elle devinait ses pensées... car elle les partageait. Elle avait les mains si moites que les légumes lui glissaient entre les doigts.

Après avoir coupé les tomates et les concombres en dés, elle les ajouta à la salade, dressa la table avec sa vaisselle et ses couverts de gala, et recula d'un pas pour admirer le résultat. Quelque chose manquait... Des bougies ! Elle en alluma deux au centre ; puis éteignit le plafonnier et hocha la tête, satisfaite de son œuvre.

Dans le living, elle mit un CD d'Ella Fitzgerald ; et elle venait de poser la bouteille de vin sur la table, quand Mike réapparut avec les steaks et s'immobilisa sur le seuil, ébloui.

— C'est... merveilleux ! fit-il, en la dévisageant.

Ils restèrent un long moment, les yeux dans les yeux.

Mike posa finalement les steaks sur la table ; et, au lieu de s'asseoir, il s'approcha. La gorge de Julie se serra. Était-elle *vraiment* prête ?

Face à elle, il plaqua une paume contre sa joue – une manière comme une autre de lui demander l'autorisation de continuer. Sur un fond sonore enchanteur, de délicieux effluves flottaient dans la petite cuisine, mais la présence de Mike emplissait toute la pièce. À cet instant précis, elle sut qu'elle l'aimait.

Il la scrutait comme s'il avait lu ses sentiments dans son esprit, et elle s'abandonna. Son visage contre sa main, elle ferma les yeux, tandis qu'il l'enveloppait de ses bras robustes.

Il l'embrassa doucement. Ce baiser, d'abord aussi léger qu'un souffle d'air sous les ailes d'un colibri, lui semblait plus réel que tous les baisers qu'ils avaient échangés auparavant. Il l'embrassa à nouveau et leurs langues se joignirent. En l'enlaçant, elle comprenait maintenant que toutes ces années de camaraderie les avaient menés, pas à pas, jusque-là.

Après cette étreinte, Mike l'entraîna par la main dans la chambre à coucher. Tout en la couvrant de baisers, il déboutonnait posément les boutons de sa blouse. Ses doigts effleuraient sa peau, puis elle les sentit descendre jusqu'à la fermeture de son jean.

— Je t'aime, souffla-t-il en l'embrassant dans le cou, les mains enfouies dans ses cheveux.

L'écho de ses paroles résonna dans l'obscurité de la chambre, et elle sentit la caresse de son souffle sur sa peau.

— Oh, Mike ! souffla-t-elle ; je t'aime moi aussi.

Ils firent l'amour. Bien que Julie n'éprouvât pas la gêne qu'elle avait redoutée, ce ne fut pas un véritable embrasement : chacun d'eux pensait avant tout au plaisir de l'autre, et ce souci les empêcha de jouir véritablement de l'instant.

Après l'amour, essoufflés et les yeux rivés au plafond, ils restèrent un moment allongés sur le lit, avec la sensation de manquer d'entraînement. Mike craignait d'avoir déçu Julie, et Julie partageait son inquiétude.

Mais, à la différence de beaucoup de couples, ils s'enlacèrent doucement, car l'urgence du désir avait cédé la place à la tendresse. Ils se déclarèrent à nouveau leurs sentiments, et, une heure plus tard, quand ils firent l'amour une deuxième fois, ce fut parfait.

À minuit passé, ils étaient toujours au lit. Mike dessinait, du bout des doigts, de petits cercles sur le ventre de Julie.

N'y tenant plus, elle éclata de rire et bloqua sa main.

— Arrête de me chatouiller !

Il l'embrassa sans cesser de la contempler.

— Tu as été formidable...

— Oh ! Mike, est-on tombés si bas ? J'ai l'impression que tu me flattes comme une conquête d'un soir... pour ne pas te sentir coupable d'avoir sauté sur l'occasion.

— Julie, je suis sincère ! Tu as été formidable, fabuleuse, unique...

— Des clichés.

— Tu ne me crois pas ?

— Mais si ! Je suis fabuleuse, unique...

Mike interrompit Julie en la chatouillant, et elle se dégagea avec des cris perçants. À plat ventre, il se cala sur ses coudes.

— Et puis, je n'ai pas « sauté sur l'occasion » !

Julie roula sur le côté pour mieux le voir et remonta le drap.

— Crois-tu ? On allait se mettre à table, et, tout à coup, nos vêtements se sont envolés aux quatre coins de la chambre !

— J'ai été assez séducteur, non ?

— Extrêmement séducteur !

Julie, penchée, frôla la joue de Mike.

— Je t'aime, tu sais...

— Oui, je sais.

— Dire que j'étais sérieuse, pour une fois ! protesta Julie. Tu pourrais au moins me dire que tu m'aimes toi aussi.

— Encore ? Combien de fois veux-tu que je te le répète ?

— Combien de fois es-tu prêt à me le répéter ?

Mike l'enveloppa du regard et déposa un baiser sur chacun de ses doigts.

— Si je pouvais, je te le redirais chaque jour tant que je vivrais.

— Puisque tu m'aimes tant, pourrais-tu nous donner quelque chose à manger ? plaisanta Julie, aux anges. Je meurs de faim...

— À tes ordres !

Julie se penchait pour saisir son jean quand le téléphone, posé sur sa table de nuit, retentit. Une fois, deux fois... À la troisième sonnerie, Mike répondit.

— Allô ?

Silence...

— Allô ? Allô ?

Au troisième « allô », Julie ferma les yeux.

— Il n'y avait personne au bout du fil, déclara Mike. Sans doute une erreur... Ça ne va pas, Julie ?

— Mais si, fit-elle en ébauchant un sourire.

246

La sonnerie du téléphone retentit de nouveau ; Mike fronça les sourcils avant de décrocher.

Un scénario identique se déroula...

Julie, les bras croisés, eut, malgré elle, une étrange sensation de *déjà-vu*. Le souvenir du soir où elle était allée se recueillir sur la tombe de Jim lui revenait à l'esprit.

Et si quelqu'un l'épiait ?

24

À partir de cette nuit-là, des changements se produisirent dans la vie de Julie.

Surtout de fabuleux changements... Mike passa le samedi avec elle ; ils firent l'amour le matin, puis avant de s'endormir. Le lendemain, dimanche, ils allèrent ensemble au centre commercial de Jacksonville, où elle acheta un nouveau maillot de bain, plusieurs shorts et des sandales. Quand elle essaya le bikini, à leur retour, Mike la contempla avec des yeux écarquillés, avant de bondir du canapé à sa poursuite. Elle traversa la maison en poussant des cris amusés, jusqu'à ce qu'il la rattrape dans sa chambre. Ils s'écroulèrent sur le lit au milieu des éclats de rire ; quelques minutes après, ils étaient enfouis sous les draps.

Miraculeusement, leur amitié n'avait pâti en rien de leur nouvelle relation. Julie constatait avec joie que Mike la faisait rire comme avant ; elle le taquinait tout autant, et ils avaient gardé l'habitude de se tenir par la main quand ils regardaient des films, assis sur le canapé.

Julie admettait cependant, à contrecœur, que les appels téléphoniques avaient été l'événement marquant de la semaine. Deux, le vendredi en fin de soirée, deux autres le samedi. Le téléphone avait sonné quatre fois dimanche, et cinq fois lundi ; Mike s'étant absenté alors, elle dut répondre. Le mardi soir – Mike passait la nuit chez lui –, elle avait été réveillée par trois appels, avant de débrancher. Le mercredi, en entrant dans sa cuisine, après une journée de travail, elle remarqua que le répondeur était saturé. Elle appuya sur la touche de lecture : aucun message enregistré ! Mais, d'après l'heure indiquée, elle constata que les appels s'étaient succédé sans interruption. Au quatrième, son souffle s'accéléra ; au neuvième, ses yeux s'embuèrent de larmes ; et au douzième, elle annula tous les autres d'un geste frénétique.

Elle finit par s'asseoir devant la table, en tremblant de tous ses membres. Son répondeur avait reçu vingt appels au cours de la journée ; chacun avait duré deux minutes, et son correspondant n'avait pas articulé un seul mot.

Le jeudi et le vendredi suivants, il n'y eut aucun appel.

25

Samedi, au petit matin, Mike et Julie avaient rejoint Henry et Emma sur Harker's Island, puis ils avaient chargé le bateau de glacières emplies de bière et de vivres, de crèmes solaires, de serviettes de bain, de chapeaux, et d'un matériel de pêche suffisant pour ferrer toute la faune marine qui croiserait leur chemin, baleines et requins inclus.

Au milieu de la matinée, sur le bras de mer proche de Cape Lookout, Mike et Henry, debout côte à côte et moulinet en main, s'affrontaient dans une compétition pour le moins puérile : chaque fois que l'un d'eux pêchait un poisson, il avait le droit d'agiter une bouteille de bière et de la pointer vers l'autre. L'un des bacs contenait déjà assez de maquereaux et de petites raies pour nourrir une colonie entière de phoques affamés. Les deux hommes avaient étalé leurs chemises trempées sur le bastingage, en attendant qu'elles sèchent.

Assises sur des chaises en toile, près de la cabine, Julie et Emma se comportaient d'une manière un peu plus adulte. Le soleil dardait ses rayons sur elles, mais l'humidité était encore supportable à l'approche de l'été – bien que leurs cannettes de bière soient couvertes de buée.

— Il me semble que tout va pour le mieux, déclara Emma.

— C'est vrai, fit Julie. Après la semaine que je viens de passer, je me demande ce que je craignais depuis si longtemps.

Son intonation intrigua Emma.

— Quelque chose te tracasse quand même ?

— Pourquoi cette question ?

— J'ai l'impression que tu as un souci...

— C'est si évident ?

— Absolument pas, mais je te connais assez bien pour déchiffrer certains signes. Une contrariété au sujet de Mike ?

— Aucune !

— Tu l'aimes.

— Oui, je l'aime.

— Alors, qu'y a-t-il ?

Julie posa sa bière avec précaution sur le pont.

— J'ai reçu des appels téléphoniques bizarres ces derniers temps.

— De qui ?

— Aucune idée : personne ne répond...

— Des halètements ?

— Non ! Un profond silence.

— Tu ne sais pas qui est au bout du fil ?

— Il s'agit d'un numéro confidentiel. D'après la compagnie téléphonique, ce serait un téléphone portable, mais le numéro n'étant pas enregistré, il n'y a pas moyen de l'identifier.

— Sans blague ?

— J'ai renoncé à écouter leurs explications quand j'ai compris qu'ils ne pouvaient rien pour moi.

— Soupçonnes-tu quelqu'un ?

Julie se retourna et vit Mike lancer sa ligne.

— C'est peut-être Richard. Je ne possède aucune preuve, mais j'ai une sorte d'intuition.

— Pourquoi ?

— Les circonstances... À part Richard, je n'ai pas fait de nouvelles rencontres... Je suppose que c'est lui, vu son comportement quand j'ai décidé de rompre, et sa manie de s'immiscer sans cesse dans ma vie.

— Que veux-tu dire ?

— Certains indices ne trompent pas... Quand nous nous sommes croisés par hasard au supermarché, il est venu immédiatement se faire couper les cheveux au salon. Et chaque fois qu'il me voit, il cherche à me relancer.

— Qu'en pense Mike ?

— Je ne lui ai rien dit jusqu'à maintenant.

— Pourquoi ?

Julie haussa les épaules.

— Que pourrait-il faire ? Surveiller ce type ? Je te répète que je n'ai aucune certitude à son sujet !

— Combien d'appels as-tu reçus ?

Julie se concentra un instant.

— Mercredi, il y en avait vingt sur le répondeur.

— Mon Dieu ! Tu as prévenu la police ?

— Jusque-là je refusais de prendre cette affaire au sérieux. Je préférais croire à je ne sais quel problème technique, et je me disais que ça allait cesser ! D'ailleurs, il n'y a pas eu d'appels depuis deux jours...

— Ces individus ne s'interrompent pas spontanément, déclara Emma en prenant la main de Julie. On lit tout le temps ce genre de faits divers dans les journaux : des hommes plaqués harcèlent leur ex-petite amie, histoire de se venger... Tu te rends compte ?

— Bien sûr que oui ! Mais je ne peux pas prouver que Richard est coupable ; la compagnie téléphonique ne le peut pas non plus. Il ne m'a pas menacée et je n'ai pas vu sa voiture garée près du salon ou dans ma rue. Quand nous nous croisons, il est parfaitement correct, et il y a toujours du monde autour de nous. Il n'aurait aucune difficulté à nier ! (Julie exposait son point de vue à la manière d'un avocat plaidant son dossier.) Enfin, je te répète que je n'ai pas de certitude absolue... Il pourrait s'agir de Bob, après tout. Ou de quelqu'un que je ne connais même pas.

Emma observa Julie avant de serrer sa main entre les siennes.

— Mais tu es convaincue, à quatre-vingt-dix pour cent, que c'est Richard ?

Julie acquiesça d'un signe de tête.

— Tu n'as pas reçu d'appels cette nuit et la nuit dernière, quand Mike était là ? reprit Emma.

— Non, il me semble que c'est fini.

Emma fronça les sourcils : il s'agissait peut-être d'une simple manœuvre pour induire Julie en erreur.

— Bizarre, et assez inquiétant, marmonna-t-elle. Ça me donne la chair de poule quand j'y pense.

— À moi aussi !

— Alors, que vas-tu faire ?

— Je n'en sais rien, admit Julie.

Une heure après, Julie, debout à la proue du bateau, sentit une pluie de baisers déferler sur sa nuque. Elle s'abandonna dans les bras de Mike, étrangement réconfortée par sa présence.

— Tu as l'air bien solitaire, marmonna-t-il.

— Non, je profitais de la brise. Le soleil tapait trop fort pour moi.

— Pour moi aussi ! J'ai attrapé des coups de soleil... La bière a dû faire fondre l'écran solaire.

— Finalement, tu as gagné ?

— Sans me vanter, je dirais qu'Henry a beaucoup plus souffert du soleil que moi...

— Que fait-il maintenant ?

— Je parie qu'il boude.

Julie tourna la tête. Penché par-dessus bord, Henry emplissait sa bouteille de bière avec de l'eau de mer. Un doigt sur les lèvres, il lui fit signe de se taire.

— Prêt à jouer ce soir au *Clipper* ? demanda-t-elle à Mike.

— Oui, je connaissais déjà presque tous les airs.

— Comment t'habilles-tu ?

— Je porterai un simple jean. À mon âge, on ne se déguise plus comme un gamin !

— Tu t'en aperçois seulement maintenant ?

— J'ai parfois besoin de prendre mon temps.

Julie se pencha vers Mike.

— Comme avec moi ?

— Oui, comme avec toi...

Au loin, toutes sortes de bateaux étaient ancrés près de la plage, sur Cape Lookout. Par ce premier week-end de chaleur, des familles entières avaient afflué. Des gamins s'éclaboussaient dans l'eau en piaillant, tandis que leurs parents se vautraient sur des serviettes de bain. Derrière la foule, le phare, haut de deux cents mètres environ, était blanc à carreaux noirs ; pareil à un échiquier roulé et placé verticalement.

— Tu me parais bien calme, aujourd'hui, fit Mike en serrant tendrement Julie dans ses bras.

— Je réfléchissais...

— À ce que t'a dit Emma ?

— Je pensais plutôt à ce que je viens de lui dire !

En écoutant Julie, Mike sentait ses mèches de cheveux frôler son visage.

— Tu veux m'en parler ?

Après avoir pris une profonde inspiration, elle lui fit un compte rendu complet des événements. En un instant, l'expression de Mike passa de l'étonnement à l'inquiétude, et enfin à la colère.

Quand elle se tut, il la fit pivoter d'une main.

— Alors, tu penses que c'est Richard qui t'appelait quand j'ai répondu au téléphone cette nuit-là ?

— Je n'en sais rien.

— Qu'attendais-tu pour me mettre au courant ?

— Il n'y avait rien à dire... En tout cas jusqu'à ces deux derniers jours.

Mike fronça les sourcils.

— Si ça recommence, j'y mettrai bon ordre.

Julie esquissa un sourire.

— Tu prends ton regard sexy !

— N'essaye pas de changer de sujet, Julie. C'est une affaire sérieuse. Te souviens-tu de ce que je t'ai dit au *Tizzy's* ?

— Oui, je m'en souviens, fit Julie d'une voix blanche. Je plaisante pour me rassurer quand je suis perturbée... Une vieille habitude, tu sais.

Après un silence, Mike l'enlaça de nouveau.

— Ne t'inquiète pas, murmura-t-il. Je suis là pour te protéger !

Ils déjeunèrent en toute simplicité : sandwiches, chips et une barquette de salade de pommes de terre. Après avoir parlé à Mike et Emma, et s'être rassasiée, Julie se sentait un peu mieux. Paradoxalement, le fait qu'ils aient pris son problème au sérieux la rassérénait.

Elle parvint même à se détendre et à retrouver sa bonne humeur. Mike arborait un visage soucieux – il n'avait pas oublié un seul mot de ce qu'elle lui avait dit –, mais il n'était pas homme à rester grave très longtemps, surtout si Henry le taquinait. Quand celui-ci lui offrit la bouteille remplie d'eau de mer, il s'étouffa à moitié dès la première gorgée, avant de jeter la bouteille par-dessus bord. Henry hurla de rire, Emma pouffa discrètement, Mike s'essuya le menton et finit par rire lui aussi ; mais sa vengeance ne se fit guère attendre.

Il « parfuma » l'un des sandwiches de son frère en le badigeonnant de poisson cru. Henry verdit au milieu d'une plaisanterie et jeta son sandwich au visage de Mike, qui le bombarda d'une cuillerée de salade de pommes de terre.

À ce spectacle, Emma se pencha vers Julie.

— Quels idiots ! N'oublie jamais à quel point les hommes sont bêtes.

En raison des appels téléphoniques, Julie avait pris une bière de plus qu'à l'ordinaire. C'était vraiment le jour ou jamais, et, avec la logique brumeuse de quelqu'un dont la tête tourne légèrement, elle essayait de chasser son appréhension. Ces appels n'étaient peut-être qu'une crise de colère, façon Richard. Une réaction de dépit, sous prétexte qu'elle n'avait pas été spécialement aimable quand il voulait récupérer ses lunettes de soleil. Il ne méritait pas mieux, mais il n'avait pas dû apprécier d'être éconduit ; d'autant plus que ce prétendu oubli n'était qu'une ruse pour se donner l'occasion de la revoir.

Les appels avaient cessé depuis deux jours. Une pause de courte durée, mais ce chapitre était probablement clos, se disait-elle pour se calmer. Quoi qu'en pense Emma, elle avait conscience du danger : sa brève expérience de SDF l'avait dotée d'un sixième sens. Tant qu'elle n'aurait pas la certitude que tout était rentré dans l'ordre, elle serait la prudence même : plus de promenades solitaires en soirée, portes fermées à clef, et Crooner dans sa chambre les nuits où Mike ne venait pas. Aucun risque inutile !

Les bras croisés, elle écouta le grondement de l'eau sous la poupe, en se disant qu'elle n'avait plus rien à craindre. Le pire était derrière elle...

Au milieu de l'après-midi, Emma mit un CD de Jimmy Buffet à plein volume ; ils levèrent l'ancre et dépassèrent Cape Lookout, en direction de Harker's Island. Le bateau se balançait au rythme d'une légère houle, et Henry était à la barre. Blottie contre lui, Emma lui mordillait de temps en temps l'oreille.

Mike, affairé à l'arrière du bateau, rangeait le matériel de pêche dans sa boîte et s'assurait que les moulinets étaient bloqués. Julie était revenue à la proue, cheveux au vent. Comme Mike, elle avait attrapé quelques coups de soleil. La peau de ses épaules était sensible au toucher, de même que tous les endroits qu'elle avait oubliés en étalant sa crème solaire – le haut de son oreille gauche, son front à la naissance des cheveux, un trait le long de sa cuisse et un autre sur le tibia. Le soleil prenait un malin plaisir à se glisser là pour se venger et elle avait l'impression de ressembler à un guépard moucheté.

Malgré le temps encore superbe, l'heure était venue de prendre le chemin du retour. Au moment de partir, Emma et Henry avaient affronté une mini-mutinerie, ponctuée de larmes et de cris, quand leurs enfants s'étaient offusqués de rester à la maison. Un peu penauds, ils avaient promis une pizza et une séance de cinéma, en fin de journée. Mike devait arriver au *Clipper* avant 8 heures, pour s'accorder avec l'orchestre. Julie comptait le rejoindre vers 10 heures et faire une sieste en attendant. Elle se sentait vannée ; abrutie par la bière et le soleil...

Elle tira une chemise de son sac de marin et, tandis qu'elle enfilait son short, les yeux tournés vers la plage, elle remarqua un détail incongru, mais à peine perceptible au premier regard. Les mains en visière pour se protéger du soleil, elle suivit des yeux les bateaux, puis le bord de l'eau et la foule sur le rivage.

C'était par là. Quelque chose ne collait pas...

De plus en plus concentrée, elle finit par avoir la clef de l'énigme. Effectivement, ce qu'elle avait aperçu n'avait pas sa place, par un jour de grande chaleur, sur la plage.

Elle baissa la main, déconcertée.

Un homme, vêtu d'un jean et d'une chemise bleu marine, était debout près des dunes et tenait... quoi ? Des jumelles ? Un télescope ? En tout cas, l'objet en question était braqué sur le bateau. Sur *elle* !

L'homme abaissa l'objet, et elle se reprocha un instant ses soupçons. Avait-il deviné sa pensée ? Il se mit à agiter lentement son bras, de gauche à droite, comme le balancier d'une vieille horloge. Je suis ici, semblait-il dire ; j'y serai toujours.

Richard...

Julie se sentit blêmir ; elle inspira bruyamment, étouffant une partie du son derrière sa main.

En un clin d'œil, Richard avait disparu. Penchée en avant, à la proue du bateau, elle ne vit plus rien. Plus aucune trace de sa présence !

Mike, alarmé, s'approchait déjà.

— Que se passe-t-il ?

Le regard toujours rivé sur la plage, elle se blottit sous son bras.

— Je ne sais pas...

Elle avait certainement été victime d'une illusion, d'un mirage. Personne ne pouvait disparaître aussi vite. Personne !

Mike ramena Julie chez elle ; il était encore en train de décharger ses affaires dans l'allée quand elle entra dans la maison. Dressé sur ses pattes arrière, Crooner la salua tandis qu'elle déposait son sac sur la table. Tout en essayant de chasser ses coups de langue, elle remarqua le clignotement du répondeur qui indiquait un seul message.

Crooner retomba sur ses pattes de devant et se dirigea en silence jusqu'à la porte, probablement pour rejoindre Mike. Dans la cuisine, le réfrigérateur vrombissait ; une mouche se heurta à la fenêtre en bourdonnant de fureur. Julie ne les entendit pas ; elle ne pouvait entendre ni Mike, ni Crooner, ni son propre souffle. Seul comptait pour elle son répondeur, dont le clignotement menaçant l'hypnotisait.

Occupe-toi de moi ! semblait-il lui dire. *Vite !*

Un instant, elle sentit le sol se dérober sous ses pieds. Elle était de nouveau sur le bateau, les yeux tournés vers la plage, et Richard lui faisait signe. Après l'avoir épiée, il lui avait téléphoné pour la narguer.

Elle secoua la tête. Non, c'était impossible. Elle ne l'avait pas vu. Il s'agissait d'un mirage. Ses yeux lui avaient joué un mauvais tour, parce qu'elle avait bu une bière de trop.

Dans la cuisine, le répondeur clignotait toujours.

Allons, Julie, du calme ! se dit-elle. N'importe qui a pu te laisser un message ; c'est l'intérêt d'un répondeur. Appuie sur la touche, et tu constateras que Mabel – ou une autre amie – t'a appelée. À moins que quelqu'un ne te demande rendez-vous au salon de coiffure, te propose un abonnement à un quelconque magazine, ou te prie de contribuer à une œuvre caritative. Il te suffit de quelques pas pour te rendre compte que tu te fais des idées...

S'approcher du téléphone lui sembla presque impossible. L'estomac noué et les jambes raides, elle atteignit le répondeur, leva la main, et hésita, le doigt posé sur la touche.

Encore un petit effort, Julie !

Elle ferma les yeux en se disant qu'elle en était capable. Elle devait ramener cette affaire à ses justes proportions et ne pas céder à la panique. Si seulement il y avait des messages ! Une voix ! N'importe quelle voix, sauf celle de Richard...

D'une main tremblante, elle appuya sur la touche.

N'entendant que le silence, elle retint son souffle ; puis elle distingua un chuchotement impossible à identifier. Penchée vers l'appareil, l'oreille tendue, elle était sur le point de tout effacer, quand elle reconnut le refrain d'un air qu'elle connaissait par cœur.

Un air de sa soirée à Beaufort, avec Mike, deux semaines avant. *Bye Bye, Miss American Pie...*

26

Alerté par les cris de Julie, Mike accourut.

Debout à côté du répondeur, le visage livide, elle appuyait encore et encore sur la touche d'effacement.

— Ça ne va pas ? fit-il, inquiet.

Elle l'entendit à peine. Secouée de tremblements, tandis que les images défilaient dans son esprit, elle eut soudain la nausée. Richard arpentait bel et bien la plage ce jour-là. Il était à l'origine des mystérieux appels. Pis encore, il les avait épiés, Mike et elle, à Beaufort ! Dissimulé pendant leur dîner, il les avait vus se promener dans le parc et s'était approché de manière à entendre l'air que fredonnait Mike. C'était lui, vraisemblablement, qui avait réglé leurs consommations. Enfin, il avait appelé la première fois que Mike passait la nuit chez elle, et elle ne doutait plus qu'il l'ait épiée au cimetière aussi.

Il l'avait suivie partout.

Ça ne peut pas m'arriver à moi ! se disait-elle, la gorge sèche. Et pourtant... Elle se sentait cernée par un monde menaçant. La cuisine, trop éclairée, aux rideaux ouverts, donnait sur des bois où n'importe qui pouvait se cacher ; où Richard pouvait se cacher... À mesure que la nuit tombait et que les nuages s'amoncelaient, les ténèbres environnantes lui rappelaient un vieux film d'horreur en noir et blanc. S'il l'avait épiée ce jour-là, s'il l'avait toujours épiée, il était probablement en train de l'épier à cet instant.

Dans le jardin Crooner leva le nez et aboya.

Julie sursauta et son cœur se mit à tambouriner. Le visage enfoui dans l'épaule de Mike, elle fondit en larmes.

Ces individus ne s'interrompent pas spontanément, lui avait affirmé Emma.

— Voyons, Julie, dis-moi ce qui ne va pas ! suppliait Mike.

D'une voix brisée et à peine audible, elle murmura :

— J'ai peur.

Julie tremblait encore quand elle monta dans la voiture de Mike, quelques minutes après. Plus question pour elle de faire la sieste, ni de rester seule à la maison pendant qu'il irait au *Clipper* ! Il lui avait proposé d'annuler son tour de chant, mais elle avait refusé. À quoi bon passer une soirée sinistre à ressasser leurs angoisses en tête à tête ?

Elle avait besoin de s'évader. Une soirée en ville, de la musique bruyante et quelques bières de plus la remettraient sur pied.

En es-tu si sûre ? ricanait une petite voix, au fond d'elle-même.

Julie se rembrunit. Bon, ce n'était peut-être pas la panacée, mais elle ne s'en tirerait pas mieux en ressassant tout ça. Elle ne voulait pas rester confinée chez elle ! Et si elle réfléchissait à son problème, ce serait uniquement pour se fixer une ligne de conduite.

Il lui avait toujours semblé que les gens se répartissent en deux catégories : ceux qui regardent à travers leur pare-brise, et ceux qui ont les yeux fixés sur leur rétroviseur. Persuadée qu'il faut toujours aller de l'avant, elle appartenait à la première catégorie. Sa mère l'avait virée, elle avait trouvé du pain et un gîte. Son mari était mort, elle s'était acharnée au travail pour ne pas sombrer dans la folie. Un type l'épiait, elle aurait gain de cause...

Julie Barenson, se disait-elle, est une femme énergique ! Mais elle sentait, malgré son optimisme, qu'elle aurait fort à faire cette fois-ci : le petit scénario de Richard n'était pas encore achevé, et l'on se concentre difficilement sur son avenir tant qu'on n'a pas tiré un trait sur son passé. Pour l'instant, elle se sentait engluée dans le présent ; une sensation fort déplaisante. Bien qu'elle s'armât de courage, elle avait peur, encore plus peur qu'à l'époque où sa mère l'avait jetée à la rue. Elle avait alors trouvé le moyen de survivre en restant invisible, ce qui était pratiquement l'inverse de son problème actuel avec Richard. Trop visible maintenant, que pouvait-elle y faire ?

Quand Mike se gara devant chez lui, elle se surprit en train de guetter par-dessus son épaule et de tendre l'oreille au cas où elle entendrait un bruit suspect. Les espaces sombres entre les maisons ne la rassuraient guère, pas plus que le bruit d'un chat en train de fouiner dans les poubelles.

Certaines questions la hantaient. Que voulait Richard ? Comment allait-il manœuvrer ? Elle s'imagina un instant allongée dans son lit, en pleine nuit. Quand son regard s'accommodait à l'obscurité, elle réalisait qu'il était là – dans sa chambre. Il s'approchait, ses yeux seuls brillaient à travers son masque, et il tenait quelque chose à la main...

Elle chassa cette image, décidée à ne pas se laisser entraîner trop loin. Cela n'arriverait pas, ne pouvait pas arriver ! Mike s'y opposerait absolument.

Mais que faire ?

Elle regretta d'avoir effacé le message. Sans preuves, la police pourrait-elle intervenir ? En réfléchissant, elle parvint à la même conclusion qu'Emma : malgré les nouvelles lois sur le harcèlement, la police serait impuissante si elle ne lui fournissait aucun indice. Elle finirait par se trouver face à quelque inspecteur de police bedonnant et surmené, qui tapoterait son crayon contre son bloc-notes, en attendant qu'elle lui donne des éléments concrets.

Qu'a-t-il dit lors de son premier appel ? *Rien.*

Vous a-t-il menacée ? *Non.*

L'avez-vous surpris en train de vous épier ? *Non, sauf à la plage.*

En avez-vous la certitude ? *Non, à cause de la distance !*

Si le dernier message était chuchoté, comment savez-vous que c'était lui ? *Je ne peux pas le prouver, mais j'en suis sûre.*

Long silence. Hum, hum ! Y a-t-il autre chose ? *Je suis terrorisée et je ne peux plus prendre une douche sans imaginer Norman Bates de l'autre côté du rideau, comme dans un thriller de Hitchcock.*

Autre coup de crayon. Hum ! Hum !

Elle avait conscience que c'était tiré par les cheveux. Il ne suffisait pas de soupçonner Richard pour qu'il soit coupable ; mais, évidemment, il l'était.

Au *Clipper*, elle prit un siège à côté d'un groupe d'habitués, venus un peu plus tôt pour assister à un match de base-ball.

Elle but une bière à petites gorgées. Il fut bientôt huit heures ; on éteignit la télévision, et les habitués du bar s'éclipsèrent.

Quand les musiciens eurent vérifié les amplis et accordé leurs instruments, ils allèrent se détendre derrière la scène. Mike rejoignit Julie et ils se firent un devoir de ne pas évoquer les derniers événements, ce qui était, à vrai dire, une manière comme une autre d'y penser.

Une lueur de colère brillait dans le regard de Mike.

— Je veillerai sur toi, lui annonça-t-il avant de monter sur scène.

Des gens s'agglutinaient au bar, d'autres s'étaient attablés, et de petits groupes se formaient. Vers 9 heures, quand l'orchestre se mit à jouer, de nouveaux venus continuaient d'affluer. Une foule de plus en plus dense commandait des boissons au bar, mais Julie l'ignora, en espérant que l'atmosphère bruyante l'aiderait à oublier les innombrables questions qu'elle se posait. Malgré tout, elle se tournait instinctivement vers la porte chaque fois qu'elle s'ouvrait, de peur d'apercevoir Richard.

Des dizaines de personnes entrèrent, mais il n'apparut pas.

La soirée s'écoula. 10 heures, 11 heures, enfin minuit... À mesure que Julie retrouvait son aplomb, sa fureur croissait.

Elle mourait d'envie de sermonner Richard en public – de claironner, à son intention, le genre de tirade qui s'accompagne d'un doigt pointé vers son destinataire. *Pour qui te prends-tu ? Crois-tu que je vais supporter cette foutue histoire une seconde de plus ?* (Doigt pointé.) *J'ai traversé trop d'épreuves dans ma vie pour te laisser le dernier mot. Je te répète que je ne te permettrai pas d'empoisonner ma vie.* (Doigt pointé, deux fois de suite.) *Tu t'imagines que je suis une mauviette ? Une pauvre petite chose qui va s'asseoir en tremblant sur son canapé, dans l'attente du coup suivant ? Non, je ne suis pas celle que tu crois !* (Doigt pointé.) *Monsieur Richard Franklin, il est temps de me ficher la paix ! Que le meilleur gagne, comme on dit ; et vous n'êtes pas le meilleur, mon vieux. Vous n'avez aucune chance de gagner !* (Doigt pointé trois fois, et ponctué des hourras de plusieurs douzaines de femmes qui se sont levées spontanément.)

Tandis qu'elle ruminait sa vengeance, des jeunes gens s'étaient glissés près de Julie et commandaient des boissons pour eux-mêmes et quelques copains qui n'avaient pas pu accéder au bar. Quand ils s'éloignèrent, peu après, elle jeta un regard de côté.

À peine plus loin était accoudée une silhouette familière. Richard...

Tétanisée, elle oublia aussitôt sa tirade dévastatrice.

Il était là. Il l'avait suivie, une fois de plus...

Depuis la scène, Mike l'avait vu entrer, une minute avant. Sur le point de se ruer sur lui pour le chasser, il avait continué à jouer non sans peine.

Richard l'avait salué en grimaçant, et il s'était dirigé vers le milieu du bar, comme s'il n'avait pas remarqué la présence de Julie.

Je vais lui faire sa fête, se disait Mike, secoué par une nouvelle décharge d'adrénaline. Un geste de trop et il le réduisait en miettes !

Julie voyait Richard, sentait sa présence comme une respiration trop forte dans un ascenseur bondé.

Immobile, il prétendait l'ignorer. Le dos au bar et un verre à la main, il laissait planer son regard sur la foule. Un quelconque client du *Clipper*, venu là par le plus grand des hasards...

Tu ne me fais pas peur ! se répétait Julie.

L'orchestre attaqua un autre air. Elle remarqua les traits tendus de Mike, son regard agressif. Il articula du bout des lèvres : *J'ai bientôt fini*, et elle hocha la

266

tête ; il lui fallait, au plus vite, une boisson alcoolisée qu'elle avalerait d'un trait.

Dans la pénombre, elle distinguait le profil de Richard. Un instant, elle surprit un sourire narquois sur ses lèvres, comme s'il se sentait observé.

La gorge sèche, elle mourait de peur ; mais c'en était trop ! Pareille à un automate, elle se leva et fit quelques pas dans sa direction. À son approche, il se retourna d'un air agréablement surpris.

— Julie ! Je ne savais pas que tu étais au bar. Que deviens-tu ?

— Dis-moi plutôt ce que tu fais ici, Richard !

— Je bois un verre...

— Je te prie de me laisser en paix !

Impressionnées par le ton de Julie, plusieurs personnes se retournèrent.

— Que dis-tu ? balbutia Richard.

— Tu as parfaitement compris !

— Non, pas du tout.

— Tu m'as suivie...

— Quoi ?

Un grand nombre de curieux les observaient. Julie sentit la tirade qu'elle avait préparée lui revenir à l'esprit. Depuis la scène, Mike dardait son regard sur elle ; à peine eut-il fini de chanter, il laissa tomber sa guitare pour la rejoindre.

— De quel droit me suis-tu partout, Richard ? claironna Julie.

Richard leva les bras en l'air.

— Du calme, du calme ! Je ne sais pas de quoi tu parles...

— On ne terrorise pas facilement une fille comme moi ! Si tu continues, je préviens la police et je te fais boucler. Tu t'imagines que tu vas continuer à me laisser des messages ?

267

— Je ne t'ai pas laissé de messages !

Julie s'égosillait maintenant, et les regards couraient entre elle et Richard, tandis que les répliques fusaient. Les curieux en demi-cercle reculèrent d'un pas, redoutant une bagarre.

Julie était lancée. Ce qu'elle vivait à cet instant surpassait tout ce qu'elle avait imaginé. *C'est bien, ma fille !* se disait-elle.

Elle fixa Richard.

— Tu vas cesser, oui ou non ? Je sais que tu m'as suivie aujourd'hui.

— Je ne t'ai pas vue de toute la journée ! J'étais sur un chantier.

— Tes mensonges sont inadmissibles !

— Quels mensonges ?

— Je te prie de me laisser tranquille. Tu m'entends ?

Richard, en quête d'un encouragement, interrogea du regard les visages qui l'entouraient.

— Vraiment, je n'y comprends rien. Je ferais sans doute mieux de m'en aller...

— C'est fini ; comprends-tu ?

Mike fendit alors la foule ; Julie, rouge de colère, semblait malgré tout effrayée. Il croisa le regard de Richard et surprit sur son visage la même grimace de défi – invisible pour une personne non avertie – qu'à son entrée dans la salle.

Il ne lui en fallut pas plus pour que sa fureur, accumulée depuis le début de l'après-midi, explose. Comme un joueur de rugby plaquant son adversaire, il fonça la tête la première sur Richard, qui, soulevé dans les airs, alla heurter le bar avec la partie supérieure de son torse. Des bouteilles et des verres volèrent en éclats et des cris retentirent.

Après avoir empoigné Richard par le col de sa veste, Mike lui tordit un bras ; l'ayant déséquilibré, il lui décocha un premier coup de poing dans la joue. Richard heurta de nouveau le bar et s'y agrippa ; quand il se releva – lentement –, il avait une estafilade sous l'œil. Mike le frappa encore ; sa tête pivota sur le côté, et, comme si l'action se déroulait au ralenti, il se cogna à un tabouret, rebondit, puis chancela avant de rouler à terre. Un filet de sang suintait de sa bouche. Mike se préparait à lui assener un autre coup, quand un groupe d'hommes arriva derrière lui pour le maîtriser.

Le pugilat avait duré moins de quinze secondes. Mike se débattit jusqu'au moment où il réalisa que ces hommes n'intervenaient pas avec l'intention de donner sa chance à Richard, mais pour lui éviter d'être plus gravement blessé. Dès qu'ils l'eurent lâché, Julie le prit par la main et l'entraîna dehors.

Quant aux musiciens de l'orchestre, ils n'avaient pas jugé bon d'intervenir.

27

Une fois dehors, Mike s'adossa au hayon de sa voiture pour rassembler ses esprits.

— Une minute, Julie ! murmura-t-il.

— Tu te sens bien ?

Les mains plaquées sur son visage, Mike soupira.

— Ça va ! J'ai un peu pété les plombs...

Julie s'approcha et défroissa la chemise de Mike.

— C'est une facette de ta personnalité que j'ignorais. Je tiens à te dire que je me serais parfaitement débrouillée par mes propres moyens...

— Je n'en doute pas, mais le regard qu'il m'a lancé m'a mis hors de moi.

— Quel genre de regard ?

Quand Mike lui eut décrit l'expression de Richard, Julie admit en frissonnant qu'elle n'avait rien remarqué.

— Je pense que tu n'étais pas censée le remarquer, répliqua Mike. Espérons que c'est une affaire classée !

Ils gardèrent le silence un long moment.

Quelques clients du *Clipper* étaient sortis et regardaient dans leur direction. Julie avait l'esprit ailleurs : elle se remémorait les paroles de Richard, auxquelles elle n'avait pas prêté une grande attention. Il était allé travailler... Il avait passé sa journée sur son chantier...

— Espérons..., souffla-t-elle.

— C'est une affaire classée ! répéta Mike.

Julie ébaucha un sourire, mais elle semblait préoccupée.

— Il m'a dit qu'il ne m'avait pas épiée aujourd'hui et qu'il ne m'a jamais téléphoné. Il prétendait ne rien comprendre à mes accusations.

— Tu t'attendais à des aveux ?

— Je ne sais pas ; je pensais plutôt qu'il ne dirait rien.

— Tu es toujours sûre que c'est lui ?

— Oui, j'en suis sûre... Enfin, je crois en être sûre...

— C'est lui. Je l'ai lu sur son visage !

— Probablement, fit Julie en baissant les yeux.

Mike serra sa main dans la sienne.

— Tu voudrais que je me reproche d'avoir tabassé un innocent ? Fais-moi confiance ; je sais ce que je dis ! Et s'il récidive, nous irons porter plainte. Rien ne pourra nous arrêter... Si ce n'était pas lui, sous quel prétexte serait-il venu ce soir au *Clipper* ? Pourquoi se serait-il installé si près de toi sans te dire bonjour ? Vous étiez à moins d'un mètre l'un de l'autre...

Julie ferma les yeux. Mike avait raison ! Richard lui avait affirmé, peu de temps avant, qu'il n'aimait pas le *Clipper* ; il était donc là parce qu'il l'avait vue entrer avec Mike. Et il l'avait vue parce qu'il l'épiait... Ensuite, il avait menti. Après s'être conduit d'une manière aussi aberrante, il était évident qu'il ne dirait pas la vérité !

Mais pourquoi ne s'était-il pas dissimulé cette fois-ci ? Comment interpréter cette nouvelle tactique ?

Malgré la chaleur de l'air, Julie frissonna.

— Si j'allais tout de suite porter plainte au commissariat de police ?

— Excellente idée !

— Tu m'accompagnes ?

— Bien sûr. Tu te sens mieux maintenant ?

— Un peu, mais j'ai encore peur.

Mike passa doucement un doigt sur la joue de Julie

— Tu n'as rien à craindre puisque je veille sur toi. D'accord ?

— D'accord, murmura Julie, en frémissant sous cette caresse.

Au bar, quand Richard parvint enfin à se relever, l'une des premières personnes à l'approcher fut Andrea.

Elle avait vu Mike sauter de la scène et se frayer un chemin à travers la foule. Le type avec qui elle dansait – encore un drôle de numéro, bien qu'il ait une cicatrice assez sexy sur le cou – avait attrapé sa main en chuchotant : « Viens, ça va castagner... » Ils étaient arrivés trop tard pour assister au pugilat, mais elle avait vu Julie entraîner Mike, tandis que Richard s'agrippait aux derniers barreaux du tabouret. Quelques clients du bar l'aidaient à se remettre sur pied ; en les écoutant commenter l'événement, elle réalisa ce qui s'était passé.

« Ce type l'a attaqué », disait l'un. « Il se tenait tranquille quand cette femme s'est mise à l'insulter ; et puis un autre gars a surgi. Il n'y est pour rien ! » renchérissait un autre.

Andrea remarqua sa joue balafrée et le sang sur ses lèvres. Éberluée, elle cessa de mâcher son chewinggum. Comment Mike, qui n'élevait jamais la voix, avait-il pu attaquer quelqu'un ? Elle l'avait vu bouder, peut-être, mais elle l'aurait cru incapable d'une réaction violente. Or, elle avait la preuve du contraire : Richard se relevait, sous ses yeux, en titubant.

Il souffrait ! Il avait besoin d'elle ! Sans l'ombre d'une hésitation, elle fonça littéralement sur lui, après avoir largué le type avec qui elle dansait.

— Oh ! mon Dieu ! Comment vous sentez-vous ?

Richard l'observa sans répondre. Comme il titubait, elle glissa un bras autour de sa taille. Il n'y avait pas une once de graisse sur son abdomen...

— Que s'est-il passé ? reprit-elle, les joues écarlates.

— Il s'est jeté sur moi et il m'a frappé.

— Pourquoi ?

— Aucune idée !

Il tituba de nouveau, et Andrea le sentit prendre appui sur elle ; puis il posa un bras sur son épaule. Rien que du muscle, là aussi...

— Vous feriez bien de vous asseoir un instant. Laissez-moi vous guider !

Ils s'avancèrent à petits pas, et la foule commença à se disperser. Andrea était aux anges, car on aurait dit la scène finale d'un film – juste avant que le générique se déroule. Elle battait des cils d'un air langoureux quand Joe le Boiteux s'approcha en clopinant, pour aider Richard lui aussi.

— C'est moi le patron ! aboya-t-il. Je voudrais causer un moment avec vous.

Il entraîna Richard, et Andrea, brusquement repoussée sur le côté, dut céder la place tandis qu'ils s'installaient à une petite table pour discuter.

Boudeuse, elle les observa du bar. Le temps que le garçon avec qui elle avait passé le début de la soirée vienne la rejoindre, elle avait déjà décidé ce qu'elle avait à faire.

Julie souhaitait n'avoir jamais à revivre une pareille journée.

Depuis le début de la matinée, elle avait éprouvé une gamme incroyable d'émotions. Si elle avait dû établir une hiérarchie, elle aurait placé cette journée en première position sur le plan de l'angoisse (pire que la première nuit où elle avait dormi sous un pont de l'autoroute, à Daytona), en troisième sur le plan du découragement (le jour de la mort de Jim et celui de son enterrement la devançaient dans cette catégorie), et en première aussi sur le plan de la fatigue. Vu la dose d'amour, de colère, de larmes, de rires, de surprises, et d'inquiétudes au sujet de l'avenir qu'il fallait y ajouter, c'était une journée qu'elle n'oublierait pas de si tôt.

Dans la cuisine, Mike secouait le marc de café décaféiné, resté au fond du filtre. Il s'était montré silencieux durant le trajet et avait réclamé de l'aspirine dès leur retour. Après avoir ingurgité quatre comprimés, il s'était versé un verre d'eau pour les faire passer. Elle venait de s'asseoir à la table, quand Crooner, certainement en manque d'attention depuis quelque temps, se blottit contre elle.

Mike avait raison, en fin de compte. Non seulement Richard avait tout planifié, mais il avait prévu sa réaction. Pas l'ombre d'un doute ! Sinon, ses réponses et ses mensonges n'auraient pas fusé aussi rapidement, et aussi *naturellement*.

En outre, il n'avait opposé aucune résistance à Mike. Ce dernier point surtout préoccupait Julie.

Quelque chose lui semblait bizarre... Même si Mike avait bénéficié de l'effet de surprise, celle-ci n'aurait pas dû être si vive. Elle avait eu le temps de le voir approcher et de reculer sur son passage ! Non seulement Richard n'avait pas bougé, mais il n'avait pas cherché à esquiver les coups... S'il avait deviné comment elle réagirait, ne pouvait-il anticiper aussi la réaction de Mike ? En avoir au minimum une vague idée, et, dans ce cas, en tenir compte ?

Et pourquoi avait-elle l'impression qu'il avait planifié cela également ?

— Vous tenez sur vos jambes ? demanda Joe le Boiteux. Le choc a été rude...

Il était debout derrière la porte du *Clipper* avec Richard.

— J'ai surtout envie de rentrer chez moi, fit ce dernier en hochant du chef.

— Je vous appellerais volontiers une ambulance...

« Surtout, ne portez pas plainte contre moi », crut entendre Richard. Agacé par ce vieil homme, il poussa la porte et sortit dans la nuit.

En avançant sur le parking, il remarqua une silhouette adossée à sa voiture.

— Salut, Richard ! susurra Andrea.

— Salut, répondit-il, après un instant d'hésitation.

Le menton légèrement levé, elle le regarda dans les yeux.

— Vous vous sentez mieux ?

Il haussa les épaules ; Andrea s'éclaircit la voix.

— Ça pourrait vous surprendre après ce qui vient de se passer, mais je me demandais si vous pourriez me déposer chez moi.

— Et votre copain ?

Elle hocha la tête en direction du *Clipper*.

— Il est à l'intérieur... Je lui ai dit que j'allais aux toilettes.

Richard haussa un sourcil en silence. Andrea fit un pas vers lui et frôla d'une main le bleu qu'il avait sur la joue, son regard plongé dans le sien.

— Je t'en prie ! souffla-t-elle.

— Et si je t'emmenais ailleurs ?

Comme elle penchait la tête, perplexe, il ajouta en souriant :

— Tu peux te fier à moi !

Dans la cuisine, la cafetière électrique chuintait.

— À quoi penses-tu, Julie ? demanda Mike, assis à la table.

Elle faillit lui répondre que ce qui s'était passé ce soir-là lui semblait louche ; mais se doutant qu'il chercherait à la persuader du contraire, elle préféra rester dans le vague.

— Je repense à toute cette histoire... Les événements défilent dans mon esprit.

— Dans le mien aussi...

Le café était passé et Mike alla emplir deux tasses.

Crooner traversa le living, les oreilles dressées. Dans leur hâte de partir, ils n'avaient pas baissé les stores... Une voiture descendait la rue. À cette heure de faible circulation, l'un de leurs voisins rentrait sans doute chez lui, après une soirée en ville. Mais au lieu de voir le ciel s'obscurcir à mesure que la voiture s'éloignait, Julie eut l'impression que les faisceaux des phares devenaient plus denses. On aurait dit des doigts entrelacés, attirant vers eux des nuées d'insectes.

Crooner se mit à aboyer, puis à gronder.

La luminosité des phares restait constante. Comprenant que la voiture s'attardait sur la route, Julie se crispa sur son siège. Elle entendit le moteur tourner, et, soudain, les phares s'éteignirent. Une portière de voiture claqua.

Richard était là...

Tandis que Crooner, le poil hérissé, n'en finissait pas d'aboyer, Mike posa une main hésitante sur l'épaule de Julie, puis il s'avança.

Crooner semblait déchaîné. Mike resta soudain figé sur place : il avait cru entendre un bruit étrange.

Le bruit recommença. Quelqu'un frappait à la porte... Mike, déconcerté, se tourna vers Julie, avant de jeter un coup d'œil par la fenêtre.

— Tout va bien ! marmonna-t-il alors.

Un réel soulagement se lisait sur son visage.

Crooner avait cessé de grogner, mais il suivit Mike lorsqu'il alla tourner la poignée de la porte. Quelques secondes après, Julie aperçut deux policiers debout sur le porche.

L'inspecteur Jennifer Romanello, nouvelle venue en ville et depuis peu à son poste, attendait avec impatience le jour où elle aurait sa propre voiture de police, tout au moins pour s'affranchir du type avec qui elle travaillait.

Après avoir accompli l'essentiel de sa formation à Jacksonville, elle était arrivée depuis à peine un mois à Swansboro, et elle faisait équipe avec Pete Gandy. Plus que quatre semaines à tirer ! Les « bleues » étaient censées travailler avec un inspecteur chevronné, pendant leurs six premières semaines en poste, afin de compléter leurs connaissances ; mais si elle entendait Gandy affirmer une fois de plus son intention de lui apprendre les « ficelles du métier », elle finirait par l'étrangler !

Gandy coupa le contact et laissa planer son regard sur elle.

— Je m'occuperai moi-même de cette affaire ! Vous êtes ici pour apprendre les ficelles du métier...

Elle songea un instant à le tuer.

— Je vous attends dans la voiture ?

Cette note d'humour échappa à Gandy, qui fit jouer ses biceps avec le plus grand sérieux. Il croyait en ses muscles et aimait se contempler dans son rétroviseur avant de passer à l'action.

— Non, mon petit, déclara-t-il d'un ton paternaliste. Venez avec moi, mais laissez-moi parler. Et surtout, ouvrez grands les yeux !

Il n'était dans la police que depuis deux ans et Swansboro n'était pas le centre d'une activité criminelle débordante, mais il avait émis l'hypothèse que la Mafia commençait à s'infiltrer et que lui, Pete Gandy allait y mettre bon ordre.

Serpico, son film préféré, avait éveillé sa vocation de policier...

— Comme vous voudrez, articula Jennifer, exaspérée à l'idée de travailler avec un pareil abruti.

— Mike Harris ! fit l'inspecteur Gandy d'un ton solennel.

Histoire de jouer sur le prestige de l'uniforme ? se demanda Jennifer. Elle lui aurait volontiers tapé sur la nuque pour lui rappeler qu'il connaissait Mike et Julie depuis des années. Au cours du trajet, il lui avait effectivement signalé que Mike entretenait sa voiture et qu'il se faisait couper les cheveux par Julie. Il n'avait même pas eu besoin de chercher son adresse !

Jennifer soupira : Swansboro était une petite bourgade... Élevée dans le Bronx, elle découvrait un monde à part, dont elle n'avait pas encore l'habitude.

— Salut, Pete ! répondit Mike. Je peux faire quelque chose pour toi ?

— Nous souhaitons te parler une minute.

— Entrez donc !

Voyant Jennifer et Pete hésiter sur le seuil, Mike laissa tomber son regard sur Crooner.

— Ne craignez rien ; c'est une brave bête.

Les inspecteurs entrèrent et Mike leur proposa un café.

— Non, merci, marmonna Pete. Interdiction de boire pendant le service !

Jennifer écarquilla les yeux, cette règle n'étant valable que pour l'alcool.

Julie, qui venait de sortir de la cuisine, se tenait légèrement en retrait, les bras croisés ; Crooner prit place à ses pieds.

— De quoi s'agit-il, Pete ? fit-elle.

L'inspecteur Pete Gandy n'aimait pas être appelé par son prénom quand il portait l'uniforme : trop de familiarité le désarçonnait. Après s'être raclé la gorge, il s'adressa à Mike.

— Es-tu allé au *Clipper* ce soir ?

— Oui, je jouais avec l'Ocracoke Inlet.

Pete lança un coup d'œil satisfait à Jennifer. Un vrai scoop ! faillit ironiser celle-ci, car des centaines de personnes avaient pu constater ce fait.

— Et tu as eu une altercation avec un certain Richard Franklin, insista Pete.

Julie bondit dans le living, sans laisser à Mike le temps de répondre.

— Qu'est-ce que c'est que cette histoire ?

Pete Gandy jubilait. À part dégainer, rien ne lui plaisait autant dans ce métier, même s'il s'adressait à des gens de sa connaissance. Le devoir avant tout ! La moindre faiblesse de sa part, et Swansboro deviendrait la capitale mondiale du crime. En un mois, il venait de distribuer une douzaine de PV à des piétons indisciplinés, et au moins autant à des gens qui souillaient la rue de leurs détritus.

— Eh bien, j'ai le regret de vous annoncer que

plusieurs témoins vous ont vus attaquer M. Franklin, sans provocation de sa part. Il s'agit d'une agression ; vous avez enfreint la loi...

Deux minutes plus tard, Mike montait dans la voiture de police.

28

— Ils l'ont arrêté ? demanda Mabel, incrédule.

Étant allée voir son frère à Atlanta, elle n'avait appris la nouvelle que le matin même, à son arrivée au salon. Depuis une dizaine de minutes, Julie la mettait au courant. Andrea, qui séchait les cheveux d'un client, ne perdait pas un mot de leur conversation ; et plus elle écoutait Julie, plus elle avait envie de lui dire qu'elle ne savait pas de quoi elle parlait.

Richard n'était pas dangereux. Mike l'avait agressé ! D'ailleurs, Richard avait finalement retrouvé la raison : Julie ne l'intéressait plus du tout.

Richard, le plus romantique des hommes, l'avait emmenée *elle* à la plage, et il avait passé des heures à bavarder avec *elle*, sans même la draguer. Jamais personne ne l'avait traitée avec tant d'égards... Il l'avait priée de ne rien dire à Julie, de peur de la peiner. Comment pouvait-on accuser un être aussi délicat de harcèlement ? Bien qu'il ait refusé d'entrer, après l'avoir déposée devant sa porte, cette soirée lui laissait un souvenir ému.

Julie haussa les épaules. Elle avait le visage pâle et les traits tirés, comme si elle avait à peine fermé l'œil de la nuit.

— Pete Gandy l'a interrogé pendant une heure, et il l'a gardé jusqu'à ce qu'Henry verse une caution.

— Pete Gandy ! fit Mabel, sidérée. À quoi pensait-il ? Mike n'a pas réussi à le convaincre ?

— Apparemment non. Il croyait à une véritable crise de jalousie, et il voulait en savoir plus sur ses motivations quand il a agressé Richard.

— Lui as-tu expliqué ce qu'il s'est passé ?

— J'ai essayé, mais, pour lui, ça n'a aucun rapport avec l'agression.

Mabel lança son sac sur la table recouverte de magazines.

— Pete est un imbécile. Il l'a toujours été ! Je me demande comment il a atterri dans la police.

— Moi aussi, mais ça ne résout pas notre problème.

— Penses-tu que Mike va être inculpé ?

— Nous le saurons aujourd'hui, je suppose. Il a rendez-vous tout à l'heure avec Steven Sides.

Steven Sides était un avocat local, dont Mabel connaissait la famille depuis des années.

— Un choix astucieux ! L'as-tu déjà rencontré ?

— Non, mais Henry le connaît, et j'espère que Sides pourra s'entendre avec le procureur.

— Que comptes-tu faire au sujet de Richard ?

— Je change aujourd'hui mon numéro de téléphone.

— C'est tout ?

— Pour l'instant ! Pete ne m'a rien conseillé, sinon de porter plainte si ça continuait.

— As-tu reçu de nouveaux appels, dimanche ?

— Non, grâce au ciel.

— Tu ne l'as pas vu non plus ?

— Non.

De l'autre côté du salon Andrea fronça les sourcils : c'était à *elle* que pensait maintenant Richard.

— À ton avis, il avait calculé son coup ? s'enquit Mabel.

— Je pense que tout était prémédité, y compris la bagarre de samedi soir au bar. Richard joue un jeu bizarre...

— Ce n'est pas un jeu, objecta Mabel en transperçant Julie du regard.

Celle-ci resta un moment silencieuse, avant de murmurer :

— Je sais.

— Comment s'est passé l'interrogatoire ? demanda Henry à Mike.

Ils s'étaient assis dans son bureau, son frère et lui, après avoir refermé la porte derrière eux.

— Difficile à dire... Il m'a semblé que Pete avait une idée en tête et que mes paroles ne pouvaient rien changer à ses convictions.

— Il ne s'est pas intéressé aux coups de téléphone, ni au fait que Richard vous avait épiés ?

— Il prétend que Julie fait beaucoup d'histoires pour rien. Les gens ont l'habitude d'aller au supermarché, de se faire couper les cheveux, etc. Rien de plus normal, selon lui !

— Et comment était l'autre flic ? La femme ?

— Aucune idée ! Pete ne l'a pas laissée prononcer un seul mot...

Henry avala une gorgée de café.

— Tu t'es vraiment mis dans le pétrin, ce coup-ci, Mike ! Mais ce n'est pas moi qui te jetterai la pierre ; à ta place, j'aurais réagi de la même manière...

— Et maintenant, que va-t-il se passer ?

— À mon avis, tu ne risques pas la prison !

— Ce n'était pas ma question, Henry.

— Tu pensais à Richard ?

— Exactement.

Henry reposa sa tasse de café sur la table.

— Si seulement je savais, p'tit frère !

Ce matin-là, l'inspecteur Romanello était déjà excédée par Gandy, après une petite heure de travail commun. Elle avait dû arriver en avance pour rédiger les comptes rendus du dimanche, qu'il n'avait pas terminés. « Avec tout le mal que je me donne pour sécuriser les voies publiques, je ne peux pas rester cloué à mon bureau pendant tout mon service. Et puis, ça vous permettra d'apprendre les ficelles du métier ! » lui avait-il déclaré, une fois de plus.

Au cours de ses deux semaines de stage, elle avait réalisé qu'il était ravi de se décharger sur elle de toutes les corvées, pour consacrer plus de temps à ses exercices de poids et haltères devant la glace. En matière d'interrogatoires, ce type était un véritable plouc !

Elle en avait eu la preuve flagrante quand il avait interrogé Mike. Il n'y avait pas besoin d'être lauréat du prix Nobel pour comprendre que Mike et Julie étaient terrorisés par Richard Franklin ; et s'ils disaient vrai, ils avaient de bonnes raisons de se méfier. Pete Gandy n'avait pas plus d'intuition qu'un poteau de bois, alors qu'elle possédait un flair de renard. Malgré son statut de simple stagiaire, elle avait entendu parler de ce genre de problèmes depuis belle lurette.

Issue d'une longue lignée de flics, elle avait un père, un grand-père, et deux frères dans la police. Originaire de New York, elle avait atterri en Caroline du Nord : c'était une longue histoire, incluant ses études universitaires, un ancien petit ami, l'envie de vivre sa vie et de découvrir d'autres horizons. Six mois plus tôt, elle s'était inscrite à l'école de police sur un coup de tête, et avait eu la surprise d'être acceptée à un nouveau poste, créé à Swansboro. Ravi qu'elle entre dans la « maison », son père avait été navré par son départ en Caroline du Nord, « un pays où ils mangent du gruau de maïs et où ils chiquent ». Qu'allait faire une jolie petite Italo-Américaine en un lieu pareil ?

Contre toute attente, elle s'était adaptée. Tout se passait beaucoup mieux que prévu... Les automobilistes (oui, sans blague !) adressaient un signe amical à des inconnus ; et les gens étaient fort sympathiques, à l'exception de Pete Gandy. Du coin de l'œil, elle l'observa : il repliait le bras pour gonfler son biceps, et hochait la tête chaque fois qu'il dépassait une voiture, comme pour signifier au conducteur qu'il ferait mieux de ralentir.

— Que pensez-vous de la déposition de Mike Harris, l'autre soir ? demanda-t-elle enfin à Pete.

Absorbé par ses hochements de tête, l'inspecteur ne comprit pas tout de suite qu'elle s'adressait à lui.

— Hum..., fit-il. Il cherchait des prétextes ! J'ai vu ça des centaines de fois. Un type qu'on accuse s'en prend systématiquement à un autre. Personne ne s'estime coupable, et si quelqu'un commet une infraction, il a toujours une bonne excuse. Quand vous connaîtrez les ficelles du métier, vous vous rendrez compte que je vois juste.

— Vous m'aviez dit pourtant que vous connaissez Mike Harris et qu'il vous semble un homme rangé.

— Ça ne fait rien ! La loi est la même pour tous.

Pete voulait passer pour un être sage, et surtout équitable, se dit Jennifer ; mais après deux semaines de travail en équipe, elle avait conclu qu'aucun de ces deux adjectifs ne s'appliquait à lui. Sage et équitable, un homme qui considérait la boxe professionnelle comme un sport authentique et qui n'avait pas une once de bon sens ? Elle l'avait vu donner un PV à une pauvre femme en train de traverser la rue avec un déambulateur ! Et quand elle avait voulu poser une question à Mike Harris, il l'avait interrompue en le priant « de ne pas faire attention à cette petite dame, qui apprend les ficelles du métier ».

Hors du commissariat, elle l'aurait remis vertement à sa place ; d'ailleurs, elle n'avait pas été loin de lui clouer le bec. Une petite dame ? Dès qu'elle aurait terminé son stage, elle comptait lui faire payer cher sa grossièreté. D'une manière ou d'une autre, elle lui rendrait la monnaie de sa pièce.

Mais tant qu'elle n'avait pas terminé sa formation – même s'il s'agissait de son dernier stage –, elle avait intérêt à se dominer ! En outre, le problème n'était pas là. Le problème concernait Mike Harris, Richard Franklin, et, bien sûr, Julie Barenson. Après avoir entendu Mike et Julie, et remarqué l'attitude trop polie pour être honnête de Richard quand on l'avait interrogé, elle avait passé une mauvaise nuit.

Cet homme n'avait pas le profil d'une innocente victime. Et ni Julie ni Mike ne lui donnaient l'impression de mentir.

— Vous ne pensez pas qu'on devrait tout de même y regarder de plus près ? suggéra-t-elle. Au cas où Mike et Julie diraient la vérité...

Pete soupira avec lassitude.

— Dans ce cas, ils auraient dû venir porter plainte au commissariat ! Ils ne se sont pas donné cette peine et ils ont admis qu'ils ne disposent d'aucune preuve. Julie n'était même pas sûre que Richard Franklin soit l'homme des coups de téléphone ! Qu'en dites-vous ?

— Hum...

— Vous devriez comprendre qu'ils ont probablement cherché à nous rouler, mais nous ne nous sommes pas laissés avoir !

— Cette Julie Barenson avait l'air vraiment terrorisée, insista Jennifer.

— On le serait à moins ! On venait arrêter son petit ami...

— À New York, la police...

Pete Gandy fit taire Jennifer d'un geste.

— Je me fiche pas mal de la police de New York ! C'est différent, ici... Les gens ont le sang chaud... Quand vous connaîtrez les ficelles du métier, vous réaliserez que la moindre altercation est liée à un règlement de comptes familial ou à une vengeance. Les forces de l'ordre n'aiment pas trop s'en mêler, sauf quand les gens dépassent les bornes, comme cette fois-ci ! Enfin, j'ai parlé au commissaire ce matin : il a reçu, paraît-il, un appel de l'avocat de Mike et ils vont tâcher de se mettre d'accord. C'est donc une affaire pratiquement réglée, en ce qui nous concerne... Sauf si la justice s'en mêle !

— Ah bon ? s'étonna Jennifer.

Pete haussa les épaules

— Je n'en sais pas plus !

Ce crétin avait la fâcheuse habitude de lui cacher des informations au sujet des affaires en cours, se dit Jennifer. Un bon truc pour lui signifier que c'était *lui* le patron.

Elle repensa, en silence, à Mike et Julie. Et si elle allait leur parler à nouveau, de préférence quand Pete ne serait pas dans les parages ?

Debout à côté de Mike, Henry écoutait sa conversation téléphonique avec son avocat. « Vous plaisantez ? » était suivi de : « Ce n'est pas sérieux ! » et de : « Je ne peux pas y croire ! » Mike semblait éberlué et arpentait le petit bureau à grandes enjambées, ponctuées de ce genre de remarques.

Finalement, il articula un certain nombre de mono-syllabes, avant de raccrocher d'un air énigmatique.

— Que se passe-t-il ? fit Henry, désemparé.

— Il me dit que l'avocat de Richard Franklin vient de le contacter.

— Et alors ?

Tourné vers la porte, Mike évita le regard de Henry.

— Ce type a l'intention de demander un mandat d'arrêt temporaire contre moi, jusqu'à ce que l'affaire soit classée. Richard Franklin me considère, paraît-il, comme une menace pour lui.

— Toi ?

— Oui ! Et il compte également porter plainte.

— Ce n'est pas sérieux !

— J'ai fait la même remarque, mais l'avocat de Richard prétend qu'il ne s'est pas encore remis de notre bagarre. Samedi soir, il était apparemment capable de rentrer chez lui par ses propres moyens ; mais, dimanche matin, il voyait trouble et souffrait de tels vertiges qu'il a dû appeler un taxi pour le déposer à l'hôpital. Mes coups auraient provoqué une commotion cérébrale...

Henry se balança un instant d'avant en arrière.

— Lui as-tu dit que Richard ment ? D'accord, tu l'as bien cogné ! Je ne sous-estime pas ta force, mais de là à provoquer une commotion cérébrale...

Mike haussa les épaules. Comment avait-il pu se laisser déborder par les événements ? Trois jours avant, il ne pensait même pas à Richard. Deux jours avant, il souhaitait simplement que ce type cesse de harceler Julie. Et maintenant, il passait pour un criminel, car il avait eu une réaction... naturelle.

L'inspecteur Pete Gandy était indéniablement un triste sire. Rien de tout cela ne serait arrivé si seulement ce flic l'avait écouté, ou s'il avait au moins cherché à comprendre son point de vue !

— Il faut que je parle à Julie, annonça-t-il en se levant.

Sur ces mots, il claqua la porte derrière lui.

Quand Mike la rejoignit au salon de coiffure, Julie comprit au premier regard qu'il était dans tous ses états.

— Quelle absurdité ! marmonnait-il. À quoi sert la police, dans ces conditions ? Le problème ce n'est pas moi, mais lui.

— Je sais, fit Julie d'une voix apaisante.

— Ils ne sont pas foutus de comprendre que je n'ai rien inventé ! Que je ne lui aurais jamais cherché querelle s'il ne l'avait pas mérité ! À quoi bon être innocent si on doute de ma parole ? C'est moi qui suis sur la défensive ! On m'a libéré sous caution et je dois prendre un avocat ! Voilà où en est notre système judiciaire... Ce type fait la loi, et je n'y peux rien...

Julie ne répondit pas tout de suite : Mike ne semblait pas attendre une réponse. Finalement, elle lui prit la main.

— Tu as raison... Ça n'a aucun sens et je suis désolée !

À son contact, Mike sembla se calmer, mais il évita son regard.

— Je le suis aussi.

— Pourquoi ?

— Parce que j'ai tout fait foirer avec la police. C'est ça qui m'inquiète le plus ! Peu importe ce qui m'arrive, je m'en sortirai ; mais toi ? Par ma faute, le police ne te croit pas. Qu'allons-nous devenir si elle continue à mettre notre parole en doute ?

Julie n'en pouvait plus : elle avait été obsédée toute la matinée par l'idée que Richard les avait manipulés d'un bout à l'autre. Tout s'était déroulé selon *son* plan...

— Ce n'est pas juste, marmonna Mike.

— Qu'en pense ton avocat ?

— Toujours pareil... D'après lui, il n'y a pas de raison de s'inquiéter pour l'instant.

— Facile à dire.

— En effet !

Mike dégagea sa main et prit une profonde inspiration, avant de se diriger vers la porte d'un air abattu.

— Tu viens chez moi, ce soir ? lui demanda Julie.

— Si tu m'acceptes encore... Si tu n'es pas trop furieuse...

— Je ne suis absolument pas furieuse, mais je le serais si tu ne venais pas. Je n'ai aucune envie de passer ma soirée toute seule !

Le cabinet de Steven Sides était situé près du tribunal. Mike prit un siège dans une vaste pièce lambrissée ; des étagères croulant sous les livres de droit tapissaient les murs, et un grand bureau rectangulaire trônait au centre.

Steven Sides, un homme d'une cinquantaine d'années, au visage poupin, aux cheveux noirs et aux tempes argentées, fit son entrée. Il portait un costume coûteux – sans doute en soie importée d'Italie – qui semblait froissé comme s'il ne l'avait pas suspendu à un cintre après l'avoir porté la dernière fois. Une certaine boursouflure de ses traits et du bout de son nez trahissait un léger excès de cocktails, mais son sérieux inspirait confiance à ses clients. Il s'exprimait calmement, en pesant chaque mot. Après avoir laissé Mike parler quelques minutes, il lui adressa une série de questions précises, auxquelles son client répondit sans rien omettre.

Steven Sides posa alors son crayon sur son bloc-notes.

— Comme je vous l'ai dit par téléphone, pour l'instant, vous n'avez pas à vous soucier outre mesure de l'altercation de samedi soir. (Il se cala dans son fauteuil.) J'ai de bonnes raisons de penser que le procureur n'engagera pas de poursuites contre vous. Pas de casier judiciaire, une réputation irréprochable... et des tas de gens pourraient venir témoigner en votre faveur... Dans ces conditions, il aurait du mal à trouver un jury disposé à vous condamner ! Par ailleurs, quand je lui signalerai les motifs qui vous ont poussé, il hésitera d'autant plus à vous poursuivre, même s'il n'y a aucune preuve de harcèlement.

— Mais au civil ?

— C'est une autre histoire ; néanmoins, il n'y a pas de risque immédiat, au cas où cela devrait se produire... Si le procureur laisse tomber l'affaire, ce n'est pas bon pour Richard Franklin. Si le procureur persiste et si vous gagnez, ce n'est pas fameux non plus pour lui ! Vraisemblablement, il n'y aura pas de plainte, à moins qu'il gagne, ce dont je doute fort. Vous avez vu Julie en difficulté et vous avez réagi, pour le meilleur ou pour le pire ; tout le monde peut l'admettre... Le mandat d'arrêt était simplement pour la forme. Je suppose que vous n'aurez aucun mal à vous tenir à l'écart de Franklin.

— Aucun !

— Très bien. Laissez-moi me débrouiller avec le procureur ; et plus un mot aux policiers ! Adressez-les-moi, je m'en charge...

Mike hocha la tête.

— Selon vous, je n'ai vraiment pas à m'inquiéter ?

— En tout cas, pas pour l'instant ! Je vais contacter certaines personnes et je vous dirai d'ici à quelques jours où nous en sommes. Si vous tenez à vous inquiéter, c'est à Richard Franklin qu'il faut penser !

Sides se pencha en avant, le visage sombre.

— Cela est entre vous et moi, n'est-ce pas ! Je vous le dis parce que vous me faites bonne impression, mais si vous répétez mes paroles, je nierai énergiquement.

L'avocat s'interrompit pour s'assurer que Mike l'écoutait avec une concentration absolue.

— Il faut comprendre comment fonctionne la police, reprit-il. Elle est formidable après un cambriolage ou un meurtre ! Le système a été conçu de manière à arrêter les gens, une fois qu'ils sont passés à l'acte... Malgré les nouvelles lois sur le harcèlement, la police est impuissante si quelqu'un s'acharne sur vous, en faisant en sorte de ne pas être pris en flagrant délit. Si un pervers a décidé de vous nuire à tout prix, sans se soucier des éventuelles conséquences, vous êtes pratiquement obligé de vous débrouiller par vos propres moyens.

— Vous pensez donc que Richard Franklin veut nuire à Julie ?

— C'est à vous de vous poser cette question ! Si vous avez l'impression que c'est le cas, à vous de jouer ! Car si la situation empire, personne ne pourra vous aider...

Cette conversation laissa Mike désemparé. Sides, un homme intelligent, l'avait rassuré sur le plan juridique, mais sa mise en garde lui semblait alarmante.

Richard allait-il se calmer ?

Mike passa un moment à réfléchir, près de sa camionnette. En revoyant le visage grimaçant de Richard lorsqu'il était au bar, il eut la réponse à la question qu'il se posait.

Richard n'allait pas lâcher prise. Il ne faisait que commencer...

Au volant de sa voiture, il crut entendre la voix de Sides lui disant : *Personne ne pourra vous aider.*

Mike et Julie essayèrent de passer leur soirée le plus normalement possible. Ils s'achetèrent une pizza en route, puis regardèrent un film à la télévision, sans se dissimuler l'un à l'autre qu'ils étaient tétanisés dès qu'une voiture remontait la rue. Ils avaient tiré les rideaux et gardé Crooner à la maison. Leur nervosité étant contagieuse, le chien tournait en rond comme s'il était en patrouille, sans oser grogner ou aboyer. Quand il finit par s'assoupir, il garda malgré tout une oreille dressée.

Cette nuit-là les frappa par son calme inhabituel. Comme Julie avait mis son nouveau numéro sur une liste rouge, le téléphone ne sonna pas une seule fois. Elle avait décidé de ne donner ce numéro qu'à un nombre restreint de connaissances, et prié Mabel de ne pas le communiquer à la clientèle. Si Richard ne pouvait plus l'appeler, il comprendrait peut-être le message, se disait-elle. Oui, peut-être...

Après dîner, elle interrogea Mike sur son entrevue avec l'avocat. Il lui rapporta les paroles plutôt rassurantes de Sides ; avec sa perspicacité habituelle, elle devina qu'il ne lui disait pas tout.

À l'autre bout de la ville, Richard, debout dans sa chambre noire, regardait, au fond de son bac de produits chimiques, les images prendre forme lentement sur le papier. Le visage écarlate, il assistait à ce phénomène encore magique pour lui : des fantômes et des ombres s'assombrissaient et devenaient réels... devenaient Julie !

Les yeux de Julie scintillaient au fond du plateau et tout autour de lui.

Il était toujours revenu à la photo, la seule constante de sa vie. La beauté fascinante de la lumière, jouant sur les images, donnait un sens à son existence et lui rappelait qu'il tenait sa destinée en main.

Depuis cette soirée mémorable, il n'avait pas cessé de jubiler. L'imagination de Julie s'était certainement déchaînée, et elle devait se demander sans cesse où il se trouvait, à quoi il pensait, et ce qu'il ferait ensuite. Comme s'il était un véritable monstre, le Croquemitaine de ses cauchemars d'enfance. Il avait grande envie d'en rire.

Et Mike, qui s'était rué sur lui au bar comme un chevalier sur sa monture ! Une réaction si prévisible qu'il avait eu du mal à garder son sérieux. Il n'avait aucun souci à se faire au sujet de Mike. Avec Julie, toutefois...

Elle était si émotive, si courageuse !

Si *vivante*.

En observant la photo qu'il avait sous les yeux, il remarqua une fois de plus la ressemblance entre Julie et Jessica. Les mêmes yeux, les mêmes cheveux, le même air candide. Dès l'instant où il avait franchi le seuil du salon de coiffure, il s'était dit qu'elles auraient pu être sœurs.

Le souvenir de Jessica le submergea. Pour leur lune de miel, il avait loué une maison aux Bermudes. Une demeure paisible et romantique, avec des ventilateurs au plafond, des meubles en vannerie, et un porche face à l'océan. Il y avait une plage privée où ils pouvaient se prélasser pendant des heures au soleil, seuls. Un moment tant attendu ! Il avait pris des dizaines de photos pendant les deux premiers jours.

Il adorait sa peau douce et lisse, luisant sous l'huile solaire. Le troisième jour, Jessica avait la couleur du bronze, et, dans sa robe de cotonnade blanche, elle était éblouissante. Il se voyait déjà la prenant dans ses bras, ce soir-là, et la déshabillant lentement, avant de faire l'amour sous la voûte étoilée.

Mais elle avait souhaité aller danser en discothèque. C'était leur lune de miel, avait-il objecté. Elle avait insisté : « Je t'en prie, fais ça pour moi ! » Et il avait cédé...

La boîte de nuit était bruyante, les gens buvaient, Jessica s'était mise à boire elle aussi. Elle bégayait, et quand elle avait titubé en direction des toilettes, elle s'était heurtée à un jeune homme. Comme elle était sur le point de renverser sa boisson sur lui, il avait effleuré son bras en riant ; elle avait ri à son tour.

Bouillant de rage à ce spectacle, il avait pourtant décidé de se montrer indulgent. Jessica était jeune et immature ! Il lui accorderait son pardon car il l'aimait, mais elle devrait lui promettre de ne plus jamais recommencer.

Quand il avait essayé de la raisonner, après leur retour, elle avait refusé de l'écouter. *C'était pour m'amuser !* prétendait-elle. *Tu n'avais qu'à en faire autant.*

Puis le ton avait monté.

— *Comment veux-tu que je m'amuse quand ma jeune épouse flirte avec des étrangers ?*

— *Je ne flirtais pas.*

— *Je t'ai vue !*

— *Arrête de te ridiculiser !*

— *Quoi ? Qu'est-ce que tu racontes ?*

— *Oh !... lâche-moi... tu me fais mal...*

— *Tu oserais répéter ?*

Finalement, elle l'avait déçu, conclut Richard.

Julie aussi l'avait déçu. Leur rencontre au super-marché, l'épisode du salon de coiffure, cette façon de lui raccrocher au nez... Il commençait à perdre tout espoir, mais elle s'était rachetée au bar. Elle n'avait pas pu l'ignorer ou s'éloigner simplement ; elle avait éprouvé le besoin de lui parler, et, malgré ses paroles amères, il avait deviné ses véritables sentiments. Oui, elle tenait à lui ! L'amour et la haine n'étaient-ils pas indissociables ? Une grande haine est la face cachée d'un grand amour, et elle avait eu l'air si furieuse...

Cette pensée lui donna du ressort.

Il sortit de la chambre noire et ses pas le portèrent vers sa chambre à coucher. Au milieu d'un fouillis d'appareils photo et d'objectifs, il prit son portable – car son téléphone fixe aurait risqué de le trahir. Ce soir-là, il avait absolument besoin d'entendre Julie. Au son de sa voix, il pourrait se revoir avec elle au théâtre... Les larmes aux yeux, elle haletait tandis que le Fantôme hésitait : se laisserait-il abandonner par la femme aimée, ou devaient-ils mourir tous les deux ?

Après avoir composé le numéro de Julie, il ferma les yeux, de plus en plus impatient ; mais à la place de la voix tant attendue, il entendit un message enregistré par la compagnie téléphonique. Il composa de nouveau le numéro, plus posément, mais il obtint le même mes-sage.

« Oh ! Julie ! Pourquoi ? Pourquoi ? » murmura-t-il, hébété.

29

Après le tumulte du mois précédent, la semaine suivante parut étonnamment paisible à Julie. Richard ne se manifesta pas une seule fois, y compris au cours du week-end. Le lundi avait été également calme, et elle croisait les doigts en espérant une journée semblable.

Elle s'annonçait d'ailleurs ainsi. Son nouveau numéro de téléphone, sur la liste rouge, l'avait mise à l'abri des appels indésirables. Tout en s'en réjouissant, elle se disait qu'elle n'avait plus qu'à enterrer son appareil derrière sa maison : jusqu'à la fin de ses jours, plus personne ne l'appellerait pour prendre de ses nouvelles.

Quatre personnes seulement – Mabel, Mike, Henry et Emma – connaissaient son numéro. Comme elle passait ses journées avec Mabel et ses nuits avec Mike, ils n'avaient aucune raison de lui donner un coup de fil. Henry ne lui avait jamais téléphoné de sa vie ; Emma était donc la seule personne susceptible de l'appeler. Mais, la sachant perturbée, son amie voulait apparemment lui laisser un moment de répit et lui éviter de sauter en l'air au déclenchement de la sonnerie.

Julie avait d'abord apprécié cette détente. Elle pouvait cuisiner, prendre sa douche, parcourir un magazine ou se blottir dans les bras de Mike sans être dérangée. Au bout d'une semaine, elle avait senti poindre une certaine contrariété. Bien sûr, rien ne l'empêchait d'appeler elle-même et elle ne s'en privait pas, mais c'était autre chose. L'absence totale de coups de téléphone lui donnait l'impression d'être transportée à l'époque des pionniers arrivant sur le sol américain.

Une semaine de calme plat peut avoir d'étranges répercussions sur le moral d'un être humain !

Du moins, elle avait le sentiment de vivre en paix... Même de loin, elle n'avait pas aperçu l'ombre de Richard, bien qu'elle soit perpétuellement à l'affût. Mike, Mabel et Henry l'étaient également. Des dizaines de fois par jour, elle guettait dans toutes les directions, derrière les fenêtres du living. Au volant, il lui arrivait de tourner brusquement et de s'arrêter, pour vérifier dans son rétroviseur que personne ne la suivait. Elle scrutait les parkings d'un œil inquisiteur, et se tenait face à la porte dans la file d'attente, quand elle allait à la poste ou au supermarché. Dès son retour, elle rappelait Crooner qui avait filé dans les bois, pour qu'il explore sa maison. La main sur la petite bombe lacrymo qu'elle avait achetée à Wal-Mart, elle attendait sur le seuil qu'il ait terminé son inspection. Il revenait au bout de quelques minutes, la queue frétillante, et heureux comme un gosse le jour de son anniversaire.

Qu'attends-tu sous le porche ? semblait-il lui dire. *Tu ne veux pas entrer ?*

Même son chien avait remarqué qu'elle devenait paranoïaque. Mais on n'est jamais assez prudent, comme dit la sagesse populaire.

Enfin, il y avait Mike. Il ne la quittait pas des yeux plus de deux minutes d'affilée, sauf quand il était au travail. Bien qu'elle soit ravie de sa présence, elle avait parfois la sensation d'étouffer. En plus d'une occasion, elle aurait été mieux sans lui...

Sur le plan juridique, une certaine activité régnait cependant. L'inspecteur Romanello était venue leur parler la semaine précédente. Après les avoir écoutés, elle leur avait dit de l'appeler sans hésiter en cas de besoin. Mike et elle s'étaient sentis mieux, et n'avaient pas jugé bon de l'alerter jusque-là. D'autre part, le procureur renonçait à engager des poursuites contre Mike, en se réservant la possibilité de le faire plus tard. Il ne lui donnait aucune raison, mais Richard n'était pas venu faire une déposition en bonne et due forme, et il n'y avait pas eu moyen de le contacter. Mike était donc tiré d'affaire, au moins provisoirement.

Julie trouva surprenante la disparition de Richard quand elle en eut vent. Si huit jours de calme plat l'avaient un peu rassérénée, elle n'était tout de même pas du genre à oublier les risques qu'elle courait. Elle se promettait de ne jamais ressembler à ces invités des *talk-shows* matinaux, que le public trouve stupides de ne rien avoir vu venir !

Pourtant, un changement subtil s'était opéré en elle à son insu. Une semaine plus tôt, elle s'attendait constamment à surprendre Richard en train de l'épier, et, vu les circonstances, elle n'aurait pas hésité à hurler, à s'enfuir, ou à lancer Crooner à ses trousses.

Si ce monsieur voulait lui faire des ennuis, il risquait fort de le regretter, mais à force d'être sur le qui-vive, sans raison valable, sa détermination commençait à fléchir. Malgré sa vigilance, elle ne s'attendait plus à voir Richard surgir brusquement. Quand Mike lui annonça que Steven Sides lui avait laissé un message l'invitant à passer le voir après son travail, elle décida de rentrer seule à la maison, car elle se sentait lasse.

« Rejoins-moi quand tu auras terminé et préviens-moi si tu as du retard », lui dit-elle simplement.

Crooner bondit hors de la Jeep dès qu'elle se gara et décrivit des cercles de plus en plus vastes autour du jardin, le nez au sol quand elle l'appelait. Puis il leva la tête, en la regardant de loin.

Allons, tu ne m'as pas emmené en promenade depuis des siècles ! semblait-il penser.

Elle sortit de sa Jeep.

— Pas maintenant... Peut-être plus tard, quand Mike rentrera.

Crooner ne bougea pas.

— Désolée, reprit-elle, mais je n'ai pas très envie d'aller par là-bas.

De loin, elle vit ses oreilles retomber. *Allons, Julie, viens !*

Les bras croisés, elle fit un tour d'horizon. La voiture de Richard n'était pas en vue, et elle ne l'avait pas aperçue quand elle conduisait. À moins que l'envie ne lui ait pris de parcourir quelques kilomètres à pied, il n'était pas là. La seule voiture garée dans la rue portait le nom du promoteur qui mettait les lots en vente et de la responsable, Edna Farley.

Edna, une habituée du salon de coiffure, était une cliente de Mabel, mais Julie avait fini par la connaître au fil des ans. Boulotte et entre deux âges, elle avait l'amabilité commerciale de tous les agents immobiliers, et une certaine tendance à semer des cartes de son agence dans tout le salon. Elle était assez étourdie, et au cours de ses moments d'excitation – fréquents ! – elle avait toujours un temps de retard dans la conversation. Alors que tout le monde avait changé de sujet, elle continuait à discuter du précédent. Julie la trouvait parfois irritante, mais elle la supportait d'autant plus facilement qu'elle était la cliente de Mabel et non la sienne.

La queue de Crooner frétillait toujours. *Julie, je t'en supplie !*

Elle n'avait aucune envie de sortir, mais elle ne l'avait pas emmené en promenade depuis des siècles.

Toujours rien dans la rue ! Richard aurait-il parcouru des kilomètres à pied dans l'hypothèse où elle irait promener son chien ? Non, certainement pas. En outre, Crooner n'avait rien d'un chihuahua. Au premier cri qu'elle pousserait, il foncerait sur Richard comme un samouraï sur l'ennemi.

Et pourtant, une promenade ne la tentait guère. Les bois l'effrayaient... De trop nombreuses cachettes permettaient à Richard d'attendre son passage, tapi derrière un arbre, puis de la suivre en catimini, en faisant craquer des brindilles sous ses pas...

Mais elle ne céderait pas à la panique ! Elle se répéta plusieurs fois que rien ne pouvait lui arriver, surtout avec Crooner à proximité, Edna dans les parages, et aucune voiture en vue. Alors, pourquoi refuser une promenade à son chien ?

Crooner aboya pour attirer son attention. *Tu viens, Julie ?*

— D'accord, grommela-t-elle. Mais, pas longtemps ! On dirait que l'orage approche.

Elle n'eut guère le temps d'en dire plus ! Crooner avait filé comme une flèche et disparu derrière un bosquet.

Il fallut cinq minutes à Julie pour réaliser qu'elle marmonnait entre ses dents : « Rien ne peut m'arriver ! Je ne risque rien ! »

C'était ce que lui dictait son bon sens, mais, bizarrement, elle en doutait. Elle avait beau se répéter que Richard n'était pas à l'affût, l'angoisse montait en elle.

Il y avait mieux en fait de promenade paisible dans les bois !

Elle poussait du pied les branches qui jonchaient le chemin. Les feuillages s'étaient épaissis depuis sa dernière promenade... D'habitude, le soleil filtrait légèrement, mais vu l'heure tardive et les nuages d'un noir charbonneux, une profonde obscurité régnait autour d'elle.

Qu'elle était stupide ! D'une incroyable stupidité... S'il pouvait se procurer son numéro de téléphone, l'animateur de l'un de ces *talk-shows* matinaux l'appellerait le lendemain. « Pourquoi n'avez-vous pas été plus prudente ? » lui demanderait-il. « Parce que je suis une *gourde* », répondrait-elle en baissant les yeux.

Elle s'immobilisa, l'oreille tendue ; n'entendant aucun son, à part le lointain jacassement d'une pie, elle se tourna pour regarder de tous les côtés. Rien d'anormal...

Ma fille, puisque tu as décidé d'aller te promener, tu dois garder ton calme, se dit-elle. *Crooner est hors de vue, mais il n'a pas dû s'éloigner beaucoup. Laisse-le courir, et vous serez de retour à la maison d'ici à quelques minutes ! Tout rentrera dans l'ordre. Un verre de vin t'aidera peut-être à reprendre le dessus : la faiblesse est humaine, après tout. Et puis Crooner paraît heureux comme un roi...*

Au loin, elle l'entendit aboyer. Son cœur tambourinait follement dans sa poitrine. Le message était clair...

— Crooner, viens ! cria-t-elle. Il est temps de rentrer !

Elle attendit, aux aguets ; au lieu de revenir, Crooner aboya de nouveau. Plutôt qu'un aboiement furieux, un salut amical.

Julie fit un pas dans sa direction et s'immobilisa.

Quelqu'un parlait à son chien ; elle reconnut, avec un soupir de soulagement, la voix d'Edna Farley.

Elle pressa le pas le long du chemin sinueux, jusqu'à ce qu'elle aperçoive l'Intracoastal. La forêt devenant plus clairsemée, elle aperçut alors Edna en train de tapoter la tête de Crooner. Assis sur son arrière-train, la gueule ouverte, il tourna la tête quand elle s'approcha de la clairière.

C'est la vie, semblait-il lui déclarer. *Une petite promenade, des caresses... qui dit mieux ?*

Edna se retourna elle aussi.

— Julie ! Je pensais bien que vous prendriez ce chemin... Comment vous portez-vous ?

— Ça va, Edna. Je me promenais...

— Vous avez bien choisi votre jour ! Quoique... Il faisait beau quand nous nous sommes mis en route, mais on dirait qu'il va bientôt pleuvoir.

Pendant qu'elle parlait, Julie l'avait rejointe.

— Vous n'êtes pas seule, Edna ?

— Mon client est allé voir des lots plus éloignés. Ils sont en vente depuis un certain temps, mais il a l'air assez intéressé. Croisez les doigts pour moi !

Crooner, brusquement en alerte, s'avançait vers Julie, les poils de l'échine hérissés. Il se mit à gronder, et elle sentit son cœur battre la chamade, tandis qu'elle s'efforçait de suivre son regard.

En arrière-plan, Edna susurrait :

— Justement, le voici !

Julie n'eut pas le temps d'esquisser le moindre mouvement, Richard était déjà là. Il passa une main sur son front et décocha à Edna un sourire qui la fit aussitôt rougir.

— Ces lots sont intéressants, disait-il, mais j'ai une préférence pour ceux qui se trouvent de ce côté.

— Vous avez raison : leur vue sur l'eau vaut de

l'or... On n'en fait plus de semblables ! C'est un formidable investissement.

Edna éclata de rire, mais plus personne ne l'écoutait.

— Oh ! reprit-elle. Où avais-je la tête ? Je vous présente une amie...

— Bonjour, Julie, fit Richard. Quelle bonne surprise !

Julie, muette de stupéfaction, tenait à peine sur ses jambes. Crooner continuait à gronder, les babines retroussées sur ses crocs.

— Vous vous connaissez ? s'étonna Edna.

— En quelque sorte..., fit Richard. N'est-ce pas, Julie ?

Comment cet individu avait-il deviné qu'elle viendrait se promener par là ?

— Julie, s'inquiéta Edna, Crooner aurait-il un problème ? Il me paraît terriblement nerveux...

Sans laisser à Julie le temps de répondre, Richard reprit la parole.

— Avez-vous toutes les précisions que je vous ai demandées sur les dimensions des lots et sur les prix ? Pendant que j'y suis, j'aimerais jeter un coup d'œil sur le prospectus.

Au mot « prix », les yeux d'Edna s'illuminèrent.

— Mais oui, je les ai ! Le prospectus est dans ma voiture. Je vais aller le chercher... Vous verrez, les prix sont très raisonnables. Je reviens dans un instant.

— Prenez votre temps, marmonna Richard. Rien ne presse !

Une seconde après, Edna trottinait sur le chemin, comme une boule de bowling en train de rouler vers son but. Dès qu'elle eut disparu, Richard orienta son sourire vers Julie.

— Tu es rayonnante ! Que deviens-tu ? Tu m'as manqué, tu sais.

Julie, paniquée, recula d'un pas, en remerciant le ciel que Crooner soit entre eux.

— Que fais-tu ici, Richard ?

Il haussa les épaules, comme s'il avait prévu cette question.

— C'est un gros investissement, mais un homme a besoin de se stabiliser, et je crois que ce coin me conviendrait parfaitement. Ainsi, nous serions voisins !

Julie pâlit.

— Ça ne te plairait pas, ma chère, que je m'installe à côté de chez toi ? Non ? Alors, disons que je voulais juste te parler. Tu as changé ton numéro de téléphone et tu n'es plus jamais seule. Je n'avais pas le choix !

Julie recula d'un pas encore. Crooner restait figé sur place, les pattes arrière tremblantes, prêt à bondir.

— Je n'ai plus rien à te dire, articula-t-elle d'un ton plaintif qu'elle regretta aussitôt. Tu vas te mettre ça en tête ?

— As-tu oublié nos soirées ensemble ? (Richard parlait doucement, d'un ton presque nostalgique.) Nous avons vécu des moments merveilleux... Tu ne veux pas l'admettre ?

Julie recula.

— Je n'ai rien à admettre !

— Pourquoi réagis-tu ainsi ? objecta Richard, d'un air contrarié. Mike n'est pas là... Nous sommes entre nous.

Julie lança un regard en biais vers l'entrée du chemin : c'était le moment ou jamais de partir.

— Si tu fais un geste pour me retenir, je crie ! Et, cette fois-ci, je ne rappellerai pas Crooner.

Richard ébaucha un sourire apaisant, comme s'il s'adressait à un enfant.

— Tu n'as aucune raison d'avoir peur ! Je ne te ferai jamais de mal. Je t'aime...

Julie écarquilla les yeux : il l'aimait !

— Qu'est-ce que tu racontes ? dit-elle enfin, avec une soudaine virulence.

— Je t'aime, répéta Richard, et nous pouvons tout recommencer à zéro. Je t'emmènerai au théâtre si ça te fait plaisir. Mais si tu n'y tiens pas, nous irons où tu voudras. Ça n'a aucune importance... Et nous considérerons ton petit béguin pour Mike comme un égarement passager, que je te pardonne !

Tandis qu'il parlait, Julie continua à reculer, les yeux exorbités. Autant que les paroles de Richard, son air d'absolue sincérité l'affolait.

Il lui adressa un sourire narquois.

— Tu ne lui as pas dit que tu m'as permis de passer une nuit chez toi, je parie ! Qu'est-ce qu'il en penserait, à ton avis ?

Sentant Julie physiquement atteinte par ses paroles, il lui tendit la main.

— Allons, viens ! Je t'emmène dîner dans un endroit tranquille...

En reculant, Julie trébucha sur une racine et faillit perdre l'équilibre.

— Je n'irai nulle part avec toi.

— Ne soit pas ainsi, je t'en prie ! Je te rendrai heureuse, *Jessica*.

Julie se demanda un instant si elle avait bien entendu.

— Richard... tu es fou ! lança-t-elle.

Cette fois-ci, ses mots portèrent.

— Tu ne devrais pas dire des choses que tu ne penses pas, articula Richard d'une voix inquiétante.

Du coin de l'œil, Julie aperçut Edna en train de revenir.

— J'arrive, j'arrive ! lança celle-ci joyeusement.

306

Richard foudroyait Julie du regard quand elle les rejoignit.

— Un problème ? fit Edna.

— Mais non ! Nous essayons d'évaluer le nombre de maisons à construire. Elle tient à sa tranquillité...

Julie coupa la parole à Richard.

— Je dois partir !

— Au revoir, Julie, susurra-t-il. À bientôt.

Julie fit volte-face et s'éloigna de la clairière. Crooner attendit un moment pour la suivre, comme s'il voulait s'assurer que Richard ne bougerait pas.

Dès qu'elle fut hors de vue, elle piqua un sprint ; les branches du chemin la frôlaient au passage. De plus en plus essoufflée, elle tomba mais se releva aussitôt, malgré son genou endolori. Surprise par un bruissement, elle se retourna : Richard n'était pas à ses trousses. Elle se remit à courir, tête baissée, tandis que les branches égratignaient son visage. Encore un petit effort, et elle serait à l'abri...

Quelques minutes plus tard, elle retenait ses larmes quand Mike revint à la maison. Elle sanglota dans ses bras, et, après lui avoir tout raconté, elle s'étonna à juste titre qu'il soit déjà rentré.

— Ce n'est pas mon avocat qui m'avait laissé ce message..., lui répondit-il en blêmissant.

30

Une demi-heure après, Jennifer Romanello, assise à la table de cuisine, observait Julie qui lui avait longuement parlé.

L'expression de la jeune femme l'émouvait autant que ses paroles et lui donnait la certitude qu'elle disait vrai. Malgré ses efforts pour garder son calme, Julie semblait vraiment secouée...

— Ça n'annonce rien de bon ! déclara Jennifer, qui avait eu une sacrée chair de poule en apprenant, par Julie, que Richard l'avait appelée Jessica.

Une telle remarque lui donnait l'impression de ne valoir guère mieux que Pete Gandy, car Mike et Julie avaient besoin d'être rassurés. Mais que dire d'autre, à part : *Nom d'un chien, dépêchez-vous d'acheter un revolver et de vous barricader ; ce type est dingue !* En outre, c'était exactement ce qu'aurait pensé son père – qui avait l'art d'aider les gens à garder leur calme dans des situations dramatiques. Il affirmait volontiers qu'un inspecteur de police n'avait rien de mieux à faire s'il souhaitait vivre assez longtemps pour toucher sa pension de retraite.

— Que nous conseillez-vous ? demanda Mike.

— Je ne sais pas encore, mais j'aimerais revenir sur certains points, pour être sûre de ne rien négliger.

Le regard vague, Julie se rongeait les ongles en pensant au seul détail qu'elle avait omis.

Tu ne lui as pas dit que tu m'as permis de passer une nuit chez toi, je parie ! Qu'est-ce qu'il en penserait, à ton avis ?

Mike s'en ficherait probablement, car il ne s'était absolument rien passé. Rien à voir avec la trahison de Sarah ! Et puis, ça n'entrait pas en ligne de compte dans cette histoire. Mais alors, pourquoi ne lui avait-elle rien dit ? Perdue dans ses pensées, elle entendit à peine Jennifer l'interroger.

— Savez-vous comment il a appris que vous iriez vous promener ?

— Non, absolument pas.

— Il était là avant vous, non ?

— Je suppose qu'il est arrivé dans la voiture d'Edna. J'ignore à quelle heure, mais certainement avant moi. Quand je suis rentrée de mon travail, sa voiture était déjà garée au bord de la route.

Jennifer se tourna vers Mike.

— Vous étiez censé avoir rendez-vous avec votre avocat ?

— Quelqu'un avait laissé, au garage, un message me priant d'aller le voir à 5 heures. Un employé me l'a transmis, mais quand je suis passé au cabinet de mon avocat, il n'était pas au courant de ce rendez-vous. Je suis donc reparti tout droit chez Julie.

Mike semblait furieux et amer. Jennifer se tourna de nouveau vers Julie.

— Puis-je vous demander pourquoi vous êtes allée vous promener ?

— Je suis une idiote, marmonna Julie.

— Comment ?

— Rien... Comme Richard m'avait laissée tranquille depuis une semaine, j'espérais que c'était terminé.

— À l'avenir, gardez-vous de ce genre d'imprudence ! Vous ne risquez rien dans les lieux publics, mais évitez les endroits où il peut vous surprendre toute seule.

— Je n'ai pas l'intention de recommencer ! s'exclama Julie.

— Que savez-vous au sujet de Jessica ?

— Pratiquement rien. Il paraît qu'ils ont été mariés quelques années et que ça n'a pas marché... On ne parlait jamais d'elle.

— Il est originaire de Denver ?

— D'après ce qu'il m'a dit.

— Il ne vous a jamais menacée explicitement ?

— Non, mais il n'avait pas besoin de le faire. Il est fou.

Jennifer n'émit aucun commentaire.

— Il ne vous a jamais parlé de ses projets ? demanda-t-elle enfin.

Julie avait imaginé toutes sortes de scénarios, mais elle se contenta de murmurer, les yeux fermés :

— Je veux seulement que tout cela cesse !

— Allez-vous l'arrêter ou le mettre en garde à vue ? fit Mike.

— Je ferai de mon mieux, répliqua Jennifer au bout d'un moment.

Mike tourna la tête, mais Julie insista.

— Finalement, où en sommes-nous ?

— Eh bien, je comprends votre inquiétude et votre appréhension... Croyez-moi, je suis de tout cœur avec vous et je ne vais pas oublier cette histoire dès que je vous aurai quittés. J'ai l'intention de fouiller dans le passé de Richard Franklin pour essayer d'en savoir plus, et je compte l'interroger à un moment ou à un autre. Mais souvenez-vous que je fais équipe avec l'inspecteur Gandy...

— Oh ! Parfait.

Jennifer tendit le bras au-dessus de la table et serra la main de Julie.

— En tout cas, je vous donne ma parole que nous allons effectuer une enquête et vous aider au maximum. Soyez tranquille !

Elle avait conscience de proférer les banalités que tout le monde souhaiterait entendre dans un cas pareil...

Andrea regardait *The Jerry Springer Show* quand elle entendit le téléphone sonner.

— Allô, murmura-t-elle, les yeux rivés sur l'écran, après avoir décroché d'un air absent.

Une seconde après, son visage s'illumina.

— Oh ! c'est toi ! J'espérais que tu allais m'appeler...

Sur le chemin du retour, Jennifer eut du mal à se concentrer. Elle avait la peur au ventre et un sentiment d'angoisse que le ronronnement du moteur n'apaisa en rien.

Cette histoire l'effrayait sur plusieurs plans. En tant qu'inspecteur de police, elle savait combien les pervers peuvent être redoutables. En tant que femme, elle sympathisait avec Julie d'une manière plus personnelle : il lui suffisait de fermer les yeux pour partager son effroi. Les gens croient généralement avoir prise sur leur destin, mais ce n'est pas tout à fait exact. Certes, vous pouvez choisir ce que vous mangez au petit déjeuner, le vêtement que vous allez porter, et ce genre de broutilles. Mais dès que vous vous risquez dans le vaste monde, vous êtes réellement à la merci du premier venu, qui se vengera sur vous d'avoir passé une mauvaise journée...

C'était un point de vue assez sinistre, mais Jennifer se sentait sûre de son fait : Julie avait perdu confiance

311

et elle espérait que quelqu'un – elle, ou qui que ce soit... – la protégerait. *Je veux seulement que tout cela cesse*, lui avait-elle dit. En fait, elle aurait voulu retrouver sa tranquillité de jadis.

Ce n'était pas si simple, car elle-même se sentait assez désemparée. Mike et Julie l'avaient appelée au secours, alors qu'elle ne pouvait pas encore se permettre, officiellement, d'interroger Richard. Avec un peu de diplomatie, elle parviendrait sans doute à persuader Pete Gandy de lui donner le feu vert, mais il risquait de tout gâcher dès qu'il ouvrirait la bouche.

Elle pouvait du moins faire son enquête sur Richard par ses propres moyens, et elle n'y manquerait pas, comme elle l'avait promis à Mike et Julie.

Une heure après le départ de Jennifer Romanello, les deux jeunes gens étaient toujours assis à la table de cuisine. Mike buvait une bière à petites gorgées, mais Julie ne l'accompagnait pas : la gorgée de vin qu'elle avait avalée, avant de vider son verre dans l'évier, lui était restée sur l'estomac. Elle regardait dans le vague, en se taisant ; bien qu'elle parût fatiguée, Mike évita de lui proposer d'aller au lit, car ni l'un ni l'autre n'arriveraient à fermer l'œil.

— Tu as faim ? risqua-t-il.

— Non.

— Veux-tu louer une vidéo ?

— Pas vraiment...

— Bon, j'ai une idée. Nous pourrions nous asseoir et nous regarder dans le blanc des yeux, en ruminant nos soucis... Mais il vaudrait mieux trouver un autre passe-temps !

Julie daigna sourire.

— Tu as raison. (Elle prit la bière de Mike, en avala une gorgée.) Je commence à m'ennuyer moi aussi...

— Que suggères-tu ?

— Si tu me prenais dans tes bras ?

Ils s'enlacèrent, et Mike se pénétra de la chaleur de Julie. Blottie contre lui, elle abandonna sa tête sur son épaule.

— Je suis heureuse que tu sois ici, Mike. Sans toi, je ne sais pas ce que je deviendrais.

La sonnerie du téléphone retentit à cet instant. Julie et Mike, crispés, ne bronchèrent pas.

À la troisième sonnerie, Mike lâcha Julie.

— N'y va pas ! s'écria-t-elle.

À la quatrième sonnerie, Mike se dégagea et alla répondre dans le living.

Penché en avant, il porta lentement le combiné à son oreille.

— Allô ?

— Je me demandais si vous étiez chez vous, fit la voix au bout du fil.

Les traits de Mike se détendirent.

— Oh ! Emma ! Comment vas-tu ?

— Bien, fit Emma, pleine d'entrain. Écoute, je suis à Morehead City, et sais-tu qui je viens de voir ?

— Qui ?

— Andrea... Et tu ne devineras jamais avec qui elle était !

— Dis-moi !

— Eh bien, elle était avec Richard ; et ils se sont embrassés...

— Bizarre, fit Julie. J'avoue que j'ai du mal à comprendre...

Mike avait raccroché et ils étaient assis sur le canapé. Une seule lampe brillait derrière eux ; Crooner dormait devant la porte d'entrée.

— Elle t'avait dit qu'elle sortait avec lui ?

Julie secoua la tête.

— Pas un mot ! Je me souviens qu'elle lui a coupé les cheveux ; un point c'est tout.

— Elle connaît ton opinion à son sujet ?

— Certainement.

— Elle n'en a pas tenu compte ?

— À moins qu'elle ne m'ait pas crue.

— Pourquoi se méfierait-elle de toi ?

— Je ne sais pas, mais je lui parlerai demain. J'espère que je pourrai la raisonner.

Un peu plus tard, Richard ramena Andrea chez lui. Ils restèrent un moment sous le porche à contempler le ciel. Plaqué contre elle, il l'enlaça et dirigea ses mains vers ses seins.

— Je ne savais pas si tu m'appellerais, murmura Andrea.

Richard l'embrassa dans le cou et la chaleur de ses lèvres la fit frissonner.

— Quelle belle nuit ! Si paisible...

— Chut ! Ne dis rien et contente-toi d'écouter.

Il ne voulait pas entendre sa voix, qui lui rappelait la mauvaise réaction de Julie. Il était avec une autre... Cette femme ne signifiait rien pour lui, mais elle avait un corps doux et chaud, et elle le désirait.

— La lune...

— Chut ! fit à nouveau Richard.

Une heure après, quand ils furent au lit, Andrea promena ses doigts sur son dos en gémissant, mais il l'avait priée de se taire. Pas un mot, pas un soupir ! Il avait insisté également pour que la pièce soit plongée dans une profonde obscurité.

Quand il chevaucha Andrea, il sentit la tiédeur de son haleine sur sa peau. *Julie*, pensait-il, *tu ne peux pas continuer à me fuir. Te rends-tu compte de la*

314

chance que nous avons ? As-tu songé à la perfection de notre union future ?

Il se rappela soudain leur rencontre dans les bois, son air horrifié et ses paroles hostiles. Sa haine... Ce souvenir lui était insupportable. *Julie, pourquoi as-tu été si cruelle avec moi, aujourd'hui ? Pourquoi as-tu ignoré ma déclaration d'amour ? Pourquoi m'as-tu traité comme un moins que rien ?*

— Oh ! entendit-il dans les ténèbres. Pas si fort ! Tu me fais mal... Oh !

— Chut !

Il n'avait pas desserré ses mains, et, dans la clarté diffuse de la fenêtre, il distingua une ombre d'angoisse dans les yeux d'Andrea. Son désir n'en fut que plus violent...

31

Bien que son service ne commençât qu'à 8 heures du matin, Jennifer était assise depuis 6 heures, ce mercredi, devant son ordinateur. Elle avait sous les yeux l'original du procès verbal d'arrestation de Mike Harris. Figuraient d'abord quelques données essentielles concernant Richard Franklin : nom et adresse, numéro de téléphone, lieu de travail, etc. Après avoir parcouru cette partie du document, elle lut un compte rendu de la bagarre. Comme de juste, elle n'apprit rien de spécial au sujet des antécédents de Richard, mais il lui fallait un point de départ pour se lancer.

Grâce au ciel, son père l'avait bien aidée la veille au soir ! Quand elle l'avait appelé, après son retour chez elle, pour lui demander son avis, il avait abondé dans son sens. Plusieurs hypothèses étant envisageables et il fallait établir, selon lui, si Richard était réellement cinglé ou s'il en donnait seulement l'impression.

Elle ne savait toujours pas où commencer, car elle ne possédait que des informations sommaires au sujet de cet homme ; et les heures qu'elle pouvait consacrer à ses recherches ne correspondaient pas exactement aux heures de bureau. Puisque le service du personnel de l'entreprise s'occupant du pont n'était pas joignable avant le lendemain matin, son père lui avait conseillé de s'adresser d'abord au propriétaire de Richard. « Ils ont l'habitude qu'on les appelle à toute heure, avait-il ajouté. Tu pourras peut-être en tirer un numéro de Sécurité sociale, un numéro de permis de conduire, et quelques références. On les demande habituellement lorsque les locataires déposent leur dossier. »

Elle avait suivi les conseils paternels. Après avoir obtenu les coordonnées du propriétaire grâce à une connaissance travaillant pour le comté, elle avait parlé à cet homme d'une trentaine d'années. La maison avait appartenu à son grand-père et le loyer était payé régulièrement par l'employeur de Richard ; celui-ci avait versé un dépôt de garantie, ainsi que deux mois de loyer d'avance. Le propriétaire lui-même n'avait jamais rencontré Richard et ne s'était pas rendu sur place depuis plus d'un an. Une agence immobilière locale, dont il lui donna le nom, gérait cette location.

À force de diplomatie, elle avait obtenu que le directeur de l'agence lui faxe le dossier de location. Comme références, Richard avait cité les noms de son employeur et du chef du personnel ; personne dans l'Ohio ou le Colorado. Elle se procura aussi ses numéros de Sécurité sociale et de permis de conduire. Assise au bureau de Pete Gandy elle entra ces données dans l'ordinateur.

Elle passa l'heure suivante à chercher d'autres informations, en commençant par la Caroline du Nord. Richard Franklin n'y avait pas de casier judiciaire et n'avait jamais été incarcéré. Il avait passé son permis de conduire dans l'Ohio, mais il était trop tôt pour interroger le service des véhicules automobiles de cet État. De même pour le Colorado.

Sur son ordinateur portable, elle consulta ensuite le serveur Internet à haut débit ; puis, grâce à des moteurs de recherche classiques, elle découvrit une multitude

de références à son nom, et plusieurs notices personnelles – mais il ne s'agissait pas du Richard Franklin
qui l'intéressait.

C'est alors qu'elle rencontra des obstacles. Obtenir,
au Colorado et dans l'Ohio, des informations concernant un éventuel casier judiciaire, exigerait au minimum
une journée entière et la coopération d'un autre service,
car les casiers judiciaires étaient traités localement.
Cette tâche, assez aisée pour un inspecteur, n'était pas
du ressort d'une stagiaire ! D'autre part, si on la rappelait en son absence – et justement elle partait en tournée, ce jour-là, avec Pete Gandy – elle devrait expliquer
à son chef pourquoi elle avait contacté la police de
Denver et de Columbus. Un excellent motif pour la
dessaisir du dossier, ou éventuellement la virer ! Jennifer se demanda de nouveau si Richard avait dit la
vérité sur son passé.

Était-il réellement originaire de Denver ? Julie semblait le croire – mais qu'en savait-elle ? Jennifer repensait à ce que lui avait dit son père la veille : « Ce type
vient d'arriver en ville, et il a tout d'un psychopathe.
À ta place, je ne me fierais pas trop à ce qu'il a raconté
à cette dame. S'il a si bien enfreint la loi jusqu'à maintenant, il est parfaitement capable de tricher à propos
de son passé ! »

Bien que ce fût illégal, Jennifer décida de jeter un
coup d'œil sur ses relevés bancaires. Elle connaissait
les principales agences pouvant la renseigner : la plupart proposaient un relevé annuel gratuit. En se fondant
sur les données de son dossier de location, elle tapa les
informations requises : nom, numéro de Sécurité
sociale, adresse actuelle, adresse précédente, numéro
de compte en banque.

Les relevés bancaires (détaillés !) de Richard Franklin s'étalèrent sur plusieurs pages.

La seule demande de renseignements récente provenait de l'agence de location – rien d'étonnant à cela – mais Jennifer trouva ces relevés bizarres. Surtout pour un ingénieur, gagnant bien sa vie...

Aucune carte de crédit n'était actuellement enregistrée, aucun emprunt pour l'achat d'une voiture, aucune ligne de crédit. Manifestement, tous les crédits de Richard étaient clos.

En étudiant le relevé de plus près, elle remarqua aussi une importante cessation de paiement à une banque de Denver, quatre ans plus tôt. Elle figurait à la rubrique immobilier, et, vu son importance, il s'agissait probablement d'un crédit pour l'achat d'une maison.

Au cours de la même période avaient eu lieu d'autres retards de paiement sur sa carte Visa, sa carte American Express, sa Mastercard, sa carte Sears, ses factures de téléphone, d'électricité et d'eau. Toutes étaient dans le rouge pendant un an, mais les règlements avaient été finalement effectués.

Ensuite, Richard avait annulé ses comptes sur Visa et Mastercard, ainsi que sur American Express et Sears.

Jennifer, pensive, se cala dans son siège : il avait donc vécu quelque temps à Denver et connu, apparemment, des problèmes d'argent, quatre ans plus tôt. Rien d'extraordinaire à cela ! Des tas de gens ont du mal à gérer leurs finances... Peut-être ses problèmes étaient-ils liés à son divorce, dont il avait parlé à Julie.

Elle garda les yeux rivés sur l'écran. Mais pourquoi n'y avait-il pas d'écritures plus récentes ? Il faisait sans doute régler ses factures, comme son loyer, par sa société. Ce point était à vérifier.

Quoi d'autre ? Elle devait à tout prix se renseigner sur Jessica ; les informations dont elle disposait pour l'instant ne lui permettraient pas d'aller bien loin.

Après avoir débranché son ordinateur portable, elle le rangea dans son étui capitonné. Il ne lui restait plus qu'à attendre l'ouverture du service du personnel. Richard était ingénieur consultant sur un projet de grande envergure, dans une très importante société. Celle-ci disposait certainement d'autres éléments pouvant l'éclairer sur ce qui était arrivé à son employé quatre ans plus tôt ; mais elle devrait patienter encore une heure.

Dans l'espoir de tromper son ennui, elle parcourut de nouveau le procès-verbal d'arrestation. Pourquoi pas ? se dit-elle, en relisant l'adresse de Richard. Elle ne savait pas exactement ce qu'elle cherchait, mais elle voulait au moins voir l'endroit où il habitait, afin de se forger une idée plus précise de sa personnalité. Son ordinateur portable sous le bras, elle attrapa une tasse de café sur son passage et sauta dans sa voiture.

Comme elle manquait encore de repères, elle consulta son plan, rangé dans le vide-poches, avant de s'engager sur la grande route, en direction de la zone rurale du comté.

Dix minutes plus tard, elle ralentissait sur la route de gravier où habitait Richard Franklin, pour lire le numéro indiqué sur la première boîte aux lettres. Voyant qu'elle était encore loin du but, elle accéléra.

Les maisons, de plus en plus espacées, s'élevaient sur de vastes terrains. Pourquoi un ingénieur originaire d'une grande ville avait-il choisi de vivre dans un lieu si excentré par rapport à son travail et à toutes les autres commodités ?

La route devenait de plus en plus mauvaise... et les maisons, de plus en plus délabrées. Certaines semblaient même abandonnées. Elle aperçut les ruines d'un ancien hangar à tabac. Les murs s'étaient effondrés sous le poids du toit ; des plantes grimpantes recouvraient le tout et s'inséraient entre les planches. Derrière le hangar, les débris d'un tracteur rouillaient parmi les mauvaises herbes.

Quelques minutes encore. Un autre numéro sur une boîte aux lettres. Jennifer ralentit, car la maison de Richard était probablement la prochaine à droite.

Elle la distingua bientôt à travers les arbres : une construction d'un étage, en retrait de la route, moins négligée que les précédentes mais avec un jardin envahi par la végétation.

Étrange...

On habitait une telle demeure si elle était une propriété familiale ou si l'on n'avait pas le choix. Mais quelle motivation avait poussé Richard ?

Souhaitait-il se cacher ? Ou bien dissimuler quelque secret ?

Jennifer passa sans s'arrêter et fit demi-tour cinq cents mètres plus loin. Elle ne s'arrêta pas non plus en sens inverse, et continua à ressasser les mêmes questions jusqu'à son retour au commissariat.

Richard Franklin s'éloigna de ses rideaux, les sourcils légèrement froncés.

On venait lui rendre visite, mais il n'avait pas reconnu la voiture. Ce n'était ni Mike ni Julie : ni l'un ni l'autre ne possédait une Honda, et il était hors de question qu'ils viennent le chercher jusque-là. Ce n'était pas non plus quelqu'un du coin : la route se terminait quelques kilomètres au-delà, et aucun de ses voisins n'était propriétaire d'une Honda.

Pourtant, quelqu'un était passé : il avait vu la voiture remonter la route lentement comme quand on cherche quelque chose. Le demi-tour avait confirmé ses soupçons. Une personne égarée n'aurait pas ralenti devant sa maison – et uniquement la sienne –, puis accéléré aussitôt.

Quelqu'un était venu repérer l'endroit où il habitait...

— Que regardes-tu ? fit Andrea.

Il laissa retomber le rideau avant de se retourner.

— Rien !

Le drap avait glissé, découvrant les seins de la jeune femme. Il s'approcha du lit et s'assit à côté d'elle.

— Bonjour !

Il effleura tendrement les bleus qu'elle avait sur les bras.

— Bien dormi ?

À la lumière matinale, Richard, vêtu d'un simple jean, avait un air sensuel, exotique, se dit Andrea... Tant pis s'il avait été un peu brusque la veille !

Elle dégagea une mèche qui barrait sa joue.

— Oui, quand on a fini par s'endormir...

— As-tu faim ?

— Un peu, mais je voudrais aller dans la salle de bains. Où est-elle, déjà ? Hier soir, j'étais un peu éméchée.

— La dernière porte à droite.

Andrea se leva en entraînant le drap et sortit de la chambre. Elle aurait mieux fait de repartir hier soir, conclut Richard, après avoir remarqué qu'elle titubait légèrement ; puis il se tourna de nouveau vers la fenêtre.

Quelqu'un était *certainement* venu voir où il habitait...

Ni Henry ni Mabel, car il aurait reconnu leur voiture. Qui donc ?

Il se frotta le front. Pourquoi pas la police ? Julie l'avait peut-être alertée. La veille, elle était totalement à côté de la plaque. Effrayée et furieuse... Et maintenant, elle cherchait à prendre sa revanche en changeant la règle du jeu.

Quel inspecteur avait-elle contacté ? Sûrement pas Pete Gandy, mais il y avait cette nouvelle recrue... Qu'avait dit Gandy à son sujet ? Que son père était inspecteur de police à New York, non ?

Richard resta un moment songeur.

L'inspecteur Romanello n'avait pas cru à sa version de la bagarre survenue au bar. Il avait lu ses doutes dans son regard, et puis il s'agissait d'une femme.

Oui, conclut-il, c'était Jennifer Romanello. Mais avait-elle obtenu le soutien de Gandy ? Sans doute pas encore, et il veillerait à l'en empêcher. L'inspecteur Gandy était un abruti, comme autrefois l'inspecteur Dugan.

Une partie du problème était donc résolue ; quant à Julie...

Un hurlement, proféré par Andrea, interrompit les pensées de Richard. Figée sur place dans le couloir, elle écarquillait les yeux, une main plaquée sur sa bouche : elle n'avait pas ouvert la porte de droite donnant sur la salle de bains, mais celle de gauche.

La porte de la chambre noire.

— Oh, mon Dieu ! fit-elle, en se retournant vers Richard comme si elle le voyait pour la première fois.

Un doigt sur ses lèvres, il la transperça du regard.

— Chut !

Effrayée par son expression, elle recula d'un pas.

— Tu n'aurais pas dû ouvrir cette porte, reprit Richard. Je t'avais indiqué la porte de la salle de bains, mais tu ne m'as pas écouté.

— Richard ? Ces photos...

Il s'avança d'un pas.

— Tu me déçois vraiment...

— Richard ? murmura Andrea, en reculant toujours.

323

Jennifer revint avec quelques minutes d'avance sur Pete Gandy. Profitant de ce laps de temps, elle alla dans son bureau noter les coordonnées des entrepreneurs du pont, et ranger le procès-verbal de l'arrestation dans son dossier d'origine. Elle préférait ne pas mettre trop vite la puce à l'oreille de Pete !

Après avoir obtenu le standard, elle se présenta à la secrétaire et demanda à joindre Jake Blansen, l'homme dont lui avait parlé Mike. On la pria de ne pas quitter.

En attendant, elle se jura d'être prudente. Richard ne devait à aucun prix avoir vent de son initiative. Elle ne souhaitait pas non plus que Blansen appelle Gandy pour se plaindre, ou qu'il refuse de parler sans une assignation à comparaître. Pour éviter ces deux écueils, elle décida de prendre une infime liberté avec la vérité en prétendant vérifier le procès-verbal d'arrestation.

Jake Blansen avait une voix rauque, teintée d'un fort accent du Sud, comme s'il avait fumé des cigarettes sans filtre depuis une cinquantaine d'années. Jennifer se présenta en bonne et due forme, ajouta quelques amabilités et résuma brièvement l'incident.

— Par malchance, lui dit-elle, j'ai égaré les informations concernant l'arrestation ; comme je suis une simple stagiaire, je risque d'avoir des ennuis. Je ne voudrais pas non plus que M. Franklin croie notre dossier incomplet. Nous voulons un compte rendu détaillé, au cas où il reviendrait.

Elle joua si bien les stagiaires timorées que Blansen ne sembla pas se formaliser.

— En tant que chef de chantier, je ne suis pas sûr de pouvoir vous aider, lui répondit-il posément, mais sans l'ombre d'une hésitation. Il faut que vous parliez à quelqu'un du siège, dans l'Ohio. La secrétaire vous donnera le numéro dont vous avez besoin...

— Ah, je vois ; mais vous pourriez peut-être m'éclairer, insista Jennifer.

— Comment ?

— Eh bien, vous avez travaillé avec Richard Franklin ? Quel genre d'homme est-il ?

— C'est bien vrai tout ça ? fit Jake Blansen, après un long silence.

— Pardon ?

— C'est bien vrai cette histoire d'enquête policière, de procès-verbal égaré, etc ?

— La pure vérité ! Si vous voulez, je peux vous donner mon numéro de poste, et vous me rappellerez. À moins que je passe vous voir personnellement...

Jake Blansen inspira profondément, avant de chuchoter :

— Cet homme est dangereux. Notre société l'a embauché parce qu'il nous aide à restreindre les coûts, mais il le fait aux dépens de la sécurité. Certains de mes hommes ont eu des accidents par sa faute.

— Que s'est-il passé ?

— Il néglige la maintenance ; le matériel se détériore, des accidents surviennent... La commission de contrôle de la sécurité aurait fort à faire ! Une semaine, c'étaient les grues ; la semaine suivante, une chaudière sur une péniche. Je l'ai même signalé à la direction, et ils ont promis de lancer une enquête. Mais il l'a su je ne sais comment, et il m'a fait des ennuis.

— Il vous a agressé ?

— Non, il m'a menacé. Indirectement... Il a commencé par sympathiser avec moi, vous voyez. Il me demandait des nouvelles de ma femme et de mes gosses... Un beau jour, il me déclare qu'il est vraiment déçu que je ne lui fasse pas confiance et qu'il me laissera tomber si ça continue comme ça. On aurait dit que tout était ma faute et qu'il m'accordait une grande faveur en essayant de me protéger. Et puis, il passe un bras autour de mes épaules et il marmonne qu'il trouverait navrant qu'il y ait encore des accidents... J'ai eu l'impression que nous étions en danger, ma famille et moi ! Il me donnait la chair de poule, et, honnêtement, j'ai sauté de joie quand il est parti. Tous mes collègues aussi !

— Vous me dites qu'il est parti ?

— Oui, il a dû s'absenter d'urgence, et quand il est revenu, il nous a annoncé qu'il prenait un congé pour des raisons personnelles. Depuis, on ne l'a plus revu.

Une minute après, la secrétaire donnait à Jennifer le numéro du siège dans l'Ohio – qu'elle appela aussitôt. Après avoir été renvoyée de poste en poste, elle apprit que Casey Ferguson, la personne susceptible de la renseigner, reviendrait en fin d'après-midi. Elle se cala dans son siège quand elle eut noté son nom.

Richard était donc dangereux, ce dont elle se doutait déjà. Par ailleurs, il ne travaillait plus depuis un mois, contrairement à ce qu'il avait déclaré à Pete. Ce fait, qui aurait pu sembler banal, ne la laissa pas indifférente.

Richard avait cessé de travailler après s'être absenté pour une urgence, et après que Julie lui avait annoncé qu'elle ne voulait plus le revoir. Un lien de cause à effet ?

Pete Gandy entra sans remarquer que Jennifer était assise à son bureau. Elle en profita pour réfléchir un moment.

Il ne s'agissait pas d'une coïncidence, conclut-elle, en repensant à ce qu'elle avait appris le matin même sur le passé de Richard. D'ailleurs, Julie admettait ne l'avoir vu qu'un certain nombre de fois ; et, bien qu'il l'ait appelée très souvent, il n'était jamais resté longtemps au bout du fil.

Jennifer regarda par la fenêtre, pensive. Qu'avait-il bien pu faire pendant tout ce temps-là ?

Mike arrêta sa camionnette au garage. Le brouillard se levait enfin. Julie, la tête penchée, observait le bout de ses chaussures, brillant sous une fine pellicule de rosée venue de sa pelouse. Quand elle vit que Mike suivait son regard, elle haussa les épaules sans conviction, avec l'air de dire : « On verra bien ce qui nous attend aujourd'hui. »

Après avoir mal dormi, ils avaient passé la matinée comme des somnambules. Incapable de tenir en place, Mike s'était levé quatre fois au cours de la nuit, pour aller se chercher un verre d'eau ; au passage, il était resté longtemps en observation devant la fenêtre. Julie avait beaucoup rêvé ; bien qu'elle ne se souvînt pas clairement de ses rêves, elle s'était réveillée avec un sentiment d'angoisse, qui avait cessé un moment, puis était revenu quand elle s'habillait et au petit déjeuner.

Toujours mal à l'aise, elle sortit du véhicule. Mike la prit dans ses bras en l'embrassant ; elle refusa qu'il l'accompagne au salon de coiffure, de l'autre côté de la rue. Crooner avait déjà bondi, et fonçait à l'affût d'un biscuit.

— Tout ira bien, fit-elle, sans trop y croire.

— Je sais, répliqua Mike, incrédule lui aussi. Je passe te voir dans un moment. D'accord ?

— D'accord.

Tandis qu'il entrait au garage, elle inspira profondément avant de traverser la rue. Le centre-ville était encore calme, comme si le brouillard avait retardé toutes les pendules de quelques minutes. Soudain, elle crut entendre une voiture foncer dans sa direction ; elle accéléra le pas pour dégager la voie, mais il n'y avait rien.

Une fois sur le trottoir opposé, elle rajusta son sac, en essayant de souffler un moment. Une petite tasse de café, et tout irait mieux !

Elle entra dans la brasserie. Au comptoir, la serveuse lui servit une tasse de café bouillant ; elle y ajouta de la crème et du sucre. Comme elle se penchait pour éponger avec une serviette quelques gouttes qui avaient giclé, il lui sembla que quelqu'un l'épiait dans un coin.

L'estomac noué, elle se retourna pour explorer du regard les différents boxes. Certains étaient encore encombrés des restes du petit déjeuner, mais elle ne vit personne.

Au bord des larmes, elle ferma les yeux et sortit sans dire au revoir.

Le salon ouvrait une heure plus tard, mais Mabel était certainement arrivée. Le mercredi étant son jour d'inventaire et de commandes, elle devait vérifier les étagères chargées de shampooings et de crèmes traitantes.

Quand Julie entra, une certaine anxiété se peignit sur le visage de son amie qui posa son bloc-notes.

— Qu'est-ce qui t'arrive ?

— J'ai une si mauvaise tête que ça ?

— Encore Richard ?

Pour toute réponse, Julie se mordit les lèvres ; Mabel traversa aussitôt le salon pour la serrer affectueusement dans ses bras.

Mais Julie était à bout. Malgré ses efforts pour se dominer, elle sentit des larmes lui picoter les yeux, et, quelques secondes après, elle sanglotait dans les bras de son amie. Elle était secouée de tremblements, ses jambes étaient si faibles qu'elle tenait à peine debout.

— Mon petit, calme-toi ! murmurait Mabel. Ça va aller...

Quand ses larmes se tarirent – elle n'aurait su dire au bout de combien de temps – Julie avait le nez rouge et son mascara fondait sur ses joues.

Elle renifla, en quête d'un mouchoir en papier, dès que Mabel la lâcha. Puis elle lui raconta sa rencontre avec Richard, dans les bois ; ses paroles et son expression... Elle lui apprit aussi qu'elle avait appelé l'inspecteur Romanello et qu'elles avaient eu une longue conversation dans sa cuisine.

Le visage de Mabel exprimait l'inquiétude et la sympathie, mais elle gardait le silence. Quand Julie fit allusion au coup de téléphone d'Emma, elle frissonna.

— Il faut que j'appelle Andrea, dit-elle soudain.

Elle composa son numéro. Julie, qui ébauchait un sourire, sentit l'angoisse lui serrer la gorge quand il devint évident qu'Andrea n'allait pas répondre.

— Je parie qu'elle est déjà en route, affirma Mabel. D'ici à deux minutes, elle sera là... À moins qu'elle n'ait décidé de prendre sa journée. Tu la connais ! D'ailleurs, le mercredi est un jour assez calme.

Julie eut l'impression que Mabel cherchait à se convaincre elle-même.

Au lieu de terminer les dossiers de Pete, Jennifer passa la matinée à téléphoner en catimini aux sociétés de services. Comme elle l'avait supposé, toutes les factures avaient été réglées – à temps – par RPF Industries, la société employant Richard.

Elle appela ensuite les services du secrétaire d'État, à Denver (Colorado). Aucune entreprise n'était actuellement enregistrée sous le nom de RPF Industries ; celle-ci avait disparu depuis un peu plus de trois ans. Se fiant à son intuition, elle appela les services du secrétaire d'État, à Columbus (Ohio). On lui apprit que la société de Richard, dans l'Ohio, avait été enregistrée un peu plus d'un mois avant qu'il commence à travailler pour J. D. Blanchard Engineering, et seulement une semaine après que RPF Industries eut mis fin à ses activités au Colorado.

Des appels à la banque de sa société à Columbus lui procurèrent peu d'informations, en dehors du fait que Richard n'avait là ni compte personnel ni compte d'épargne.

À son bureau Jennifer réfléchissait. Manifestement, Richard Franklin n'avait fermé une entreprise que pour en créer une autre du même nom, dans un État différent ; et cela après avoir décidé d'adopter le profil le plus bas possible. Ces deux décisions dataient de trois ans au moins.

Étrange, se dit-elle. Pas vraiment inquiétant, mais étrange...

Après avoir d'abord supposé qu'il avait enfreint la loi – il s'était donné beaucoup de mal pour se cacher, et sa conduite avec Julie allait dans ce sens ! – elle renonça à cette hypothèse. Un profil bas était une chose, se rendre invisible en était une autre ; or, retrouver Richard Franklin n'était pas bien difficile, y compris pour la police. Un simple coup d'œil à son relevé de compte permettait d'avoir son adresse sous les yeux.

Alors, pourquoi toutes ces manœuvres bizarres ?

Perplexe, Jennifer jeta un coup d'œil à la pendule, en souhaitant que J. D. Blanchard l'aiderait à y voir plus clair.

Malheureusement, il lui restait deux heures d'attente.

Pete Gandy entra au gymnase pendant la pause du déjeuner et vit Richard soulever des poids, allongé sur un banc. Six fois de suite : pas mal, bien que lui-même fasse encore mieux !

Richard le reconnut dès qu'il se redressa.

— Comment allez-vous, inspecteur ?

Gandy s'approcha.

— Et vous, Franklin ?

— Mieux... J'ignorais que vous veniez vous entraîner ici.

— Je suis membre du club depuis des années.

— J'envisage de m'y inscrire ! J'ai pris une inscription provisoire aujourd'hui... Vous voulez ma place pendant que je récupère ?

— Vous n'y voyez pas d'inconvénient ?

— Aucun !

Une rencontre fortuite, suivie d'une conversation à bâtons rompus. Puis, au bout de quelques minutes :

— À propos, inspecteur...

— Appelez-moi Pete !

— Pete, reprit Richard, je viens de réaliser que j'ai oublié de vous donner une information l'autre soir, mais vous êtes probablement au courant.

— Ah oui ?

Richard s'expliqua un moment.

— Je tenais à vous le dire, au cas où..., conclut-il.

En partant, il repensa à l'inspecteur Dugan et à son expression quand il avait ouvert son blouson sur son estomac ensanglanté. Cet abruti !

32

Julie se souviendrait toujours de cette journée comme de sa dernière journée normale.

« Normale » au sens propre du terme, car plus rien ne semblait tourner rond depuis des semaines. Crooner, étrangement nerveux, faisait des allées et venues entre les sièges du salon de coiffure pendant ses heures de travail. Ses clients étaient peu bavards. Elle supposa qu'ils sentaient qu'elle n'avait aucune envie d'être là, ni ailleurs, à moins que ce ne soit le plus loin possible.

Quand la brume matinale s'était dissipée, la température était montée en flèche et la climatisation avait cessé de fonctionner, ce qui contribuait à la tension générale. Mabel bloquait la porte avec une brique, mais comme il n'y avait pas un souffle d'air, seule la chaleur pouvait entrer. Le ventilateur du plafond était inefficace, et, dans l'après-midi, Julie se mit à transpirer à grosses gouttes. Le visage luisant de sueur, elle tiraillait nerveusement sa blouse pour s'éventer.

Ses larmes s'étaient taries depuis que Mabel l'avait serrée dans ses bras ; et quand Mike était passé la voir, elle avait réussi à faire bonne figure. Pourquoi avait-elle craqué ce matin-là, alors qu'elle souhaitait afficher une dignité tranquille ? Elle pouvait se permettre d'avouer son angoisse à Mike, mais elle ne devait pas s'effondrer en public, y compris devant ses amis. Depuis le début de la matinée, Mabel lui jetait des regards furtifs – prête, au moindre signal, à foncer vers elle, les bras tendus, pour la réconforter. Gentil de sa part, mais cela ne faisait que raviver son mal-être !

Et Andrea n'était toujours pas réapparue... D'après le carnet de rendez-vous, elle n'avait rien prévu avant la fin de la matinée. Mabel put ainsi se convaincre, pendant quelques heures encore, qu'elle ne tarderait pas à arriver.

Mais à mesure que les heures passaient et que les clients d'Andrea se présentaient, Julie se sentait de plus en plus anxieuse.

Bien qu'elles ne soient pas spécialement amies, elle espérait qu'elle n'avait pas eu d'ennuis, et surtout qu'elle n'était pas avec Richard. Elle songea à appeler la police, mais que dire ? Qu'Andrea était absente ? On lui demanderait automatiquement si ses absences étaient inhabituelles ; or, Andrea avait toujours été instable dans son travail.

Quand avait-elle fait la connaissance de Richard ? À l'occasion de sa coupe de cheveux ? Il lui avait semblé qu'il ne répondait pas aux avances d'Andrea, tandis qu'il la regardait travailler avec la même expression que lorsqu'ils étaient en tête à tête, après le départ d'Edna.

Emma avait dit à Mike qu'Andrea était avec Richard ; elle les avait vus s'embrasser...

Par ailleurs, Emma avait téléphoné à peine quelques heures après sa rencontre avec Richard dans les bois. S'il était avec Andrea à Morehead City – une demi-heure de Swansboro en voiture – il l'avait donc rejointe aussitôt après leur petite conversation. Aussitôt après lui avoir déclaré qu'il l'aimait...

Cela ne tenait pas debout !

Richard savait-il qu'Emma se trouvait dans les parages ? Bien qu'ils se soient vus une seule fois, il était certainement capable de la reconnaître. Avait-il cherché à lui faire passer un message par l'intermédiaire d'Emma ? Quel genre de message ? En tout cas, s'il souhaitait endormir sa méfiance, il avait raté son coup. Pas question qu'elle tombe dans le panneau et qu'elle se laisse de nouveau piéger !

Et pourtant...

Son stylo en suspens au-dessus de son bloc-notes, Jennifer s'entretenait au téléphone avec Casey Ferguson, de J. D. Blanchard.

— Bien sûr..., disait Ferguson afin d'éluder, mais nous ne sommes pas censés transmettre ce genre d'information. Les dossiers personnels sont confidentiels...

— Je comprends.

Jennifer s'agita sur son siège et ajouta avec le plus grand sérieux :

— Nous sommes en pleine enquête...

— Secret professionnel. L'État l'exige quand nous passons un contrat avec lui.

— Certainement... S'il le faut, nous assignerons les témoins à comparaître, et je ne voudrais pas que votre société soit accusée de faire obstruction à l'enquête.

— S'agirait-il d'une menace ?

— Bien sûr que non ! fit Jennifer, sentant qu'elle avait un peu forcé la dose.

— Désolé de ne pas pouvoir vous aider ! S'il y a une assignation à comparaître, nous nous ferons un plaisir de coopérer.

Ferguson raccrocha sur ces mots, et Jennifer jura entre ses dents, en se demandant comment elle allait procéder.

Ce soir-là, Mike prit Julie par la main et l'entraîna dans sa chambre.

Ils n'avaient pas fait l'amour depuis la veille de leur rencontre avec Richard, au bar ; mais aucun d'eux n'éprouvait un sentiment d'urgence. Leurs rapports étaient paisibles et tendres, ponctués de doux baisers.

Après leur étreinte, Mike enlaça longuement Julie et promena ses lèvres sur sa peau, entre les omoplates. Elle sommeilla un moment, puis ouvrit les yeux : il faisait nuit, bien qu'il soit à peine 10 heures, et Mike enfilait son jean.

— Où vas-tu ? dit-elle.

— Je sors Crooner ! Je pense que c'est nécessaire...

Julie s'étira.

— J'ai dormi longtemps ?

— Environ une heure...

— Oh, pardon !

— Ça m'a plu, tu sais, d'écouter ta respiration. Tu devais être épuisée.

Julie sourit.

— Je le suis encore maintenant, mais je vais grignoter quelque chose. Et toi ?

— Juste une pomme.

— Ni fromage ni crackers ? Rien ?

— Non, je n'ai pas vraiment faim ce soir. Trop éreinté !

Il s'éclipsa ; Julie s'assit dans son lit, alluma la lampe de chevet. Clignant des yeux pour accommoder son regard, elle sortit de sa commode un long tee-shirt qu'elle enfila.

Mike, debout sur le seuil, attendait Crooner. Il la vit entrer dans la cuisine et repartir avec quelques biscuits au chocolat, un yaourt, et une pomme qu'elle prit au passage.

Comme elle traversait le living, elle eut un coup au cœur : le médaillon était posé sur le bureau près de son calendrier, en partie dissimulé par une pile de catalogues. Il lui rappela aussitôt Richard – son expression quand il le lui avait offert, sa manière soudaine de s'agripper à la porte, leur rencontre planifiée à l'avance dans les bois... Elle ne souhaitait pas conserver ce bijou, mais, dans le tumulte des événements, elle avait oublié qu'il était là.

Pourquoi ne l'avait-elle pas remarqué avant, puisqu'il était sur le bureau ?

Le tic-tac de la pendule résonnait dans la pièce. Du coin de l'œil, elle aperçut Mike, le dos contre la porte. Le médaillon réfléchissait la lumière de la lampe et brillait d'un éclat sinistre. Elle sentit ses mains trembler.

Le courrier ! se dit-elle. Quand elle avait posé une pile de lettres sur la table, elle avait sans doute déplacé légèrement le médaillon. Elle déglutit avec peine. Était-ce bien cela ?

Elle ne pouvait l'affirmer ; du moins elle était certaine de ne pas vouloir garder ce bijou. Bizarrement, il lui semblait maléfique, comme s'il suffisait de le toucher pour faire apparaître Richard. Mais que faire pour l'instant ?

Elle s'avança d'un pas hésitant et tendit la main pour le dégager de la pile de catalogues. Ce n'était qu'un médaillon, après tout. Fallait-il le jeter à la poubelle ? Elle résolut de le cacher dans un tiroir et de l'apporter dans un dépôt-vente local quand cette affaire serait classée. Il ne devait pas valoir grand-chose, car ses initiales y étaient gravées, mais elle donnerait l'argent à la quête de l'église, un dimanche. Pour la bonne cause, et de manière à n'en tirer aucun profit !

Dans sa chambre, elle observa le médaillon en ouvrant un tiroir de sa commode. Le motif floral extérieur semblait avoir été gravé avec la plus grande délicatesse par un artisan expérimenté. Une valeur d'une cinquantaine de dollars, au maximum.

Tandis qu'elle déplaçait légèrement ses vêtements, quelque chose attira son attention : le médaillon lui-même n'avait pas changé, quoique...

Sa gorge se serra. Non... Mon Dieu, pas ça !

Elle actionna le fermoir de la chaîne pour en avoir le cœur net. Puis, face au miroir de sa salle de bains, elle rapprocha les deux extrémités de la chaîne sur sa nuque.

Alors, elle n'eut plus aucun doute : le médaillon, qui allait autrefois se nicher entre ses seins, avait maintenant sa place cinq centimètres plus haut. « Je t'achèterai une chaîne plus courte, pour que tu puisses le porter quand tu voudras », lui avait dit Richard.

Prise d'un vertige, elle s'éloigna du miroir et lâcha la chaîne qui lui brûlait les doigts. Le médaillon glissa dans son tee-shirt, avant de rebondir sur le carrelage avec un tintement métallique.

Elle n'avait toujours pas crié.

Son hurlement retentit quelques secondes après, quand elle se pencha vers le médaillon. Il s'était ouvert dans sa chute, et, des deux côtés, Richard lui souriait sur des photos choisies spécialement à son intention.

La fois suivante, Jennifer Romanello ne revint pas seule chez Julie.

L'inspecteur Pete Gandy, assis à la table de cuisine, affichait un regard sceptique. Il tendit la main et saisit le médaillon posé devant lui.

— En somme, marmonna-t-il en l'ouvrant, vous

tabassez ce type et il offre deux de ses photos à Julie, en guise de remerciement. J'ai du mal à comprendre...

Sous la table, Mike se tordit les mains pour ne pas exploser.

— Je vous répète qu'il la harcèle !

— Oui, je sais. Vous n'avez que ce mot à la bouche. Mais j'essaye de voir s'il n'y a pas une autre approche.

— Une autre approche ? s'indigna Mike. Vous avez devant vous la preuve qu'il a pénétré dans la maison par effraction !

— Apparemment, aucun objet n'a disparu et il n'y a aucune trace d'effraction. Toutes les portes étaient fermées à clef et toutes les fenêtres closes quand vous êtes rentrés. Vous me l'avez dit vous-même.

— Nous ne l'accusons pas de nous avoir volés et nous ne savons pas comment il s'y est pris, mais il suffit d'ouvrir les yeux pour voir ce qu'il s'est passé !

Pete leva les mains au ciel.

— Calmez-vous, Mike. Je voudrais seulement aller au fond des choses...

Jennifer et Julie étaient aussi outrées que Mike, mais Pete avait annoncé à Jennifer qu'il allait régler cette affaire une fois pour toutes, et il l'avait priée de se taire. Elle l'observait, mi-horrifiée, mi-fascinée : après ce que lui avait révélé sa propre enquête, un tel aveuglement lui semblait impensable.

— Aller au fond des choses ? fit Mike.

Pete remit le médaillon sur la table.

— Exactement ! Cette histoire est peut-être un peu louche, je l'admets... Et si Julie dit la vérité, Richard Franklin a sans doute un petit problème qui mérite que je lui rende visite.

— Julie dit la vérité, articula Mike, les dents serrées.

338

Indifférent à sa réponse, Pete darda son regard sur Julie, de l'autre côté de la table.

— Êtes-vous sûre de tout ce que vous déclarez ? Avez-vous la certitude que Richard n'a pu entrer chez vous que par effraction, quand il a apporté ces photos ?

Julie hocha la tête.

— Vous déclarez ne pas avoir touché une seule fois à ce collier ces dernières semaines ?

— Je n'y ai pas touché ! Il était enfoui sous une pile de magazines.

— Allons, Pete ! intervint Mike. Ce n'est pas le problème...

Pete dévisageait Julie.

— Aurait-il eu une autre occasion de mettre ces photos ici ? Réfléchissez bien !

Après cette dernière question, un curieux silence plana dans la cuisine. Sous le regard inquisiteur de Pete, Julie avait réalisé ce qu'il savait.

— Quand vous en a-t-il parlé ? fit-elle, la gorge nouée.

— Parlé de quoi ? s'étonna Mike.

Julie s'adressa finalement à Pete d'une voix blanche.

— Vous a-t-il appelé en prétendant avoir oublié de vous signaler quelque chose ? À moins que vous ne vous soyez rencontrés par hasard quelque part ?

Pete ne dit rien, mais un imperceptible hochement de tête suffit à convaincre Julie que l'une de ses hypothèses était exacte ; vraisemblablement la seconde. Richard avait préféré s'adresser à Pete de vive voix pour mieux l'abuser !

Cependant, Mike, perplexe, scrutait le visage de Pete et celui de Julie, en se demandant de quoi ils parlaient. Il y avait, entre eux, d'étranges sous-entendus qui lui échappaient.

— Pourriez-vous simplement répondre à ma question au sujet des photos ? insista Pete.

Julie le regardait en silence, droit dans les yeux.

— Elle vous a déjà répondu ! lança Mike. La réponse est *non*.

Julie ne sembla pas l'entendre. Tournée vers la fenêtre, elle fixait les rideaux d'un air hagard.

— Oui, souffla-t-elle, il aurait pu avoir *une* occasion de déposer ces photos.

Calé dans son fauteuil, Pete haussa les sourcils.

— Quand il a passé la nuit ici, n'est-ce pas ?

— Quoi ? fit Jennifer, éberluée.

— Quoi ? lança Mike en écho.

Julie se tourna vers lui.

— Il n'y a rien eu entre nous, Mike. Absolument rien ! Il paraissait bouleversé par la mort de sa mère. Nous avons parlé longuement et il s'est endormi sur le canapé. C'est à cela que Pete fait allusion.

Julie lut dans le regard de l'inspecteur que Richard avait suggéré tout autre chose. Et Mike fit la même constatation...

Richard abaissa son appareil photo. Équipé d'un téléobjectif, cet appareil faisait office de jumelles de fortune et lui avait permis d'épier Mike et Julie depuis leur retour – ou, du moins, ce que laissaient transparaître les rideaux de tulle. Pendant la journée, rien n'était visible ; mais la nuit, quand les lumières brillaient à l'intérieur, il distinguait les silhouettes, et c'était l'essentiel.

Ce soir-là, elle trouverait le médaillon. Il aurait aimé le mettre un peu plus en évidence après avoir parlé à Pete Gandy, mais il savait qu'elle finirait par l'apercevoir sur le bureau.

Elle passerait certainement un sale quart d'heure ; il n'avait pas le choix s'il voulait mettre fin à son ridicule béguin pour Mike.

Après le départ des deux inspecteurs, Mike s'adossa à la porte en se retenant des deux mains. La tête penchée, il respirait profondément, et Crooner, posté à côté de lui, l'observait avec l'air de s'interroger sur ce nouveau jeu.

— Pourquoi me l'avais-tu caché ? fit Mike en haussant le menton.

Debout au milieu de la cuisine, Julie évita de croiser son regard.

— Je savais que tu serais furieux.

Mike marmonna quelque chose ; elle fit mine de ne pas entendre.

— Je ne voulais surtout pas te contrarier, reprit-elle, car ça n'en vaut pas la peine. Je te jure que rien ne s'est passé entre nous ! Il n'a pas cessé de parler...

Mike se redressa et pivota sur lui-même, le visage sombre et fermé.

— C'était après notre première soirée ensemble, non ?

C'était aussi le soir où elle ne l'avait pas laissé l'embrasser...

— Le bon moment ! ironisa Julie.

Elle regretta immédiatement sa remarque, car l'heure n'était pas à la plaisanterie.

— Je ne savais pas qu'il allait passer chez moi, murmura-t-elle en s'avançant d'un pas. J'étais sur le point d'aller me coucher quand il s'est présenté à ma porte...

— Et tu l'as fait entrer ?

— Pas du tout ! Nous nous sommes disputés parce que je lui ai annoncé que je ne voulais plus le voir. Je me suis un peu... échauffée, et Crooner...

Julie s'interrompit : tout cela lui semblait si vain !

— Qu'a fait Crooner ?

— Crooner l'a mordu, déclara Julie, les bras croisés. Quand j'ai essayé de fermer la porte, Richard l'a retenue d'une main, et Crooner l'a attaqué.

— Tu as jugé inutile de m'en parler ? Après tout ce qu'il s'était passé !

— Effectivement, ça m'a paru sans importance. Quand je lui ai dit que je ne voulais plus le voir, il s'est énervé...

Mike croisa les bras à son tour.

— Essayons d'y voir clair ! Richard se présente à ta porte, vous vous disputez, Crooner l'attaque, et finalement tu l'invites à passer la nuit chez toi... Dis-moi si je me trompe, mais ton histoire ne tient pas debout.

— Mike, je t'en prie, ne sois pas comme ça !

— Comme quoi ? Comme quelqu'un qui se sent légèrement perturbé par tes mensonges ?

— Je ne t'ai pas menti ! Je ne t'ai rien dit parce que ça n'avait aucun intérêt. Aucun ! Ce qui s'est produit ensuite n'a rien à voir avec les événements de cette nuit-là.

— Qu'en sais-tu ? C'est peut-être ce qui lui a fait perdre les pédales.

— Mais je me suis contentée de l'écouter !

Mike ne broncha pas ; une lueur accusatrice brillait dans ses yeux.

— Tu doutes de moi ? reprit Julie. Tu t'imagines que j'ai couché avec lui ?

— Je ne sais plus où j'en suis, fit Mike, après avoir laissé la question en suspens un bon moment.

Sur le point de se jeter sur lui en hurlant ou de le prier de partir, Julie résista à cette impulsion. Les paroles de Richard résonnaient dans son esprit : *Tu ne lui as même pas dit que tu m'as permis de passer la*

nuit chez toi, je parie ! Qu'est-ce qu'il en penserait, à
ton avis ?

Richard les manipulait, comme il avait manipulé Pete Gandy, comme il les avait manipulés au *Clipper*. Elle ne devait surtout pas entrer dans son jeu !

— Mike, dit-elle en posant sa voix, comment peux-tu croire que j'ai couché avec un homme que je connais à peine, après lui avoir annoncé que je ne voulais plus le revoir ? Je t'ai déjà dit que ce type ne me plaît pas, et tu me connais depuis assez longtemps pour savoir que je suis incapable de me conduire de cette manière...

Mike dévisagea Julie.

— Je n'en sais rien.

Piquée au vif, Julie était au bord des larmes.

— Je n'ai pas couché avec lui !

— Peut-être, fit Mike, la main tendue vers la porte. Mais je souffre à l'idée que tu ne m'as pas fait confiance.

— J'ai confiance en toi ; simplement, je ne voulais pas te blesser.

— C'est pourtant ce que tu as fait, Julie.

Sur ces mots, Mike ouvrit la porte, et Julie réalisa qu'il partait.

— Attends ! s'exclama-t-elle. Où vas-tu ?

— J'ai besoin de réfléchir...

— S'il te plaît, ne pars pas ! Je ne veux pas passer la nuit sans toi.

Hésitant, Mike hocha la tête, mais, un instant après, il avait disparu.

Richard regarda Mike longer l'allée, monter dans sa camionnette et claquer la porte.

Il souriait à l'idée que Julie finirait par perdre ses illusions sur son rival. Un instable, guidé par ses émotions et ses impulsions, et non par sa raison ! Mike n'était pas digne d'une telle femme ; jamais il ne le serait. Elle méritait un homme plus fort, plus intelligent, et de la même trempe qu'elle.

Dans son arbre, il attendait avec impatience le moment où il pourrait l'arracher à cette maison, à cette ville, et à cette vie qui l'avaient prise au piège. Après avoir soulevé son appareil photo à nouveau, il scruta l'ombre de Julie à travers les rideaux de son living.

Même son ombre était belle.

33

— Sans blague ? fit Henry.

— Tu as bien compris, répliqua Mike. Il a passé la nuit chez elle !

Bouillant de rage, Mike s'adressait à Henry, dans le petit jardin devant sa maison. Quand Emma ouvrit la porte et demanda ce qui se passait, il s'interrompit au milieu d'une phrase en la dévisageant : il la croyait déjà au courant.

— Une seconde, Emma ! Mike est un peu nerveux..., marmonna Henry.

Avant de refermer la porte, Emma avait jeté un regard éloquent à son mari : *D'accord, je vous laisse, mais je compte sur toi pour me faire un compte rendu détaillé un peu plus tard.*

— Elle te l'a dit elle-même ? reprit Henry.

— Oui, en présence des policiers...

— Qu'est-ce que tu racontes ?

— Les inspecteurs viennent de partir.

— Quel rapport avec la police ?

— C'est à cause du médaillon... Richard y a glissé deux de ses photos. Et maintenant, qu'est-ce que je fais ?

De plus en plus troublé, Henry tapota le bras de son frère.

— Calme-toi, Mike, et essaye de commencer par le commencement.

— Vous avez l'intention de m'imposer encore long-temps la loi du silence ? fit Pete Gandy.

Ils roulaient tranquillement en ville, dans la voiture de police, et Jennifer Romanello ne disait plus un mot depuis qu'ils étaient partis de chez Julie.

Au son de sa voix, Jennifer se tourna vers la vitre.

— Vous êtes furieuse à cause de cette histoire avec Mike Harris ? ajouta Peter. Dans ce cas, il faut vous endurcir. Notre boulot n'est pas toujours facile !

Jennifer esquissa une mimique de dégoût.

— Je m'en doute, mais de là à se conduire comme un malotru...

— Vous insinuez que je me suis conduit comme un malotru ?

— Ce petit commentaire, en présence de Mike, m'a paru totalement déplacé !

— Quand j'ai signalé que Richard avait passé la nuit là-bas ?

Jennifer n'eut pas besoin de répondre : Pete avait fini par comprendre

— Pourquoi êtes-vous si troublée ? reprit-il. J'ai dit la pure vérité.

Ce type était réellement méprisable, songea Jennifer.

— Vous n'aviez pas besoin de parler en présence de Mike ! Il suffisait de prendre Julie à part pour la questionner ; elle aurait pu s'expliquer ensuite avec lui.

— Où est la différence ?

— Vous les avez désarçonnés et vous avez proba-blement été à l'origine d'une sacrée querelle entre eux !

— Et alors ? Je n'y peux rien s'ils se font des cachotteries. Je tenais simplement à aller au fond des choses.

— C'est une autre histoire... Comment avez-vous appris que Richard avait passé la nuit chez elle ? Auriez-vous eu, par hasard, l'occasion de bavarder avec lui ?

— Effectivement, je l'ai rencontré au gymnase. Il m'a paru sympathique.

— *Sympathique* ?

— Oui, fit Pete, du tac au tac. D'une part, il renonce à porter plainte ; ce n'est pas rien, non ? D'autre part, il préfère tirer un trait sur cette histoire. Il ne fera rien non plus au civil...

— Quand comptiez-vous m'annoncer tout cela ?

— Vous annoncer quoi ? Je vous répète que c'est une affaire classée. D'ailleurs, ça ne vous regarde pas. Vous êtes en train d'apprendre les ficelles du métier !

Jennifer ferma les yeux.

— Richard harcèle Julie et elle meurt de peur. Pourquoi refusez-vous de l'admettre ?

— Écoutez, Jennifer, Richard m'a parlé du médaillon : il préférait m'informer, au cas où ce genre de problème se poserait. Il y a glissé les photos quand il a passé la nuit avec Julie. Elle-même admet qu'elle n'avait pas regardé ce bijou depuis... Dans ces conditions, comment prétendre qu'il ment ?

— Mais comment pouvez-vous négliger ce qu'elle nous a signalé ? Je vous rappelle qu'il la harcèle ! N'êtes-vous pas frappé par ces prétendues coïncidences ?

— Voyons ! protesta Pete, j'ai parlé à ce type un certain nombre de fois...

Le grésillement de la radio l'interrompit. Jennifer s'empara du micro, en lui jetant un regard noir.

Sylvia, qui travaillait depuis vingt ans au commissariat et connaissait à peu près tout le monde en ville, semblait perplexe.

— Nous venons de recevoir un appel d'un routier, sur l'autoroute. Il aurait vu quelque chose de bizarre dans un fossé... D'après lui, on ferait bien d'aller jeter un coup d'œil.

— Qu'est-ce que c'est, à son avis ?

— Il ne l'a pas dit ! J'ai l'impression qu'il était pressé et qu'il avait peur de perdre son temps si on lui posait des questions. C'est sur l'autoroute 24, à environ cinq cents mètres après la station Amoco, du côté nord.

— Nous vérifions tout de suite, répliqua Jennifer, ravie à l'idée que Pete allait enfin se taire.

Mike était parti depuis une demi-heure et un calme inquiétant régnait dans la maison. Julie s'assura que les fenêtres étaient fermées et les portes verrouillées, puis elle arpenta le living, Crooner à ses côtés. Dehors, s'élevait la stridulation des grillons, et une douce brise agitait les feuilles.

Les bras croisés, elle contempla la porte. Crooner laissait sa tête reposer contre sa jambe ; au bout d'un moment, il se mit à geindre, et elle lui prodigua ses caresses. Comme s'il avait deviné ce qui se passait, il ne l'avait pas quittée depuis le départ de Mike.

Elle était persuadée que Richard n'avait pas glissé les photos dans le médaillon au cours de la nuit où il avait dormi chez elle. Il revenait d'un enterrement, enfin ! Aurait-il emporté ces deux petites photos au cas où l'occasion se présenterait de les mettre en place pendant qu'elle serait dans sa chambre ?

Non, c'était invraisemblable.

En revanche, il s'était introduit chez elle, il avait tout exploré, ouvert ses tiroirs, fouillé dans ses affaires ; il savait comment pénétrer dans *sa* maison.

Donc, il pourrait récidiver...

La gorge serrée, elle alla pousser une chaise de cuisine sous le loquet de la porte d'entrée.

Mike l'avait abandonnée ! Il l'avait abandonnée alors qu'Andrea avait disparu et que Richard la harcelait. Comment pouvait-il se conduire ainsi un soir pareil ?

Richard avait dormi sur son canapé. Et alors ? Rien ne s'était passé...

Mike ne l'avait pas crue. Elle lui en voulait et elle se sentait blessée. Ce n'était vraiment pas le moment de la délaisser !

Elle s'assit sur le canapé, en larmes.

— La crois-tu ? fit Henry.

Mike laissa errer son regard le long de la rue et soupira.

— Je n'en sais rien.

— Bien sûr que tu sais !

— Non ! s'impatienta Mike. Comment savoir, alors que je n'étais pas là ?

— Parce que tu connais Julie. Tu la connais parfaitement !

Mike laissa retomber ses épaules.

— Eh bien, non... Je ne pense pas qu'elle ait couché avec lui.

— Alors, pourquoi toute cette histoire ? fit Henry, après avoir pris son temps pour répondre.

— Elle m'a menti.

— Non, elle ne t'a pas menti. Elle ne t'a pas *tout* dit !

— C'est pareil.

— Absolument pas ! Tu t'imagines que je dis *tout* à Emma ? Certaines choses ne comptent pas...

— Ces choses-là comptent, Henry.

— Pas pour elle, Mike.

— Même après ce qui venait de se passer ?

Mike avait marqué un point, se dit Henry ; Julie aurait mieux fait de le mettre au courant, mais ce n'était pas une raison pour en discuter maintenant.

— Quelles sont tes intentions ? marmonna-t-il.

— Je ne sais pas, articula Mike, après un long silence.

Richard distingua l'ombre de Julie, en train de s'asseoir sur le canapé. Comprenant qu'elle pleurait, il eut envie de la prendre dans ses bras et de la réconforter. Il posa un doigt sur ses propres lèvres, comme on le ferait pour calmer un jeune enfant. Les émotions de Julie étaient devenues les siennes : il ressentait sa solitude, sa peur, son chagrin. Pour la première fois de sa vie, il était ému par des larmes.

Les larmes de sa mère l'avaient laissé de marbre, après l'enterrement de son père. Et sa mère, il avait fini par la haïr...

Mike quitta Henry, encore tout ébahi.

Il voyait trouble, et il lui sembla que des images bizarres défilaient de chaque côté de la route.

Julie aurait dû lui parler... Il aurait été certainement perturbé, mais il aurait surmonté son trouble. Il l'aimait, et qu'était l'amour sans confiance ni honnêteté ?

Il en voulait aussi à Henry d'avoir minimisé les faits. Peut-être aurait-il réagi différemment si Emma l'avait trompé comme Sarah l'avait trompé lui, quelques années avant ! Chat échaudé craint l'eau froide, dit le proverbe...

À cette différence près que Julie ne l'avait pas trompé ; il en avait maintenant la certitude.

Mais elle n'avait pas cru en lui... Il s'agissait, en fait, d'un problème de confiance. Elle aurait certainement parlé à Jim !

350

Leur relation était-elle si différente de celle qu'elle avait eue avec son mari ? Pourquoi n'avait-elle pas foi en lui comme en Jim, si elle l'aimait ?

Dans son arbre, Richard pensait à sa mère.

Il avait espéré qu'elle serait meilleure et plus forte après la mort de son père. Au contraire, elle s'était mise à boire, et à fumer ; des vapeurs de tabac flottaient jour et nuit dans la cuisine. Puis elle était devenue violente, comme si elle avait décidé de perpétuer le souvenir de son mari en l'imitant.

La première fois que c'était arrivé, une douleur intenable l'avait réveillé, comme si on le brûlait au fer rouge. Debout à côté de son lit, sa mère, les yeux hagards, faisait tournoyer la ceinture de Vernon, son défunt mari. « C'est ta faute ! hurlait-elle. Tu le mettais tout le temps en colère. »

La ceinture tournoyait toujours. À chaque coup, il se recroquevillait en la suppliant d'arrêter et en essayant de se protéger ; elle avait continué à brandir la funeste ceinture jusqu'à ce que les forces lui manquent.

Même scénario la nuit suivante, comme de juste ! Il avait enduré les coups avec la même rage tranquille qu'à l'époque où son père le battait. Il avait conscience de haïr cette femme, mais il ne pouvait pas s'en débarrasser dans l'immédiat : la police avait déjà des soupçons concernant le décès de Vernon...

Neuf mois plus tard, les dos et les jambes couverts d'ecchymoses, il avait broyé des somnifères dans la vodka de sa mère. Elle s'était endormie de son dernier sommeil.

Le lendemain matin, debout à côté de son lit, il l'avait contemplée en se disant qu'elle n'avait pas été maligne. Bien qu'elle l'ait soupçonné d'avoir un « certain rapport » avec la mort de son époux, elle ne s'était pas imaginé un seul instant qu'elle risquait de subir le même sort. Elle aurait dû se rendre compte qu'il était assez fort pour faire ce qu'il avait à faire...

Julie aussi avait eu la force de changer sa vie. Julie avait un tempérament de battante. C'était ce qu'il admirait et qu'il aimait en elle !

L'heure avait sonné de livrer une dernière bataille. Elle en comprendrait certainement la nécessité ; du moins, elle en aurait l'intuition. Maintenant que ce petit intermède avec Mike était terminé, à quoi bon remettre l'inévitable à plus tard ?

Lentement, il redescendit de son arbre.

Les inspecteurs Jennifer Romanello et Pete Gandy dépassèrent la station-service Amoco, garèrent leur véhicule au bord de l'autoroute, et sortirent après avoir éteint leurs feux de position.

Non loin de là, des automobilistes faisaient le plein aux pompes à essence. Des voitures passaient en un éclair, baignant les bas-côtés de lueurs bleues et rouges sur leur passage.

— Allez par là ! fit Pete, en désignant la station-service ; j'irai dans l'autre sens.

Jennifer alluma sa lampe torche et se mit à chercher.

Julie pleurait encore sur le canapé, quand elle entendit un bruissement dehors. Crooner, les oreilles dressées, grogna et fonça vers la porte.

Elle promena son regard autour d'elle, en quête d'une arme. Crooner aboya ; elle bondit aussitôt du canapé, les yeux hagards, mais elle ne tarda pas à réaliser que sa queue frétillait.

— Julie ? entendit-elle, à travers la porte. C'est moi, Mike...

Elle s'approcha et retira avec empressement la chaise qui bloquait l'entrée.

— Je sais que tu n'as pas couché avec lui ! dit Mike, les yeux rivés sur elle.

— Merci.

— Je souhaiterais en discuter quand même...

— Comme tu voudras !

Les poings dans les poches, Mike resta un moment silencieux avant de murmurer :

— Tu en aurais parlé à Jim ?

— Oui, articula Julie, décontenancée.

Mike hocha la tête.

— Je m'en doutais.

— Nous étions mariés, Mike. Comprends-tu ?

— Je comprends.

— Ça n'a rien à voir avec mes sentiments pour toi. Du temps où je sortais simplement avec Jim, je ne lui en aurais pas parlé non plus !

— C'est vrai ?

— Je te donne ma parole. Je ne voulais pas te blesser, parce que je t'aime. Si j'avais su que cette histoire prendrait de telles proportions, je t'en aurais parlé tout de suite. J'ai eu tort et je le regrette.

— Je regrette moi aussi les paroles que j'ai prononcées.

Julie s'avança d'un pas incertain. Voyant que Mike ne reculait pas, elle se blottit contre lui.

— Je voudrais passer la nuit ici, souffla-t-il, en l'enlaçant. Tu es d'accord ?

— Bien sûr ! (Julie ferma les yeux.) C'est exactement ce que je souhaitais.

Jennifer faisait tournoyer sa lampe torche de droite à gauche, à la recherche de ce qu'avait vu le routier.

La lune était basse dans le ciel, ponctué de milliers d'étoiles. Une odeur pénible de gaz d'échappement flottait dans l'air.

Elle progressait lentement, en examinant le bas-côté. Rien !

À moins d'un mètre de la route, d'épaisses broussailles – que son faisceau lumineux ne pouvait pénétrer – entouraient un bouquet de pins.

Les voitures passaient toujours ; elle les entendait à peine. Scrutant le sol, elle avançait avec précaution, quand elle sentit un mouvement à côté d'elle.

Elle leva sa lampe torche. Deux yeux la fixaient... Figée sur place, elle attendit que la biche, surprise elle aussi, se décide à s'enfuir.

Après avoir émis un long soupir, elle poursuivit son chemin, tête baissée. La station-service n'était plus très loin, et elle se demanda de nouveau ce qu'elle cherchait.

Elle contourna un sac d'ordures éventré, puis un amas de boîtes de conserves et de serviettes en papier. Au moment où elle songeait à faire demi-tour pour rejoindre Pete dans la direction opposée, sa lampe torche illumina quelque chose que son esprit se refusa à identifier.

Un hurlement retentit dans la nuit.

Horrifié, Pete Gandy rejoignit Jennifer au pas de course, en moins d'une minute.

— Appelez tout de suite une ambulance ! lui cria-t-elle, penchée sur un corps.

Pete fonça sans un mot vers leur véhicule, tandis qu'elle surmontait sa panique pour examiner la jeune femme. Son visage était ensanglanté et meurtri. Une effroyable marque violette entourait son cou, et elle avait certainement un poignet fracturé, car l'une de ses mains formait un angle bizarre avec son bras. Mais son pouls battait faiblement...

Pete revint et s'agenouilla à côté de Jennifer. En reconnaissant la victime, il se mit à vomir sur le bas-côté.

34

À son arrivée au salon de coiffure, jeudi matin, Julie trouva les inspecteurs Gandy et Romanello qui l'attendait. Elle lut aussitôt sur leur visage le motif de leur présence.

— C'est à cause d'Andrea, n'est-ce pas ?

Mabel, qui se tenait derrière les inspecteurs, les yeux rougis de larmes, traversa la pièce pour se jeter dans ses bras.

— Mon petit... Mike et Henry vont arriver...

— Que se passe-t-il ?

— Il l'a tabassée, gémit Mabel, le corps secoué de sanglots. Il a failli la tuer.... Elle est dans le coma... Qui sait si elle s'en tirera ? On l'a transportée la nuit dernière à Wilmington, en hélicoptère...

Julie sentit ses genoux fléchir, mais elle se ressaisit. Mike et Henry venaient d'entrer en coup de vent. Mike observa Mabel et Julie, avant de foudroyer les inspecteurs du regard.

— Qu'a-t-il fait à Andrea ?

Jennifer hésita. Comment décrire un tel accès de violence ? Le sang, les os brisés...

— C'était moche, marmonna finalement Peter. Je n'ai jamais rien vu de pareil.

Mabel fondit de nouveau en larmes, tandis que Julie tentait de refouler les siennes. Henry semblait tétanisé, mais Mike s'adressa à Jennifer :

— Vous avez arrêté Richard ?

— Non.

— Bon sang, qu'attendez-vous ?

— Nous ne savons pas s'il est coupable.

— Ça crève les yeux ! s'indigna Mike. À part lui, qui aurait pu oser ?

Jennifer leva les mains, décidée à garder le contrôle de la situation.

— Écoutez, je sais que vous êtes sous le choc...

— Ça vous étonne ? glapit Mike. Richard court les rues, alors que vous perdez tous les deux votre temps ici !

Pete crut bon d'intervenir.

— Je vous prie de vous calmer !

— Me calmer, moi ? C'est vous qui avez tout bousillé. Si vous étiez plus malin, on n'en serait pas arrivés là. Je vous ai dit que ce type était dangereux ! Nous vous avons supplié d'intervenir, mais vous vous prenez tellement au sérieux que vous n'avez rien vu.

— Détendez-vous...

Mike s'approcha de Pete.

— Vous n'avez pas de conseils à me donner. Tout est votre faute !

Pete pinça les lèvres et fit un pas en direction de Mike ; Jennifer s'interposa.

— Reculez, je vous prie ! Ce n'est pas comme ça que vous pourrez aider Andrea...

Mike et Peter continuaient à se dévisager, tendus comme des ressorts.

— Écoutez, reprit Jennifer, nous n'avions pas pensé à Richard... Aucun de vous deux n'a fait allusion aux

357

relations qu'il avait avec Andrea, et nous l'avons retrouvée *après* être passés chez vous, hier soir. Elle était déjà dans le coma ; nous n'avions donc aucun moyen de savoir qui l'avait agressée. Nous sommes restés sur les lieux jusqu'à l'aube, Pete et moi... Nous voici maintenant parce qu'elle était employée ici, et non parce que nous soupçonnons Richard. Mabel nous a prévenus, il y a cinq minutes, qu'ils se fréquentaient... Comprenez-vous ?

Mike finit par baisser les yeux, en soupirant.

— Oui, je comprends. Désolé, j'étais troublé...

Pete ne l'avait pas quitté des yeux ; Jennifer se tourna alors vers Julie.

— D'après Mabel, Emma aurait vu Richard et Andrea ensemble, à Morehead City. Exact ?

— Oui. C'était le jour où j'ai rencontré Richard dans les bois.

— Aucune de vous deux ne savait qu'ils sortaient ensemble ?

— Elle ne m'avait rien dit. J'en ai entendu parler pour la première fois quand Emma m'a appelée.

— Et vous, Mabel, étiez-vous au courant ? s'enquit Jennifer.

— Pas plus que Julie !

— Andrea n'est pas venue travailler hier ?

— Non.

— Ça ne vous a pas intriguée ? D'autant plus qu'elle a été aperçue en compagnie de Richard !

— Nous étions soucieuses, mais il arrive à Andrea de s'absenter.

— Elle ne vous prévient pas ?

— Pas toujours !

Jennifer se tourna de nouveau vers Julie.

— Pourquoi ne m'avez-vous rien dit, hier soir, quand je suis passée avec l'inspecteur Gandy ?

— Je n'y ai pas pensé. J'étais trop préoccupée au sujet du médaillon ; et puis, après ce qu'a dit Pete...

Jennifer hocha la tête : elle comprenait parfaitement l'allusion de Julie.

— Emma pourrait-elle venir un moment ici ? J'aimerais entendre son point de vue.

— Aucun problème, fit Henry. Je l'appelle tout de suite.

Pour être sûre de son fait, Jennifer récapitula les événements avant d'aborder des questions plus générales. Qui fréquentait habituellement Andrea et en quels lieux ? D'autres personnes pouvaient-elles être mêlées à cette affaire ? Un processus de routine, car une enquête négligeant d'autres suspects éventuels pouvait être considérée par la défense comme un vice de forme.

Julie eut du mal à se concentrer tandis que Jennifer procédait à son interrogatoire. Bien qu'elle soit navrée pour Andrea, elle ne pouvait oublier que Richard l'avait suivie pendant des semaines. Il avait pénétré chez elle par effraction et elle risquait d'être sa prochaine victime...

Quand Emma arriva, les yeux gonflés de larmes, Jennifer lui posa les mêmes questions.

Emma ne savait rien de plus que Julie et Mabel, mais elle précisa l'endroit exact où elle avait aperçu Andrea : devant un bar appelé *Mosquito Grove*, et situé en front de mer.

Jennifer demanda alors à Mabel l'autorisation de fouiller les affaires d'Andrea « au cas où elle aurait laissé un indice permettant de savoir depuis quand elle sortait avec Richard ou si c'était la première fois ».

— Allez-y ! fit Mabel.

Jennifer passa une minute à examiner le contenu des tiroirs. Quand elle les eut refermés, elle aperçut une photo d'Andrea glissée dans le miroir.

— Je peux vous l'emprunter, en cas de besoin ?

Mabel n'y voyant aucun inconvénient, Jennifer prit le temps d'examiner le cliché.

— Eh bien, fit-elle, ça suffira pour l'instant.

Tout le monde sembla acquiescer à l'unisson. Le moment était sans doute venu de prendre congé, mais Jennifer s'approcha spontanément de Mike et de Julie. Elle avait passé assez d'heures avec eux, dans leur cuisine, pour les considérer comme des amis.

— Je tiens à vous dire, murmura-t-elle, que si Richard est l'homme que nous cherchons, il est capable du pire. Je n'ai jamais vu un tabassage pareil... Ce qu'il a fait est indescriptible ! Il s'agit d'un psychopathe ; il faut que vous le sachiez.

Mike et Julie écoutaient, la gorge serrée.

— Je vous conseille d'être très prudents... tous les deux, conclut Jennifer.

Dehors, Pete et Jennifer marchèrent un moment en silence. Elle lui savait gré de l'avoir laissée mener l'interrogatoire à sa guise et elle appréciait la fermeté inhabituelle qu'elle lisait sur son visage sombre.

Après avoir mis le contact, il se cala sur son siège, derrière le volant, sans démarrer.

— C'est elle qui me coupe les cheveux, dit-il, en laissant planer son regard à travers le pare-brise.

— Andrea ?

— Oui, ça m'a permis de la reconnaître hier soir.

Jennifer l'observait du coin de l'œil, sans un mot.

— Personne ne mérite de subir un pareil traitement ! reprit-il.

Jennifer posa une main sur son épaule.

— C'est navrant...

Pete hocha la tête, comme s'il chassait de sinistres visions de son esprit, puis il démarra.

— Nous n'avons plus qu'à aller rendre visite à Richard Franklin sur son lieu de travail, dit-il posément. Si nous le prenons au dépourvu, il n'aura pas le temps d'inventer je ne sais quels mensonges. Et s'il est coupable, il va le payer cher...

Les deux mains sur les genoux, Jennifer voyait défiler les arbres et les immeubles, de plus en plus flous, tandis que leur véhicule filait vers le pont.

— On ne le trouvera pas, fit-elle. Il a donné sa démission depuis un mois !

Pete scruta son visage : des cernes sombres s'étalaient sous ses yeux. Dans la pénombre de la voiture, il se sentit bien las lui aussi.

— Qu'en savez-vous ? grommela-t-il.

— J'ai appelé le service du personnel de J. D. Blanchard.

— Vous avez enquêté sur Richard Franklin ?

— Pas officiellement.

Pete se concentra de nouveau sur la route et gara la voiture à l'ombre d'un immense magnolia.

— Si nous reprenions depuis le début ? (Il s'empara du Thermos de café qu'il avait apporté avec lui ce matin-là.) Vous allez me raconter tout ce que vous avez fait ! Ne craignez rien : cela restera entre vous et moi.

Jennifer inspira profondément avant d'entamer son récit.

Au salon de coiffure, Henry regardait dans le vague, Mike était pâle, Mabel épongeait ses larmes. Blottie dans les bras d'Henry, Emma semblait sur le point de s'effondrer, et Julie, les bras croisés, se balançait d'avant en arrière sur le canapé.

— J'ai du mal à le croire, murmura Emma. C'est inimaginable...

Personne ne répondit.

— Je vais passer la voir aujourd'hui, annonça Mabel en baissant les yeux. Je ne vois pas ce que je pourrais faire d'autre !

— C'est ma faute... J'aurais dû lui conseiller de se méfier quand elle lui a coupé les cheveux, fit Julie. J'avais remarqué qu'il lui plaisait.

— Tu n'y pouvais rien, protesta Mike. S'il ne s'était pas attaqué à Andrea, il aurait trouvé une autre victime.

Comme moi, se dit Julie.

— Elle va s'en tirer, ajouta Mike.

— Qu'en sais-tu ? Quelle garantie peux-tu me donner ?

Aucune, se dit Mike en tournant la tête. Julie regretta sa brusquerie et précisa sa pensée :

— Je ne comprends pas... Pourquoi ici ? Et pourquoi Andrea ? Elle ne lui avait rien fait !

— Il est fou. Quand la police l'aura retrouvé, j'espère qu'il restera longtemps sous les verrous, très longtemps, martela Mabel.

Si elle le retrouve..., pensa Julie.

Henry regarda par la fenêtre en silence, puis tourna les yeux vers elle.

— La police a eu raison de vous mettre en garde tous les deux, mais vous ne pouvez pas rester ici.

Julie parut déconcertée.

— Après ce qu'il a fait à Andrea, et sachant qu'il est entré chez toi par effraction, vous n'êtes plus en sécurité Mike et toi, ajouta Henry.

362

— Où aller ?

— N'importe où, mais quittez cette ville. Cachez-vous tant que cet individu est en liberté ! Installez-vous dans notre maison en bord de mer, si vous voulez. Il ne vous trouvera pas là-bas.

— Allez-vous mettre à l'abri chez nous ! approuva Emma.

— Et s'il nous découvrait ? s'inquiéta Julie.

— Aucun risque ! La maison n'est même pas enregistrée à notre nom. C'est une copropriété, et il n'aura aucun moyen de savoir qu'elle nous appartient. En plus, personne n'y a séjourné depuis plusieurs mois... Il ne peut connaître ni son existence ni l'endroit où elle se trouve.

— J'ai un peu peur à l'idée d'y aller. C'est si calme...

— Préfères-tu t'installer chez moi ? demanda Mike.

— Non, il connaît certainement ton adresse.

— Henry et Emma ont raison, intervint Mabel. Vas-y, Julie ! C'est trop dangereux ici...

— Et s'il nous suit ? Et s'il m'épie en ce moment ?

Cinq paires d'yeux se tournèrent simultanément vers la fenêtre.

— Partez avec ma voiture, suggéra Henry. Non, plutôt avec celle d'Emma... Et tout de suite ! Nous allons faire un tour, Mike et moi, pour voir s'il est dans les parages. Si la voie est libre, prenez l'autoroute et n'en sortez plus. C'est tout droit, et vous saurez immédiatement si quelqu'un vous suit. Une fois arrivés à Jacksonville, tournez un moment en rond, pour être sûrs que personne ne roule derrière vous. L'essentiel est de vous éloigner avant que Richard puisse s'en rendre compte.

— Faut-il prévenir la police ?

— Je m'en occupe, déclara Henry. Et surtout ne repassez pas chez vous !

Quelques instants après, Mike et Julie étaient partis.

En une dizaine de minutes, Jennifer récapitula tout ce qu'elle avait appris sur Richard : ses dettes étranges, la nouvelle société dans l'Ohio remplaçant celle du Colorado, sa volonté apparente de garder profil bas, les commentaires inquiétants de Jake Blansen sur sa personnalité, et le fait qu'il ne travaillait plus pour J. D. Blanchard.

Quand elle acheva son récit, Pete tapotait le volant d'un air entendu.

— Je savais bien que ce type avait quelque chose de louche, marmonna-t-il. Même au gymnase, il me semblait un peu trop mielleux.

Jennifer le dévisagea, interloquée. Il avait fini – mais à quel prix ! – par y voir clair, et, au moins, il était maintenant de son côté.

— Ça ne m'étonne pas, dit-elle enfin.

Insensible à sa remarque sarcastique, Pete continua à tapoter son volant.

— S'il ne travaille plus, où est-il ?

— Je n'en sais rien, mais nous pourrions passer chez lui...

— Allons-y ! fit Pete.

Un quart d'heure plus tard, Pete et Jennifer se garaient dans l'allée de la maison victorienne louée par Richard. À peine sortis, ils dégrafèrent leur holster pour inspecter les lieux.

De près, la maison semblait encore plus délabrée que depuis la route. Les stores des fenêtres de façade étaient baissés, aucune voiture n'était visible, et une allée envahie de mauvaises herbes contournait la bâtisse.

Leur moteur cliqueta en se refroidissant. Une envolée d'étourneaux bruyants s'échappa des arbres, puis un écureuil passa à la vitesse de l'éclair et alla chercher refuge au sommet d'un pin. À part cela, un silence absolu, et aucun signe de vie derrière les fenêtres.

— On dirait que notre suspect a prit la fuite, chuchota Pete.

Jennifer eut soudain la certitude qu'il était là.

Caché derrière un arbre, Richard les épiait. Il venait de nettoyer l'intérieur de sa voiture – après en avoir fait autant chez lui, afin d'éliminer le moindre indice de ce qui s'était passé au cours de la nuit – quand il les avait entendus remonter l'allée.

Il les attendait ; mais pas si vite !

Pete et Jennifer s'avancèrent avec précaution jusqu'à la porte d'entrée ; le plancher du porche crissa sous leurs pas. Ils échangèrent un regard devant la porte dont la peinture s'écaillait, puis Pete frappa. Jennifer se tenait à côté de lui, la main sur son holster et les yeux rivés à la fenêtre.

Mue par un réflexe, elle dégaina.

Après avoir observé les policiers, Richard soupira profondément ; puis il recula sans se presser dans les bois, en se demandant comment ils avaient pu établir, en si peu de temps, un lien entre Andrea et lui.

L'ADN ? Non, car cela aurait pris au moins une semaine. Andrea avait dû parler, bien qu'il lui ait intimé l'ordre de se taire. À moins que quelqu'un les ait vus ensemble au bar, ou à Morehead City.

Quelle importance ? Il savait déjà que ses jours sous le nom de Richard Franklin étaient comptés ; les circonstances avaient simplement accéléré l'inévitable. Malgré son nettoyage intensif, il n'avait aucune chance d'éliminer tous les indices de ce qui s'était passé chez lui avec Andrea. Les médecins légistes avaient amélioré leurs techniques au point de pouvoir identifier les moindres traces de sang et les moindres mèches de cheveux. C'est pourquoi il ne s'était pas donné la peine de cacher le corps d'Andrea. Si la police obtenait un mandat de perquisition – une simple question de temps ! – il y aurait certainement de quoi le poursuivre en justice.

Il aurait pourtant souhaité bénéficier d'une heure de plus pour rassembler ses affaires. Ses appareils photo et ses objectifs étaient chez lui ; il regrettait de s'en séparer. Et puis, il y avait ses photos ; surtout celles de Jessica, dans son porte-documents. La police ne risquait guère de les utiliser pour en savoir plus sur son ex-épouse : il avait pris soin de détruire toutes celles qui auraient permis de situer l'endroit où il avait vécu. Mais elles étaient irremplaçables !

Il regretterait aussi celles de Julie ; un peu moins, car ils avaient la vie devant eux pour compenser cette perte.

Julie savait-elle déjà ce qui était arrivé à Andrea ? Probablement... Après avoir été interrogée par la police, que ferait-elle ?

Elle allait s'enfuir, évidemment ; comme elle s'était sauvée autrefois de chez sa mère ! Elle tenterait de se cacher et elle emmènerait sans doute cet abruti. Selon toute vraisemblance, elle était déjà partie.

Raison de plus pour se tirer !

Il réfléchit un moment. Et s'ils allaient faire un tour derrière la maison...

Un pari risqué, mais avait-il le choix ? Il se dirigea tranquillement vers la voiture de police.

— Contournons la maison, souffla Jennifer. (Son revolver lui semblait étonnamment léger.) J'ai comme l'impression qu'il est encore là.

Pete acquiesça d'un signe de tête.

En s'éloignant du porche, il allait se diriger vers l'allée de gravier, mais Jennifer prit la direction inverse. Il hésita à peine un instant avant de la suivre. De ce côté, ils durent se faufiler entre les arbres ; des brindilles crissaient sous leurs pas et de grandes herbes effleuraient leur uniforme.

Ils s'arrêtèrent à l'angle de la maison. Jennifer, qui marchait en tête, se plaqua contre le mur et regarda sur le côté : la voiture de Richard était garée là, la portière du passager ouverte.

Son revolver serré contre sa poitrine, le canon dressé, elle hocha la tête dans cette direction. Pete dégaina posément.

Jennifer scruta de nouveau le jardin, au cas où Richard s'y cacherait, avant de faire signe à Pete de la suivre. Marchant à pas de loup, ils essayaient d'être le plus silencieux possible.

Ils passèrent sous les fenêtres au coin de la maison, toujours aux aguets...

Les oiseaux faisaient silence.

Ils remarquèrent la porte de derrière... ouverte. Jennifer se dirigea vers elle ; Pete la suivit.

La voiture était toute proche désormais. De la maison, parvenait le son lointain de la radio : de vieilles chansons à succès, sur une station de Jacksonville.

Jennifer s'immobilisa et regarda autour d'elle. Il était là, elle en était convaincue, et il les épiait, comme il avait épié Julie.

Elle eut une vision d'horreur du visage meurtri d'Andrea. Un coup d'œil derrière son épaule lui permit

367

d'apercevoir Pete, sous le porche derrière la maison, en train de s'approcher de la porte ouverte.

Ils entendirent alors un cri perçant. Jennifer faillit appuyer sur la détente ; mais, après un instant d'hésitation, elle échangea un regard avec Pete.

Ce cri venait de l'avant de la maison.

Pete descendit les marches du porche et courut en sens inverse. Jennifer fit volte-face pour le suivre. Après avoir tourné, ils se frayèrent de nouveau un chemin au milieu des branches, des feuilles et des brindilles, comme ils l'avaient fait en sens inverse.

Ils se séparèrent ensuite : Pete s'approcha de la façade, tandis que Jennifer avançait vers le jardin.

La bouche sèche et le souffle court, elle s'efforçait de garder son calme. Non loin de là, elle aperçut un massif d'arbustes, entourés de buissons, qui lui fit penser à une canardière soigneusement dissimulée.

Son regard revint s'y poser plusieurs fois. Son revolver devenait glissant dans sa main moite... Il est là, se dit-elle. Il se cache et il attend que je vienne le chercher.

Derrière elle, Pete marchait sur le gravier. Elle leva son revolver comme on le lui avait appris.

— Monsieur Franklin, annonça-t-elle, je suis l'inspecteur Romanello et je vais tirer. Déclinez votre identité et sortez, mains en l'air !

Pete se retourna au son de sa voix, et traversa l'allée pour la rejoindre – non sans avoir braqué son revolver lui aussi.

Derrière la maison, un moteur se mit à vrombir et grinça lorsque l'accélérateur fut plaqué au plancher ; des cailloux s'envolèrent sous les pneus de la voiture, qui fonçait vers eux.

Pete resta figé au milieu de l'allée ; il avait aperçu

la voiture un instant avant Jennifer ; elle ne ralentissait pas...

Immobile, il la visa. Le voyant hésiter, Jennifer comprit immédiatement ce qui allait se passer. À la dernière seconde, il fit un plongeon de côté, pour laisser le bolide filer en le frôlant presque. Il atterrit sur le torse, comme un joueur de base-ball retournant à sa base de départ ; son revolver lui échappa.

Jennifer renonça à tirer à cause du plongeon de Pete et des arbres qui lui obstruaient la vue.

La voiture vrombit le long de l'allée, prit le tournant, et s'éloigna en laissant une nuée de gravier dans son sillage.

Jennifer courut vers Pete ; déjà debout, l'inspecteur était à la recherche de son revolver. Quelques secondes après, quand ils l'eurent retrouvé, ils se précipitèrent sans un mot vers leur voiture. Jennifer sauta à la place du passager, les portières claquèrent, et Pete tendit machinalement la main vers la clef de contact.

Elle avait disparu...

Les fils de la radio avaient été arrachés du tableau de bord, et l'on n'entendait plus, depuis un moment, le moteur de la voiture de Richard.

— Bon sang ! rugit Pete, en cognant le volant du poing.

Jennifer saisit son téléphone portable pour appeler le commissariat : vu le petit nombre de policiers de service dans une petite bourgade, il était peu probable qu'ils parviennent à rattraper Richard.

— Qu'est-ce qu'on fait maintenant ? lui demanda Pete quand elle eut raccroché.

— J'entre dans la maison !

— Sans mandat de perquisition ?

Jennifer ouvrit la portière et sortit.

— Il a essayé de vous renverser et il est probablement sur le point de commettre un autre forfait. Ce n'est pas une raison suffisante pour perquisitionner, à votre avis ?

Une seconde après, Pete la suivait.

Il constatait avec une satisfaction mitigée que l'inspecteur Romanello semblait apprendre bien vite les ficelles du métier.

À son entrée, Jennifer fut frappée par la banalité du décor.

C'était la maison de monsieur Tout-le-monde.

Dans la cuisine impeccable, l'évier miroitait au soleil, une serviette éponge soigneusement pliée sur le bord. Pas une casserole ou une assiette ne traînait sur le plan de travail. Bien que vétuste – le réfrigérateur ressemblait aux modèles proposés dans le catalogue de Sears juste après la Seconde Guerre mondiale, et il n'y avait ni lave-vaisselle, ni four à micro-ondes – la cuisine était plutôt accueillante. La cuisine de leurs grands-parents, telle que beaucoup d'enfants s'en souviennent...

Jennifer entra ensuite dans ce qui avait dû être la salle à manger. Une pièce étonnamment lumineuse, car le soleil pénétrait par le haut des fenêtres et inondait le sol d'une lumière dorée. Un papier mural jaune pâle rehaussé de fleurs, et des moulures de chêne donnaient une certaine majesté à ce lieu. Des chaises étaient sagement alignées autour d'une table toute simple.

Dans le living, rien de remarquable non plus. Les meubles étaient d'une grande banalité et tout semblait en ordre. Quoique...

Il fallut un moment à Jennifer pour réaliser ce qui ne collait pas.

En fait, il n'y avait pas un seul objet personnel dans cette maison. Ni photos, ni tableaux sur les murs, ni magazines, ni journaux traînant sur une table, ni plantes. Ni stéréo, ni CD, ni télévision... Simplement un canapé, des tables basses et des lampes.

Jennifer scruta l'escalier. Pete, qui avait sorti son arme, la rejoignit.

— Plutôt vide, hein ?

— Je monte !

Pete la suivit.

À l'étage, ils parcoururent des yeux le palier, avant de se diriger vers la droite ; puis ils ouvrirent la porte de la chambre noire et allumèrent. Baignée dans une lumière rougeâtre, Jennifer se sentit défaillir en découvrant ce qui occupait Richard depuis qu'il avait cessé de travailler.

— Bonté divine ! souffla-t-elle.

Pour ne pas se faire remarquer, Richard ralentit dès qu'il fut sur des routes à grande circulation.

Son cœur tambourinait, mais il était libre ! Il avait pris la fuite alors que les flics croyaient l'avoir piégé. Il éclata de rire. Les deux inspecteurs en avaient fait une tête quand il avait foncé droit sur eux, dans l'allée !

Et quel dommage que Pete Gandy ait bondi sur le côté ! Il l'aurait écrabouillé avec délectation ; malheureusement, cet homme était toujours en vie.

En pleine euphorie, il rit encore, avant de réfléchir à son plan d'action. Il devait abandonner sa voiture, mais après s'être éloigné au maximum de Swansboro. Il prit donc l'autoroute menant à Jacksonville, gara sa voiture à un endroit où elle passerait inaperçue et se mit en quête de Julie.

Un jour, Jessica avait essayé de s'enfuir. Il se souvenait qu'elle avait traversé la moitié du territoire américain en autocar, dans l'espoir de lui échapper ; mais il l'avait suivie à la trace, et quand il avait ouvert la porte du motel minable où elle était descendue, elle n'avait manifesté aucune surprise en le voyant. Assise sur son lit, elle l'attendait... Épuisée, elle n'avait même pas eu la force de crier. Il lui avait tendu le médaillon, et elle l'avait passé autour de son cou sans protester.

Il l'avait aidée à se lever malgré son apathie et il l'avait enlacée. Son visage enfoui dans ses cheveux, il avait respiré son parfum, tandis qu'elle laissait pendre ses bras le long de son corps.

— *Tu ne t'imaginais pas que je te lâcherais si facilement ?* avait-il chuchoté.

— *Je t'en prie, Richard !*

— *Dis-le, Jessica !*

— *Non, tu ne pouvais pas me lâcher...*

— *Tu as eu tort de t'enfuir, dis-le !*

Jessica avait fondu en larmes, comme si elle devinait le sort qui l'attendait.

— *Oh ! je t'en supplie... ne me fais pas de mal... ne recommence pas, je t'en prie...*

— *Tu as essayé de t'enfuir. Tu m'as beaucoup peiné...*

— *Oh ! mon Dieu ! Non...*

Debout sur le seuil de la chambre noire, Pete Gandy cligna plusieurs fois les yeux en tournant la tête de tous les côtés pour ne rien perdre du spectacle.

Des centaines de photos de Julie étaient punaisées au mur. Julie sortant du salon de coiffure, montant dans sa voiture, promenant Crooner dans les bois, à table, au supermarché, sous le porche derrière sa maison, lisant le journal du matin, prenant son courrier, marchant dans la rue, couchée dans son lit.

Julie partout où elle était allée depuis un mois...

Jennifer faillit craquer, car cela dépassait ses pires

craintes. Elle aurait voulu s'attarder un moment dans cette pièce, mais elle devait explorer le reste de la maison pour relever des indices de la présence récente d'Andrea.

Pete semblait figé sur place.

— Je n'en crois pas mes yeux, murmura-t-il.

Dans la seconde chambre, elle trouva le matériel photographique de Richard. Un miroir, fixé au mur, était entouré d'autres photos. Elle se dirigea vers la dernière porte, probablement celle de sa chambre à coucher. Bien qu'elle ne fût pas certaine de la légalité de cette initiative, elle décida d'y entrer en attendant l'arrivée des renforts.

Après avoir poussé la porte, elle aperçut une commode bancale, sans doute abandonnée là par les anciens occupants de la maison ; une penderie où les vêtements de Richard étaient soigneusement accrochés ; un panier à linge contre le mur ; et un téléphone à même le sol, près de la tête de lit.

Une photo encadrée, sur la table de nuit, attira son attention.

Elle crut d'abord reconnaître Julie : mêmes cheveux, mêmes yeux bleu-vert. La ressemblance était frappante, mais il s'agissait d'une autre femme. Plus jeune que Julie de quelques années, elle tenait une rose contre sa joue et arborait un sourire presque enfantin.

En saisissant le cadre, Jennifer remarqua le médaillon autour de son cou. Le médaillon que Julie lui avait montré dans la cuisine ; exactement le même.

Son pied heurta un objet massif, qui se déplaça légèrement. Il lui suffit de se pencher pour apercevoir le bord d'un porte-documents, sous le lit.

Après l'avoir fait glisser, elle le posa devant elle ; il contenait des dizaines de photos de l'inconnue. Elle se mit à les trier.

— Qu'est-ce que c'est ? fit Pete en arrivant.

— Encore des photos !

— De Julie ?

Jennifer se tourna vers son collègue.

— Non... Je n'en suis pas sûre, mais j'ai l'impression qu'il s'agit de Jessica.

35

Moins de quarante minutes plus tard, la maison de Richard Franklin était envahie par les policiers de Swansboro et les shérifs du comté d'Onslow. Les médecins légistes de Jacksonville prenaient les empreintes et cherchaient des indices de la présence d'Andrea.

Jennifer et Pete étaient dehors en compagnie du commissaire. Russell Morrison – un homme bourru et costaud, aux cheveux grisonnants et aux yeux trop rapprochés – leur avait fait raconter deux fois leur histoire, et écoutait Jennifer lui répéter des détails qu'il connaissait déjà.

Il hocha la tête à plusieurs reprises quand elle s'interrompit. Natif de Swansboro, il se considérait comme son protecteur naturel et avait été le premier arrivé sur les lieux, la veille, après la découverte du corps d'Andrea. Pourtant, il dormait profondément quand il avait reçu l'appel à son domicile.

— C'est le type que Mike Harris a agressé au bar ? s'enquit-il. Celui qui est censé harceler Julie ?

— Oui.

— Mais vous n'avez aucune preuve de sa culpabilité !

— Pas encore.

— Avez-vous parlé aux voisins d'Andrea pour savoir s'ils l'ont aperçu dans les parages ?

— Non, car nous sommes venus directement du salon de coiffure.

Russell Morrison réfléchit un moment.

— La disparition de Richard Franklin ne signifie pas nécessairement qu'il est l'agresseur d'Andrea. Gardez-vous de tirer des conclusions hâtives de ce que vous avez appris à son sujet !

— Mais...

Les mains levées, il interrompit Jennifer.

— Je ne prétends pas qu'il est innocent. Bon sang, il a essayé de tuer un policier ! (Il se tourna vers Pete.) Comment vous sentez-vous ?

— Surtout furieux !

— Bon, je vous confie la direction de cette enquête ; mais tout le monde va y participer...

Une exclamation l'interrompit : Fred Burris, l'un des policiers qui fouillait la maison, s'approchait à grands pas.

— Commissaire ?

— Oui, fit Morrison en se tournant vers lui.

— J'ai trouvé quelque chose !

— Quoi ?

— Des traces de sang, répondit simplement Burris.

La maison d'Henry était construite sur Topsail Island, une bande de terre à moins d'un kilomètre de la côte et à une quarantaine de minutes de Swansboro. Couverte de dunes ondulantes de sable blanc, mouchetées d'herbe, l'île attirait de nombreuses familles durant l'été, bien qu'elle comptât peu d'habitants pendant le reste de l'année. Au printemps, les visiteurs avaient l'impression d'y régner en maîtres.

Comme dans toutes les autres villas, le rez-de-chaussée surélevé était bâti au-dessus du garage et d'un espace de rangement, en raison des éventuelles tempêtes. Des marches menaient du porche derrière la maison à la plage, et on avait de ce côté une vue exceptionnelle sur les vagues.

Debout à la fenêtre, Julie observait leur mouvement ininterrompu. Elle ne parvenait toujours pas à se détendre, ni à se sentir en lieu sûr.

Mike et elle s'étaient procuré, au supermarché, assez de vivres pour subsister une semaine entière ; puis ils avaient fait un saut à Wal-Mart pour acheter quelques vêtements indispensables pendant les jours suivants. Aucun d'eux ne savait combien de temps durerait leur séjour, et ils comptaient se montrer le moins possible en public.

Les rideaux étaient tirés à toutes les autres fenêtres, et Mike avait laissé la voiture d'Emma au garage pour qu'elle ne soit pas visible de la route. Suivant les conseils d'Henry, il était sorti trois fois de l'autoroute pendant le trajet et avait tourné en rond dans les rues voisines, en gardant constamment un œil sur son rétroviseur.

Bien qu'ils aient la certitude que personne ne les avait suivis, Julie sentait que Richard finirait par la retrouver tôt ou tard.

Derrière elle, les portes des placards s'ouvraient et se refermaient : Mike rangeait les provisions.

— On l'a peut-être déjà arrêté, lança-t-il.

Julie ne répondit pas. Crooner vint fourrer sa truffe contre sa hanche.

— Ça va ? reprit Mike, conscient de poser une question stupide.

— Non, pas vraiment.

— J'espère qu'Andrea va s'en tirer...

Comme Julie restait muette, il insista :

— Nous n'avons rien à craindre, ici ! Je t'assure qu'il ne risque pas de nous retrouver.

— Je sais.

Julie n'en était pas si sûre. Toujours à la fenêtre, elle recula instinctivement de quelques pas. Crooner, surpris, dressa les oreilles.

— Qu'y a-t-il ? fit Mike.

Elle secoua la tête. Sur la plage, deux couples marchaient au bord de l'eau et s'éloignaient en sens inverse. Chacun venait de passer devant la maison, sans un regard.

Personne d'autre n'était en vue pour l'instant.

— Rien ! marmonna finalement Julie.

— La vue est splendide, non ?

Julie baissa les yeux : elle ne s'en était même pas rendu compte.

Morrison rassembla les policiers devant la maison de Richard pour faire le bilan de la situation et expliquer ses intentions.

— La police de Jacksonville et le service du shérif recherchent cette voiture et son conducteur. En attendant voici ce que je vous demande.

Il poursuivit son discours en s'adressant individuellement à ses hommes.

— Haroldson et Teeter – allez sur le chantier du pont et parlez à tous les membres de l'équipe qui seraient au courant des habitudes de cet individu. Des endroits où il va, de ses fréquentations, de ses occupations favorites...

— Thomas – tu vas rester ici tant que les médecins légistes seront sur les lieux. Assure-toi que tout est étiqueté et emballé à la perfection !

— Burris – passe à l'appartement d'Andrea et parle

à ses voisins. J'aimerais savoir si quelqu'un a aperçu ce type dans les parages.

— Johnson – va faire un tour à Morehead City, au cas où d'autres gens pourraient nous confirmer qu'Andrea et Richard Franklin étaient ensemble...

— Puck – renseigne-toi sur les fréquentations d'Andrea. Je suppose que nous savons déjà qui est le coupable, mais tu connais les avocats de la défense ! Il faut chercher tous les suspects éventuels.

Morrison se tourna enfin vers Jennifer et Pete.

— Je compte sur vous pour me procurer un maximum d'informations concernant Richard. Voyez aussi ce que vous pourrez apprendre au sujet de Jessica. Je souhaiterais vivement lui parler !

— Et l'assignation à comparaître de J. D. Blanchard ? fit Jennifer.

Morrison la transperça du regard.

— Je m'en charge !

Comme Julie et Mike, Richard s'était arrêté au supermarché.

Après avoir garé sa voiture dans un coin reculé du parking de l'hôpital – où elle pourrait stationner quelques jours sans attirer l'attention –, il empoigna les sacs emplis de ses achats et marcha jusqu'à la rue suivante, puis il s'enferma dans les toilettes d'une station-service.

Il observa son reflet dans le miroir crasseux, au-dessus du lavabo, et décida d'agir avec méthode. Ses sacs en plastique contenaient les articles qui lui permettraient de procéder à une opération dont il avait fait l'expérience une première fois : un rasoir, des ciseaux, de la teinture capillaire, une crème bronzante, et une paire de lunettes bon marché. Peu de chose, mais assez pour se camoufler sans se cacher réellement. Assez pour retrouver Julie...

Il y avait pourtant un problème, car elle était partie ; il n'en doutait plus. Personne ne répondait au salon de coiffure et, au garage, l'un des employés d'Henry lui avait annoncé que Mike était absent.

Où se cachait-elle donc ? Richard ébaucha un sourire : il ne tarderait pas à éclaircir ce mystère. Les gens commettent des imprudences, même quand ils sont sur leurs gardes ; et Julie avait certainement dit à quelqu'un où elle allait. Henry, Emma, ou Mabel étaient au courant ! Les policiers sans doute aussi, car ils auraient besoin de l'informer du déroulement de l'enquête et de veiller sur sa sécurité.

L'un d'eux ne manquerait de le mener jusqu'à la porte de Julie !

Il sifflota entre ses dents en se grimant. Quand il émergea au soleil, une demi-heure plus tard, il avait les cheveux plus blonds, le teint plus bronzé. Il portait des lunettes et avait rasé sa moustache. Un autre homme...

Maintenant, il n'avait plus qu'à se procurer une nouvelle voiture. Il se dirigea vers le centre commercial, face à l'hôpital.

De retour au commissariat, Jennifer appela d'abord la police de Denver. On la promena d'une personne à l'autre, avant de lui passer l'inspecteur Cohen.

— Je vois, fit celui-ci, après l'avoir écoutée, mais je ne suis pas à mon bureau. Je vous rappelle dans quelques minutes...

Jennifer raccrocha et observa Pete. Il téléphonait aux différentes compagnies aériennes de Jacksonville, Raleigh et Wilmington, pour vérifier que Richard s'était réellement absenté quand il avait prétendu assister à l'enterrement de sa mère. En l'occurrence, il souhaitait connaître sa destination, dans l'espoir de prendre contact avec une personne susceptible de parler de lui.

Depuis son bureau, Morrison collectait les informations en provenance de son équipe. Thomas venait de lui signaler que les médecins légistes avaient découvert des traces de sperme sur les draps et qu'ils examinaient le lit, en quête d'autres indices.

Jennifer décrocha dès la première sonnerie du téléphone quand Cohen la rappela.

— Nous possédons des informations sur plusieurs Richard Franklin, lui déclara-t-il. C'est un nom relativement courant... J'ai besoin de quelques précisions à son sujet.

Jennifer lui donna une description approximative : taille, poids, couleur des cheveux et des yeux, origine ethnique.

— Très bien... Un instant, s'il vous plaît...

Jennifer entendit l'inspecteur taper sur le clavier de son ordinateur.

— Hum ! grommela-t-il.

— Alors ?

— Je crois que nous n'avons rien pour vous.

— Pas même une arrestation ?

— En me fondant sur les informations que vous m'avez fournies, je n'ai rien ! Nous disposons de dossiers sur sept individus dénommés Richard Franklin. Quatre sont afro-américains, l'un est décédé, le sixième a une soixantaine d'années.

— Et le dernier ?

— Un drogué typique ! À part l'âge, rien ne colle avec votre Franklin. Il ne pourrait pas se faire passer pour un ingénieur, même une seule journée... Depuis une vingtaine d'années, il est la moitié de son temps en prison. Et, d'après notre dossier, il n'a jamais vécu à l'adresse que vous indiquez.

— Vous n'avez rien en provenance des comtés ou d'autres villes ?

— Tout est là, fit Cohen, apparemment aussi navré qu'elle. Le système a été mis à jour il y a quelques années. Nous disposons d'informations sur toutes les personnes arrêtées chez nous depuis 1977. S'il avait été arrêté où que ce soit, dans l'État du Colorado, nous le saurions !

Jennifer martela son bloc-notes avec son crayon.

— Pourriez-vous tout de même me faxer la photo du dernier type ou me l'envoyer par e-mail ?

— Volontiers, mais je n'en vois pas l'intérêt... (Cohen s'interrompit un instant.) Si vous avez besoin de quoi que ce soit, contactez-moi. Il s'agit d'un individu inquiétant... qu'il ne fait pas bon laisser en liberté.

Après avoir raccroché, Jennifer appela la police de Columbus, en espérant avoir plus de chance.

Ce matin-là, Mabel s'était rendue à l'unité de soins intensifs de l'hôpital. Assise au chevet d'Andrea, elle lui tenait la main, en espérant que la jeune femme était consciente de sa présence.

— Tout ira bien, ma petite, murmura-t-elle entre ses dents. Ton papa et ta maman vont venir te voir...

Le moniteur cardiaque ronronnait régulièrement, et le regard de Mabel se posa sur le téléphone.

Après un instant d'hésitation, elle renonça à appeler Pete Gandy pour lui demander des nouvelles de l'enquête : elle lui en voulait tellement d'avoir laissé cette affaire traîner en longueur, qu'elle ne parviendrait pas à lui adresser la parole sans hurler. Il lui aurait suffi d'écouter attentivement Julie pour éviter ce drame ! Pourquoi avait-il été si têtu ?

Elle entendit un bruit de pas et aperçut l'infirmière, chargée de contrôler le moniteur toutes les vingt minutes.

Les premières vingt-quatre heures seraient critiques, avait déclaré le médecin. Andrea aurait des chances de sortir du coma sans atteinte cérébrale, si son état s'améliorait d'ici là.

Tandis que l'infirmière contrôlait les signes vitaux et prenait des notes, Mabel lut sur son visage qu'il n'y avait aucun changement.

Jennifer venait de terminer sa communication avec la police de Columbus quand Morrison sortit de son bureau.

— J'ai l'assignation à comparaître ! Le juge Riley l'a signée il y a quelques minutes, et elle vient d'être faxée à J. D. Blanchard. Nous aurons les informations sous peu, à moins qu'ils ne transmettent le dossier à leur équipe de juristes pour nous faire languir.

Jennifer hocha la tête.

— Toujours rien de neuf ? fit Morrison, ayant lu la déception sur son visage.

— Absolument rien. Pas le moindre PV pour excès de vitesse dans le Colorado ou l'Ohio ! Pas d'arrestation, pas même un soupçon d'infraction...

— Le fax de Denver ne vous a rien appris ?

Jennifer scruta un instant la photo.

— Ce n'est sûrement pas notre homme, mais je n'y comprends rien... Un type comme lui ne surgit pas du néant. Je parie qu'il a déjà sévi ailleurs ! Il y a certainement un dossier à son nom... (Elle se passa la main dans les cheveux.) Du nouveau au sujet de son domicile ?

— Il semblerait qu'il a fait le ménage récemment. Les médecins légistes ont trouvé de petites choses ;

tant qu'elles ne sont pas analysées, on ne peut pas savoir si elles nous seront utiles. Quelqu'un est allé déposer un échantillon de sang à Wilmington... Leur laboratoire passe pour l'un des meilleurs de notre État. Dès que l'hôpital leur aura fourni un échantillon du sang d'Andrea, ils pourront faire le rapprochement. C'est notre priorité, et j'espère que la réponse sera concluante. Nous savons déjà que le groupe sanguin d'Andrea est A+ comme celui de l'échantillon. Or, A+ est beaucoup moins commun qu'O+ !

— Rien de neuf à Morehead City ou de la part des gens du chantier ?

— Pas pour l'instant... Franklin devait être assez distant. D'après Haroldson et Teeter, personne ne semblait sympathiser avec lui... Personne ne sait où il habitait... Il leur reste encore quelques entretiens à mener, mais ils n'en attendent pas grand-chose. D'après Burris et Puck, personne non plus n'a le souvenir d'avoir aperçu Franklin près de chez Andrea ; ils se renseignent, à tout hasard, sur d'autres suspects éventuels. Elle avait tendance à sortir avec des durs, et Puck cherche à connaître leur nom.

— Richard Franklin est l'homme que nous cherchons, martela Jennifer.

Morrison leva les mains au ciel.

— Nous le saurons d'ici à quelques heures ! Johnson est en train de montrer la photo d'Andrea à Morehead City. À propos, bonne idée de nous l'avoir procurée... Pour l'instant, ses hommes et lui en sont au point mort : ils viennent d'arriver, et il y a des tas de bars et de restaurants à visiter. Le service du soir commence à 5 heures ; ils sont donc loin d'avoir fini.

Morrison indiqua le téléphone d'un signe de tête.

— Avez-vous obtenu des informations au sujet de Jessica ?

— Pas encore, fit Jennifer ; mais je m'y mets tout de suite.

Julie s'assit sur le canapé. Crooner prit place à côté d'elle, une oreille dressée. Mike alluma la télévision, zappa un moment, puis éteignit. Après avoir erré dans la maison, il s'assura que la porte d'entrée était fermée à clef et il parcourut la rue des yeux, depuis la fenêtre.

Tout était calme ; parfaitement calme.

— Si j'appelais Henry pour lui annoncer que nous sommes bien arrivés ? dit-il enfin.

Julie acquiesça d'un hochement de tête.

Après avoir rejeté ses cheveux en arrière des deux mains, Jennifer se concentra sur les photos qu'elle avait trouvées dans le porte-documents. À la différence de Julie, Jessica semblait avoir posé avec plaisir la plupart du temps. Apparemment, elle avait été l'épouse de Richard : sur certaines photos, elle portait une bague de fiançailles, à laquelle s'ajoutait ensuite une alliance.

Malheureusement, tout cela ne disait rien au sujet de Jessica elle-même – s'il s'agissait bien de Jessica. Aucune indication, griffonnée au dos ne révélait son nom de jeune fille, ni l'endroit où elle avait posé. Aucun repère géographique n'était décelable !

Quand elle eut jeté un rapide coup d'œil sur l'ensemble des clichés, Jennifer se demanda comment en savoir plus.

Elle chercha d'abord sur Internet, au nom de Jessica Franklin, en privilégiant le Colorado et l'Ohio, et en choisissant les sites qui présentaient une photo. Elle en trouva peu et aucune photo ne correspondait à la femme qu'elle cherchait. Cela ne l'étonna guère : après un divorce, la plupart des femmes reprennent leur nom de jeune fille.

Mais s'ils n'avaient pas divorcé ?

Richard avait déjà donné la preuve de sa violence...

Après un instant d'hésitation, Jennifer composa le numéro de l'inspecteur Cohen, à Denver.

— Pas de problème, répondit ce dernier en réponse à sa demande. Je vais vérifier tout de suite... D'ailleurs j'ai beaucoup réfléchi à ce Richard Franklin depuis votre appel ; curieusement, son nom me dit quelque chose.

Jennifer attendit un moment.

— Non, conclut Cohen, aucune victime sous le nom de Jessica Franklin ; aucune personne portée disparue.

— Pourriez-vous trouver quelque chose au sujet de leur mariage ? Où il a eu lieu et combien de temps ils sont restés ensemble...

— Nous ne disposons pas de ce genre d'informations, mais le comté pourrait vous renseigner. Vous feriez bien d'examiner les formulaires d'impôts fonciers, car les habitations sont généralement déclarées sous le nom des deux époux. Ce serait un bon point de départ, mais il faut trouver une personne ayant accès aux archives. Et à condition qu'ils se soient mariés par ici...

— Vous pouvez m'indiquer le numéro à appeler ?

— Attendez une minute !

Jennifer l'entendit ouvrir un tiroir, proférer quelques jurons, et s'adresser à l'un de ses collègues.

Elle prenait note du numéro quand Pete se précipita vers son bureau.

— Daytona ! Ce foutu salaud se rendait à Daytona quand il a déclaré qu'il allait enterrer sa mère...

— Daytona ? N'est-ce pas la ville dont est originaire Julie ?

— Je ne sais plus, marmonna Pete ; mais écoutez-moi bien. Si sa mère vient de mourir, nous devrions trouver des éléments à son sujet dans une récente rubrique nécrologique. Je me suis déjà procuré la presse et j'imprime les informations. Futé, non ?

Jennifer resta un moment pensive.

— Vous ne trouvez pas étrange que sa mère soit morte dans la ville natale de Julie ?

— Ils sont peut-être amis d'enfance.

Peu probable, se dit Jennifer, sceptique. D'autant plus qu'il était à Denver quatre ans plus tôt, et que Julie aurait certainement mentionné le fait qu'ils se connaissaient de longue date. Mais qu'allait-il faire à Daytona ?

Brusquement, elle pâlit.

— Avez-vous le numéro de téléphone de la mère de Julie ?

— Non, admit Pete.

— Trouvez-le ! À mon avis, il faut parler à cette femme.

— Mais les rubriques nécrologiques...

— À quoi bon ? Nous ne savons même pas s'il nous a dit la vérité à ce sujet. Procurons-nous ses relevés téléphoniques, et nous saurons peut-être qui il appelait.

Jennifer se reprocha de ne pas y avoir pensé plus tôt. Elle n'était pas infaillible...

— Vous croyez ? fit Pete.

— Oui, il nous faut les relevés téléphoniques de Richard Franklin !

— Alors, les notices nécrologiques ne vous intéressent pas ?

— Non ! Il n'est pas allé enterrer sa mère à Daytona. Je vous parie qu'il y est allé pour se renseigner au sujet de Julie !

Assis à la table de cuisine avec Emma, Henry suivait des yeux une mouche en train de se heurter aux vitres.

— Ils sont certains que personne ne les a suivis ? fit Emma.

— Mike me l'a affirmé par téléphone.

— À ton avis, ils sont en lieu sûr ?

— Je l'espère, mais tant qu'on n'aura pas rattrapé ce salaud, je ne dormirai pas sur mes deux oreilles.

— Et si on ne le rattrape pas ?

— On le rattrapera !

— Combien de temps seront-ils obligés de se cacher, selon toi ?

— Le temps qu'il faudra..., marmonna Henry. Je ferais bien d'indiquer à la police l'endroit où ils se trouvent.

Jennifer tordait distraitement une mèche de ses cheveux en terminant sa conversation avec Henry.

— Merci de m'avoir mise au courant ; j'apprécie votre initiative. Au revoir !

Ils avaient donc quitté la ville, se dit-elle en raccrochant. À leur place, elle aurait probablement agi de même, mais leur éloignement serait un problème s'ils avaient besoin d'aide. Bien que faisant partie du comté, Topsail se trouvait à une quarantaine de minutes au sud de Swansboro...

Les formulaires d'impôts fonciers l'avaient menée à une impasse, car la maison était déclarée uniquement au nom de Richard Franklin.

Ne sachant dans quelle direction chercher, Jennifer se concentra de nouveau sur les photos. Une photo en dit aussi long sur le photographe que sur le modèle, et Richard excellait certainement dans ce domaine. Plusieurs de ces clichés la fascinaient ; ils ne semblaient pas l'œuvre d'un amateur, mais d'un véritable artiste

– ce qui semblait logique, vu le matériel qu'ils avaient découvert chez lui.

Bien qu'elle n'y ait pas pensé tout de suite, cette piste pourrait sans doute se révéler utile. Comment ? Elle n'en savait encore rien.

Plus elle observait les photos, plus elle avait l'impression d'être sur la bonne voie. Elle ne connaissait pas encore les réponses – et guère mieux les questions – mais plus elle s'interrogeait sur ce que représentaient ces instantanés pour Richard, plus elle avait l'impression de s'approcher d'un point essentiel.

36

À Denver, l'inspecteur Larry Cohen repensait aux coups de téléphone qu'il avait reçus de Swansboro. L'inspecteur Romanello souhaitait s'informer au sujet de Richard Franklin, et bien qu'il ait cherché sans succès dans sa base de données, ce nom lui disait quelque chose.

Plusieurs hypothèses lui venaient à l'esprit. Il s'agissait peut-être d'un témoin dans l'une des nombreuses affaires qui lui avaient été soumises ; ou bien d'un nom aperçu à un moment ou un autre dans le journal ; ou encore d'une personne rencontrée par hasard à une soirée.

Pourtant, il avait l'impression que ce nom avait un rapport avec le monde de la police. Étrange, si Richard Franklin n'avait jamais été en état d'arrestation !

Après s'être levé de son bureau, il décida d'aller questionner ses collègues. Peut-être l'un d'eux pourrait-il l'aider à y voir clair.

Une heure plus tard, Morrison sortait de son bureau, muni des relevés téléphoniques et des informations que Richard Franklin avait fournies initialement à J. D. Blanchard. Le fax contenait aussi son CV et des ren-

seignements sur ses précédentes activités professionnelles.

Pendant que Pete accaparait les relevés téléphoniques, Jennifer mit les photos de côté et se pencha sur
les informations de J. D. Blanchard.

Au début de son CV, Richard mentionnait l'adresse
d'un appartement à Columbus. La suite était une véritable mine d'or : les emplois qu'il avait exercés et leur
date, les associations auxquelles il avait appartenu, son
expérience antérieure, ses études...

— Je te tiens ! marmonna-t-elle.

Après avoir appelé les renseignements téléphoniques, elle joignit Lentry Construction à Cheyenne, la
dernière société à l'avoir employé avant qu'il s'éta-
blisse à son compte.

La standardiste lui passa Clancy Edwards, le vice-
président, qui avait près de vingt ans de maison.

— Richard Franklin, si je m'en souviens ! s'exclama
ce dernier. Un gestionnaire de première classe... Il avait
du métier... Je n'ai pas été surpris qu'il vole de ses
propres ailes.

— Quand lui avez-vous parlé pour la dernière fois ?

— Eh bien, voyons... Il est parti à Denver, je
dirais... il y a huit ou neuf ans. Nous nous occupions...
C'était en 1995, donc je suppose que nous étions sur
un projet de...

— Navrée de vous interrompre, monsieur Edwards,
mais savez-vous s'il était marié ?

— Marié ? répéta Edwards, que cette question semblait déconcerter.

Il rit sous cape, avant de marmonner :

— Certainement pas ! Nous avions tous l'impression qu'il était gay...

Jennifer pressa le combiné contre son oreille : avait-
elle bien entendu ?

— Êtes-vous sûr de ce que vous me dites là ?

— Pas à cent pour cent. Il n'y a jamais fait allusion ; et nous non plus, évidemment. La vie privée de nos employés ne nous regarde pas, du moment que leur travail nous satisfait ! Notre société s'est toujours opposée aux discriminations...

Jennifer l'écoutait à peine, mais Edwards insista :

— Le Wyoming a beaucoup évolué, mais chez nous ce n'est pas comme à San Francisco, si vous voyez ce que je veux dire. Ça n'est pas toujours facile de vivre avec son temps...

— Était-ce un homme sociable ? demanda soudain Jennifer, en se souvenant des remarques de Jake Blansen.

— Très sociable ! Comme je viens de vous le dire, il connaissait son métier et tout le monde le respectait. Un brave type... Il avait offert un chapeau à ma femme pour son anniversaire. Elle ne le porte plus tellement, mais vous savez comment sont les femmes quand il s'agit de...

— Il avait de bons rapports avec les ouvriers sur les chantiers ?

Interrompu au milieu d'une phrase, Clancy Edwards mit un moment à reprendre la parole.

— Oui... Je vous répète qu'il était très apprécié. Certaines personnes avaient peut-être un problème avec sa vie privée, mais tout le monde s'entendait bien avec lui. Nous avons été désolés qu'il nous quitte.

Comme Jennifer gardait le silence, Edwards s'autorisa à manifester sa curiosité.

— Pourquoi toutes ces questions ? J'espère qu'il n'a pas eu d'ennuis. Il ne lui est rien arrivé de grave, au moins ?

— Une enquête est en cours. Je regrette de ne pas pouvoir vous en dire davantage... Vous souvenez-vous d'un appel de la société J. D. Blanchard, pour une demande de références ?

— Notre président a, effectivement, été contacté. Nous avons donné notre recommandation avec plaisir...

Jennifer laissa son regard se poser sur les photos de Jessica.

— Savez-vous si la photo était sa passion ?

— Peut-être, mais il ne m'en a jamais parlé. Pourquoi ?

— Je vous posais cette question à tout hasard, fit Jennifer, soudain à court d'idées. Merci de m'avoir consacré tout ce temps, monsieur Edwards. Puis-je me permettre de vous rappeler, en cas de besoin ?

— N'hésitez pas ! Vous pouvez m'appeler presque tous les jours avant 6 heures. Nous sommes extrêmement respectueux du droit, chez nous. Mon grand-père a été shérif pendant... une bonne vingtaine d'années...

Tandis qu'il parlait, Jennifer raccrocha, perplexe : pourquoi ce qu'elle venait d'entendre lui semblait-il si déroutant ?

— Vous aviez raison, fit Pete, troublé que Jennifer ait vu juste alors que lui-même s'était fourvoyé. J'ai remarqué, sur son relevé téléphonique, le numéro d'un détective privé de Daytona.

Il consulta un instant ses notes.

— Richard a appelé trois fois Croom's Investigations. Je n'ai pas obtenu de réponse quand j'ai contacté ce cabinet, mais j'ai laissé un message. Il y a une voix masculine sur le répondeur, et pas de secrétaire.

— Avez-vous des informations sur la mère de Julie ?

— Les renseignements téléphoniques m'ont communiqué son numéro. Pas de réponse pour l'instant ; je la rappellerai dans un moment. Et vous, quoi de neuf ?

Jennifer lui raconta sa conversation avec Clancy Edwards.

— Gay..., grommela-t-il en se grattant le cou, quand elle eut terminé. Tiens, tiens !

Jennifer reprit le CV qu'elle avait sous les yeux, sans prêter attention à son commentaire.

— Je vais essayer de joindre la société suivante sur la liste. Il n'y travaille plus depuis longtemps, mais quelqu'un se souvient peut-être de lui. Ensuite, je m'occuperai de la banque de Denver où il a son compte, et je tâcherai d'obtenir des informations de ses anciens voisins. Si j'arrive à en localiser certains...

— Ça risque de prendre un certain temps !

Tout en notant les points essentiels du CV de Richard, Jennifer repensait aux paroles d'Edwards.

— Si vous cherchiez pendant ce temps des informations sur l'enfance de Richard ? suggéra-t-elle. Il prétend être né à Seattle... Vous pourriez appeler les principaux hôpitaux et retrouver la trace de son certificat de naissance. Nous en saurons peut-être davantage si nous mettons la main sur sa famille. Je vais continuer à travailler dans ce sens.

— Très bien !

— Ne lâchez surtout pas la piste de la mère de Julie et du détective. Je tiens à leur parler...

— D'accord !

Richard mit plus de temps que prévu à se procurer une voiture, mais il ressortit du parking du centre commercial à bord d'une Pontiac Trans Am 1994, verte. Après s'être engagé dans le flot de la circulation, il prit la direction de l'autoroute.

A priori, personne ne l'observait.

De nos jours, comment peut-on laisser sa clef de contact sur le tableau de bord ? ruminait-il. Les gens sont-ils trop stupides pour réaliser que quelqu'un va profiter de leur négligence ? À moins qu'ils ne se croient invulnérables ? Des abrutis comme Pete Gandy nous laissent à la merci des terroristes, non seulement par bêtise mais par manque de vigilance et par ignorance. Ce n'était pas lui qui se serait laissé prendre, mais il n'avait pas à s'en plaindre ! Il lui fallait une voiture, et celle qu'il avait trouvée lui convenait à la perfection.

L'après-midi suivit son cours.

Les appels de Jennifer l'avaient menée d'impasse en impasse, mais elle était parvenue à retrouver quelques voisins de Richard. Convaincre un fonctionnaire du comté de chercher les noms des propriétaires dans les déclarations d'impôts fonciers, puis trouver leur numéro par les renseignements téléphoniques – en espérant qu'ils n'avaient pas déménagé – lui avait pris fort longtemps.

En quatre heures, elle avait parlé à quatre personnes ayant connu Richard Franklin à un moment ou à un autre : deux anciens voisins et deux dirigeants qui se souvenaient vaguement de l'avoir connu quand il travaillait dans une entreprise de Santa Fe, au Nouveau-Mexique.

Leur point de vue correspondait strictement à celui d'Edwards : ils dépeignaient Richard comme quelqu'un de sympathique, sociable, et probablement gay.

Ils ignoraient si la photo était sa passion.

Jennifer se leva et traversa le commissariat pour aller se chercher une autre tasse de café. Qui était ce type et pourquoi avait-elle l'impression qu'il ne correspondait absolument pas à la personne qu'elle cherchait ?

De l'autre côté du territoire américain, ou presque, Larry Cohen discutait de cette affaire avec quelques collègues de son département.

Le nom de Richard Franklin leur disait quelque chose, mais ils n'auraient su dire quoi. Convaincu qu'il avait un casier judiciaire, l'un d'eux avait même pris la peine de vérifier les informations obtenues par Cohen ; il était parvenu à un résultat identique.

À son bureau, l'inspecteur fronça les sourcils. Pourquoi ce nom semblait-il si familier à tout le monde si Franklin n'avait jamais été arrêté par la police ou convoqué en tant que témoin ?

La réponse lui vint brusquement à l'esprit ; il bondit sur place, puis tapota le clavier de son ordinateur et parcourut les informations apparues sur son écran.

Comme son intuition se confirmait, il se mit en quête de l'inspecteur à qui il souhaitait parler.

Pete avait eu plus de chance : il avait pu rassembler, sans trop de peine, des informations sur la jeunesse de Richard.

Assez fier de lui, il allait informer Jennifer, quand le téléphone sonna. Elle lui fit signe d'attendre qu'elle ait terminé sa conversation.

— Commissariat de police de Swansboro, ici l'inspecteur Romanello.

— Ici l'inspecteur Cohen, de Denver, fit la voix au bout du fil.

— Oh ! Vous avez trouvé quelque chose ?

— Plus ou moins... À la suite de votre appel, je n'ai pas cessé de me demander pourquoi le nom de Richard Franklin m'était si familier ; j'ai donc interrogé mes collègues, avant de me souvenir d'un point important. L'un de nos inspecteurs me l'a confirmé : il s'agit d'une affaire sur laquelle nous avons enquêté il y a quatre ans, au sujet d'une personne portée disparue.

Jennifer prit son stylo.

— Jessica Franklin ?

Pete tourna les yeux vers Jennifer, en entendant évoquer le nom de Jessica.

— Il n'est pas question de Jessica, articula lentement l'inspecteur Cohen.

— Alors, de qui s'agit-il ?

— De Richard Franklin, le type dont vous m'avez parlé.

— Je ne comprends pas...

— Richard Franklin est la personne portée disparue.

— C'est absurde !

— Je vous assure qu'il a disparu, il y a quatre ans. Un jour, il ne s'est pas présenté à son travail ; au bout d'environ une semaine, sa secrétaire nous a contactés. J'ai parlé à l'inspecteur chargé de l'enquête... D'après lui, ce type se serait tiré brusquement. On a trouvé des vêtements sur son lit, et ses tiroirs étaient sens dessus dessous. Il manquait deux valises ; celles qu'il utilisait pour ses voyages d'affaires, nous a dit sa secrétaire. Sa voiture aussi avait disparu, et il avait retiré de l'argent à un distributeur de billets le dernier jour où quelqu'un l'a vu.

— Il a fichu le camp ?

— Vraisemblablement.

— Pourquoi ?

— L'inspecteur n'en sait rien... Les personnes qui connaissaient Franklin n'ont émis aucune hypothèse. Elles ont déclaré que ce n'était pas son genre de partir en laissant tout en plan.

— Avait-il des problèmes avec la justice ?

— L'inspecteur n'a rien trouvé. Aucun procès en cours, et il n'avait jamais eut maille à partir avec la police. On dirait qu'il a décidé de recommencer sa vie à zéro.

Jennifer avait envisagé cette hypothèse quand elle avait eu son relevé bancaire sous les yeux.

— Sa famille n'a pas signalé sa disparition ?

— Justement, il n'avait pas de famille au sens strict... Père décédé, pas de frères et sœurs, et sa mère était dans un établissement pour personnes atteintes de démence sénile.

— Pourriez-vous m'envoyer des informations complémentaires sur cette affaire ?

— Volontiers. Je vous les adresse demain par la poste, après avoir fait des photocopies.

— Il n'y a pas moyen de me les faxer ?

— C'est un gros dossier ; il mettrait au moins une heure à vous parvenir.

— Je vous en prie, faxez-le-moi ! Je vais sans doute passer la nuit ici...

— Bon, si vous y tenez ! Rappelez-moi votre numéro de fax.

L'océan orange flamboyait à travers la fenêtre, comme si quelqu'un y avait mis le feu. Tandis que les dernières lueurs du jour s'évanouissaient et que la cuisine plongeait dans l'obscurité, il fallut allumer le plafonnier fluorescent.

Mike s'approcha de Julie qui observait Crooner sur la plage : allongé dans le sable, il dressait les oreilles et tournait par instants la tête de côté.

— Veux-tu dîner ? demanda Mike.

— Je n'ai pas faim.

— Comment va Crooner ?

— Il paraît calme.

— S'il y avait quelqu'un dehors, il nous le ferait certainement savoir !

Julie acquiesça d'un signe de tête, avant de s'abandonner dans les bras de Mike.

Morrison sortit de son bureau et marcha à grandes enjambées vers Pete et Jennifer.

— C'est effectivement le sang d'Andrea Radley. Le labo vient de me le confirmer par téléphone : il n'y a aucun doute à ce sujet.

Jennifer entendit à peine l'inspecteur ; elle examinait la première page du dossier faxé depuis Denver.

— D'autre part, Johnson a trouvé un témoin, ajouta Morrison. L'un des barmen de Mosquito Grove a vu Andrea l'autre soir ; il a donné une description exacte de Richard Franklin. Un malotru, d'après lui !

Les yeux fixés sur la première page du fax, Jennifer ignorait les suivantes qui lui parvenaient une à une.

— Ce n'est pas Richard Franklin, fit-elle posément.

Morrison et Pete la dévisagèrent.

— Qu'est-ce que vous racontez ? s'étonna Morrison.

— Notre suspect ne s'appelle pas réellement Richard Franklin. Le vrai Richard Franklin a disparu depuis quatre ans. Regardez !

Tout en parlant, Jennifer tendit à Pete et Morrison la première page du fax : une photo de la personne disparue. Une photo assez floue, mais ce crâne chauve et ces traits empâtés étaient la preuve irréfutable qu'il ne s'agissait pas de l'homme qu'ils cherchaient.

— Je viens de recevoir cela de Denver, reprit-elle. Vous avez sous les yeux le véritable Richard Franklin.

Pete et Morrison semblaient médusés.

— Mais ça ne lui ressemble pas ! constata Pete en écarquillant les yeux

Morrison fixa Jennifer intensément.

— Vous voulez dire que notre suspect a usurpé l'identité de Richard Franklin ?

Jennifer acquiesça d'un signe de tête.

— Alors, qui cherchons-nous ?

— Je n'en sais rien, fit Jennifer en laissant planer son regard vers les fenêtres de l'autre côté de la salle.

37

— Des suggestions ? lança Morrison.

Une heure plus tard, en présence de la plupart des inspecteurs, il ne parvenait pas à cacher sa colère et son dépit. Avec Jennifer et Pete, il avait examiné différentes choses récupérées au domicile du suspect, en espérant qu'elles révéleraient sa véritable identité. Cela ne l'avait mené à rien, de même qu'un nouvel examen de son relevé téléphonique.

— Les empreintes digitales ? suggéra Burris.

— Nous cherchons à les comparer ; à moins qu'il n'ait été arrêté en Caroline du Nord, c'est sans intérêt... J'ai parlé au commissaire de police de Denver, qui a accepté de procéder à la même opération, mais nous n'avons aucune preuve que le suspect ait séjourné là-bas.

— Il a usurpé l'identité de Richard Franklin ! protesta Jennifer.

— Rien ne nous permet d'affirmer qu'il est responsable de sa disparition ! Il pourrait fort bien avoir tiré profit d'informations dont il disposait.

— Mais...

Morrison leva les mains au ciel.

— Toutes les hypothèses sont permises ! Il est peut-être lié à cette disparition ; pourtant, il ne faut rien exclure. D'autre part, c'est au problème d'Andrea Radley que nous nous intéressons... Que lui a-t-il fait et de quoi est-il capable ? Quelles sont nos certitudes ? Romanello, dites-nous ce que vous savez sur lui.

— Eh bien, ce type a fait des études... Il a probablement un diplôme d'ingénieur.... Il aime la photo et semble avoir du talent, ainsi qu'une certaine expérience dans ce domaine... Il a été marié à une dénommée Jessica, dont nous ne savons rien... Nous avons probablement affaire à un psychopathe... Il harcèle Julie depuis qu'il l'a rencontrée et il semble la confondre avec sa femme. Elles se ressemblent étrangement ; il lui est même arrivé de confondre leurs prénoms. Vu la complexité de son existence ces dernières années, je suppose qu'il a déjà commis des infractions et qu'il est en fuite. Il sait comment s'y prendre pour échapper à la police...

Morrison hocha la tête.

— Pete, quelque chose à ajouter ?

— Oui, ce type est plus fort qu'il n'en a l'air. Il est capable de soulever presque autant de poids que moi !

Gêné par le regard inquisiteur de ses collègues, il ajouta, sur la défensive :

— Je l'ai vu au gymnase.

Morrison soupira profondément.

— Eh bien, voilà ce que nous allons faire. Burris, file à la société Blanchard et demande-leur des photos du suspect. Le temps presse : je veux qu'on les montre au journal télévisé, si possible dès ce soir. Je vais appeler les directeurs de chaîne pour leur expliquer la situation ! Une photo doit paraître aussi dans le journal ; fais-nous envoyer un journaliste, pour nous permettre de contrôler les informations.

Il se tourna vers les autres inspecteurs.

— Quant à vous, tâchez de mettre la main sur ce

type ! Appelez tous les hôtels et les motels de Swansboro et de Jacksonville pour savoir si quelqu'un répondant à son signalement y est descendu aujourd'hui ; nous ne pouvons exclure l'éventualité qu'il soit exactement sous notre nez. En cas de besoin, allez vérifier deux par deux. Ce soir, nous nous réunirons ici après le journal télévisé. Les appels vont pleuvoir et tout le monde doit être disponible pour répondre. L'essentiel est de savoir s'il a été vu aujourd'hui ; ni hier ni la semaine dernière ! Essayez aussi d'éliminer les cinglés, et on fera le point...

Morrison observa ses hommes un à un.

— C'est clair pour tout le monde ?

Un murmure affirmatif s'éleva autour de lui.

— Dans ce cas, en avant !

Se doutant que la police était à ses trousses dans la région de Swansboro, Richard avait roulé pendant deux heures vers le nord-est, avant de descendre, en bordure de l'autoroute, dans un motel délabré – le genre d'établissement où les clients payent cash et où l'on ne vérifie pas leur identité.

Vautré sur son lit et le regard rivé au plafond, il avait la certitude d'échapper à la police.

Savait-elle déjà qu'il n'était pas Richard Franklin ? De toute façon, cela n'avait aucune importance : personne ne pouvait établir un lien entre lui et la disparition de Franklin, ou découvrir sa véritable identité. Le plus dur avait été de trouver l'homme qu'il lui fallait : un homme sans famille, d'après les différents ordinateurs qu'il avait consultés en bibliothèque pendant qu'il prenait la fuite. Il avait épluché les listes des associations professionnelles sur Internet – une recherche longue et fastidieuse, qu'il avait poursuivie de ville en ville. Quel soulagement lorsqu'il avait enfin découvert l'oiseau rare !

Il avait traversé trois États, dont le Mississippi, avant d'arriver à Denver ; puis il avait passé trois semaines à épier les moindres détails de sa vie quotidienne, comme il avait épié Julie.

Richard Franklin, avait-il constaté, était un homme de petite taille, à la calvitie naissante, certainement homosexuel, et menant une vie plutôt solitaire. Parfois, Franklin travaillait tard, le soir, à son bureau. Une nuit, il l'avait donc surpris dans un parking sombre, en train de marcher vers sa voiture, ses clefs à la main.

« Fais exactement ce que je te dis et tu auras la vie sauve ! » lui avait-il déclaré en plaçant le canon de son revolver contre sa tempe.

Ce mensonge flagrant lui avait facilité la tâche : Franklin s'était montré d'une docilité parfaite et avait répondu à chacune de ses questions. Après être allé au distributeur de billets, il avait fait ses valises ; puis il avait accepté d'avoir un bandeau sur les yeux et les mains liées, en s'imaginant que sa coopération serait récompensée.

Finalement, il l'avait emmené en montagne et l'avait prié de s'allonger au bord de la route. Il se souvenait de ses supplications, et de la manière dont sa vessie s'était soudain vidée quand il avait entendu le cliquetis de son arme.

Pour un peu, il aurait ri de la veulerie de cet homme. Franklin n'était qu'une dérisoire petite chose ! Dans une situation semblable, il se serait débattu et il aurait tenté de s'échapper ; Franklin avait fondu en larmes, et, trois heures après, il était sous terre, de sorte que l'on ne découvrirait jamais son corps.

Si personne ne s'intéressait à l'enquête, il savait que le dossier de Franklin serait bien vite enfoui sous une pile de dossiers du même ordre. Puisque Franklin était porté disparu – et non considéré comme mort – il n'avait eu aucun mal à s'attribuer son identité. Depuis ce jour, il avait pris l'habitude de ne jamais répondre à son véritable patronyme. Il ne se retournait pas quand on l'appelait de l'autre bout de la pièce, et son nom finissait par lui sembler étrange quand lui-même le prononçait.

Il s'était *occupé* de Richard Franklin, comme de son père et de sa mère, autrefois. Comme des garçons de sa famille d'accueil ; comme de son camarade de chambre, à la fac ; et comme de Jessica.

Il fronça les sourcils : maintenant, il allait s'occuper de Mike.

Mabel était assise au chevet d'Andrea quand les parents de celle-ci arrivèrent de Boone, après six heures de route, dans l'angoisse et les larmes.

Discrètement, elle regagna la salle d'attente pour les laisser seuls. Ayant entrevu les blessures d'Andrea lorsque le médecin changeait ses pansements, elle considérait Richard comme un monstre. Mike et Julie étaient donc beaucoup plus en danger qu'ils ne le croyaient.

À son avis, ils n'étaient même pas en lieu sûr à Topsail ! Ils devaient s'éloigner le plus possible de Swansboro et rester absents le temps nécessaire. Elle ferait son possible pour les convaincre.

Pendant toute la soirée, le commissariat de police de Swansboro fut en effervescence.

On leur avait signalé, par téléphone, une douzaine de suspects éventuels, descendus dans des hôtels. Avec l'aide du shérif du comté d'Onslow, chacune de ces pistes avait été suivie, sans succès.

J. D. Blanchard possédait une bonne photo du suspect ; Burris en avait distribué plusieurs copies aux chaînes de télévision. Le commentaire, diffusé à intervalles réguliers, présentait l'homme soupçonné d'avoir agressé Andrea Radley comme extrêmement dangereux. Une description de sa voiture et le numéro de sa plaque minéralogique étaient également fournis.

Selon les prédictions de Morrison, les appels téléphoniques se mirent à pleuvoir. Tout le commissariat était sur les dents. Chacun prenait des notes, inscrivait des noms et éliminait, si possible, les cinglés.

À 2 heures du matin, plus de deux cents appels avaient été reçus, mais personne n'avait vu le suspect le jour même. Et personne n'avait repéré sa voiture.

Épuisé, Richard eut une pensée pour Jessica avant de s'endormir.

Jessica travaillait dans un restaurant où il avait pris son repas ; bien qu'elle ne l'ait pas servi, il l'avait remarquée tout en mangeant.

Elle lui avait décoché un sourire et elle avait soutenu son regard ; il était revenu après la fermeture pour l'attendre.

Elle n'avait pas semblé surprise.

Il se rappelait aussi la lumière des réverbères, jouant sur ses traits, tandis qu'ils arpentaient les rues de Boston dans la nuit. Les regards qu'ils avaient échangés en soupant... Le week-end suivant à Cape Cod, leur marche sur la plage, suivie d'un pique-nique, et leur promenade en ballon.

Jessica et Julie, si semblables que leurs images se confondaient ! Julie avait versé des larmes au spectacle du *Fantôme de l'Opéra*. Le contact sensuel de ses doigts, quand elle lui avait coupé les cheveux... Sa compassion quand il lui avait menti au sujet de la mort soudaine de sa mère... Elle avait semblé si fière de lui, quand elle l'avait présenté à ses amis, au bar...

Dieu qu'il l'aimait ! Il l'aimerait toujours...

Un moment après, il était plongé dans un profond sommeil.

38

Le lendemain matin, une légère brume tomba sur l'Intracoastal Waterway, puis se dissipa progressivement, à mesure que le soleil apparaissait au-dessus des arbres. Un prisme de lumière traversait la fenêtre du commissariat de police, et piquait droit sur la troisième tasse de café de Jennifer depuis le début de la matinée.

Nous cherchons un fantôme, se dit-elle.

C'était la panne sèche, et rien ne lui pesait plus que l'attente. Elle était venue travailler après avoir dormi à peine quelques heures ; elle regrettait son zèle, car elle ne voyait pas ce qu'elle pouvait faire de plus.

Les empreintes digitales n'avaient servi à rien. Morrison avait décidé d'utiliser aussi la base de données du FBI, mais ils étaient retardés par des dossiers provenant de tout le continent américain : on lui avait annoncé une attente d'au moins une semaine.

Les appels affluaient toujours, comme prévu, et Jennifer répondait consciencieusement au téléphone. Bien que la nouvelle ait été diffusée à nouveau en début de matinée – et elle le serait encore à midi ! – elle n'obtenait guère plus que la veille les informations qu'elle souhaitait. Trop d'appels provenaient d'individus craintifs, voulant simplement être rassurés, ou de personnes prétendant à tout hasard que le suspect se cachait au fond de leur jardin. La plupart des inspecteurs, arrivés en même temps qu'elle, étaient allés vérifier sur place ; restée seule au commissariat, elle doutait du résultat de leur mission, mais ils n'avaient pas le choix.

C'était l'inconvénient majeur des médias : ils permettent, bien sûr, d'obtenir certains renseignements valables, mais les fausses pistes sont garanties, et elles sont une source de gaspillage des moyens dont on dispose.

Leur seule base de départ solide étaient les photos trouvées dans le porte-documents, et Jennifer s'interrogeait toujours sur la fascination qu'elle éprouvait à leur égard. Elle les avait examinées une douzaine de fois, les reprenant en main aussitôt après les avoir reposées.

Jessica au jardin... Jessica dans le patio... Jessica assise... Jessica debout... Jessica souriante... Jessica sérieuse...

Écœurée, Jennifer reposa le paquet de photos. Toujours la même chanson !

Un instant après le téléphone sonna.

— Oui, madame, répondit-elle à son interlocutrice, je suis sûre que vous pouvez allez sans danger à la quincaillerie...

Quand Mabel quitta Wilmington – après avoir veillé une grande partie de la nuit – elle se sentait un peu plus optimiste au sujet d'Andrea. Bien qu'elle n'ait pas ouvert les yeux, la jeune femme avait bougé légèrement la main juste avant l'aube, et les médecins avaient confirmé à ses parents que c'était très bon signe.

Ne voyant rien d'autre à faire, Mabel regagna Swansboro au volant de sa voiture. Le soleil matinal lui picotait les yeux, et elle avait du mal à fixer la route.

Durant la nuit, elle s'était inquiétée de plus en plus au sujet de Mike et Julie. Après sa sieste, elle irait leur parler dans leur refuge en bord de mer.

Aussitôt réveillé, Richard se doucha et sauta dans sa Trans Am volée. Deux heures plus tard, après avoir pris un café et s'être acheté quelques magazines en route, il arrivait à Swansboro avec la sensation de rentrer au bercail.

Il portait des Dockers et une chemise polo ; avec ses cheveux blonds et ses lunettes, il se trouva méconnaissable quand il s'aperçut dans le rétroviseur. Un touriste quelconque, allant passer son week-end à la plage...

Que faisait Julie, à cet instant ? Était-elle sous la douche ? Prenait-elle son petit déjeuner ? Pensait-elle à lui comme il pensait à elle ? Il sourit en déposant quelques pièces de vingt-cinq cents dans deux bacs à journaux. Alors que le journal de Jacksonville était un quotidien, celui de Swansboro ne paraissait que deux fois par semaine.

Il se dirigea ensuite vers un parc, et, assis sur un banc, près des balançoires, il ouvrit le journal. Sa présence ne devait surtout pas alarmer les parents de jeunes enfants ! Depuis quelque temps, les gens devenaient paranos quand ils voyaient des adultes traîner dans les jardins publics ; mais c'était compréhensible, même dans une petite ville.

Sa photo était en première page. Il prit le temps de lire l'article : des informations rudimentaires – sans l'ombre d'un doute, le journaliste les tenait directement de la police – et un numéro d'urgence au cas où les lecteurs auraient quelque chose à signaler.

Il parcourut ensuite le reste du journal, au cas où il ferait mention de la voiture volée. Rien ! Il lut une deuxième fois l'article le concernant, en levant les yeux à plusieurs reprises.

Il attendrait toute la journée si nécessaire, mais il savait qui le mènerait à Julie et Mike...

Pete, les traits tirés, s'approcha du bureau de Jennifer.

— Alors ? fit-elle.

Il étouffa un bâillement.

— Une autre fausse alerte... Et vous ?

— Pas grand-chose ! Une autre serveuse de Mosquito Grove dit avoir vu Andrea et Richard ensemble. Des nouvelles de l'hôpital de Wilmington : Andrea n'est pas encore tirée d'affaire, mais les médecins ont bon espoir... J'ai oublié de vous demander, ce matin, si vous aviez fini par parler au détective ou à la mère de Julie.

— Pas encore !

— Si vous me donniez leurs numéros pendant que vous prenez un café ? Je vais les appeler !

— Dans quel but ? Nous savons déjà pourquoi il est descendu là-bas.

— Je ne vois rien d'autre à faire...

Jennifer finit par parler à la mère de Julie, mais, pour une fois, Pete avait vu juste. Son entretien avec cette femme ne lui apprit rien qu'elle n'eût déjà supposé. Effectivement, un homme se faisant passer pour un vieux copain de Julie était venu la voir. Une semaine après, il avait amené avec lui un ami ; celui-ci correspondait à la description du suspect.

Quant au détective privé, elle ne parvenait toujours pas à le joindre. Et toujours rien à propos des empreintes digitales !

411

Faute de nouvelles informations, elle se sentait frustrée. Richard était-il toujours en ville ? Elle n'en avait pas la moindre idée. Que projetait-il de faire ? Allait-il continuer à harceler Julie ? Sans doute, mais elle n'avait aucune certitude. Se sachant recherché par la police, il allait peut-être quitter la ville pour s'installer ailleurs, comme il l'avait déjà fait auparavant.

Le fait qu'il soit virtuellement devenu Richard Franklin compliquait le problème. Il n'y avait aucun objet personnel chez lui, à l'exception de ses vêtements, de ses appareils photo et de ses photos. Celles-ci ne révélaient rien, sinon qu'il était un bon photographe. Elles auraient pu être prises n'importe où, n'importe quand, et puisque Richard les développait lui-même, elle ne pouvait pas songer à retrouver sa piste grâce à un labo...

Jennifer resta figée sur place : un déclic venait de se produire dans son esprit.

N'importe où, n'importe quand ?

Un bon photographe ?

Un matériel coûteux ?

Son propre labo pour développer ses photos ?

Il ne s'agissait pas d'un simple hobby ; bon, elle le savait déjà. Quoi encore ? Elle observa le tas de photos posé sur son bureau. Il faisait cela depuis longtemps ; depuis des années, probablement.

Mais alors, peut-être utilisait-il ses appareils avant d'être connu sous le nom de Richard Franklin...

— Pete ! lança-t-elle à brûle-pourpoint. Ses appareils photo sont-ils au commissariat ou toujours entre les mains des médecins légistes ?

— Les appareils de Franklin ? On les a rentrés hier... Où allez-vous ? s'étonna Pete en voyant Jennifer bondir de son siège.

— Je crois avoir trouvé un moyen de connaître l'identité de ce type.

Pete eut du mal à suivre sa stagiaire tandis qu'elle fonçait vers la salle où l'on stockait les pièces à conviction.

— Vous avez une idée en tête ? fit Pete.

En possession du matériel photo de Richard, Jennifer signait le registre au comptoir, sous le regard attentif du préposé.

— Ses appareils photo, ses objectifs... Un équipement coûteux, n'est-ce pas ? Et, comme vous dites, il a pu prendre ses clichés n'importe où et n'importe quand, non ?

Pete haussa les épaules.

— Oui, je suppose.

— Vous voyez ce que ça signifie... s'il a toujours utilisé les mêmes appareils ?

— Non, pas du tout !

Le policier avait placé un container en plastique sur le comptoir. Trop excitée pour préciser sa pensée, Jennifer le prit et alla le déposer sur son bureau ; puis elle scruta attentivement l'arrière de la caméra.

— Avez-vous un tournevis ? demanda-t-elle à Pete Gandy, interloqué.

— Un tournevis ? Pourquoi ?

— Pour dévisser une pièce ! Je cherche le numéro de série.

— Pourquoi ? répéta Pete.

— Bon sang ! fit Jennifer, trop occupée à fouiller dans les tiroirs pour lui répondre.

— Ils en ont peut-être un au service de maintenance...

Le visage de Jennifer s'illumina.

— Vous êtes génial !

— Ah bon ? marmonna Pete, toujours perplexe.

Un quart d'heure après, Jennifer avait trouvé les numéros de série qu'elle cherchait. Elle en donna la moitié à Pete et repartit dans son bureau avec les autres, en essayant de ne pas se faire trop d'illusions.

Le service des renseignements téléphoniques lui communiqua les numéros des différents fabricants. Quand elle eut expliqué à son premier interlocuteur qu'elle souhaitait vérifier le nom et l'adresse du propriétaire, celui-ci lui apprit qu'il s'agissait d'un certain... Richard Franklin.

Le deuxième et le troisième fabricants lui donnèrent la même réponse.

« Cet appareil est enregistré sous le nom de Robert Bonham, de Boston, Massachusetts. Voulez-vous son adresse ? » fit le quatrième. D'une main tremblante, elle nota sous sa dictée.

— Comment en êtes-vous sûre ? s'étonna Morrison.

— Son nom a été enregistré pour quatre éléments différents de son matériel, et aucun vol n'a été signalé. Je suis sûre que c'est lui !

— Qu'attendez-vous de moi ?

— Au cas où j'aurais un problème avec le commissariat de police de Boston, pourriez-vous intervenir ?

— Certainement.

Jennifer ne rencontra aucun obstacle. Le premier inspecteur auquel elle s'adressa lui procura de précieuses informations : Robert Bonham était recherché dans le cadre d'une enquête sur la disparition de sa femme, Jessica Bonham, quatre ans auparavant.

Craignant d'éveiller les soupçons en restant toujours à la même place, Richard prenait ses affaires et se déplaçait d'un banc à l'autre.

Qu'attendait-elle pour sortir ? Il jeta un coup d'œil aux fenêtres, puis il reprit tranquillement son journal, car il était devenu patient au fil des ans. Il avait lu au moins trois ou quatre fois chaque article. Il savait où et quand se jouaient tous les films, et quels centres sociaux proposaient des cours d'informatique gratuits aux personnes âgées.

Le journal mettait son visage à l'abri des curieux, mais il ne craignait pas d'être découvert. On aurait beau le chercher, personne ne soupçonnerait sa présence en ce lieu. Et quand bien même... il était devenu méconnaissable depuis qu'il avait effectué certaines petites transformations.

Enfin, sa voiture était garée au coin de la rue, sur le parking d'un supermarché ; il pourrait facilement la rejoindre si nécessaire.

Mais ce n'était plus qu'une question de temps.

La machine continuait à cracher des fax, envoyés de Boston à propos de la disparition de Jessica. Assise à son bureau, Jennifer se préparait à passer un appel dont elle ne pouvait se dispenser.

— Allô ? fit une voix féminine, quand elle eut composé le numéro.

— Vous êtes bien Elaine Marshall ?

— Oui, et vous, qui êtes-vous ?

— Je suis l'inspecteur Romanello, du commissariat de police de Swansboro.

— Swansboro ?

— Une petite ville de Caroline du Nord... Auriez-vous un moment pour me parler ?

— Je ne connais personne en Caroline du Nord.

— Je vous appelle au sujet de votre sœur, Jessica.

Long silence au bout du fil.

— L'avez-vous retrouvée ? fit Elaine Marshall d'une

voix presque inaudible, comme si elle s'attendait au pire.

— Hélas non ! Mais je me demandais si vous pourriez me parler de Robert Bonham.

Jennifer entendit Elaine soupirer profondément.

— Pourquoi ?

— Nous sommes à sa recherche !

— À cause de Jessica ?

Jennifer hésita à trop en dire.

— Non... Il s'agit d'une autre affaire...

Nouveau silence prolongé d'Elaine.

— Il a tué quelqu'un, n'est-ce pas ? articula-t-elle enfin. À Swansboro ?

Jennifer hésita un instant.

— Que pouvez-vous nous dire à son sujet ?

— C'est un fou... (Elaine se mit à parler précipitamment.) Tout le monde le craignait, y compris Jessica. Un homme violent et dangereux... mais intelligent. Il la battait... Jessica avait essayé de s'enfuir... ! Un soir, elle est allée au supermarché faire des courses et on ne l'a plus jamais revue. Tout le monde a compris que c'était *lui*, mais on n'a jamais retrouvé ma sœur.

Elaine Marshall fondit en larmes.

— Mon Dieu ! si vous saviez ! Une terrible épreuve... Le pire, c'est de n'avoir aucune certitude... J'ai beau me dire qu'elle est morte, je m'accroche malgré moi à une lueur d'espoir. J'essaye de faire mon deuil, et puis, pour une raison ou une autre, ça recommence.

— Comment se comportait-il au début de leur relation ? demanda doucement Jennifer au bout d'un moment.

— Quel intérêt pour vous ? C'était un homme mauvais...

— Je vous en prie ! Nous voulons juste le retrouver.

— À mon avis, vous n'avez aucune chance. Il y a

des années que nous sommes à sa recherche. Nous avons engagé des détectives privés et nous avons veillé à ce que la police ne laisse pas tomber le dossier...

— Il est ici, déclara Jennifer, et nous ferons en sorte qu'il ne nous échappe pas. Je vous en prie, parlez-moi de lui !

— C'est toujours la même histoire... (Une profonde tristesse vibrait dans la voix d'Elaine.) D'abord, il paraissait irréprochable. Un homme beau et séduisant, qui a fait la cour à Jessica jusqu'à ce qu'elle lui tombe dans les bras... Il avait l'air gentil et sympathique. Ils se sont mariés six mois après, et tout a changé. Il est devenu possessif et il n'aimait pas que Jessica nous téléphone. Elle ne sortait presque plus de chez elle ; nous avons réussi à la voir plusieurs fois en cachette. Elle était couverte de bleus... Nous avons essayé de la raisonner, mais au début elle ne voulait rien entendre...

— Vous me disiez qu'elle a tenté de s'enfuir ?

— On a finalement réussi à la convaincre ! Pendant quelques jours, il n'a pas réagi, puis il a essayé de nous faire dire où elle se trouvait. Nous savions qu'elle s'était réfugiée à Kansas City ; évidemment nous avons gardé le secret... Je me demande comment il s'y est pris, mais il l'a traquée, il a fini par la retrouver et il l'a ramenée chez eux. Elle y est restée pendant quelques semaines : je suppose qu'il avait le pouvoir de la subjuguer. Je me souviens qu'elle avait le regard éteint quand on lui parlait, comme si elle avait compris qu'elle ne parviendrait jamais à lui échapper. Mais nous sommes allées la chercher, ma mère et moi, et nous l'avons tirée de là ! Elle est revenue vivre chez mes parents. Elle commençait à aller mieux au bout d'un certain temps ; mais un soir elle est allée au supermarché, et nous ne l'avons jamais revue...

Après avoir raccroché, Jessica resta un moment

assise à son bureau, pensive. Les paroles d'Elaine résonnaient en elle : Richard avait *traqué* Jessica.

Mabel sortit de son lit et prit sa douche. Malgré son épuisement, elle avait à peine fermé l'œil de la nuit, car elle se faisait du souci au sujet de Mike et Julie. Elle devait leur parler en personne pour leur faire comprendre la gravité de la situation.

Munie de ses clefs de voiture, elle se dirigeait vers la porte, quand elle se souvint des paroles de Julie, juste avant de partir avec Mike dans la voiture d'Emma.

Et s'il nous suit ?

Elle resta figée sur place au milieu de son allée. Et si Richard était en train de l'épier ? S'il se préparait à la suivre jusqu'à l'île ?

La rue semblait dégagée des deux côtés ; mais qu'en savait-elle ? Pour éviter de prendre un risque inutile, elle fit volte-face et rentra chez elle.

Après avoir classé ses informations au sujet de Robert Bonham et donné quelques autres coups de fil – dont un second à Elaine Marshall – Jennifer rédigea un compte rendu de quelques pages. Elle annonça ensuite ses intentions à Pete et ils allèrent ensemble voir Morrison.

Morrison parcourut son compte rendu et fit peser son regard sur elle.

— Êtes-vous sûre de tout cela ?

— Presque... Nous avons encore quelques coups de fil à passer, mais nous avons vérifié tout ce que vous avez sous les yeux.

Calé dans son siège, Morrison prit le temps de mesurer la gravité de la situation.

— Que suggérez-vous ? dit-il enfin.

Jennifer s'éclaircit la voix.

— Tant que nous n'avons pas retrouvé le suspect, je pense que Pete devrait aller rejoindre Mike et Julie dans leur cachette. À mon avis, nous n'avons pas le choix ! Si nos renseignements sont exacts, rien n'arrêtera Richard, et nous avons tout à craindre...

— À votre avis, ils accepteront la présence de Pete ?

— Ils accepteront sûrement quand ils sauront ce qu'ils risquent !

— Vous allez les appeler ?

— Non, je pense qu'il vaudrait mieux s'adresser de vive voix à Julie.

Morrison hocha la tête.

— Vous avez mon feu vert si elle est d'accord !

Quelques minutes après, Jennifer et Pete montaient en voiture. Aucun d'eux ne remarqua la Trans Am volée, qui s'engagea derrière eux dans la circulation.

39

— Il s'appelle Robert Bonham, annonça Jennifer. Le véritable Richard Franklin est porté disparu depuis quatre ans.

— Je ne comprends pas, fit Julie, assise avec Mike devant la table de cuisine de la maison d'Henry.

Pete, accoudé au comptoir, prit fermement la pose du flic silencieux, tandis que Mike serrait la main de Julie dans la sienne.

Jennifer se dit qu'elle devait commencer par le commencement, car Mike et Julie ignoraient tout de son enquête. En procédant par petites touches, elle réduirait leurs questions au minimum, ce qui lui permettrait de leur exposer la gravité de la situation.

— Comment est-ce possible ? fit Mike.

— Le véritable Richard Franklin n'était pas marié... À part sa mère, morte l'année dernière dans une maison de retraite, personne ne pouvait s'apercevoir qu'il n'utilisait plus son numéro de Sécurité sociale. Puisqu'il a été considéré comme disparu et non décédé, l'alarme n'a pas été donnée.

— Vous pensez que Robert Bonham l'a tué...

De la part de Mike, il s'agissait d'une affirmation plutôt que d'une question.

— Effectivement, articula Jennifer, après un silence ; d'après ce que nous avons appris sur lui, c'est probable.

— Dieu du ciel !

Glacée de peur, Julie regardait par la fenêtre : un couple d'âge mûr s'était arrêté devant la maison. L'homme se pencha pour ramasser un coquillage et le jeta dans un seau en plastique, avant de poursuivre son chemin.

— Alors, qui est Robert Bonham ? fit Julie. Et comment pouvez-vous être sûre que c'est bien son vrai nom ?

— Nous avons appris son nom grâce aux numéros de série de ses appareils photo, enregistrés il y a des années. C'était le seul lien avec son passé ! Une fois que nous avons connu son nom et son lieu de résidence, nous avons trouvé le reste assez facilement.

Jennifer parcourut ses notes.

— Il est né dans la banlieue de Boston. Enfant unique... Son père, alcoolique, travaillait dans une usine de produits chimiques. Sa mère était femme au foyer ; la police a enquêté une demi-douzaine de fois au sujet de violences commises au domicile conjugal, avant la mort de son mari.

Après avoir expliqué les circonstances de ce décès, Jennifer tapota son dossier.

— J'ai parlé à l'un des inspecteurs chargés de l'affaire. Il est maintenant retraité, mais personne n'a cru, selon lui, au suicide de Vernon Bonham. Faute de preuves, et sachant que cet homme n'avait été ni un mari ni un père modèle, ils ont laissé tomber... Ils soupçonnaient le gamin d'avoir fermé la porte du garage et remis le moteur en marche après que Vernon s'était évanoui.

Julie écoutait, la gorge nouée.

— Et sa mère ?

— Elle est morte d'une overdose, moins d'un an après. On a parlé à nouveau d'un suicide.

Jennifer laissa planer un doute avant de poursuivre son récit.

— Robert Bonham a passé les années suivantes en famille d'accueil. Ballotté de l'une à l'autre, il ne restait jamais en place bien longtemps. Nous n'avons rien pu savoir de ses études secondaires, mais, à l'université, on l'a soupçonné de s'être livré à des voies de fait sur son ancien camarade de chambre... Ce garçon l'accusait de lui avoir volé de l'argent. Robert niait ; quelques mois après, il l'a frappé avec un club de golf, alors qu'il sortait de chez sa petite amie. Le malheureux a dû passer trois semaines à l'hôpital ; malgré ses accusations, il n'a pas pu fournir assez de preuves pour qu'on arrête son agresseur. Un an plus tard, Robert obtenait son diplôme d'ingénieur.

— On ne l'a pas renvoyé de la fac ? s'étonna Mike.

— Je suppose qu'ils n'en ont pas eu les moyens, car la justice ne s'est pas mêlée de l'affaire. Ensuite, nous perdons la trace de Robert Bonham pendant quelques années. Il séjournait peut-être dans un autre État ; à moins qu'il ne se soit tenu tranquille. Nous ne savons rien de plus jusqu'en 1994, date à laquelle il a épousé Jessica.

— Qu'est-elle devenue ? fit Mike, intrigué.

— Jessica est portée disparue depuis 1998 ! Elle vivait chez ses parents, et on l'a aperçue pour la dernière fois au supermarché. La voiture de Robert Bonham aurait été repérée ce soir-là sur le parking, mais personne n'a vu ce qui se passait. Il a disparu le même soir qu'elle.

— Vous croyez qu'il l'a tuée ?

— En tout cas, c'est ce que pensent sa famille et la police de Boston.

Mike et Julie pâlirent sous le choc ; soudain, l'air leur semblait irrespirable.

— J'ai parlé à la sœur de Jessica, ajouta posément Jennifer, et c'est ce qui explique en partie notre présence ici... Un jour, paraît-il, Jessica a tenté de s'enfuir. Elle a traversé la moitié du territoire américain, mais Robert l'a poursuivie. Il l'a *traquée*, d'après le terme employé par cette personne !

Jennifer s'interrompit pour donner plus de poids à ses paroles.

— Avez-vous réalisé, reprit-elle, que Robert Bonham – Richard – a démissionné de son emploi il y a un mois ? Nous avons trouvé chez lui des photos de vous, Julie. Des centaines de photos ! Apparemment, il n'a pas cessé de vous épier depuis votre première soirée ensemble. Il s'est intéressé aussi à votre passé...

— C'est-à-dire ? fit Julie, éberluée.

— Quand il prétendait se rendre au chevet de sa mère mourante, il allait en réalité se renseigner sur vous à Daytona. Un détective privé était chargé de l'enquête... Nous en avons parlé avec votre mère. Il me semble évident qu'il est à l'affût !

Comme un chasseur guettant sa proie, se dit Julie.

— Pourquoi s'acharne-t-il sur moi ? gémit-elle, au bord des larmes.

— Je ne peux rien affirmer, fit Jennifer, mais j'ai quelque chose à vous montrer.

Jennifer sortit de son dossier la photo trouvée sur la table de nuit de Richard.

Mike et Julie ouvrirent de grands yeux.

— Voilà Jessica... Étrange, n'est-ce pas ? ajouta Jennifer. Et maintenant, je voudrais vous signaler cela...

Galvanisée, Julie se pencha de nouveau sur la photo. Au cou de la jeune femme pendait le médaillon que lui avait offert Richard – ou plutôt Robert.

— Jessica Bonham, murmura-t-elle. J. B...

Julie entendit Mike soupirer profondément derrière elle.

— Je sais que c'est éprouvant, mais il y a une autre raison pour laquelle je souhaitais vous parler, insista Jennifer. En raison de ce qui est arrivé à Andrea et sans doute à Jessica, et vu ce que nous avons appris sur le soi-disant Richard Franklin, nous aimerions que l'inspecteur Gandy passe quelques jours avec vous.

— Dans cette maison ?

— Si vous n'y voyez pas d'inconvénient, Mike !

— Il me semble que c'est une bonne idée, admit Mike, sous le regard presque vitreux de Julie.

Pete venait de sortir de sa voiture et récupérait sa valise quand il vit Jennifer promener son regard sur les villas en bord de mer.

— C'est toujours aussi calme, ici ?

— Je suppose, fit Pete.

Elle scruta de nouveau les villas. Devant quelques-unes étaient garées des voitures : les habituelles SUV, des Camry et une Trans Am, la voiture dont elle avait rêvé, adolescente. Six véhicules au total, donc moins d'un quart des maisons était habité. Cela n'avait rien de rassurant, mais Julie et Mike étaient certainement moins exposés qu'en ville.

— Vous veillerez toute la nuit ?

— J'essayerai, fit Pete, en refermant le coffre ; il me suffira de sommeiller quelques heures le matin. Je compte sur vous pour me tenir au courant !

— Je vous appelle dès qu'il y a du nouveau !

— Nous n'avons vraiment pas le choix, mais pensez-vous qu'il est toujours dans les parages ? Il a peut-être pris la tangente, une fois de plus...

— J'ai l'impression qu'il n'est pas loin.

— Moi aussi, admit Pete en suivant le regard de Jennifer le long de la rue.

Julie ne ferma pas l'œil de la nuit.

Elle entendait le clapotis régulier des vagues le long du rivage. Allongé à ses côtés, Mike avait laissé la fenêtre de la chambre entrouverte ; elle était allée la fermer dès qu'il s'était endormi, en enclenchant soigneusement le loquet.

Un rai de lumière passait sous la porte : Pete avait fait longuement les cent pas dans la maison, mais il semblait installé dans la cuisine depuis quelques heures.

Malgré ses bévues antérieures, elle appréciait de le savoir là. C'était un homme costaud, et surtout il portait une arme.

Depuis la dune, Richard scrutait la lumière jaune, à la fenêtre de la petite maison sur la plage.

La présence de l'inspecteur Gandy le contrariait, mais la police ne lui faisait pas peur. Pas plus que Mike ou Crooner ! Julie et lui étaient destinés l'un à l'autre et il surmonterait tous les obstacles qu'il rencontrerait sur le chemin du bonheur. De simples écueils qui ne le troublaient pas plus que le fait de se grimer, de voler une voiture, ou de devoir tout recommencer à zéro.

Où aboutiraient-ils après avoir quitté la Caroline du Nord ? Il imaginait Julie à San Francisco, avec ses terrasses de café et ses vues splendides sur le Pacifique ; New York aussi pourrait lui convenir, avec ses programmations théâtrales changeant à chaque saison ; ou même Chicago, avec sa prodigieuse effervescence.

Ce serait merveilleux. Magique...

Il s'endormit, un sourire aux lèvres, en rêvant de lendemains qui chantent.

40

Une douce langueur planait le lendemain dans l'air du soir. La brise était légère et un voile de brume atténuait la noirceur du ciel. L'océan se soulevait en vagues régulières ; une odeur de sel imprégnait l'atmosphère.

Ils avaient fini de dîner depuis une heure, et Crooner montait la garde près de la porte de derrière, la queue frétillante. Julie traversa la pièce et alla ouvrir ; le danois descendit aussitôt les marches et disparut dans les ténèbres.

Elle n'aimait pas se séparer de lui : malgré la présence de Mike et de Pete, elle se sentait plus sûre quand Crooner était à ses côtés – mais il avait besoin de liberté, et la nuit était le meilleur moment pour le lâcher. Elle le laissait sortir également au petit matin, quand personne n'était dehors ; en revanche, il y avait trop de monde dans la journée pour qu'elle le promène sans laisse.

Un instant, elle songea à sortir elle aussi, évidemment avec Pete et Mike. Un peu d'air frais lui ferait le plus grand bien, mais elle aurait beau insister, ils s'y opposeraient. Dommage...

Emma et Mabel l'avaient appelée, puis Henry avait joint Mike. Ils n'avaient pas grand-chose à se dire, bien que Mabel ait parlé aux parents d'Andrea. Ceux-ci lui avaient appris qu'elle était sortie du coma, la nuit précédente ; elle était encore un peu dans le cirage, mais semblait tirée d'affaire.

Jennifer comptait aller l'interroger prochainement. Elle avait appelé deux fois Pete pour l'informer qu'elle avait retrouvé le détective chargé d'enquêter sur le passé de Julie. Après quelques protestations d'usage au nom du secret professionnel, il avait fini par révéler le nom de la personne qui l'avait embauché et montré une note de téléphone confirmant qu'il avait été en relation avec Richard – ou plutôt Robert !

Hélas, personne n'avait retrouvé la trace de ce dernier.

Julie tourna le dos à la porte et traversa le living pour rejoindre Mike dans la cuisine. Il déposait la vaisselle dans l'évier, tandis que Pete, toujours devant la table, faisait une partie de solitaire. Au moins la centième depuis midi ! Il tuait ainsi le temps, en se montrant le moins possible, sauf quand il allait faire sa ronde dehors.

« Les abords sont sécurisés », était devenu sa phrase favorite.

Julie enlaça Mike, qui tourna la tête à son contact.

— J'ai presque fini la vaisselle... Où est Crooner ?

Julie prit le torchon et se mit à essuyer les assiettes.

— Je l'ai laissé sortir.

— Encore ?

— Il n'a pas l'habitude de rester confiné trop longtemps.

— Tu n'oublies pas ce qu'a dit Jennifer ?

— Je n'oublie rien au sujet de Richard. Ni sa vie passée, ni ce qu'il a fait à Andrea ! Où est-il, maintenant ? Et pourquoi moi ? Il y a habituellement une sorte de logique dans le comportement des pervers... Certains individus harcèlent les stars de cinéma, ou sont des maris – ou des amants – frustrés, alors que je ne suis sortie qu'une ou deux fois avec ce type. On se connaît à peine ! Je me demande ce que j'ai bien pu faire pour provoquer une telle réaction...

— Il est fou, déclara Mike. Nous n'arriverons jamais à le comprendre.

De son poste d'observation, près de la dune, Richard vit Julie ouvrir la porte et faire sortir Crooner. Nimbée de lumière, elle avait l'air d'un ange tombé du ciel ; à sa vue, il se sentit plus excité que jamais en pensant à ce qu'il allait bientôt arriver.

La veille, après avoir repéré Julie et Mike, il avait garé sa voiture dans l'allée d'une maison tapissée de panneaux d'une agence immobilière. De nombreuses villas étaient encore inoccupées à cette saison, mais celle-ci semblait vide depuis longtemps. Il avait compris au premier coup d'œil que l'alarme du garage ne fonctionnait plus, et il lui avait suffi d'un tournevis trouvé dans le vide-poches de la Trans Am pour forcer la serrure.

Après avoir dormi sur un matelas gonflable poussiéreux, abandonné sur une étagère de l'espace de rangement, il avait trouvé une petite glacière un peu moisie, mais répondant parfaitement à ses besoins. Durant l'après-midi, il avait consacré une heure à ses achats.

Il attendait maintenant que Crooner s'aventure sur la plage. Julie le laisserait sortir, comme la veille au soir et probablement le soir précédent. Les gens stressés sont toujours esclaves de leur routine, car ils croient ainsi maintenir un semblant d'ordre dans leur univers.

Crooner n'était même plus visible au loin.

À côté de lui, Richard avait posé quatre steaks hachés, achetés chez le traiteur de l'île, près de la quincaillerie où il était entré l'après-midi même. Il les avait émiettés avant de les remettre dans leur emballage de papier alu.

Muni des steaks, il se mit à ramper dans l'herbe, vers les marches derrière la maison.

— Foutu jeu, marmonna Pete. Pas moyen de gagner !

Tout en rangeant les assiettes dans le placard, Julie jeta un coup d'œil vers la table.

— Mettez le sept rouge sur le huit noir.

— Où ?

— La dernière rangée.

— Oui, c'est ça !

La vaisselle terminée, Mike laissa l'eau s'écouler de l'évier, avant de tourner les yeux vers la fenêtre. Comme la lumière de la cuisine se réfléchissait dans la fenêtre, il ne vit que son propre reflet.

Dehors, Richard déballait le papier alu et dispersait les miettes de viande sur les marches entre la maison et la dune. Julie et Mike ne risquaient pas de les apercevoir, car Crooner arriverait avant eux.

Ignorant le poids exact de l'animal, il avait incorporé à la viande un maximum de poudre amère, tout en veillant à préserver l'arôme du bœuf. Crooner ne devait pas s'éloigner, méfiant, après l'avoir flairé un moment.

Ce molosse l'avait déjà mordu une nuit, et il ne supporterait pas de sentir de nouveau le contact de ses crocs. Julie était intervenue, mais il doutait qu'elle ait le même réflexe une seconde fois. En outre, il éprouvait un malaise indéfinissable en présence de Crooner.

Un malaise dû au fait qu'il ne le trouvait pas assez...
canin. En tout cas, il savait que Julie resterait hésitante
et rétive tant que ce chien serait vivant.

Il regagna sa cachette en rampant et il n'eut plus
qu'à attendre.

Assis sur le canapé du living, Mike et Julie regardaient Pete Gandy perdre partie sur partie de solitaire.

— T'ai-je déjà parlé de la lettre de Jim que j'ai
reçue le soir de Noël, après sa mort ? fit Julie.

Une ombre voila son visage, et Mike sentit qu'elle
hésitait à poursuivre.

— Tu as fait allusion à cette lettre, mais je ne sais
pas ce qu'il t'a écrit.

Mike laissa glisser sa main sur l'épaule de Julie.

— Rien ne t'oblige à m'en dire plus si tu n'y tiens
pas.

— Je pense que tu as intérêt à savoir. Dans un sens,
il s'agissait de nous deux...

Mike garda le silence. Au bout d'un moment, leurs
regards se croisèrent, et Julie reprit d'une voix sereine :

— Il parlait d'abord de Crooner. Il m'offrait un
grand danois pour ne pas me laisser seule. Comme je
n'ai pas de famille, il pensait qu'un chien m'aiderait...
et il a eu parfaitement raison. À la fin de la lettre, il
souhaitait que je retrouve le bonheur auprès d'un autre
homme...

Elle ébaucha un sourire, pour la première fois depuis
une éternité.

— Voilà pourquoi je crois qu'il s'agissait de nous
deux. Tu m'aimes et je t'aime, Mike ! Malgré l'horrible épreuve que nous traversons, je me sens heureuse
avec toi. Je tenais à te le dire...

Les paroles de Julie semblaient étrangement déca-
lées à Mike. Pourquoi éprouvait-elle le besoin d'évo-

quer cette lettre, comme si elle cherchait à lui faire ses adieux en douceur ?

Il la serra plus étroitement contre lui.

— Tu m'as apporté le bonheur, Julie, et tu as raison de croire à mon amour...

Julie posa une main sur sa cuisse.

— Je ne te dis pas tout cela avec l'intention de rompre. Au contraire ! Comment aurais-je survécu, sans toi, ces dernières semaines ? Je regrette de t'avoir entraîné dans cette sale histoire.

— Tu n'y es pour rien.

— Mais si ! Tu as toujours été l'homme qu'il me fallait ; c'est vraisemblablement ce que Jim cherchait à me faire comprendre dans sa lettre. J'étais trop aveugle pour m'en rendre compte... Si je l'avais écouté, Richard ne serait jamais entré dans ma vie. Je te suis profondément reconnaissante d'avoir supporté toutes ces complications et d'être à mes côtés aujourd'hui.

— Ça va de soi, murmura Mike.

Allongé dans l'herbe, Richard surveillait les marches. Quelques minutes passèrent avant qu'il ne remarque un mouvement dans les ombres, près des dunes.

Crooner apparut au clair de lune, dodelinant de la tête. La teinte assombrie de son poil et sa taille lui donnaient une apparence fantomatique.

Richard le vit se tourner et foncer vers les marches.

Il y était presque.

Après avoir ralenti, il s'immobilisa, la truffe légèrement levée comme s'il hésitait.

— Mange ! marmonna Richard, en retenant son souffle. Il entendait les vagues déferler le long du rivage. Des brindilles voltigeaient dans l'air ; une étoile filante laissa une éphémère traînée blanche dans le ciel.

Enfin, Crooner s'avança d'un pas, la tête dressée comme s'il avait flairé quelque chose. Il fit un deuxième, puis un troisième pas, avant de se pencher sur le steak haché.

Il renifla, baissa puis releva la tête, apparemment perplexe.

Porté par le vent, le bruissement d'un lointain chalutier parvint aux oreilles de Richard. Au même instant, Crooner baissa la tête et se mit à manger.

À Swansboro, l'inspecteur Romanello avait passé la soirée à rassembler un maximum d'informations au sujet de l'insaisissable Robert Bonham.

Peu avant, le commissaire l'avait convoquée dans son bureau. Elle n'en menait pas large, mais, à peine la porte refermée, il l'avait complimentée sur son travail.

— Le flair est inné, et le vôtre nous a été d'une grande aide... Pete Gandy exagère lorsqu'il prétend que la Mafia arrive aux portes de notre ville, mais il n'a pas tort de penser que Swansboro évolue avec le reste du monde... Nous aimerions croire que nous vivons dans une petite bourgade paisible ; c'est en partie exact, toutefois nous ne sommes pas à l'abri de certaines calamités.

Jennifer avait eu le bon sens de ne pas interrompre le commissaire.

— Vous avez compris tout de suite que ce type est dangereux, avait-il conclu. Bravo pour votre perspicacité et pour tous les renseignements que vous avez pu vous procurer à son sujet !

Elle l'avait remercié, et le visage du commissaire s'était soudain rembruni. Craignait-il de s'attendrir ?

Il l'avait escortée précipitamment jusqu'à la porte.

— Eh bien, au travail ! J'ai besoin d'en savoir plus

sur la personnalité de cet homme. Ça nous aidera peut-être à le coincer...

— Oui, commissaire, avait-elle murmuré avant de s'éclipser.

Sous le regard insistant des autres policiers, elle avait réprimé un sourire.

Elle se penchait maintenant sur les documents provenant de Boston et appelait d'autres personnes ayant connu Robert Bonham, quand elle entendit Burris parler au téléphone avec une excitation croissante.

Après avoir pris des notes en hochant résolument la tête, il finit par raccrocher, puis il s'approcha d'elle, son papier en main.

— On vient de recevoir un appel. Sa voiture a été retrouvée sur un parking de l'Onslow Hospital, à Jacksonville !

— Il y est toujours ?

— J'en doute fort ! Le gardien du parking est quasiment sûr que cette voiture n'a pas bougé depuis quelques jours. Il fait la ronde tous les soirs pour noter les numéros des plaques d'immatriculation. Ce numéro figure dans son carnet depuis que vous êtes allée lui parler avec Gandy ! Comme il travaillait, il n'a été informé qu'hier par la télé, et il vient de faire le rapprochement...

— Je comprends pourquoi personne n'a retrouvé la voiture de Richard ! Mais quelqu'un l'a-t-il vu, *lui* ?

— Pas à notre connaissance... La police de Jacksonville a montré la photo de Robert Bonham au gardien, qui ne l'a pas reconnu. Je vais tout de même y faire un tour, au cas où quelqu'un l'aurait aperçu. Vous voulez m'accompagner ?

Jennifer prit le temps de réfléchir : elle ne savait pas où la mèneraient ses recherches, alors qu'on retrouverait peut-être un témoin ayant vu Richard abandonner sa voiture. Mais à quoi bon ? L'essentiel était de savoir où il se trouvait *maintenant*.

— Non, répondit-elle. Je vais continuer à étudier mes dossiers... au cas où quelque chose m'aurait échappé.

Même si des rideaux dissimulaient la plupart des fenêtres, celle de la salle à manger était ouverte, et Richard scrutait les ombres. À part le bruit des vagues, il n'entendait rien. L'air immobile semblait en suspens, comme pour se joindre à son attente anxieuse.

Julie réapparaîtrait bientôt à la porte : habituellement, elle ne laissait pas Crooner vagabonder plus d'une vingtaine de minutes. Les yeux rivés sur la maison, il voulait voir son expression quand elle l'appellerait.

Lui pardonnerait-elle ce qu'il venait de faire ?

Le moment viendrait où il pourrait la réconforter. Plus tard, quand toutes ces vilaines histoires appartiendraient au passé. Quand ils seraient réunis pour que leur destin s'accomplisse...

Crooner s'engagea sur les marches menant au porche, derrière la maison ; puis il redescendit lentement vers la plage en décrivant des cercles, la langue déjà pendante. Finalement, il se mit à trotter comme s'il voulait échapper à sa terrible douleur au ventre.

Il suffoquait déjà...

Jennifer réfléchissait au cas de Jessica Franklin, en se demandant comment Richard était parvenu à la retrouver.

L'avait-il suivie à la trace grâce à ses cartes de crédit ? Peu probable, à moins qu'il ne connaisse quelqu'un dans les forces de l'ordre, ce dont elle doutait. Alors, comment avait-il procédé ? Un membre de la famille de Jessica l'avait-elle appelée ? Dans ce cas, il avait suffi à Richard d'essayer tous les numéros longue distance figurant sur sa facture de téléphone. Ce n'était pas impossible, car beaucoup de gens se contentent de jeter leurs factures après les avoir réglées ; mais cela supposait qu'il soit allé fouiller les ordures de cette personne... ou bien qu'il ait pénétré chez elle en son absence.

Comme il ne s'était pas gêné pour entrer chez Julie, c'était envisageable.

Jennifer se demanda alors si Topsail était un appel longue distance, depuis Swansboro. En l'occurrence, elle devrait prier Henry, Emma et Mabel de ne pas appeler Julie et, si c'était déjà chose faite, de brûler leurs factures aussitôt après les avoir réglées.

Elle songea ensuite à la voiture de Richard.

Comme de juste, il l'avait abandonnée, mais il s'était certainement procuré un moyen de locomotion. Quoi donc ? Un taxi ? Elle élimina cette hypothèse : il était assez malin pour savoir que l'heure de prise en charge et d'arrivée seraient enregistrées. Vu l'aisance avec laquelle il avait disparu autrefois, il ne risquait pas de commettre ce genre d'erreur !

Mais comment avait-il procédé, s'il était toujours à l'affût de Julie ?

Jennifer tapotait nerveusement son répertoire téléphonique quand elle vit le commissaire Morrison traverser le bureau.

— Commissaire ?

— Je pensais que vous iriez à l'hôpital pour examiner la voiture ? s'étonna-t-il.

— J'y ai songé, mais...

— Mais quoi ?

— Où se trouve exactement cet hôpital ? En ville, ou dans les faubourgs ?

— En plein centre-ville. Pourquoi ?

— Qu'y a-t-il, par là ? Au cas où vous seriez déjà allé dans ce coin...

— Je le connais assez bien... Il y a plusieurs cabinets médicaux, des stations-service, et le centre commercial...

— À quelle distance est le centre commercial ?

— De l'autre côté de la rue ! Vous avez une idée en tête ?

— Je me demandais comment Richard se déplace maintenant. Aurait-il volé une voiture ?

Le commissaire haussa les sourcils.

— Je vérifie tout de suite... Il me suffit d'un coup de fil.

Jennifer acquiesça : toutes sortes de scénarios défilaient déjà dans son esprit.

— Où allez-vous ? fit Morrison, en la voyant sortir, les clefs de sa voiture en main.

— Je vais faire un tour du côté de l'hôpital, au cas où ils auraient fait des découvertes intéressantes. Vous me mettrez au courant immédiatement, si vous entendez parler d'une voiture qui a été volée ?

— Comptez sur moi !

Le visage collé au carreau, Julie scrutait la plage.

— As-tu entendu Crooner aboyer ?

— Non, fit Mike en la rejoignant. Je crois qu'il n'est pas encore rentré.

— Il est sorti depuis combien de temps ?

— Pas très longtemps... Il va sûrement revenir d'une minute à l'autre.

Julie hocha la tête. Elle distinguait au loin les lueurs d'un chalutier, à proximité de la côte. Malgré l'obscurité de la plage, Crooner aurait dû être visible.

— Je devrais peut-être sortir pour l'appeler.

— Si j'y allais moi ? proposa Mike.

— Non merci, j'ai besoin de prendre un peu l'air.

Pete la regarda franchir le seuil.

Richard se pencha en avant lorsqu'il vit apparaître Julie à la fenêtre, le visage illuminé. Il n'avait jamais aimé personne autant qu'elle...

Mike fit soudain irruption, gâchant cette vision idyllique par sa présence ; il disparut presque aussitôt, ainsi que Julie.

Richard secoua la tête : le sort qu'il réservait à Mike ne lui inspirait aucun regret.

Il attendait, sachant parfaitement ce que Julie allait faire. Dans un instant, il entendrait sa voix résonner dans l'air marin. S'il avait de la chance, elle descendrait vers la plage, mais il n'y comptait guère. Elle se contenterait d'appeler Crooner, qui ne viendrait pas.

Crooner resterait exactement où il était.

Julie passa près de trois minutes à appeler, en allant du seuil aux deux extrémités du porche, avant que Mike la rejoigne.

— Toujours pas revenu ? fit-il.

— Non, et je ne le vois pas non plus...

Mike regarda de tous les côtés.

— Veux-tu que j'aille le chercher ? Peut-être qu'il ne t'entend pas à cause du grondement des vagues.

— Merci !

— Je reviens dans quelques minutes.

Mike descendit les marches. Une minute après, Julie l'entendit appeler Crooner à son tour.

41

Jennifer Romanello loucha sur les phares des voitures arrivant en sens inverse : le manque de sommeil commençait à lui peser et elle avait mal aux yeux. Sur le point de s'arrêter pour prendre une tasse de café, elle entendit sa radio grésiller.

Reconnaissant la voix du commissaire, elle saisit son micro.

— On a quelque chose, disait Morrison. Le commissariat de Jacksonville, que je viens de joindre, me signale une voiture volée dans le parking du centre commercial, le jour de la disparition de Richard... Elle est au nom d'un certain Shane Clinton, vivant à Jacksonville.

— Avez-vous son adresse ?

— Oui... 412, Melody Lane.

— Quelle est la marque de cette voiture ?

— Une Pontiac Trans Am 1984, verte. Nous avons déjà envoyé un message à toutes les patrouilles, ajouta Morrison après avoir indiqué le numéro de la plaque minéralogique.

Jennifer en prit note mentalement.

— Avez-vous parlé à Shane Clinton ?

— Pas encore, mais il habite près de l'hôpital. Je vous donne son numéro de téléphone ?

— Bien sûr !

Les pieds de Mike s'enfonçaient dans le sable tandis qu'il longeait la plage. Un coup d'œil derrière son épaule lui permit d'apercevoir Julie, debout sur le porche ; son image diminuait à chacun de ses pas.

— Crooner ! gronda-t-il.

Ses yeux s'accommodaient progressivement à l'obscurité, et il fouilla les dunes du regard, en espérant apercevoir le danois. Il lui arrivait de s'éloigner au-delà pour explorer les alentours des maisons, mais il aurait dû être déjà revenu.

Les mains en porte-voix, il allait l'appeler une fois de plus quand il entrevit une ombre, sur sa gauche, près d'un escalier. Il cligna des yeux, s'approcha encore et distingua dans le sable la forme qu'il cherchait.

— Je l'ai retrouvé ! cria-t-il, la tête tournée en direction de Julie.

Il fit encore quelques pas vers Crooner.

— Qu'est-ce que tu fais, mon grand ? Allons, viens, on rentre !

Crooner agita à peine la queue, et Mike crut entendre un faible gémissement. Le chien suffoquait, la langue pendante, et sa cage thoracique se soulevait rapidement.

— Tu as l'air épuisé...

Crooner gémit à nouveau.

— Ça ne va pas ?

Crooner restait immobile.

Accroupi, Mike posa une main sur sa cage thoracique. Son cœur battait à toute vitesse ; il avait l'œil vitreux et le regard vague.

De plus en plus surpris par la passivité de Crooner, Mike remarqua alors que l'une de ses pattes arrière tremblait.

Julie, à bout de souffle, suivait Mike et se sentait gagnée par la panique. Derrière elle, Pete l'appelait en la suppliant de rentrer à la maison.

Au bout d'un instant, elle comprit où allait Mike. Crooner gisait sur le sable... Bouleversée, elle courut vers lui.

Quand Pete les rejoignit, Julie et Mike étaient penchés sur le chien.

— Que se passe-t-il ? souffla Pete.

— Crooner, mon bébé ! murmura Julie.

Une expression enfantine se peignit sur son visage ; ses yeux imploraient Mike de la rassurer et de lui dire qu'elle n'avait rien à craindre.

— Pourquoi est-il immobile ? fit Pete.

— Mike ? insista Julie.

— Je n'en sais rien ! Je l'ai trouvé comme ça...

— Il est peut-être fatigué, suggéra Pete, que Mike foudroya du regard.

— Il va mal... Aidez-le ! articula Julie.

Mike souleva doucement la tête de Crooner.

— Allez, mon grand, lève-toi...

Crooner avait le cou rigide, et ses halètements s'accrurent. Il gémit comme s'il souffrait ; Mike reposa sa tête sur le sable.

Pete, quant à lui, semblait de plus en plus déboussolé.

— Il faut agir ! s'écria Julie.

— Pete, rentrez à la maison et essayez de trouver un vétérinaire de garde, lança Mike, ému par son cri d'angoisse.

— Je ne suis pas censé vous laisser seuls...

— Allez-y, et vite ! hurla Mike.

— Mais...

— Je vous dis d'y aller !

Pete fonça dans les ténèbres, laissant Mike et Julie auprès de Crooner. L'écho des sanglots de Julie le poursuivit un long moment.

Jennifer venait d'arriver à Jacksonville lorsqu'elle réalisa qu'une pensée l'obsédait. Elle s'était sentie troublée quelques minutes après avoir reçu les informations de Morrison par radio, mais elle ne comprenait pas pourquoi.

Quelque chose lui échappait...

Seuls quelques lointains feux de position étaient en vue, et la route semblait couper le monde en deux. Le moteur grinça comme elle appuyait sur l'accélérateur ; les réflecteurs de l'autoroute passaient sous ses pneus avec un bref chuintement.

Son malaise n'avait rien à voir avec la voiture volée, à moins que...

Elle n'en savait pas plus, mais c'était évidemment cela ; elle pouvait se fier à son intuition.

Récapitulons ! se dit-elle. Richard avait abandonné sa voiture... Une autre voiture avait été volée à peu près au moment où il arrivait à Jacksonville... Après avoir fait ce rapprochement, elle avait de bonnes raisons de le considérer comme le voleur. Elle en avait même la certitude !

Qu'avait dit le commissaire ? Il lui avait signalé la marque et le modèle de la voiture, le nom et l'adresse du propriétaire. Ces deux derniers points ne comptaient guère, mais qu'en était-il de la marque et du modèle ?

Une Pontiac Trans Am, verte.

La voiture dont elle avait rêvé, adolescente.

Elle fronça les sourcils en se demandant pourquoi cette pensée lui semblait si familière.

Depuis le porche, Richard avait entendu les cris de Julie. Son cœur se serra lorsque ses sanglots lui parvinrent : il avait prévu qu'elle passerait un mauvais quart d'heure, mais son chagrin et sa peur l'affectaient plus qu'il ne l'aurait cru.

Il regrettait sincèrement de la traumatiser. Si seulement Crooner avait été un chien doux et gentil, il l'aurait épargné. C'était hélas ! un animal instable et caractériel, comme sa maîtresse. Il n'avait donc pas eu le choix !

Les cris de Julie retentissaient de plus en plus bruyamment. Touché par sa détresse, il aurait souhaité lui présenter ses excuses, mais ce serait pour plus tard – quand elle serait assez lucide pour admettre qu'il avait agi dans leur intérêt commun.

Le jour où ils auraient surmonté cette épreuve, il lui achèterait peut-être un chien. Il n'avait jamais souhaité en posséder, mais il pourrait faire ce geste pour elle. Ils le choisiraient ensemble et elle oublierait totalement Crooner. Soit ils ramèneraient de la fourrière un animal du même genre, soit ils trouveraient un chiot à vendre par les petites annonces d'un journal.

Oui, conclut Richard, il faudrait trouver un autre chien ! Un *meilleur* chien. Cela ferait le plus grand bien à Julie. Elle serait heureuse à nouveau, et il ne souhaitait que son bonheur.

Maintenant qu'il reprenait le dessus, ses larmes semblaient se perdre dans le lointain.

Il surprit soudain un mouvement sur la plage. Sachant de quoi il s'agissait, il se plaça en retrait dans un coin obscur.

Pete Gandy monta les marches quatre à quatre, traversa le porche et fonça dans la cuisine. Il ouvrit si précipitamment le tiroir, sous le téléphone, qu'il faillit le briser en prenant l'annuaire.

— Vite, vite ! grommela-t-il.

Il feuilleta l'annuaire, parvint à la rubrique qu'il cherchait, promena un doigt sur la page. La clinique vétérinaire de Jacksonville la plus proche était à une demi-heure de la maison ; une demi-heure de trop...

Que faire dans ces conditions ?

Après avoir mis de l'ordre dans ses pensées, il parcourut la liste des vétérinaires et décida de les appeler à domicile, car leur cabinet serait fermé à cette heure tardive. C'était la seule chance de sauver Crooner. Malheureusement, il devrait chercher les numéros un à un, et le temps pressait.

Arrêtée à un feu rouge, en plein cœur de Jacksonville, Jennifer se dirigeait vers Melody Lane, en vue d'un entretien avec Shane Clinton ; elle continuait à ressasser le problème de la Pontiac Trans Am, verte.

Le genre de voiture dont elle rêvait, adolescente.

Elle s'était fait cette remarque récemment, mais où ? Au commissariat ? Non, car elle avait à peine quitté son bureau depuis plusieurs jours. Près de son domicile ? Non plus. Où donc ?

Le feu passa au vert et Jennifer secoua la tête en démarrant.

À part cela, où était-elle allée ? Elle repensa à Julie et Mike, qu'elle avait rencontrés après avoir déposé Pete.

Ses mains s'agrippèrent au volant.

Non, c'était impossible...

Elle prit son téléphone portable et écrasa l'accélérateur. Il lui faudrait au moins vingt minutes pour arriver à Topsail Beach... où elle avait vu la Trans Am verte, garée au bout de la route.

Plongé dans l'annuaire, Pete Gandy promenait son doigt le long des pages avec une frustration croissante. Il y avait plus d'une douzaine de vétérinaires, mais la plupart habitaient à Jacksonville, trop loin pour être de quelque secours.

Trois noms restaient : il feuilleta le volume, à la recherche du suivant, en déchirant le fin papier sous ses doigts.

Où habitait Linda Patinson ? Dans la partie de l'annuaire indiquant les lieux de résidence, il ne trouva son adresse ni à Orton, ni à Maysville, mais à Sneads Ferry – une localité située à dix minutes, au bout de la route.

Il prit le combiné, se trompa de numéro, et raccrocha en inspirant profondément. Il avait intérêt à se calmer s'il ne voulait pas passer pour un cinglé.

Quand il eut refait le numéro posément, une sonnerie se déclencha au bout du fil.

Une fois... Deux fois... Trois fois... Pourvu qu'elle soit chez elle !

— Allô ? fit une voix juvénile – la voix d'une étudiante ? – à la quatrième sonnerie.

— Ici l'inspecteur Pete Gandy, du commissariat de police de Swansboro. Je souhaiterais parler à Linda Patinson, la vétérinaire.

— C'est moi...

— Désolé de vous déranger ; notre chien a des convulsions...

— Il y a une clinique vétérinaire d'urgence à Jacksonville.

— Je sais, mais il ne tiendra pas le coup assez longtemps... Il tremble de tous ses membres et il suffoque... Son cœur va lâcher, et il n'arrive même plus à lever la tête.

Pete continua à décrire l'état de Crooner. Bien que relativement novice – elle n'était diplômée que depuis quelques années – Linda Patinson avait tout de suite mesuré la gravité de la situation. La voix paniquée de Pete en disait long, mais aussi les symptômes qu'il évoquait.

— Il a mangé quelque chose au garage ? fit-elle. Un insecticide ou je ne sais quel poison ?

— Pas que je sache. Il allait bien, tout à l'heure.

— Quelle est sa race ?

— C'est un grand danois.

Linda Patinson hésita un instant.

— Pourriez-vous l'installer dans votre voiture et me l'amener ? Je serai à mon cabinet dans dix minutes. Juste au bout de la rue...

— Je vais me débrouiller.

Une seconde après avoir raccroché, Pete Gandy était sous le porche. En claquant la porte derrière lui, il remarqua à peine l'ombre qui s'approchait.

Julie caressait doucement Crooner d'une main tremblante.

— Ça n'en finit pas, murmurait-elle. Que fait-il ?

Comprenant qu'elle se parlait à elle-même, Mike ne lui répondit pas.

— Il va récupérer, murmura-t-il simplement, pour la rassurer.

Crooner haletait de plus en plus, tout en gémissant, le regard fixe. Sa langue pendait dans le sable.

— Tiens bon, mon bébé ! répétait Julie. Mon Dieu, ayez pitié de lui...

Sous le porche, Pete Gandy se retourna sans trop savoir pourquoi.

Était-ce ce léger crissement de chaussure contre le

446

bois ou l'infime mouvement des ombres dans la lumière jaune du porche ? À coup sûr, il ne s'agissait pas d'une simple impression. En cet instant où il pensait à la possibilité d'un empoisonnement et à ce qu'elle signifiait, son inconscient ne pouvait traiter que des données immédiates.

Mais il avait senti, avant même de voir Richard, que quelqu'un s'avançait vers lui. Il se baissait déjà instinctivement, quand quelque chose vint s'écraser contre son crâne.

Une douleur fulgurante le traversa, puis une vive lumière l'éblouit, et il plongea brusquement dans le noir.

— Je devrais peut-être aller voir ce que devient Pete, lança Mike. Il tarde vraiment à revenir...

Julie l'entendit à peine, mais elle hocha la tête, les lèvres pincées. Mike fit aussitôt volte-face pour se diriger vers la maison.

Richard contemplait le corps effondré de Pete Gandy. Une sale histoire, certes inévitable ; d'autant plus que Pete était armé...

Il s'empara de son revolver, ce qui lui faciliterait la tâche. Après avoir songé un instant à lui tirer une balle dans la tête, il s'en dispensa : il n'avait rien contre Pete Gandy, un type qui se contentait de faire son métier.

Comme il se dirigeait vers l'escalier, il aperçut Mike longeant la plage en direction de la maison. Mike allait repérer aussitôt le corps ! Il fit rapidement le tour du problème et s'accroupit, en attendant que les pas de Mike retentissent sur les marches.

En roulant à toute allure vers la maison en bord de mer, Jennifer Romanello composait le numéro de téléphone de Mike et Julie. La ligne était occupée, puis personne ne répondit. Ce téléphone qui n'arrêtait pas de sonner lui donnait l'impression qu'un terrible événement s'était produit.

Elle demanda des renforts par radio, mais elle savait que personne ne pourrait arriver avant elle à la maison sur la plage.

42

Mike leva les yeux à l'instant où une silhouette ténébreuse se jetait sur lui du haut de l'escalier.

Sous la violence du choc, il bascula en arrière ; sa tête alla heurter les marches, tandis que quelque chose s'abattait sur lui, comprimant sa cage thoracique et insérant le bord des marches dans le bas de son dos.

Terrassé par la douleur, il glissait, la tête la première, avec la sensation qu'on lui décochait des coups de marteau dans les côtes à chaque contact avec les marches. Sa tête heurta enfin le sol et il s'immobilisa, le cou bizarrement tordu. Au-dessus de lui, quelqu'un cherchait à l'empoigner. Des pieds étaient plantés dans le sable, et il lui sembla qu'un sac de plomb pesait sur son torse.

Des mains se resserraient autour de son cou et la douleur lui donnait la nausée. Il parvint non sans peine à ouvrir les yeux ; à la vue de Richard Franklin, ses pensées se cristallisèrent.

Julie ! faillit-il hurler. *Sauve-toi !*

Aucun son ne sortit de sa bouche. En manque d'oxygène, il sentait sa tête tourner. Il inspira une bouffée d'air, puis, stimulé par une montée d'adrénaline, il tenta instinctivement de repousser les mains de Richard, mais la pression se maintint.

Il se cabra en vain, les yeux rivés sur le visage de son agresseur ; chaque cellule de son corps était avide d'oxygène. Il lança quelques ruades sans pour autant déloger Richard, puis il tenta de remuer la tête. Plus il s'acharnait, plus l'étau se resserrait autour de son cou.

La douleur ne cessait de croître...

De l'air ! Cette pensée l'obsédait, tandis qu'il visait les yeux de Richard. Toutes griffes dehors, il atteignit momentanément son but en se débattant, mais Richard leva la tête et lui échappa.

Mike ne voulait pas mourir... Paniqué, il tâtonna de nouveau pour trouver les mains de Richard : cette fois, il empoigna son pouce et tira avec toute la force qui lui restait. Il sentit claquer quelque chose, mais il dut s'y reprendre à deux fois pour que ce dernier, grimaçant de douleur, desserre ses doigts et se penche en avant.

Mike, qui n'en demandait pas plus, lança quelques ruades. Un filet d'air pénétrait dans ses poumons... Il saisit Richard par les cheveux, puis enfonça ses genoux dans son dos, de manière à le propulser dans le sable derrière lui.

Haletant, il se laissa ensuite rouler des marches jusqu'au sable. Il prit une brève inspiration, mais sa gorge se bloqua aussitôt. Richard, qui s'était relevé, lui décocha sauvagement quelques coups dans les côtes ; il bascula sur le dos, et reçut un coup sur la tête. La douleur l'aveuglait presque et il était sur le point d'étouffer.

Il pensa à Julie...

À quatre pattes, il se rapprocha tant bien que mal de Richard. Malgré les coups qui pleuvaient sur lui, il cherchait à atteindre sa gorge. Quelque chose transperça son estomac et il entendit un claquement sec.

D'abord il n'éprouva rien, puis, le feu au ventre, il

sentit la douleur irradier jusqu'à sa colonne vertébrale. Ses jambes ne lui obéissaient plus. La vue trouble et incapable d'articuler un seul mot, il s'affaissa.

Richard le repoussa du pied.

Quand Mike tâta d'une main son estomac, un liquide poisseux – qui lui rappela une fuite d'huile sous une voiture – suintait sous lui. Il ne comprenait pas d'où venait ce sang, mais Richard se redressa, et il aperçut son revolver...

Richard le toisa d'un air méprisant ; il se laissa rouler plus loin.

Se lever à tout prix et prévenir Julie...

Richard ne la laisserait jamais en paix. Il devait trouver un moyen de le neutraliser pour sauver Julie. Il tenta de surmonter sa douleur, de réfléchir à ce qu'il pouvait encore faire. Un coup de pied s'abattit sur sa tête.

À plat ventre, il glissa une main sur son estomac : il perdait son sang... et sa vie lui échappait en même temps.

« Julie ! » souffla-t-il d'une voix rauque. Sa tête tournait de plus en plus ; il se sentait faiblir, mais il devait la protéger, la sauver.

Un dernier coup sur la tête, et ce fut l'obscurité totale.

Les yeux exorbités et la respiration bruyante, Richard dominait Mike de toute sa hauteur. Il vibrait d'excitation. Ses mains et ses jambes tremblaient, mais ses sens étaient exacerbés... Il avait l'impression de découvrir un univers inconnu. Les sons et les images semblaient amplifiés, et il sentait le moindre souffle d'air sur sa peau. Un état réellement enivrant !

Rien à voir avec Pete, avec le « vrai » Richard Franklin, ou même avec Jessica. Certes, elle s'était débattue, mais pas à ce point... Quand Jessica était morte entre ses mains, il n'avait pas éprouvé la sensation de triompher. Il ressentait plutôt une certaine mélancolie à l'idée qu'elle avait eu le sort qu'elle méritait.

Ce soir, au contraire, il exultait. Il était victorieux, infatigable, imbattable... Il se sentait investi d'une mission, et les dieux étaient avec lui.

Sans prêter attention à son pouce douloureux, il se mit à marcher le long de la plage. À sa gauche, les dunes étaient couvertes d'herbe et de plantes grimpantes ; les vagues déferlaient inlassablement. Une belle nuit... Au loin, il distinguait dans les ténèbres la silhouette de Julie, penchée sur Crooner – déjà mort, ou sur le point de mourir. Finies les complications ! Sa bien-aimée et lui seraient seuls ensemble le soir même, et personne ne pourrait désormais les séparer.

Il pressa le pas, stimulé à l'idée de la voir. Vraisemblablement, elle serait effrayée quand il apparaîtrait. La même réaction que Jessica, le soir où elle l'avait trouvé en train de l'attendre dans sa propre voiture, devant le supermarché ! Il avait eu beau lui donner toutes sortes d'explications, elle s'était défendue bec et ongles ; il avait dû lui serrer le cou jusqu'à ce que ses yeux roulent en arrière, tout en se disant qu'elle avait tout gâché par son égoïsme.

Avec Julie, il ferait preuve d'une patience exemplaire. Il lui parlerait avec le plus grand calme, et dès qu'elle aurait compris qu'il avait agi uniquement par amour, elle lui céderait. Si elle était troublée par la mort de Crooner, il s'efforcerait de la réconforter et de lui faire comprendre qu'il n'avait pas eu le choix.

Il ne pourrait pas, cependant, l'entraîner aussitôt dans la chambre à coucher, faute de temps... Plus tard, dans la nuit, quand ils seraient en lieu sûr, ils s'arrêteraient dans un motel pour faire l'amour, et ils auraient la vie devant eux pour se rattraper.

— Il va bientôt arriver, mon bébé, murmura Julie. Dès qu'il est là, on t'emmène chez le vétérinaire...

Elle distinguait à peine Crooner à travers ses larmes. Son état empirait de seconde en seconde. Les yeux clos, il respirait rapidement, avec un étrange chuintement, semblable à celui d'un filet d'air s'échappant d'un matelas pneumatique par un trou minuscule. Il tremblait maintenant de tout son corps, et elle sentait ses muscles se contracter sous sa main, comme s'il cherchait à défier la mort.

Crooner gémit. Paniquée, elle passa ses deux mains sur son poil, avec la sensation de souffrir dans sa propre chair.

— Ne m'abandonne pas, Crooner, je t'en supplie...

Au fond d'elle-même, elle hurlait à Pete et à Mike de se hâter, car il serait bientôt trop tard. Quelques minutes seulement s'étaient écoulées, mais elles lui paraissaient une éternité, et elle savait que Crooner ne pourrait plus résister très longtemps.

— Crooner... tu vas t'en tirer... Je t'en prie, accroche-toi !

Elle tenta d'appeler Pete et Mike à l'aide, mais aucun son ne sortit de sa gorge. Son premier réflexe avait été de douter de ce qu'elle avait vu ; mais en regardant mieux, son impression se confirma.

Même si ses cheveux avaient changé de couleur, qu'il portait des lunettes et que sa moustache avait disparu, elle venait de reconnaître Richard.

— Bonjour, Julie ! fit-il.

Jennifer slalomait au milieu des voitures en faisant des appels de phares. Les yeux rivés sur la route, elle s'agrippait désespérément au volant.

Dix minutes... Plus que dix minutes...

Le souffle coupé, Julie dévisagea Richard et tout lui sembla clair. Il était là. Il s'était attaqué à Crooner, à Pete, et à Mike.

Mon Dieu, à Mike ! Et maintenant c'était son tour à elle.

Il s'approchait sans se presser...

— Toi ? articula-t-elle avec peine.

Il ébaucha un sourire. Bien sûr que c'est moi, semblait-il dire. Il s'immobilisa à quelques pas et soutint un moment son regard, puis il tourna les yeux vers Crooner.

— Désolé pour ton chien ! Je sais que tu tenais beaucoup à lui.

Il parlait comme s'il n'était aucunement responsable ; avec l'air contrit d'un homme assistant aux obsèques d'un ami intime.

Julie eut une fugitive envie de vomir, mais elle parvint à se dominer. Elle réfléchissait à ce qu'elle allait faire, et surtout à ce qui était arrivé à Mike.

— Où est Mike ? demanda-t-elle en essayant de poser sa voix.

Elle attendait une réponse, tout en la redoutant.

— C'est terminé, maintenant, fit Richard d'un ton sinistre.

Les mains de Julie se mirent à trembler.

— Que lui as-tu fait ?

— Aucune importance !

— Que lui as-tu fait ? hurla Julie, furibonde.

Richard avança d'un pas et prit une voix mielleuse.

— Je n'avais pas le choix, tu le sais bien... Tu étais sous sa coupe et ça ne pouvait plus durer ! Maintenant, tu ne risques plus rien. Je prendrai soin de toi.

Richard esquissa un autre pas et Julie eut un mouvement de recul.

— Il ne t'aimait pas, Julie. Pas comme je t'aime, moi !

Il va me tuer, pensa-t-elle. Il a déjà tué Mike et Crooner ; je suis sa prochaine victime. Elle tenta de se relever tandis qu'il s'avançait. De plus en plus terrorisée à chacun de ses pas, elle lut dans ses yeux le sort qu'il lui destinait.

Il allait la tuer, et d'abord la violer...

Paniquée, elle entendit soudain une voix intérieure lui crier de partir. Elle bondit comme un ressort, et, sans un regard en arrière, fonça sur la plage, malgré le sable glissant sous ses pieds.

Richard ne chercha pas à la retenir. Où irait-elle ? Il souriait simplement, car il savait qu'elle ne pourrait se réfugier nulle part. Sa panique aurait raison de ses forces...

Après avoir glissé son revolver dans sa ceinture, il se contenta de la suivre à grands pas, en la gardant à l'œil de manière à la rattraper le moment venu.

À demi inconscient, Mike navigua un moment entre la réalité et un monde de rêves, avant de pouvoir se concentrer sur le fait qu'il saignait abondamment – et que Julie avait besoin de lui.

Il parvint alors à se relever lentement, en tremblant de tous ses membres.

Julie courait, aussi vite que le lui permettaient ses forces, vers les lumières de la seule maison de la plage qui lui semblait habitée. Ses jambes de plus en plus lourdes lui donnaient l'impression de faire du surplace. Les lumières avaient beau se rapprocher, elle doutait de les atteindre.

Non, se disait-elle, il ne doit pas me rattraper. *À aucun prix !* Je vais y arriver, et on m'aidera. J'appellerai au secours et la police viendra...

Mais ses jambes ne la soutenaient plus... Ses poumons étaient en feu... Son cœur battait à se rompre...

Aiguillonnée par la peur, elle courait toujours. Un coup d'œil par-dessus son épaule lui permit d'apercevoir Richard dans les ténèbres ; il ne tarderait pas à la rattraper.

Elle eut soudain l'intuition qu'elle n'atteindrait pas son but. Ses crampes aux mollets devenaient de plus en plus pénibles. Tenant à peine debout sur ses jambes, elle trébucha.

Il se rapprochait.

Il n'y a personne pour m'aider ? voulut-elle crier. *Au secours !*

Mais à quoi bon ? Le grondement des vagues rendrait ses cris inaudibles. Quelques pas encore et elle regarda à nouveau derrière son épaule.

Il était si proche qu'elle entendait maintenant le bruit de ses pas...

À bout de forces, elle se dirigea vers les dunes en espérant trouver de l'autre côté un endroit où se cacher.

Richard voyait la chevelure de Julie se déployer derrière elle : dans un instant, il pourrait l'agripper.

Comme il croyait l'atteindre, elle se mit brusquement à foncer vers les dunes. Il vacilla légèrement et reprit aussitôt sa poursuite en riant à gorge déployée.

Quel courage ! Quelle énergie ! Julie était vraiment digne de lui. Pour un peu, il l'aurait applaudie des deux mains.

Julie vit une maison se dresser derrière les dunes. Ses pieds glissaient dans le sable, mais en s'équilibrant des deux mains, elle parvint au sommet, les jambes flageolantes...

Elle scruta un moment la maison, construite sur des piliers, ce qui permettait de garer des voitures en sous-sol mais offrait une piètre cachette. La demeure voisine étant plus « paysagée », elle prit cette direction.

C'est alors que Richard attrapa ses pieds, à la manière d'un rugbyman faisant un placage. Après avoir trébuché, elle roula vers l'extérieur des dunes.

Il la rejoignit et se pencha pour l'aider à se relever.

— Tu es vraiment exceptionnelle ! ricana-t-il, hors d'haleine. Je m'en suis douté dès notre première rencontre...

Julie tenta de lui échapper. Comme il enfonçait ses doigts dans son bras, elle se débattit avec une ardeur redoublée.

— Julie, calme-toi, reprit Richard. Tu devrais comprendre que c'était fatal.

— Lâche-moi !

L'étau se resserra autour du bras de Julie, et elle entendit Richard piquer un fou rire moqueur. Tu vois bien que tu es à ma merci, semblait-il lui dire.

— Si on y allait ? suggéra-t-il, impassible.

— Je n'irai nulle part avec toi !

Une dernière secousse permit à Julie de dégager son bras et de reprendre sa course, mais il la poussa dans le dos.

La voyant de nouveau à terre, il secoua la tête.

— Ça va ? Je regrette de te traiter de cette manière, mais il faut que nous parlions.

Pas question de lui parler ! se dit Julie en se relevant avec un sursaut d'énergie. Elle allait s'enfuir quand Richard l'empoigna par les cheveux et tira violemment.

— Pourquoi me rends-tu la tâche si difficile ? murmura- t-il avec un ricanement admiratif.

Sur la plage, Mike essayait de tenir debout et d'atteindre l'escalier. Il luttait contre une forte nausée et une douleur intense, sans parvenir à mettre de l'ordre dans ses pensées. Se lever... prévenir la police... secourir Julie... mais cette douleur aiguë... oui, une douleur lancinante, qui déferlait par vagues successives... comme l'océan... et Julie, comment lui sauver la vie ?

Il fit un pas, puis un autre.

Julie se jeta sauvagement sur Richard et heurta son torse, puis son visage. Il lui tira à nouveau les cheveux ; elle se mit à hurler.

— Pourquoi te débats-tu ? souffla-t-il d'une voix lasse, comme s'il s'adressait à un enfant rétif. Tu devrais comprendre que c'est terminé : nous sommes seuls tous les deux et tu as intérêt à te calmer.

— Lâche-moi ! Et dégage !

— Pense à tout ce que nous pourrons faire plus tard. Nous sommes, toi et moi, de la race des gagnants...

— Nous n'avons rien à faire ensemble. Je te hais !

Il lui tira les cheveux avec une telle violence qu'elle tomba à genoux.

— Ne dis pas cela, Julie !

— Je te répète que je te hais !

Richard baissa le ton et se fit plus menaçant.

— Je sais que tu es troublée, mais je te parle sérieusement. Écoute-moi bien, Jessica.

— Je ne suis pas Jessica ! s'écria Julie.

Mike s'effondra à mi-chemin, mais il parvint à se traîner un peu plus loin. Une main plaquée sur l'estomac, il se releva en se retenant à la rampe.

Quand il s'approcha du sommet de la dune, il aperçut Pete, le visage contre le sol de la terrasse, et la tête au milieu d'une flaque de sang.

Il lui suffit de quelques pas pour atteindre la terrasse et se diriger vers la porte. Se maintenant en équilibre grâce à la rampe, il fixa son regard sur celle-ci, avec une seule pensée en tête : que faire ?

Richard, éberlué, dévisageait Julie comme s'il ne comprenait pas ce qu'elle avait voulu dire. Il se mit à cligner des yeux, la tête penchée sur le côté, comme un enfant qui aperçoit pour la première fois son reflet dans un miroir.

— Peux-tu répéter ce que tu viens de dire ?

— Je t'ai dit que je ne suis pas Jessica !

La main libre de Richard glissa derrière son dos, et, une seconde après, Julie aperçut son revolver.

Dans un état second, Mike atteignit le loquet de la porte. Il le tourna ; elle s'ouvrit.

Le téléphone. Il devait foncer sur le téléphone avant qu'il ne soit trop tard.

Il entendit alors qu'on enfonçait la porte d'entrée. Levant les yeux, il éprouva un immense soulagement.

— Julie a besoin d'aide, souffla-t-il. Sur la plage...

Bouleversée par l'état de Mike, Jennifer se hâta de le faire asseoir. Après avoir composé le numéro des urgences, elle lui tendit le combiné.

— Appelez une ambulance ! Vous en êtes capable ?

Mike, à bout de souffle, acquiesça d'un signe de tête et porta le combiné à son oreille.

— Pete... dehors...

Jennifer fonça sur la terrasse dès qu'elle entendit Mike appeler l'ambulance. Elle crut d'abord que Pete était mort. Du sang s'écoulait de sa tête, mais quand elle se pencha vers lui, il remua un bras en gémissant.

— Ne bougez pas ! lui dit-elle. L'ambulance arrive.

Elle tourna les yeux vers l'escalier. Une seconde après, elle dévalait les marches.

Julie s'immobilisa instinctivement quand Richard appliqua le revolver contre sa tempe. Son expression sereine avait disparu et il semblait avoir perdu toute notion de la réalité.

— Je t'aime, dit-il d'une voix rauque, en la regardant bizarrement. Je t'ai toujours aimée...

Si elle bougeait, il allait la tuer, comprit Julie. Il l'attira vers lui en la tirant par les cheveux.

— Tu ne m'as jamais permis de te déclarer mon amour... Dis-moi au moins que tu m'aimes toi aussi !

Julie resta muette.

— Dis-le ! rugit Richard.

Julie tressaillit : il avait une intonation féroce, presque bestiale, et elle sentait la chaleur de son haleine sur sa joue.

— Je t'ai laissé ta chance, reprit-il, je t'ai même pardonné ce que tu m'as fait et ce que tu m'as obligé à te faire. Maintenant, dis-le !

— Je t'aime, chuchota Julie, au bord des larmes.

— Dis-le plus fort pour me prouver que tu es sincère ! Je t'entends à peine...

— Je t'aime, répéta Julie, en sanglotant.

— Encore !

— Je t'aime.

— Dis que tu veux me suivre !

— Je veux te suivre.

— Parce que tu m'aimes !

— Parce que je t'aime, gémit Julie.

Comme dans un rêve, elle vit alors son ange gardien apparaître au-dessus de la dune et foncer dans les ténèbres.

Sa vision se précisa : Crooner se jeta sur Richard en montrant ses crocs, et ses mâchoires se resserrèrent sur le bras armé du revolver.

Crooner ne lâcha pas prise. Julie et Richard roulèrent ensemble sur le côté. Richard agitait son bras dans l'espoir de se dégager, mais Crooner s'agrippait de toutes ses forces, tandis que Richard se mettait à hurler et que le revolver lui échappait.

Allongé sur le dos, il tenta alors de protéger sa gorge des crocs de Crooner. Défiguré par la haine, il repoussait le chien d'une main et cherchait, de l'autre, à récupérer son arme.

Julie s'entendit crier, et le son de sa voix lui donna la force de se relever. Sentant que le temps pressait, elle parvint à faire quelques pas.

Derrière elle, Richard enroulait ses doigts sur la crosse du revolver. Une détonation retentit, suivie d'un interminable gémissement qui la tétanisa.

— Crooner ! hurla-t-elle. Oh ! mon Dieu... *non !*

Une seconde détonation fut suivie d'un gémissement plus faible. Richard, après s'être dégagé, se relevait tant bien que mal.

Julie se mit à trembler de la tête aux pieds. À côté d'elle, Crooner se tordait de douleur et essayait de se redresser, tandis que son sang jaillissait dans le sable.

Au loin retentit le mugissement des sirènes.

— Partons ! déclara Richard. Tu nous as mis en retard !

Horrifiée, elle n'avait d'yeux que pour Crooner.

— Vite ! s'impatienta Richard.

Il la tira à nouveau par les cheveux. Elle se débattait en hurlant, quand une voix retentit au sommet de la dune.

— Pas un geste !

Julie et Richard aperçurent l'inspecteur Romanello au même instant.

Richard dirigea son arme vers l'inspecteur et tira frénétiquement. Aussitôt après, un râle lui échappa. Une douleur fulgurante lui traversait la poitrine et le grondement d'un train de marchandises résonnait dans ses oreilles. Son revolver lui semblait étrangement lourd ; il tira, mais rata encore son coup.

Il recula, la gorge brûlante. Le sang noyait ses poumons. Incapable d'avaler, il aurait voulu tousser, cracher ce liquide poisseux en direction de l'inspecteur ; mais il étouffait. Ses forces allaient bientôt lui manquer... Son revolver lui échappa des mains. Il tomba à genoux, l'esprit au ralenti. Il ne souhaitait qu'une chose : le bonheur de Julie, et le sien à ses côtés.

Tout s'obscurcissait ; autour de lui, les formes devenaient de plus en plus floues. Il se tourna vers Julie, mais aucun son ne franchit ses lèvres. Malgré tout, il s'accrochait à son rêve : vivre avec elle, la femme qu'il aimait. Julie..., pensa-t-il. Ma douce Jessica...

Il tomba dans le sable, la tête la première.

Julie fixa un instant son corps, avant de se pencher vers Crooner, allongé sur le flanc, la gueule béante. Elle l'aperçut à travers ses larmes.

Quand elle posa une main sur sa tête, il lui répondit par un râle et un coup de langue.

— Mon bébé..., articula-t-elle entre deux sanglots.

Le sang de deux profondes blessures inondait le sable sous lui. Elle posa le front sur son flanc. Hagard, il chercha à lever la tête en geignant à fendre l'âme.

— Ne bouge pas..., murmura-t-elle, le cœur brisé. Je vais t'amener chez le vétérinaire, tu sais !

Elle sentait sa respiration haletante sur sa joue. Il la lécha, puis elle l'embrassa.

— Mon chien chéri, si bon... Si courageux...

Sans la quitter des yeux, il geignit une dernière fois, tandis qu'elle refoulait ses larmes.

— Je t'aime, Crooner...

Les muscles de Crooner commençaient à se détendre.

— Maintenant, tout va bien, chuchota Julie. Tu n'auras plus besoin de te battre... Je suis saine et sauve ; tu peux reposer en paix...

Épilogue

Julie entra dans la chambre à coucher et alluma. Mike cuisinait ; une délicieuse odeur de spaghettis flottait dans l'air.

Près de deux mois s'étaient écoulés depuis cette effroyable nuit sur la plage. Elle se souvenait avec précision de ce qui s'était passé, mais la suite des événements lui semblait beaucoup moins nette. Jennifer Romanello l'avait soutenue jusqu'à la maison, les ambulanciers s'étaient occupés de Mike et de Pete, et il y avait eu beaucoup de monde autour d'elle. Ensuite, tout devenait brumeux dans son esprit, puis sombrait dans un trou noir.

Elle s'était réveillée à l'hôpital. Pete s'y trouvait également, ainsi que Mike, dans une chambre à l'autre bout du couloir. Pete avait repris le dessus en quelques jours, mais Mike était resté une semaine dans un état critique. Une fois son état stabilisé, il avait passé trois semaines encore à l'hôpital. Pendant tout ce temps, assise sur une chaise à son chevet, elle lui tenait la main en lui chuchotant des mots tendres, même quand il dormait.

La police disposait d'autres informations sur le passé de Richard, mais elle ne s'en souciait guère. Richard

Franklin – il ne serait jamais Robert Bonham dans son esprit – était mort, et rien d'autre ne comptait.

À part Crooner...

La vétérinaire lui avait appris qu'il avait absorbé assez de mort-aux-rats pour tuer six chiens en quelques minutes. « C'est un miracle, qu'il ait pu bouger et même combattre un homme adulte ! » avait ajouté Linda Patinson.

Il avait pourtant trouvé la force de lui sauver la vie...

Le jour où elle l'avait enterré dans le jardin derrière sa maison, une pluie douce et chaude s'était abattue sur le petit groupe, venu dire adieu au grand danois qui avait été son compagnon et finalement son ange gardien.

Mike était sorti de l'hôpital, et les semaines suivantes s'étaient écoulées comme dans un rêve. Il avait pratiquement élu domicile chez elle. Bien qu'il ait gardé son appartement, il n'y était pas retourné depuis leur séjour dans l'île, et elle lui en savait gré. Il devinait toujours à quels moments elle avait besoin de câlins ou plutôt de solitude.

Mais quelque chose ne tournait pas rond : la maison semblait déserte, les restes des repas atterrissaient dans la poubelle, plus *rien* ne venait se blottir à ses pieds. Parfois, un simple mouvement lui donnait l'impression que Crooner était dans les parages ; quand elle se retournait, il n'y avait que le vide là où elle avait cru l'apercevoir du coin de l'œil.

Un jour, elle reconnut l'odeur qu'il dégageait quand il venait la rejoindre, après avoir joué dans l'océan ; elle se leva du canapé pour en chercher l'origine, et l'odeur se dissipa aussitôt. De même, elle bondit une nuit, le cœur battant : Crooner lapait l'eau de son écuelle, dans la cuisine... Le bruit s'évanouit progressivement lorsqu'elle atteignit le living.

Il lui arriva aussi de rêver à la fois de Jim et Crooner. Ils marchaient dans la nature, le dos tourné, et elle courait pour les rattraper. Elle les appelait ; ils s'arrêtaient et se retournaient tous les deux. Jim souriait, Crooner aboyait. Quand elle voulait les rejoindre, elle restait clouée sur place. Ils l'observaient, la tête inclinée d'une manière identique, avec le même regard et le même halo derrière eux. Jim posait une main sur le dos de Crooner, qui continuait à aboyer joyeusement – comme pour lui dire qu'elle n'avait aucun souci à se faire. Au lieu de s'approcher, ils lui tournaient le dos de nouveau et elle les regardait s'éloigner, puis disparaître au loin.

À son réveil, elle prenait la photo de Crooner, posée sur sa table de nuit. Il lui manquait et son cœur saignait toujours, mais elle ne pleurait plus quand elle scrutait son image.

Elle sortit alors la lettre de Jim, glissée derrière le cadre, pour la relire sous la caresse du soleil matinal. Son regard s'attarda sur le dernier paragraphe :

Surtout ne t'inquiète pas. Où que je sois, je veillerai sur toi. Je serai ton ange gardien, ma chérie. Tu peux compter sur moi pour te protéger.

Oui, se dit-elle, les yeux embués de larmes, tu as tenu parole, Jim.

Note de l'auteur

La genèse d'un roman est toujours un processus hasardeux. Tout commence, le plus souvent, par une vague idée ou, dans mon cas, par un thème. Ici, le thème de l'amour et du danger. Je voulais, en somme, imaginer une intrigue dans laquelle deux personnages crédibles tombent amoureux, mais ajouter des éléments de suspense qui les mettent en péril. Je ne sais plus où je me trouvais quand j'ai pris cette décision, mais j'étais certain d'écrire avec plaisir ce roman d'un genre nouveau pour moi.

Comme je me trompais !

Disons plutôt que j'ai écrit cet ouvrage avec plaisir, mais que sa mise au point a présenté des difficultés que je ne soupçonnais pas. Entre mon premier et mon dernier projet, huit révisions ont été nécessaires pour nous donner satisfaction à mon éditeur et à moi-même – sous la forme d'un roman d'amour, dans lequel se glisse accessoirement un passionnant thriller.

J'ai lu des milliers de thrillers dans ma vie ! Des personnages tombent amoureux dans un grand nombre de ces romans, mais je ne me souviens pas d'une seule intrigue policière au second plan par rapport à l'intrigue amoureuse. Cela va de soi, car plus l'effroi est grand, plus il joue un rôle déterminant. Le défi du *Gardien de son cœur* était de trouver un équilibre harmonieux entre ces deux éléments et de rythmer mon récit de sorte que le lecteur ne perde jamais de vue la réalité de mon projet – écrire un roman d'amour dans lequel deux êtres humains comme vous et moi croisent un individu dangereux sur leur chemin.

Facile ! me direz-vous, mais cela m'a valu de nombreuses nuits blanches.

D'autre part, j'ai toujours souhaité faire la place belle à un chien, dans l'une de mes œuvres. Qu'il s'agisse de *Old Yeller*[1] de Fred Gipson, de *Where the Red Fern Grows*[2] de Wilson Rawls, de *To Dance with the White Dog*[3] de Terry Kay, ou de *My Dog Skip*[3] de Willie Morris, j'ai un faible pour les récits incluant des chiens, et j'ai pensé qu'il serait bon d'en écrire un à mon tour. J'exprime ma reconnaissance à ces auteurs dont la lecture m'a procuré un tel plaisir.

Enfin, *Delayed Delivery*, une touchante nouvelle de Cathy Miller, publiée dans le recueil *Chicken Soup for the Pet Lover's Soul* 3 (édité par Jack Canfield, Mark Victor Hansen, Marty Becker, et Carol Kline), m'a inspiré le prologue du *Gardien de son cœur*. J'aimerais la remercier, ainsi que ses éditeurs, de m'avoir ému aux larmes.

1. *Fidèle vagabond.*
2. *L'Enfant qui chassait la nuit.*
3. Titres non encore traduits en français.

Remerciements

Comment ne pas remercier en priorité Cathy, mon épouse depuis bientôt quatorze ans ? Tu es la plus merveilleuse des femmes, Cathy, et je t'aime plus encore que tu ne peux l'imaginer.

Je n'attendrai pas plus longtemps pour remercier mes enfants ! Miles, Ryan, Landon, Lexie et Savannah, parfois vous ne me laissez pas une seconde de répit, mais vous êtes une source de joie à nulle autre pareille. Je n'imagine pas ma vie sans vous.

Theresa Park, de Sanford Greenburger Associates, mérite aussi mes remerciements. Theresa, tu es mon agent et mon manager, ainsi qu'un génie et une oreille compatissante. Je te considère comme l'une de mes amies les plus chères. Dire que nous en sommes déjà à notre septième roman ! J'espère que beaucoup d'autres suivront.

Jamie Raab, mon éditrice, est la meilleure du genre ; elle a su me guider patiemment particulièrement pour ce roman. Jamie, je ne l'aurais jamais terminé sans toi, et je suis fier de travailler avec une personne aussi bonne et avisée.

Denise DiNovi, la productrice de *Une bouteille à la mer* et de *À tout jamais*, a pris une place exceptionnelle dans ma vie. Merci, Denise, pour tout ce que tu m'as apporté. Je ne sais si je pourrai un jour m'acquitter de ma dette.

Julie Barer, agent de Sanford Greenburger, a eu l'amabilité de lire mon manuscrit et de m'adresser ses suggestions, pendant ses vacances. Comment te remercier, Julie, pour ton dévouement ? J'espère que mon héroïne te donnera satisfaction.

Je remercie Howie Sanders et Richard Green, agents pour mes films à UTA, pour le travail qu'ils ont fourni sur ce projet, ainsi que sur tous mes romans. Ils excellent dans leur domaine.

Scott Schwimer, mon avocat, est non seulement fabuleux sur le plan professionnel, mais aussi un ami qui me facilite énormément la tâche. Je le remercie de toujours me soutenir.

Dave Park, mon agent pour la télévision à UTA, m'a patiemment guidé dans ce dédale. Il mérite mes remerciements pour le travail qu'a représenté *Les Rescapés du cœur*.

Lorenzo De Bonaventura et Courtenay Valenti de Warner Brothers, Lynn Harris de New Line Cinema, Mark Johnson, Hunt Lowry, et Ed Gaylord. Ils ont été des compagnons de travail merveilleux, que je tiens à remercier.

Jennifer Romanello, Emi Battaglia, Edna Farley – dans la publicité –, l'éditeur John Aherne, et Flag, m'ont aidé à progresser dans ma carrière. Merci à eux.

Merci, enfin, à Todd Robinson, qui a travaillé avec une telle diligence sur les séries télévisées. C'est une chance pour moi d'avoir fait équipe avec lui.

Faites de nouvelles rencontres sur pocket.fr

- Toute l'actualité des auteurs : rencontres, dédicaces, conférences...
- Les dernières parutions
- Des 1ers chapitres à télécharger
- Des jeux-concours sur les différentes collections du catalogue pour gagner des livres et des places de cinéma

Découvrez des milliers
de livres numériques
chez

12-21

→ *www.12-21editions.fr*

12-21 est l'éditeur numérique de Pocket

Imprimé en Espagne par
Liberdúplex
à Sant Llorenç d'Hortons (Barcelone)
en avril 2016

POCKET – 12, avenue d'Italie – 75627 Paris cedex 13

N° d'impression : 51914
Dépôt légal : juin 2007
Suite du premier tirage: avril 2016
S16950/10